Glocker · Glückliche Tage im Schwarzwald

Jürgen Glocker

Glückliche Tage im Schwarzwald

Roman

Edition Isele

Also schiede ich von dannen / und ob zwar dieselbe gantze Gegend unfruchtbar war / und nichts als Tannzapffen trug / so hätte ich sie doch noch elender verfluchen mögen / weil ich alle mein Hoffnung daselbst verloren ...

Grimmelshausen, *Simplicissimus Teutsch*

Umschlag: Thomas Design, Freiburg
Druck: AZ-Druck, Kempten
ISBN 978-3-86142-589-2

28. JUNI 2012, BERKELEY

Die unbestrittene Hauptdarstellerin dieser an Stars und Sternchen keineswegs armen Küste macht, wie immer, mächtig Lärm.

Die Grammatik ihrer Sprache könnte klarer, könnte eintöniger nicht sein.

Anbranden, brechen, verschwinden: Die See gibt den Plot vor.

Dazu der passende Soundtrack: das Geschrei großer Vögel. Von Möwen, Pelikanen, Jets.

Like a stuffed dummy, wie heißt das auf Deutsch? Ja, da ist sie, die Entsprechung, die Redewendung; sein Sprachgedächtnis funktioniert trotz allem noch: Wie ein Ölgötze hockt der verschlissene Herr Professor am Strand von Santa Cruz. Stumm. In einer abgetakelten, schmutzigbraunen Hose, einem alten, ausgebleichten Hemd. Mit Badelatschen, Baseballkappe und Sonnenbrille.

Müde und missmutig schaut er übers Wasser und kritzelt auf die erste Seite seiner neuen Kladde. Er schreibt, dass er schreibt. Dann nimmt er wieder den Strand und die Brandung in den Blick, den Sand mit den schwarzen, klebrigen Rückständen der letzten Pest und die Wellenberge, die sich nacheinander aus der blaugrünen Wasserwüste heraus aufbauen, bevor sie sich langsam nach vorne wölben und dann vollends überschlagen, ganz allmählich, als sträubten sie sich und zögerten noch, sich in ihr unausweichliches Schicksal zu ergeben. Er schaut zu, wie sie schließlich ihr Gleichgewicht verlieren und als weiß schäumende Gischt brechen und herunterstürzen, mit größtmöglicher Wucht und Gewalt, eine nach der anderen, in rhythmischer Regelmäßigkeit, im Abstand von zwanzig, fünfundzwanzig, dreißig Metern, bis sie wenig später nur als harmloser Schaum, als sanftes Gekräusel auslaufen, das niemand mehr zu schaden vermag, sondern lediglich eine mäandernde, weiße Grenzlinie auf dem nassen Sand hinterlässt und dann zurück gleitet ins Meer, unter der nächsten Welle hindurch. Und immer so fort, und immer so weiter, als ginge es um ein Bild der ewigen Wiederkehr, die Darstellung eines unendlichen, unabänderlichen Kampfes. Die heranrollenden, die grollenden Wellen. Das anbrandende, verrinnende Leben. Das Unausweichliche.

Er hat das alles unzählige Male beobachtet, aber jetzt nimmt er eigentlich nichts wahr. Mädchen und Frauen, Meerjungfrauen lassen sich an diesem Nachmittag ohnehin nicht in Santa Cruz blicken, schreibt er, der alte Faun. Für die Schönheit und die Gewalttätigkeit dieser winzigen Stecknadel im Heuhaufen der Welt fehlt ihm heute jede Antenne. Der Strand, der Pazifik, der Himmel: alles einerlei, alles grau, alles verwabert. Selbst der Sand wirkt seltsam schmutzig und alt. Verbraucht. Tosen die brechenden Wogen, oder ist es nur sein Tinnitus? Ist er das Problem, oder sind es die anderen? Die Umwelt? Er hat keine Ahnung, was er machen, was er lassen soll. Keine klare Vorstellung von dem, was er verlässt (falls er überhaupt fliegt). Kein Bild davon, auf was er sich einlässt (wenn er denn tatsächlich längere Zeit bleiben sollte). Wie ein Mantra betet er laut: Es ist keine Flucht. Es ist keine Flucht. Das Ticket habe ich lange vor dem Crash gekauft. Für den Fall, dass er geht, droht Bill, Vater würde ihn enterben (obwohl er (!) nicht geschäftsfähig ist). Das Salz juckt auf seiner Haut. Alles kribbelt. Wie Myriaden von Ameisen, Sandflöhen.

Kleine Teilchen drohen ihn wieder aufzufressen. In ihn einzudringen. Sich in ihn hineinzubohren. Wie Pfeile. Projektile. Mikroskopisch kleine Marschflugkörper. Raketen. Mit Sprengköpfen. Oder Viren. Dichte Schwärme feindlicher Angreifer. Schutzlos den Attacken ausgeliefert ist er. Chancenlos.

Der Wind rumpelt in seinen Ohren. Doch ist es auch wirklich der Wind? *If you're going to San Francisco.* Philip Wallach Blondheim lässt grüßen. Und aus L. A. Doc Sportello.

Wie wird es mit mir weitergehen? Wie?

29. Juni

Ich ziehe mich an, esse und trinke im Stehen, räume das Apartment auf, suche nach Spuren, die ein möglicher Eindringling als verdächtig registrieren könnte, mache die Tür hinter mir zu, schließe ab und fahre zum Flughafen. Es ist höchste Zeit zu verschwinden. Habe viel zu lange gezögert.

Immer wieder stelle ich mir vor, wie ich endlich zum Flughafen aufbreche. Mit dem Taxi. Denn meinen Volvo kann ich ja nicht mehr benutzen. Ich hoffe, im Feierabendbetrieb möglichst wenig aufzufallen. Das ist meine einzige Chance, das weiß ich. Und jetzt geht es tatsächlich los. Alles lässt sich gut an: Der Taxifahrer macht einen harmlosen, freundlichen Eindruck. Wie ein frisch eingewanderter Mexikaner, der froh ist, wenn man ihn ungeschoren lässt. Habe mich auch so farblos und unauffällig wie möglich angezogen. Tarnung ist alles. Trotzdem habe ich garantiert nicht den Hauch einer Chance. Ich hätte es mir auch denken können: Der Arm des Gesetzes reicht weit (Warum nur bin ich dieser Metapher und ihrer Geschichte noch niemals nachgegangen?). Sie sind mir längst auf der Spur. Sie haben mich bestimmt schon seit Tagen ausspioniert und überwacht. Am Flughafen wimmelt es tatsächlich nur so von Cops. Und kurz bevor ich einchecken will, kurz bevor ich es geschafft habe, schlagen sie zu und führen mich in Handschellen ab. Dann schrillt das Wecksignal.

4. Juli, Glasmatt

Independence Day. Unabhängigkeitstag. Ich bin, wie sagt man auf Deutsch?, erleichtert. Sehr erleichtert sogar. Müde zwar und, wie so oft in letzter Zeit, ein wenig kurzatmig, aber doch wie erlöst. Erleichtert, erlöst und released: befreit (Wie man sich eben fühlt, wenn das Korsett des Gewohnten und der täglichen Drangsal von einem abgleitet). Befreit: Anders vermag ich meinen Zustand nicht zu beschreiben.

In den Staaten werden sie heute lauthals *The Star-Spangled Banner* oder *God Bless America* singen. Grölen werden sie es aus voller Kehle, und sie werden Reden schwingen, die ihnen besser im Hals stecken bleiben sollten. Sie werden Tea-Party-Tiraden vom Stapel lassen und patriotische Paraden veranstalten. Das übliche staatsfromme Theater auf ungezählten Bühnen (Aber überall wird dieselbe Schmierenkomödie gegeben). Ich hingegen hänge einigermaßen relaxed (Entspannt? Ja, ziemlich entspannt. Wenn mir doch nur nicht der verdammte Unfall, kurz vor der Abreise, passiert wäre!) in einem plüschigen grünen, ziemlich geschmacklosen Sessel herum, der, grob geschätzt, aus den siebziger Jahren stammen dürfte. Genehmige mir ab und zu einen kleinen Schluck. Schaue schläfrig aus dem großen Panoramafenster und sehe drüben, auf *meiner* Bühne, dem Hang gegenüber, eine Kuhherde von links nach rechts traversieren. Deutsche Kühe. Schwarzwälder Kühe (Keine Kollegen, keine Studenten, keine Cops, keine Frauen). Die Augen fallen mir zu, und nach einer halben oder ganzen Stunde wache ich wieder auf und sehe meine Kühe (Ich nenne sie schon »meine« Kühe!) von rechts nach links ziehen: eine wunderbare, friedliche Parade. Weiße Wolken am blassblauen Himmel, ein breiter Bergrücken, Wald, Wiesen, ein paar Feldwege, die Parade meiner Kühe und, tief im

Tal, ganz unten am Bildrand, ein kleiner, rauschender Bach voller Strudel, Wirbel und Gischt, der meine Sorgen davon trägt: Mehr ist nicht in meinem Blickfeld. Mehr ereignet sich nicht. Mehr findet nicht statt. Doch mir genügt es vollkommen. Und wenn ich das Fenster öffne, kann ich auch die Kuhglocken hören, deren Harmonien ab sofort meine Hymne sind. Kuhglocken, Kühe, Vögel, Bienen, Grillen, Hundegebell, Kindergeplärr und, im Hintergrund, als Generalbass, der Lärm von Motorrädern, Autos und Lastwagen von der Straße im Tal. Leider. Trotzdem: ein guter Sound.

Ich hoffe, ich habe noch eine Chance. Vielleicht schaffe ich den Absprung und werde wirklich unabhängig. Unabhängig vom Betrieb. Voraussetzung ist allerdings, dass sie mir mein Sabbatical doch noch genehmigen, diese bösartigen Neidhammel. Und dass mein arroganter Bruder bereit ist, sich um Vater zu kümmern. Zumindest für einige Monate. Ich habe keine Lust, absolut keine Lust, nach einem kurzen, dürftigen Urlaub schnurstracks in die Tretmühle zurückzukehren. Weiter wage ich ohnehin noch nicht zu denken.

Es ist kaum zu glauben: Vor drei Tagen erst bin ich in Berlin gelandet, und dennoch liegt mein Leben, liegt das, was bislang mein Leben war, schon weit hinter mir. Als ich ankam, fühlte ich mich ausgelaugt. Abgekämpft. Wie erschossen. Ein Delinquent, der schon am Beginn seiner Flucht keine Kraft mehr in den Beinen hat. Keinem geht es so verdrießlich wie mir, dachte ich. *Keinem so verdrießlich wie mir.* Ein Taxi brachte mich vom Flughafen ins Hotel (Spreewald-Motel, direkt am Kurfürstendamm): schick (was man heute so unter »schick« versteht: Möbel in gutem Design, aber billig zusammengenagelt, fadenscheinig), preiswert, alles ein wenig eng und puppenstubenhaft, lärmig. Und vor allem bis unter die Hohlziegel gefüllt mit vierschrötigen

Flip-Flop-Touristen. Dicken, rotgesichtigen Amerikanern, viel zu viel Amerikanern, Holländern, Russen, ein paar Deutschen, Japanern und Chinesen: Campern auf Freigang. Die Lobby: ein kakophonisches Verließ. Mein Zimmer: eine winzige Schachtel. Solche Räume haben mich schon immer unruhig gemacht. Nervös. Jetzt wurde es mir manchmal schwarz vor den Augen. Mia hätte garantiert einen ihrer Nörgelanfälle gekriegt.

Eigentlich hatte ich die Absicht, mich ein paar Tage in der Stadt herumzutreiben. Nicht wegen ihrer beschissenen Geschichte, sondern weil Mark Twain eine Zeitlang dort gelebt hat. War aber viel zu erschöpft: Das Zittern am ganzen Körper wurde wieder schlimmer, beinahe wie in meiner Schlussphase in Berkeley. Lange Absencen. Langes Brüten. Herzrasen. Schweißausbrüche. Schon der Gedanke, hinaus in das Menschengewühl auf den Straßen zu gehen, war manchmal zu viel für mich. Das einzige, was mich ein wenig entspannt hat, waren der Griff in die Minibar und dazu die Bilderflut im Fernseher: Talkshows über deutsche Themen, die mich nichts angingen: Eurokrise, Atomausstieg, der Länderfinanzausgleich (???) und ähnlicher Mist. Ich frage mich: Wie viele Jahre oder Jahrzehnte ist es her, dass ich mich aus Freude, aus Freude am Leben betrunken habe? Ich weiß es nicht. Ich kann mich nicht erinnern.

Hatte schnell die Schnauze voll und wollte nur noch raus aus all dem Lärm und Trubel. Aus dieser ruppigen Stadt mit ihren Säufern (!), Touristen und Stadtstreichern. Wollte so schnell wie möglich in den Schwarzwald. In Berlin konnte ich noch nicht einmal schlafen.

Am nächsten Morgen wieder diese Enge in der Brust – und meine altbekannte Larmoyanz. Fühlte mich vollkommen zermalmt. Alle Knochen taten mir weh, ich hätte kotzen können, und überdies war ich dog-tired (Habe im Wörterbuch nachgeschlagen: hundemüde). An ein Frühstück war nicht zu denken, ich konnte mich für nichts entscheiden, noch nicht einmal für einen cholesterinarmen Joghurt. Aber immerhin brachte ich es später doch noch fertig, mich zu einer Stippvisite in der Alten Nationalgalerie aufzuraffen.

Auf dem Weg dorthin, in einer ziemlich ruhigen, verschlafen wirkenden Seitenstraße, hörte ich plötzlich schrille, spitze Schreie. Wie von einem Menschen in höchster Not. Als ob einer gefoltert oder abgestochen würde. Abgeschlachtet. Ich erschrak, doch weit und breit war niemand zu sehen, und kein einziges Auto unterwegs.

Es war, wie mir schien, ein ganz gewöhnlicher Sommertag in Berlin: Der Himmel bedeckt, die Luft nicht sehr warm, aber auch nicht kalt, und die Straße hatte nichts Besonderes oder Auffälliges. Rein gar nichts. Links und rechts parkten PKWs. Mülleimer standen ungeleert auf den Trottoirs und dünsteten einen unangenehmen Geruch aus. Die Fassaden der Häuser schauten ziemlich traurig auf mich herab: grau, braun, beige, gelb. Viele Fenster waren geöffnet, klaffende Münder. Triste, schmuddelige Vorhänge bauschten sich sacht im Wind. Alles wirkte auf unbestimmte Weise deprimierend. Muffig. Trostlos. War ein Verbrechen in einer dieser harmlos wirkenden Wohnungen geschehen? Ein Überfall? Ein Mord? Erneut hörte ich die Schreie, jetzt sogar ein wenig lauter. Kriminalfilmschreie. Horrorschreie.

Instinktiv beschleunigte ich meinen Schritt, und nach einiger Zeit kam mir ein Farbiger auf einem Fahrrad entgegen (ein Inder?, ein Pakistani?). In einem hellen Gewand und mit Turban. Auf dem Lenker seines altertümlichen Gefährts saß ein weißer Papagei (ein Kakadu?), der plötzlich (als er mich wahrnahm?) wieder aus vollem Hals zu schreien begann, als wollte man ihm ans Leben. Das war es. Das war alles: ein verhältnismäßig kleiner Vogel, der seine Furcht oder vielleicht auch, wer weiß?, seine Lebensfreude in die

Welt hinaus posaunte, mit aller Kraft, die ihm zu Gebote stand, hinaus schrie. Hinaus brüllte. Mehr nicht.

Als ich die Nationalgalerie erreichte und das Entree betrat, hatte ich trotzdem das Gefühl, ich sei einer großen Gefahr entronnen. Noch einmal davongekommen. Bis zu dem Maler Hans Thoma, der aus dem Schwarzwald stammt und mich, gewissermaßen zur Einstimmung, auf die Museumsinsel gelockt hatte, drang ich jedoch gar nicht vor. Noch immer gellten mir die Vogelschreie in den Ohren. Laut. Spitz. Unerträglich. Und die Bilder der Sonderausstellung (*Turner*, *Monet*, *Twombly: Later Paintings*) sprangen mich förmlich an. Als wollten sie mir Gewalt antun. Längere Zeit stand ich vor einem großen Monet. Er maß bestimmt zwei auf vier Meter. Es war eines seiner späten Seerosenbilder: gelbgrün, mit wenigen blauen und roten Akzenten. Ich hatte das Gefühl, als sollte ich mich in diesen schlammigen Teich stürzen und in ihm untergehen. Untergehen und verschwinden für alle Zeit. Für immer und ewig. Noch mehr setzten mir Twombly's riesige Formate zu. Über sein *Scattering of Blossoms and Other Things* mit großen, blutroten Blüten vor gelbem Hintergrund war einiges auf einem Saaltext zu lesen (und ich schrieb es, wie ich jetzt sehe, mit ungewöhnlich ungelenker, zittriger, ja fahriger Hand in mein kleines Notizbuch): Das Werk oszilliere zwischen der Trauer angesichts der eigenen Sterblichkeit und einer vitalen Freude am Leben. Ein Haiku am rechten Bildrand thematisiere zudem die Polarität zwischen Erotik und Tod.

Ich sah nur noch rote Blasen. Wabernde rote Blasen. Blutblasen. Blut. Bald hatte ich Twomblys Blüten nicht mehr nur vor Augen, das Bild drang in mich ein, bedrängte mich auch von Innen und tobte in meinem Gehirn, breitete sich, dem Gefühl nach, bis in die entlegensten Winkel meines Schädels aus, so dass ich mir kaum noch zu helfen wusste. Und nun hatte ich auch wieder das Gerumpel in den Ohren.

Bekam kaum noch Luft. Hatte höllischen Durst. Fühlte mich ausgebrannt. Hochgradig erregt. Kopflos. Verwirrt. Verstört. Dann geisterte, warum nur?, auch noch der junge Paul Newman in meinen Gehirnwindungen herum, Paul Newman, wie er in Hitchcocks *Zerrissenem Vorhang* als Spion ausgerechnet durch die Alte Nationalgalerie läuft. Durch die Räume, in denen ich mich gerade aufhielt. Plötzlich sah ich mich von Stasispitzeln und KGB-Agenten umzingelt. Überall standen sie herum. Näherten sich mir. Langsam. Unaufhaltsam. Zielsicher. Ich stürzte los und floh durch mehrere Säle. Die Stasitypen folgten mir. Ich rannte und rannte, stolperte, wäre beinahe gestürzt, versuchte sogar, um meine Verfolger loszuwerden, eine schwere Tür hinter mir zuzuwerfen, doch es gelang mir nicht. Es war wie in einem Albtraum. Schließlich hielt mich ein Mann vom Aufsichtspersonal mit beiden Armen fest, ausgerechnet irgendein Kerl in Uniform (!), und verfrachtete mich in einen winzigkleinen Kabuff, wohl einen Erste-Hilfe-Raum. Er drückte mich auf einen Stuhl und gab mir ein Glas Wasser. Das habe ich, wenn ich mich nicht täusche, auch bis auf den letzten Tropfen ausgetrunken. Doch dann verlor ich das Bewusstsein. Filmriss. Keine Ahnung, wie lange ich weg war.

Als ich wieder zu mir kam, stand der Wärter (!), dessen Gesicht, eine überdimensional große Rosine, von einem engmaschigen Netz von Falten und Fältchen überzogen war, unmittelbar vor mir. Er schaute auf mich herunter wie auf den Insassen einer Anstalt und redete leise auf mich ein. Oder sprach er zu sich selbst?, denn sein Blick war eigentlich nicht auf mich, sondern eher nach Innen gerichtet, so schien es mir jedenfalls: »Hier kann nichts passieren. Hier droht keine Gefahr. Dies ist eine Art Schutzraum (!). Es ist ein Ort der Schönheit, die Heimat der Schönheit sogar, die Heimat der Stille und der Poesie. Wir können uns glücklich preisen, mein Sohn, dass wir hier sein dürfen, in diesem

Haus der Schönheit und der Kunst, in dem große Geister zu uns sprechen, wenn wir nur zu hören in der Lage sind. Wenn wir zu hören verstehen. Das hier, mein Sohn, ist eine Insel im tosenden Meer, das da heißt Babel.« Und so weiter und so fort. Das Gemurmel klang wie eine Art Gebet, eine Predigt, und vielleicht gehört der Wärter ja auch einer Sekte an. Oder er ist krank. Möglicherweise ist er ja noch kränker und verrückter als ich. Wer weiß?

Irgendwann kam ich wieder auf die Beine. Ich brachte ein schwaches »Danke« heraus, warf einen Geldschein auf den Tisch, der neben dem Stuhl stand, verließ die Galerie, noch immer in Panik, auf dem schnellstmöglichen Weg, nahm ein Taxi, holte meinen Koffer im Hotel, beglich die Rechnung und ließ mich sofort zum Hauptbahnhof bringen. Mit dem nächsten ICE fuhr ich nach Freiburg im Breisgau und von dort with a slow train nach Glasmatt, einer kleinen Gemeinde unterhalb des Feldbergs, die auf tausend Metern über dem Meer liegt. Vom Bahnhof ging ich zu Fuß auf einer schmalen, recht steilen Straße ins Dorf, dessen Häuser sich eng um die große Kirche gruppieren. Dort musste ich nach dem Weg fragen, und eine ältere Frau (eine Bäuerin?) hieß mich, eine weitere kurze Wegstrecke vom Dorfkern in ein Seitental und hinauf zu der Bergflanke zu gehen, an der ich wohne. Mein Balkon hat etwas von einer Aussichtskanzel. Und die Luft ist erfüllt von geradezu betörenden Tannen-, Kräuter- und Blumendüften. Ein positiver Schock nach dem Berliner Stadtgestank.

Ich habe die deutsche Entsprechung* nachgeschlagen: »Bummelzug« klingt viel schöner und ist auch viel konkreter als »slow train«. Ich nehme mir fest vor, hier zu bum-

* 11. Oktober: Übersetzen: Das Transportieren von Sinn. Von einem Ufer zum anderen. Wie das Übersetzen mit einem Boot. Aber bereits der Begriff der Entsprechung macht deutlich, dass es nie ohne Bedeutungsverlust abgeht.

meln und zur Ruhe zu kommen. Und ich will mein Tagebuch weiter und vollständig auf Deutsch schreiben. Will mich in jeder Hinsicht akklimatisieren. Bin in gewisser Weise ja ohnehin ein Deutscher.

5. Juli

Befürchte, dass der Weißkittel tatsächlich recht hat. Seine Diagnose wird schon stimmen. Gestern jedenfalls musste ich abbrechen. War total erschöpft. Konnte nicht mehr schreiben. Hatte auch wieder die verdammte Atemnot. Und als ich heute Morgen aufstand, wusste ich zunächst nicht, wo ich mich befand. Geschweige denn, was in den letzten Tagen und Wochen geschehen ist. In der Tat Filmriss. Es fehlte nicht viel, und es wäre mir wieder wie William Barrett in Walker Percys *The Last Gentleman* gegangen: Gefährliche, gefräßige Teilchen schienen durch die Atmosphäre zu zischen und mir alles wegzufressen. Mich zu durchlöchern. Oder bildete ich mir das alles nur ein? Mein Mund war trocken, das Gehirn wie leer geblasen. Rumpel, Rumpel, Rumpel. Erst allmählich berappelte ich mich wieder, und ich kam langsam zu mir.

6. Juli

Als ich vor dem Haus stand, das bis auf weiteres meine Bleibe sein wird, war ich einigermaßen enttäuscht. Das stimmt wohl auch, wenn man es wortwörtlich nimmt: Ich bin mit der uneingestandenen Hoffnung hierher gekommen, im Schwarzwald sehe es noch aus wie zu den Zeiten von Mark Twain, und die Ferienwohnung (mit Dusche, Bad, WC, Zentralheizung, Internetanschluss, Balkon und so weiter, die ich von Berkeley aus gebucht habe (Es gab keine Abbildung, wenn ich mich nicht sehr irre), befinde sich in einem Originalschwarzwaldhaus aus dem achtzehnten Jahrhundert, das noch vor kurzem von Schneeweißchen und Rosenrot bewohnt wurde. Nun gut, ich habe mich also getäuscht, ich bin wieder einmal meinem alten Deutschlandvorurteil zum Opfer gefallen, das nicht nur auf Hitler und Hindenburg, sondern auch auf den Grimms und auf Eichendorff aufgebaut ist, und meine naiv-amerikanische Hoffnung wurde schnellstens korrigiert. So einfach ist das. Tatsächlich handelt es sich um ein ziemlich hässliches, schmutziggrün (tannengrün?) angestrichenes Apartmenthaus mit acht Einheiten, das einen toten und verwahrlosten Eindruck macht (Als ich am späten Nachmittag ankam, waren fast alle Rollläden geschlossen). Die Balkone wirken wie klobige Hollywoodschaukeln und sind aus Beton, der an vielen Stellen abbröckelt. Man sieht dem Haus auf den ersten Blick an, dass es kaum bewohnt wird. Dass es sich selbst und seinem langsamen Verfall überlassen ist.

Die Ferienwohnung könnte schlimmer sein. Sie ist recht sauber: deutsch eben, wie man es sich vorstellt. Nicht besonders groß, aber für mich ausreichend. Zumindest fürs erste. Kleine Einbauküche, kleines Bad mit Wanne (und Dusche), kleines Schlafzimmer mit Doppelbett, kleiner Flur, recht großes Wohnzimmer (mit altertümlichem Fernseher, für Notfälle!). Möbel: na ja. Zweite bis dritte Wahl. Die Schränke, Tische und Stühle recht mitgenommen. Von Kratzern, Rissen und Macken verunziert (wie ich): Pockennarben. Überall auf den Kommoden und Vitrinen liegen kleine nutzlose Deckchen. Der Teppichboden ist von einem tristen Tannengrün (wie die Hausfassade). Fleckig. Abgenutzt. Es müffelt nach altem Rauch, Einsamkeit und Krankheit (Hustensaft?), und dagegen werde ich etwas tun müssen.

Aber diese Absteige (viel mehr ist sie nicht) wird zunächst einmal für mein kleines Leben reichen. Reichen müssen.

Westlich von Berlin lag das Land topfeben da, mit weiten Horizonten. Ich war froh, mich dem ICE überlassen zu können, mich um nichts kümmern zu müssen. Auch der Zug war sauber. Teutonisch. Die Waggons sahen anders aus als unsere, zuhause (!). Schlichter. Aber vielleicht täusche ich mich ja auch. Keine Ahnung, wie lange meine letzte Bahnfahrt zurückliegt. Zwanzig Jahre? Dreißig Jahre? Ich konnte und kann mich nicht mehr daran erinnern. Der deutsche Hochgeschwindigkeitszug schien über die Ebene zu huschen, er war beinahe lautlos unterwegs. Dennoch schleuderte er das Land mit geballter Energie nach hinten, hinter meinen Rücken. Ein optisches Kraftwerk. Unter einem gleichmäßig grauen Himmel wechselten sich Grüppchen von Trauerbäumen in rascher Folge ab, dazu öde Felder und seltsamerweise oftmals unbestellte Äcker, gräuliche puddles of water, verdammt, wie heißt das?, ja, gräuliche Wasserlachen, Herden von Hochspannungsmasten und Windrädern, wahllos und scheinbar zusammenhangslos: Spielzeuge eines verrückt gewordenen Riesen. Wie in einem Stummfilm. Außer den Billettkontrolleuren (»Noch jemand zujestiegn?«) und dem Steward (»Darf ich Ihnen eine Zeitung bringen? Ein Erfrischungstuch?«) sprach mich niemand an. Hatte meine Ruhe. Musste mit niemandem reden. Durfte vor mich hin dämmern. Funkstille. Eine kurze Lebenspause.

Je tiefer der Zug in den Süden vordrang, desto mehr zerfaserte der trostlose Wolkendeckel über dem flachen Land, blaute der Himmel auf. Licht flutete zu mir herein. Meine Stimmung wurde besser. Ich begann, die an mir vorüber ziehende Landschaft sogar zu genießen. Das Himmelsblau leuchtete immer intensiver. Dunkler. Es war schön, ich fühlte mich plötzlich erfrischt und beinahe ausgeruht.

Und als ich in Freiburg etwas ungelenk aus dem Zug kletterte (Bin ich inzwischen schon so schwächlich, oder lag das nur an der langen Sitzerei?), empfingen mich ein geradezu italienisches Stimmengewirr (ein wildes, fröhliches Geschnattere in allen Tonlagen!) und trockene Hitze. *Freiburg Hauptbahnhof, hier Freiburg Hauptbahnhof. Sie haben Anschluss an die Regionalbahn nach Seebrugg um 18 Uhr 10 auf Gleis Sieben, mit dem Regionalexpress nach Lörrach um 18 Uhr 15 auf Gleis vier, nach Offenburg mit der Regionalbahn um 18 Uhr 25 auf Gleis eins.*

Ich war ausgestiegen, hörte die Lautsprecherstimme, die genauso klang wie die in Berlin, und blieb wie vom Donner gerührt stehen. Schätze, in meinem Gehirn wurden einige Synapsen aktiv. Die Stimme im Lautsprecher: Sie wäre ein gutes Thema für einen Aufsatz, keine Frage. Die sprachliche Struktur deutscher Bahnsteigsdurchsagen. Aber so schnell mir der professionelle Reflex durchs Hirn geschossen war, so schnell wies ich ihn auch wieder ab. Schließlich will ich nichts als fort aus dem eingefahrenen Gleis. Aus meiner Galeere.

Anscheinend muss ich förmlich nach Ausländer, nach Amerikaner riechen. Jedenfalls fing ein Mitreisender in der ratternden Bimmelbahn nach Glasmatt und Seebrugg ungefragt an, mir voller Heimatstolz die Sehenswürdigkeiten an der Strecke zu erläutern. Mein Deutsch ist, glaube ich, ganz passabel; die deutschen Wurzeln meiner Familie kann und will ich nicht verleugnen. Aber mein Begleiter sprach einen so ausgeprägten (um nicht zu sagen: derben) Dialekt (Inzwischen weiß ich, es war das sogenannte Alemannisch), dass ich größte Mühe hatte, ihn zu verstehen. Daher vermag ich den Inhalt seiner weitschweifigen Ausführungen (Ich brauchte so gut wie nichts zur Unterhaltung beizusteuern) nur verkürzt und in groben Zügen festzuhalten.

Vom Himmelreich, sagte er, einem kleinen Dorf kurz hinter Freiburg, das, wie ich ja sehe, noch in der fruchtbaren, sonnigen Ebene liege (Er sagte: *leit*), kämen wir übergangslos in eine enge und felsige Schlucht: das Höllental *(s'Helledal)*, durch das schon Marie Antoinette auf ihrer Brautreise im Jahr 1770 nach Paris gereist sei, was für sie, aufs Ganze gesehen, bekanntlich kein besonders gutes Ende genommen habe. Ich fragte und frage mich: Das Leben im Südschwarzwald – kann es für mich tatsächlich ein Himmelreich, ein spätes Paradies sein? Die steilen Felsplatten des ziemlich finsteren Höllentals jedenfalls, in das wir schon bald gelangten, reichen zum Teil bis ans Bahngleis hinab *(abe)*. Der Sage nach *(Mer seit)*, erläuterte mein Begleiter, habe einstmals an der engsten Stelle ein Ritter einen Hirsch gejagt, der sich jedoch, dank eines kühnen Sprungs von Fels zu Fels, in Sicherheit habe bringen können. Als Großherzog Friedrich von Baden 1856 Luise von Preußen heiratete *(Sie sään, s'goht immr ums Hirote unn um de Adel, also um d'Monete* [Geld]), habe die Gemeinde Falkensteig, also die Obrigkeit *(d'Großkopfete)*, ein hölzernes Hirschdenkmal aufgestellt; 1907 sei der Holzhirsch *(de' Hirsch us Holz)*, den man in der Zwischenzeit mehrfach habe erneuern müssen, durch eine Bronzeskulptur ersetzt worden.

Im Schwarzwald, sagte mein Cicerone, pflege man die Traditionen. Dagegen spreche auch nicht, dass nach der letzten Landtagswahl ein paar Scherzbolde *(Scherzkeks)* den gerade restaurierten Hirsch grün-rot angestrichen hätten. Die Schwarzwälder seien bisweilen eben auch ein renitentes Volk *(Velkle)*, vor allem so nah bei Freiburg *(Friburg)*. Wichtiger aber sei, dass mit dem Bau der Höllentalbahn im späten neunzehnten Jahrhundert der Schwarzwaldtourismus richtig Fahrt aufgenommen habe: *Sit der Zit kommed Fremde, d'Frischluftschnapper, so wie Sie.* Der Abschnitt zwischen Freiburg und Hinterzarten sei die steilste Bahnstrecke Deutschlands. Ich fragte mich, ob wohl die Fahrt vom Himmelreich durchs Höllental für mich und mein Sabbatjahr (wenn es denn stattfindet!) ein gutes Omen darstellt? Doch ich konnte meinen Gedanken nicht lange nachhängen. Denn plötzlich schrie mein Fremdenführer: *Luege Se! Dött, dött ischer* (Schauen Sie! Dort, dort ist er). So sehr ich mir aber auch den Hals verrenkt und die Augen verdreht habe: Den Hirsch vermochte ich nicht zu entdecken. Vielleicht saß ich ja an einer falschen Stelle im Zug (Ich habe sowieso das Gefühl, immer an der falschen Stelle zu sein. Fehl am Platz).

Kurz bevor er an der Station Titisee ausstieg, fragte mich mein Reisebegleiter noch, ob ich die Gedichte und Erzählungen eines gewissen Johann Peter Hebel kennen würde. Als ich verneinte, hätte er um ein Haar einen Wutanfall bekommen. Das dürfe ja nicht wahr sein, schimpfte er. Ich sei ja ein rechter Hinterwäldler, aus welchem gottverlassenen Winkel dieser Welt ich denn komme? Hebel, das sei Weltliteratur. Hebel nicht zu kennen, sei ganz und gar skandalös und unverzeihlich. Diese Bildungslücke müsse ich schnellstens *(aber sauschnell)* schließen. Und weg war er.

Bevor meine Eltern aus Deutschland flohen (Das musste auch sauschnell vor sich gehen!), bevor sie gemeinsam mit ihren Eltern vertrieben wurden, lebten sie beide in Hannover (meine Mutter, glaube ich, ganz in der Nähe, auf einem Dorf im Umland, keine Ahnung, wie es hieß; darüber wurde, soweit ich mich erinnern kann, nicht gesprochen). Hebel: Der spielte in Norddeutschland bestimmt keine Rolle. Seinen Namen habe ich nie gehört. Vermutlich handelt es sich um einen süddeutschen Heimatdichter. Und ich habe ungewollt einen braven Schwarzwälder beleidigt.

Ein Frischluftschnapper bin ich also. Nicht mehr und nicht weniger. Ein müder, ein angeschlagener Tourist. Ich stehe in meinem kleinen Badezimmer mit den rissigen grünen Fliesen (Exakt derselbe Farbton wie der der Fassade und des abgenutzten Teppichbodens!) vor dem Spiegel und betrachte mein Gesicht, das Gesicht des schlappen Flüchtlings und Frischluftschnappers Carl Meyers, das mir nur allzu vertraut und doch zugleich fremd erscheint. Meine Visage und mein Körper sollen mir sagen, wie es um mich steht, denn meinen wirren Gedanken traue ich schon lange nicht mehr über den Weg. Ich will gewissermaßen eine materielle Inventur machen, ich muss wissen, mit wem ich es zu tun habe und wie der Stand der Dinge ist: Das Gesicht scheint prima vista zwar noch in Form zu sein, noch nicht so konturlos wie das von Wolch, sondern »markant«, wie Mia früher zu sagen pflegte, wenn sie bei Laune war, aber die Haut ist gerötet von der intensiven Sonne hier oben, gerötet, mitgenommen, rissig und faltig; kleine Tränensäcke hängen schlaff unter den zur Zeit seltsam wässrigen Augen, die mich durch die randlose Brille anschauen, als sei ich zum Fürchten, ein Nachtmar. Verzagt, unsicher, ängstlich der Blick, gehetzt. Der Gesichtsausdruck ist der eines verfolgten Tiers. Die Haare sind zwar nach wie vor gepflegt und voll, das schon, aber bereits recht grau, grau geworden vor der Zeit. Der Hals erinnert mich an eine Echse, und die Schultern erscheinen mir lächerlich schmal, die Oberarme dünn: zu wenig Sport, zu wenig Krafttraining, und schon lange kein Tennis mehr. Wie lange ist es her, dass dieser Carl Meyers ein Match gespielt hat oder im Fitnessstudio war? Was hat die Zeit, was habe ich aus ihm gemacht? Einen Stubenhocker auf Freigang, ein lächerliches schwächliches Männchen.

Ich will von meiner Arbeit und von meinem Institut, meiner Strafgaleere, nichts mehr wissen. Zumindest auf absehbare Zeit. Der gesamte Linguistik-Kram widert mich an. Ich bin ein Europa-Tourist. Ein Schwarzwaldurlauber, der sich gründlich erholen will. Nicht mehr und nicht weniger.

Wenn ich doch nur ein Frischluftschnapper, ein ganz normaler Tourist wie alle anderen sein könnte! Wenn ich mir weiter keine Sorgen machen müsste! Und wenn ich wüsste, was bei dem Unfall passiert ist! Dass niemand verletzt wurde. Dass ich niemanden getötet habe.

Bin ich verrückt?

Morgen soll es noch heißer werden. Habe vor, baden zu gehen. Bisher keine Nachricht von Mia. Keine Ahnung, ob sie tatsächlich herüberkommt.

In diesem Notizbuch, in dieser Kladde will ich alles festhalten, was mir wichtig ist. Was Bedeutung *für mich* hat. Das heißt auch, dass ich eine Art Reisejournal schreiben möchte, ein Buch über all das, was mir hier begegnet und widerfährt (Bleibt es bei einer Reise, bei einem kurzen Intermezzo?). Vor allem anderen aber will ich mir auf die Spur kommen, will ich mir und meinem Lebensweg nachspüren. Will über mich und mein bisschen Leben, das mir in meiner Jugend so groß und weit und in alle Richtungen offen vorkam, nachdenken. Um aus mir herauszufinden? Aus dem alten Carl und seinem Verhängnis?

9. Juli

Das hat mir gerade noch gefehlt. Fieber.

10. Juli

Immer noch krank. Faulkner hat recht: *Keinem so verdrießlich wie mir.*

Einen Baum pflanzen. Ein Haus bauen. Ein Kind zeugen. Bisher Fehlanzeige auf der ganzen Linie. Werde ich das jetzt hinkriegen? Im alten Europa, im Schwarzwald?

Die Leute hier quasseln und quasseln in ihrem seltsamen Dialekt. Dennoch wirken sie verschlossen und argwöhnisch.

11. Juli

Allmählich geht es mir wieder besser. Zumindest das Fieber ist abgeklungen. Aber der Fuß ist immer noch stark geschwollen und nicht belastbar. Ich habe Husten und fühle mich ausgelaugt. Noch kein Email von Claremont, nichts. Aber auch nichts von Polizei oder Staatsanwaltschaft. Nichts von Mia. Die Welt scheint mich vergessen zu haben.

Im Schuhschrank fand ich eine alte, vergilbte Ausgabe der *Badischen Zeitung*. Das ist vermutlich das hiesige Regionalblatt. In einem Artikel wird von einer Dahrendorf-Lecture im Konzerthaus Freiburg berichtet, mit der an den verstorbenen Soziologen erinnert werden sollte. Hat offenbar ganz in der Nähe gelebt, in einer Kleinstadt namens Bonndorf. Interessant. Es gibt nichts, was es nicht gibt: Da ist einer Mitglied des britischen Oberhauses und wohnt im Schwarzwald. Eigentlich unglaublich! Warum soll dann nicht einer von der kleinen Claremont University in Berkeley nach Glasmatt übersiedeln?

12. Juli

Bei Javier Marías habe ich einmal gelesen, ich glaube es war im ersten Teil von *Dein Gesicht morgen*, dass wir unweigerlich alles erzählen. Alles ausplaudern und herumtratschen. Wirklich alles, das Interessante und das Nebensächliche, das Private und das Öffentliche, das Intime und das Überflüssige, all das, was verborgen bleiben sollte, und das, was verbreitet werden muss, den Schmerz ebenso wie unsere Freuden und unsere Ressentiments. Ich bin da anders (vermute ich zumindest): Ich möchte nichts erzählen und in die Welt hinausposaunen, von meinen Forschungsergebnissen einmal abgesehen; doch das galt, genau genommen, nur in früheren Zeiten, als ich diesen Mist noch wichtig nehmen konnte. Ich habe mein Leben lang alles in mich hineingefressen (bilde ich mir wenigstens ein). Auch kenne ich hier (vorläufig) niemanden, dem ich etwas erzählen könnte oder wollte. (Tatsächlich will ich meine Ruhe und niemanden sehen. Oder etwa doch? Vor allen Dingen will ich mit niemandem sprechen). Gleichwohl besteht unser Leben, davon bin ich zutiefst überzeugt, aus nichts anderem als aus Erzählungen. Aus dem Erzählten und dem Erzählen, selbst wenn wir nur Selbstgespräche führen. Das Sprechen, das Erzählen und das Zuhören: Das sind unsere Motoren. Unsere Kraftwerke. Wenn wir nicht mehr erzählen, leben wir nicht mehr. Der Tod ist das Ende allen Erzählens. Mit ihm beginnt das große Vergessen. Das ewige Schweigen. Die Nicht-Existenz. Also erzähle ich dem Papier. Ich spreche mit ihm. Mit mir, mit meinem Tagebuch, das ich in den letzten zehn, fünfzehn Jahren sträflich vernachlässigt habe. Wahrscheinlich war ich viel zu oft und viel zu lange an Bord meiner Galeere. Der Motor stottert. Nach wie vor. Aber jetzt will ich versuchen, meine mickrige, kleine Lebensmaschine wieder in Gang zu setzen.

Es ist kaum noch etwas zu essen in der Wohnung.

Weshalb lässt Mia nichts von sich hören?

Auf *YouTube* habe ich eine Lesung von Valeria Luiselli gesehen. Großer roter Mund, roter Sweater, weiße Bluse. Folgendes will ich mir notieren: *Ein Leben zurücklassen. Alles in die Luft jagen. Nein, nicht alles: Den Quadratmeter in die Luft jagen, den man zwischen den Leuten einnahm. Oder besser: an den Tischen, die man mit dem Freundeskreis teilte, Stühle leer lassen, nicht als Metapher, sondern tatsächlich, einen Stuhl leer lassen, eine Leerstelle für die Freunde werden, zulassen, dass der Kreis des Schweigens um einen herum sich ausdehnt und mit Spekulationen füllt. Was nur wenige begreifen: Man verlässt ein*

Leben, um ein anderes zu beginnen. Aber: Hatte ich jemals einen Freundeskreis? Das, was es verdient, ein Leben genannt zu werden?

*

Liebster Vater,

zuallererst möchte ich Dich fragen, wie es Dir geht. Wie Dein Gesundheitszustand ist. Damit verbunden ist meine Furcht, Du könntest wütend auf mich sein und Vorwürfe gegen mich erheben: dass ich ein verlorener, ein missratener, ein nichtsnutziger Sohn bin, undankbar und egoistisch, und dass ich Dir all die Zuwendung und Liebe, die mir angeblich im Lauf meines Lebens von Dir und Mutter reichlicher zuteil wurden als meinem Bruder (wie zumindest Bill nicht müde wird zu behaupten), nicht vergelte.

Du, liebster Vater, erinnerst Dich vielleicht noch daran, dass ich bisher immer zur Stelle war, wenn Du mich und meine Hilfe gebraucht hast; dass Du Dich auf mich stets verlassen konntest, wenn Du praktischen oder seelischen Beistand nötig hattest – obwohl Du mich, von der materiellen Unterstützung in meiner Jugend einmal abgesehen, immer vernachlässigt, ja, mehr noch, vor den Kopf gestoßen, verschreckt und zumindest psychisch misshandelt hast. Vielleicht, das will ich keineswegs in Abrede stellen, hast Du mich sogar geliebt (Diese Behauptung erscheint mir allerdings nahezu obszön), gezeigt aber hast Du mir Deine Zuneigung niemals. Du hast sie mich nicht spüren lassen. Stattdessen hast Du mir nahezu täglich Deine vom Alkohol befeuerte Tobsucht vorgeführt, Deine meist blinde Wut und, später, Deinen Hass auf alle meine Vorlieben und Beschäftigungen, die signalisierten, dass ich nicht in Deine Fußstapfen treten würde. Welche Ursachen diese Ausfälle letztlich hatten, weiß ich nicht. Aber ich könnte mir vorstellen, dass Dein Vater Dich mit einem Virus infiziert hat, vor dem er eigentlich aus Deutschland geflohen ist, den er jedoch längst tief in seinem Inneren trug.

Anders als ich sagte Bill zu allem Ja und Amen und blieb von Deinen Attacken meist verschont; er war ja auch der jüngere. Und so wurde ich der Prellbock, der Sündenbock, der Bock für alles. Über diese Dinge haben wir nie geredet. Weißt Du das?

Es grüßt Dich herzlich

Dein Sohn Carl

(Nicht abgeschickt)

13. Juli

Mein Badeausflug vor einer Woche nahm einen etwas anderen Verlauf als geplant. Einen ziemlich üblen Verlauf. Bis zum Nachmittag war das Wetter wunderbar, beinahe pazifisch. Oder mediterran. Alles versprach einen herrlichen Tag. Früh am Morgen war es noch frisch, geradezu prickelnd. Aber die Luft war schon erfüllt mit dem Duft von Kräutern und Tannennadeln, und ich riss alle Fenster auf (Es müffelt immer noch in der Wohnung!). Der Himmel protzte mit einem tiefen, bezaubernden Blau. Meerblau war er und wolkenlos. Ein gelinder Wind (Kann man das auf Deutsch so ausdrücken? Wahrscheinlich nicht. Eher: Ein sanfter Wind) brachte die wenigen Laubbäume unter meinem Apartmenthaus zum Flüstern, Wispern, Rascheln, bisweilen sogar zu einem leisen Rauschen, und rhythmisierte überdies das Bild. Die Kühe drüben auf dem Hang, den die Dorfbewohner Winterseite nennen (Dort klettern auch zwei Skilifts den Berg hinauf, ich wohne auf dem Sommerberg), waren früh schon unterwegs und sorgten für das Morgenläuten. Keine gefräßigen Teilchen weit und breit, keine Pfeile oder Projektile, nichts. Kein Durstgefühl, nicht der übliche Trinkdrang. Hände und Finger ruhig. Keinerlei Zittern. Kein Muskelzucken. Bald wurde es heiß.

Ich machte mich auf zum Windfellsee, einem kleinen moorigen Weiher, der nach Auskunft meiner Karte, von Wald umgeben, zwischen Glasmatt und Düllenbach liegt. Zu meiner Überraschung war ich beinahe allein. Außer mir gab es noch zwei Dutzend Alte, die auf Campingstühlen herumsaßen und in Zeitungen blätterten, Würstchen aßen, Kaffee aus Thermoskannen und Bier aus Flaschen tranken. Obwohl in Norddeutschland zur Zeit offenbar Schulferien sind, habe ich an dem ganzen Tag höchstens zwei oder drei Familien mit Kindern gesehen. Die anderen sind jetzt wahrscheinlich alle bei mir zuhause oder in Florida oder zumindest auf Mallorca oder in der Toskana. Allerdings hatte sich heute märchenhafterweise auch eine jener sportlichen Seejungfrauen hierher verirrt, die man seit den Zeiten der Boards und der Beach Boys (Gott hab' sie selig!) eher an den Stränden von Santa Cruz, Santa Monica oder Malibu erwarten würde. Lange blonde Haare, Pfirsichwangen, Elfenbeine.

Auf dem See schaukelten freilich keine Surfbretter (auch keine Galeeren), sondern bloß ein paar Jollen. Mit seinen waldigen Ufern erschien er mir wie eine hochsommerliche Oase. Ich war glücklich, ja beinahe euphorisch. Das Wasser des Sees, den der Himmel zu einem tiefblauen Auge machte, gurgelte, plitschte, platschte, plätscherte und schmatzte sanft und harmlos ans Ufer. Wenn man Lust hatte zu baden, war es (für einen Gebirgssee) überraschend warm und weich, ich wurde am ganzen Körper förmlich gestreichelt (Mias Flaubert fiel mir ein, und dass sie mir irgendwann einmal erzählt hat, wie er sich auf seiner Reise in den Orient voll Wollust in den Fluten des Nils aalte). Meine Füße wateten durch braunen, pulverigen Schlick, und es war, als würden sie von einer unsichtbaren Fee massiert (Ich nahm mir vor, nie wieder Geld für eine ordinäre Akupressur auszugeben). Im Schilfgürtel paddelten Enten und andere Wasservögel, deren Namen ich nicht kenne (Fachidiot!), kleine Fische huschten am Ufer entlang, und als die Sonne ihren Zenit erreicht hatte, fehlte nicht viel, so kam es mir vor, dass Debussy Arm in Arm mit einem munteren Faun die Treppe der kleinen Badeanstalt (die aussieht, als sei sie gut hundert Jahre alt) herunterspaziert wäre. Ich kaufte mir bei dem französischen Pächter des Strandbads eine deutsche Bratwurst, mietete ein Plastikboot, ruderte in eine abgelegene Bucht und ließ mich in den Schlaf treiben.

Dann gellte ein langgezogener Pfiff, dem sein Nachhall (von den Bergen oder vom nahen Waldrand, ich weiß es nicht) und ein noch längeres Rattern folgten, ein rhythmisiertes Rattern, Rattata, Rattata, Rattata: Es war die kleine Schwarzwaldbahn, die mich nach Glasmatt gebracht hatte und jetzt dicht hinter der kleinen Badeanstalt auf Düllenbach und Seebrugg zusteuerte. Licht flimmerte und blitzte auf der Oberfläche des Sees. Ich kniff die Augen zu und schlief wieder ein. So entspannt wie auf dem Windfellsee war ich schon lange nicht mehr. Meine bisherige Welt schien weit weg zu sein.

Keine Ahnung, wie lange ich selbstvergessen auf dem Wasser gedöst habe. Als ich die Augen wieder aufschlug und auf die Uhr schaute, war es halb Vier, und ich fühlte mich wie ein gebratenes Würstchen: Meine Haut war rot und spannte am ganzen Körper, vor allem am Bauch, als sei sie in der Zwischenzeit auf die Maße eines Liliputaners zusammengeschnurrt. Zugleich fröstelte ich. Die Sonne hatte sich hinter eine stumpf-graue Watteschicht zurückgezogen, und Wind kam auf. Vielleicht verdankt der Weiher seinen Namen *Windfellsee* ja Fallwinden, die vom Feldberg herunter kommen. Möglicherweise ist *Fell* eine Ableitung von *fallen* und hat nichts mit *Tierfell* zu tun, dachte ich, ohne von der Geschichte der deutschen Sprache eine Ahnung zu haben, und begann darüber nachzugrübeln, wie viel Wahrheit und Wirklichkeit in der Sprache aufbewahrt sind und dass man den Dingen und dem Leben eventuell doch am ehesten mit Hilfe der Sprachentwicklung auf die Spur kommen könne. Auch die Sprache selbst erzählt. Man muss ihr nur zuhören und sie beim Wort nehmen, die gute alte Sprache, dachte ich, man ist nicht schlecht beraten, sie Silbe für Silbe und Wort für Wort abzuhören, abzutasten und zu durchleuchten, wie ein Arzt das mit seinen Patienten tut. Dann kann einem eigentlich nichts passieren, dann ist man auf der sicheren Seite. Denn sie lügt nicht, sie kann gar nicht lügen, sie breitet ihre Tatsachen, ihre Botschaft offen vor unseren Augen und Ohren aus, ganz ähnlich wie das Forschungsobjekt einer exakten Wissenschaft. Wahrscheinlich sagt auch der alemannische Dialekt mehr über den Schwarzwald und seine Bewohner aus als so mancher Bildband.

Plötzlich jedoch bereitete eine kalte Bö meinen eher poetischen Gedankenspielen (Von der Linguistik will ich nichts mehr wissen!) ein jähes Ende. Im Westen ballten sich jetzt graugelbe Wolken zusammen. Tief, wie dunkle Tücher, hingen sie ins Tal herunter, der See färbte sich im Nu schwarz und hatte silbrige Schaumkronen. Außer mir befand sich weit und breit niemand mehr auf dem Wasser. Ich war mutterseelenallein und beeilte mich, zurück zu rudern in den sicheren Hafen des kleinen Strandbads. Gerade als ich, schwer atmend, an Land ging, begann das Wetterleuchten, und kurz darauf explodierte der erste Donnerschlag. Der Wind, der mittlerweile schon ein Sturm war, ließ die Birken am Ufer aufrauschen, er schüttelte sie durch und durch und formte aus dem trockenen Sand auf dem Weg vor der Badeanstalt flüchtige Säulen, die wie kleine Windhosen aussahen. Schwarzblaue Wolkenballen hingen dort, wo ich den Feldberg vermutete. Anstatt jedoch, wie die Handvoll anderer Badegäste, die noch da waren, unter ihnen auch die schöne Blonde im roten Bikini, die weitere Entwicklung des Wetters im Schutz einer der hölzernen Umkleidekabinen abzuwarten (Im Schwarzwald ist nicht alles, scheint mir, aber fast alles aus Holz), machte ich Idiot mich unverzüglich in Hemd, Shorts und Flip-Flops auf den Rückweg in mein (!) Dorf, auf den Sommerberg.

Niemand wollte etwas von mir, niemand erwartete mich in meiner Wohnung. Ich hatte überhaupt nichts vor. Ich musste auf keinen Zug, keinen Bus, hatte keine Verabredung (Noch kenne ich hier ja keine Menschenseele!). Ich musste noch nicht einmal telefonieren. Hatte also alle Zeit der Welt, wie die Leute bisweilen sagen, leichtsinnig wie sie sind. Ich wollte, ich will mich ja einfach treiben lassen, um mich von meiner Erschöpfung, von meiner Krankheit zu erholen. Und trotzdem rannte ich, wie ein Verrückter, Hals über Kopf, los. Im Nachhinein habe ich mich im Verdacht, dass ich in erster Linie vor den Augen der schönen Seejungfrau den starken und unbekümmerten Carl spielen wollte, dem die olle Natur, dem auch der schlimmste Sturm nicht das Geringste anzuhaben vermag. Sieh' doch her, wollte ich zum Ausdruck bringen, schau her, Mädchen, ich bin ein Held, ich bin *dein* Held, dein amerikanischer Ritter von der seltsamen Gestalt, ich bin wie die Pioniere der ersten Stunde, ich könnte dich jederzeit beschützen – und ich könnte mich verfluchen für meine maskuline Eitelkeit und Imponiersucht, die mir einmal mehr ein Bein gestellt hat. Dabei hat die Schöne mit den hohen Wangenknochen mich alten Sack wahrscheinlich noch nicht einmal bemerkt, geschweige denn beachtet.

Schon nach kurzer Zeit, ich war allenfalls fünfzehn oder zwanzig Minuten unterwegs und befand mich gerade in einem schütteren Tannenwäldchen, da zogen blitzschnell kohlrabenschwarze Wolkenberge heran, und es wurde im Nu stockfinster. Die Vögel hörten auf zu zwitschern, als gingen sie, wie auf Kommando, vor einer unsichtbaren Gefahr in Deckung. Und es war, als hielte die Welt den Atem an. So oder so ähnlich stelle ich mir die letzten Minuten und Sekunden vor einem Erdbeben vor, die man im Freien durchlebt. Jetzt, beim Schreiben, erinnere ich mich daran, dass mich das grauenhafte Beben vom Oktober 1989 im Institut überrascht hat. Damals hat mir meine Ochserei vielleicht sogar das Leben gerettet, immerhin.

Ich beschleunigte meinen Schritt, soweit mir das mit meinem hervorragenden Westküstenschuhwerk gelingen wollte. Aber ich hatte noch keine hundert Yards, buchstäblich über Stock und Stein, zurückgelegt, da setzte auch schon ein tosender Gewittersturm ein, wie ich noch keinen zuvor abgekriegt hatte. Die Bäume wurden jetzt nicht mehr nur durchgeschüttelt, sie ächzten und knarrten und schwankten bedrohlich hin und her, und die kleineren und schlankeren wurden umgebogen, als seien sie mickrige Gräser. Wie das sprichwörtliche Rohr im Wind.

Dann ging alles sehr schnell. Die Blitze und Donnerschläge kamen immer näher. Ich hatte das Gefühl, von mehreren Gewitterzellen eingekreist zu sein. Es klang, als spielte eine Horde Riesen mit Kegeln. Die Finsternis schien noch dichter zu werden. Zugleich wurde sie, als befände ich mich in einer Geisterbahn, aus den unterschiedlichsten Richtungen immer wieder für den Bruchteil einer Sekunde taghell erleuchtet. Irgendwann begann es zu regnen, aber das war, wie sich schnell herausstellen sollte, leider eine Täuschung, denn die Hagelkörner, die mit Wucht vom Himmel fielen, wurden rasch größer. Mehrfach trafen sie mich am Kopf und an den Schultern. Ich rannte los, so schnell ich konnte, doch bedauerlicherweise kam ich nicht allzu weit. Ich schaffte es noch nicht einmal bis zur nächsten größeren Tanne, und schon in dem Augenblick, in dem ich lossprintete, hatte ich eines jener Déjà-vu-Gefühle, die seit der Kindheit mein Leben zu akzentuieren scheinen. Ich sah die schöne junge Frau vor meinem inneren Auge, ich sah einen roten Minirock mit den überirdisch langen Beinen einer Göttin und übersah ein nicht besonders tiefes Loch auf meinem Weg durch den Gewitterwald, das zwischen ein paar Steinen und altem, vorjährigem Laub versteckt war. Noch ahnte ich nichts Böses, da krachte ich auf sehr irdische Weise auch schon mit dem linken Bein in die Falle, die der Schwarzwald offenbar für mich schon lange bereitgehalten hatte, knickte mit dem Fuß um und spürte sofort den altbekannten Schmerz, der mich (Proust wäre begeistert gewesen) von einem Augenblick zum nächsten um knapp dreißig Jahre zurück und auf den Centrecourt von Claremont katapultierte, wo ich an einem brüllendheißen Augustnachmittag des Jahres 1984 ein Match gegen meinen damaligen »Gönner« James Wolch ausfocht.

Er hatte eine rasante akademische Laufbahn hingelegt (wenngleich mit äußerst fragwürdigen Mitteln, wie ich Trottel erst viel später mitbekam), aber er gab sich liberal und leutselig und pflegte einen kameradschaftlichen, ja geradezu freundschaftlichen Umgang mit seinen Studenten, Doktoranden und Assistenzprofessoren – mit allen, die ihn umschwärmten und hofften, von seiner Protektion zu profitieren. Wenigstens was die Oberfläche anging. Und dazu gehörte es auch, dass er mit mir (und anderen) regelmäßig Tennis spielte.

Irgendwie mochten wir uns ja, James und ich. Zumindest eine Zeitlang. Dennoch war er auch in jener Phase mein Angstgegner – nicht nur auf dem Platz. Wir mochten uns eben auch nur »irgendwie«. Ich wurde das Gefühl nicht los, dass es bei jedem Match immer auch um meine Anstellung als Associate Professor ging (wobei ich nicht wusste, ob es besser für mich war, zu gewinnen oder zu verlieren) – und damit hatte ich auch fraglos recht. Jamie war um Einiges älter als ich und verfügte über eine brillante Technik, außerdem war er ein Hüne mit der Spannweite eines ausgewachsenen Albatros'. Am Netz war er kaum zu schlagen. Seine Volleys und Überkopfbälle galten damals als legendär. Und es schien, als könne er seine Arme unbegrenzt verlängern. Bis hinaus an die Seitenlinien. Aber ich war der deutlich Jüngere und besaß in jenen Jahren noch die bei weitem bessere Kondition. Weshalb ich am liebsten nachmittags, bei möglichst sengender Hitze, gegen ihn antrat; je länger ein Match dauerte, desto mehr machte ihm sein Herz zu schaffen, desto langsamer und zugleich fahriger wurden seine Aktionen und desto größer wurden meine Chancen.

Den ersten Satz an diesem denkwürdigen Augustnachmittag hatte ich nach hart umkämpften Spielen mit vier zu sechs verloren. Im zweiten hatte James jedoch nicht den Hauch einer Chance, ich kam mit sechs zu drei auf souveräne Weise zurück ins Spiel. Und nun stand es bei eigenem Aufschlag fünf zu vier und dreißig/fünfzehn für mich. Hervorragende Aussichten also für Carl Meyers, den kleinen Professor in Spe. Mein nächster Aufschlag war gut platziert und überdies hart. Sehr hart sogar. Und schnell. Dennoch erreichte Jamie den Ball, aber sein Return ging knapp neben der Seitenlinie ins Aus. Vierzig/fünfzehn. Es lief gut. Es lief hervorragend: Matchball, zwei Matchbälle sogar, um genau zu sein (Woody Allens *Matchpoint* wartete damals noch im Ententeich der Meisterwerke. Es gab für mich keinerlei Anlass, über das Verhältnis zwischen Erotik und Sport weiter nachzudenken).

Ich warf einen Blick zu Kate hinüber, die uns, wie fast immer, von der weiß lackierten Bank am Spielfeldrand aus zuschaute, stellte mich knapp hinter der Grundlinie auf, versuchte mich zu konzentrieren und warf den Ball in die Luft. War es Kates feuerroter Minirock, der ihr ausgezeichnet stand und vor allem ihre makellosen gebräunten Beine so gut wie nicht bedeckte, war es die hoch am Himmel stehende Sonne, die mich blendete, oder war es allein mein Körpergefühl, das mir schon in dem Augenblick signalisierte, in dem ich mit meinem Schläger den Ball traf und ins gegnerische Feld drosch, dass die Sache nicht gut ausgehen würde? Ich weiß es nicht, aber damals, in dieser einen Sekunde, spürte ich schon, was auf mich zukommen würde.

Mein Aufschlag war wieder gut platziert (sogar ganz hervorragend) und kam messerscharf, doch James brachte zu meiner großen Überraschung dieses Mal einen seiner widerlichen Stoppbälle zustande, die zum Gemeinsten gehörten, das er im Repertoire hatte. Ich gab Gas, raste los in Richtung Netz, kam ins Rutschen, stolperte über eine nicht hundertprozentig ebene Stelle (Die Hartplätze der Universität waren eigentlich nie in perfektem Zustand), knickte um, stürzte – und der Schmerz stach zu. Das Match war gelaufen. Und nicht nur das Match. Für den Rest des Sommers war ich nicht mehr in der Lage zu spielen, ich war, wortwörtlich und in jeder Beziehung, »draußen«, und wenn ich im Spätherbst nicht meine elende Miniprofessur an der Claremont University, der kleinen hässlichen Schwester der UC Berkeley, in der Tasche gehabt und Jamie nicht Kate geheiratet hätte (Ich Idiot machte den beiden auch noch den Trauzeugen!), ginge es mir heute wahrscheinlich deutlich besser. Pech im Spiel, Pech in der Liebe, vermeintliches Karriereglück. Scheiße auf der ganzen Linie. Anders kann man es nicht sagen.

Schon damals war das Leben auf dem Campus für mich vor allem ein Kampf. Ein verbissener, täglicher Kampf und ein großer Krampf. Und ein elender Mist (Aber kein Wort gegen die Misthaufen, die man hier vor den Bauernhäusern sieht und anhand deren Größe Mark Twain bei seiner Wanderung durch den Schwarzwald den Wohlstand des jeweiligen Bauern bemaß!).

Konnte zum Einkaufen ins Dorf humpeln. Die Leute reden viel über die Hagelschäden: die Ernte, die Gärten, die Autos, manche Dächer …

In der Bäckerei habe ich folgenden Satz eines älteren Kunden aufgeschnappt: »Bi üüs hänn alli Chünschtler langi Bärt.« Dass ein Hannoveraner, ein Preuße jemals so melodiös und bedächtig geredet hätte: undenkbar. Das Alemannische hat in meinen Ohren etwas spezifisch Unmilitärisches und Egalitäres. Oder sollte ich mich täuschen?

14. Juli

Französischer Nationalfeiertag, Sturm auf die Bastille. Ich will nicht pathetisch werden, aber es wäre schön, wenn es mir endlich gelänge, mich aus meinem selbstgebastelten Knast zu befreien. Im Augenblick sieht es freilich eher so aus, als würde ich weiterhin in die altbekannten Fallen tappen. Und seien es auch nur Erdlöcher.

Der Rückweg zum Sommerberg gestaltete sich jedenfalls alles andere als einfach. Heldenhaft (und masochistisch!) wie ich bin, brachte ich mich trotz meiner Schmerzen wieder in die Vertikale und eierte los, während es weiter blitzte, donnerte und hagelte. Ich kam aber nur langsam vorwärts. Als ich den Waldrand und mit ihm die Straße erreichte, bot sich mir ein fremdartiger Anblick: Mitten im Hochsommer war die Landschaft winterlich weiß. Die beinahe nächtlich verschatteten Felder und Straßen waren von einer dicken Eisschicht bedeckt. Auf den glitschigen Hagelkörnern, die erheblich größer als Erdnüsse waren, hatte ich mit meinem lädierten Fuß und meinen Flip-Flops größte Mühe. Jeder Schritt, jeder Meter kostete mich Überwindung, Kraft und Anstrengung, jeder Schritt war ein Balanceakt und tat überdies gewaltig weh. Außerdem hatte es stark abgekühlt, und ich begann zu frieren. Wie ein Stadtneurotiker kam ich mir vor, den es unversehens in ein unwirtliches Gebirge verschlagen hat und der trotz all seines Wissens und seiner vermeintlichen Intelligenz, auf die er sich viel zugute hält, noch nicht einmal dazu in der Lage ist, sich auf rasch wechselnde meteorologische Verhältnisse einzustellen. Von den Gefahren, die von sportlichen Seejungfrauen ausgehen können, ganz zu schweigen. Man darf nüchtern feststellen: Jemand wie ich hat es nicht besser verdient.

Als ich, weiterhin in Hemd, Shorts und Badelatschen, damit begann, mich den steilen Weg zum Sommerberg hoch zu kämpfen, fuhr der erste Schneepflug. Der Schwarzwald ist nicht Kalifornien.

In der Wohnung angekommen, unterzog ich meinen linken Fuß, der inzwischen zu einem veritablen Fleischklumpen geworden war, einer ersten Untersuchung – selbstverständlich ohne großen Erfolg. Wahrscheinlich eine Verstauchung, wie damals in Berkeley. Ich trank ein großes Glas Whiskey, zog mir die wärmsten Klamotten an, die ich in meinem Koffer fand (Längst hatte ich Schüttelfrost), legte mich ins Bett und schlief sofort ein. Aber ich schlief schlecht, schlief miserabel, schlief äußerst unruhig und wälzte mich, trotz meiner Verletzung, beständig hin und her, denn in der Nacht kam das Fieber, kamen Kate, James und eine Menge hübscher Mädchen in den Schwarzwald, die mich allesamt mit Schneebällen bewarfen und mir, im anschließenden Nahkampf, Mund und Nase zuhielten, so dass ich kaum noch Luft bekam. Am nächsten Morgen hatte ich eine ausgewachsene Grippe.

15. Juli

Das Wetter ist längst wieder hochsommerlich, das dichte Fell des Waldes frisch gewaschen unter einem südlich strahlenden Azur. Wie blaues Pigment leuchtet das Firmament, wie die Farbe der monochromen Bilder, die mir Mia letztes Jahr unbedingt in Frisco zeigen musste (Weshalb nur fällt mir das jetzt ein?). Ich liege zur Zeit häufig auf meinem Balkon, lasse mir die Sonne auf den Pelz scheinen (Kein Sonnenbrand mehr!), genehmige mir einen Drink (oder zwei; Jack Daniel's), lege meinen Fuß hoch (Auch er entwickelt sich ganz passabel) und versinke in meiner Winterseitenmeditation (Ja, auch jetzt, immer wird man an Kälte und Tod erinnert. Es geht wohl nicht anders, zumindest in meinem Alter). Meine Kühe ziehen hin und her, hin und her, ohne Ende (wenn sie nicht gerade fressen oder wiederkäuen), recht langsam, recht bedächtig und ohne jede Eile (entschleunigt, würden Zeitgeistler sagen), geradezu kontemplativ (als seien sie allesamt attische Peripatetiker, die, Schritt für Schritt, Meter für Meter ihrer ebenso wichtigen wie gewichtigen Denkarbeit nachgehen – und wer wollte mir und ihnen das Gegenteil beweisen?!), aber zuverlässig, in scheinbar ewiger Wiederkehr. Die Glocken bimmeln ihr Lied, die harmlosen weißen Wattebäusche ziehen über den Bergrücken, werfen ein wenig Schatten (aber nicht zu viel), einmal hierhin, einmal dorthin, stets gerecht verteilt, ab und zu höre ich Bienen summen, Fliegen, Hummeln oder gar Hornissen, im Tal rauscht der Bach (heute wenig Straßenverkehr!), und eine Kuh muht von Zeit zu Zeit, als wolle sie ein besonders schlagkräftiges Argument oder einen philosophischen Gedanken von herausragender Bedeutung vortragen. In der Mittagshitze duftet es würzig, nach Süden (nach Attika?), nach Kräutern und Tannennadeln. Nach Nichtstun. Ich nehme an, dass man auch in Glasmatt über den wirklichen Süden spricht, über Griechenland, Spanien, Italien und die Eurokrise, und dass die Leute Angst um ihr Erspartes haben. Aber mich verschonen sie damit.

Über viele Stunden hinweg feiere ich Siesta, und es gelingt mir immer öfter, mich von mir selbst zu entfernen und an nichts zu denken. Alles gleitet von mir ab. Ich scheine im alten Europa angekommen zu sein. Aber linkerhand von der Kuhweide, oberhalb des Dorfes auf dem sogenannten Hexenbühl, steht ein graues Holzhaus mit einem Turm, das nicht recht hierher passen will. Es erinnert von Ferne an manche Häuser auf den Bildern von Edward Hopper, und es interessiert mich. Keine Ahnung warum. An der Spitze des Turms flattert eine Fahne, die einen Bären und einen Löwen zeigt. Nicht dass ich mich in jenem Haus einmieten will. Dazu ist meine Situation hier noch viel zu labil und unsicher. Ich weiß ja noch nicht einmal, ob ich länger hier bleiben kann (Immer noch keine Nachricht!). Außerdem habe ich mich fürs erste mit meiner Ferienwohnung abgefunden. Es müffelt zwar noch immer nach Krankheit und Alter, und die Möbel sind scheußlich, aber der Mensch gewöhnt sich offenbar an alles, und zur Not trinke ich mir die Bude schön.

Ich brauchte dringend Bergstiefel, um meinen lädierten Fuß zu stützen und wieder mobiler zu werden. Da im ganzen Dorf keine aufzutreiben waren, fuhr ich mit dem Bus über Bärental (höchstgelegener Bahnhof Deutschlands!) zum Feldbergpass hinauf; alles ziemlich lästig, umständlich und zeitraubend. Ich werde mir ein Auto zulegen müssen, wenn ich mich längere Zeit im Schwarzwald aufhalte. Hierzulande ist man ohne einen fahrbaren Untersatz komplett aufgeschmissen.

Von Bärental aus hat man einen sehr schönen Blick auf das Feldbergmassiv. Es ist in der Tat ein Massiv; genau betrachtet, besteht der Berg, nimmt man seinen Vorberg dazu, aus zwei breiten, steil abfallenden Rücken, die von tief eingeschnittenen Tälern eingefasst werden, und hier sieht und spürt man, dass der Schwarzwald tatsächlich ein echtes Gebirge ist. Die beiden Gipfel sind kahl, sie liegen knapp über der Baumgrenze, und man kann sich selbst im Hochsommer vorstellen, dass sich in der kalten Jahreszeit dort oben die Schneemassen türmen. Hoffe sehr, dass ich im Winter noch hier sein werde, dass ich hier viele Winter erleben kann.

Im Sportgeschäft, das an der Passstraße, gleich neben dem sogenannten Hebelhof, liegt (Möglicherweise hat dieses Haus etwas mit dem Heimatdichter zu tun) und in der Urlaubssaison auch sonntags geöffnet hat, stieß ich als erstes auf mehrere Glasvitrinen mit einer Unzahl von Urkunden, gravierten Silbertellern, Bechern, Pokalen, Medaillen und alten Siegestrophäen, die die Besitzerin des Geschäfts als ehemalige Skikanone ausweisen sollen. Die Hänge der Umgebung sind auch von oben bis unten mit Liftanlagen gepflastert; im Sommer alles andere als eine Zier – aber das kennen wir ja genauso von Squaw Valley und vom Lake Tahoe.

Gut möglich, dass die Frau, die im Laden herumhantierte, sehr schön ist. Ich glaube, sie hat beinah indianische Wangenknochen und ist groß und schlank, aber sie sah ungepflegt aus. Ihre fettigen langen Haare hingen ihr als ein schmuddeliger Vorhang ins Gesicht, so dass ich ihre Züge kaum erkennen konnte, und sie trug alte, schmutzige Jeans und ein fleckiges Sweatshirt. Als ob sie gerade von der Gartenarbeit käme. Im Geschäft roch es ein wenig nach Schweiß und, ja, nach Katzenpisse.

Neben Skiern und Skistiefeln zu Sommerpreisen gab es vor allem Klamotten zu kaufen, die mich an bayerische beziehungsweise österreichische Trachten erinnerten (Oder sollte ich mich täuschen? Ich bin wahrhaftig alles andere als ein Fachmann auf diesem Gebiet): sogenannte Dirndl in allen Größen, Farben und Formen, wie man sie vom Münchener Bierfest kennt, aufwendig verzierte Jacken und sogar Gehröcke. Die Dame faselte von einer angeblich großartigen Tiroler Manufaktur, von Hirschhornknopfleisten (???), reizvollen Applikationen (???) und anderem mehr, als ich so ein Ding im Vorbeigehen befingerte. Kniebundhosen waren zu kleinen Türmen aufgeschichtet, dazu rotweiß karierte Hemden, bunt bestickte Blusen und Röcke, seidene Halstücher, Taschentücher, Ledergürtel in den unterschiedlichsten Ausführungen, dick bezopfte rote Socken und Strümpfe, Badeanzüge, Bikinis und Badehosen (selbst sie mit alpenländischen Verzierungen, mit Edelweiß und Enzian), Jägerhüte mit Gamsbart etc. etc. Man hätte meinen können, ich sei unversehens in einen Kostümverleih oder gleich ins Salzkammergut geraten.

Wie lange ist es her, dass ich in Österreich und Bayern war? War das kurz nach dem Studium? Oder noch vor dem Examen? Damals habe ich solche Sachen gesehen und hätte mich totlachen können: Die Männer sahen aus wie alberne Pfaue, die Frauen wie gackernde Hühner, ihre Brüste wirkten auf merkwürdige Weise ausgestellt und aufgepumpt, wie aus Kunststoff oder wie große, rosige Schweinswürste. Und der Schwarzwald importiert diesen albernen Kram! Es ist kaum zu glauben. Offensichtlich hat er kaum eigene Traditionen ausgebildet. Nicht in der Mode, und noch nicht einmal, das fällt mir auch auf, im Baustil. Oder wird das Schwarzwälder Erbe nur nicht ausreichend gepflegt? Denn die alten Schwarzwaldhöfe, die es noch gibt, sprechen doch eine andere Sprache. Aber fast überall trifft man jetzt, soweit ich das nach ein paar Tagen beurteilen kann, Häuser mit pseudobayerischen Schnitzbalkonen an. Woran mag das liegen? Hat man hier zu wenig Selbstbewusstsein? Und wie ist das übrigens mit SF, mit Berkeley, mit Kalifornien – von der Hippiebewegung und der Schwulenszene einmal abgesehen?

Jedenfalls hatte die schwarzhaarige Dame (Sie sprach Alemannisch, nicht Bayerisch!), die auf mich seltsam abwesend und desinteressiert wirkte, als sei ich nur ein lästiger Störenfried, zu meiner Freude dann tatsächlich doch noch einige Bergstiefel vorrätig. Ich entschied mich für ein schönes und stabiles Paar der Marke Mephisto aus braunem, aufgerauhtem Leder. Ich frage mich, ob die Deutschen literaturfixiert sind. Und, wenn ja, was ich eigentlich nicht glauben kann, weshalb sie ausgerechnet das Wandern zum Teufelswerk machen? Wollen sie alle gelehrte Stubenhocker sein, selbst die Schuhfabrikanten? Die Stiefel scheinen jedenfalls nicht nur meinen Knöcheln, sondern nicht zuletzt meiner Psyche Halt zu geben (Sie hat es auch nötig). Wer kennt nicht das positive Gefühl, das Selbstwertgefühl und Selbstbewusstsein, das uns festes Schuhwerk zu vermitteln vermag? Steht man nicht plötzlich viel sicherer als zuvor auf dem Erdboden, gewissermaßen mit beiden Beinen und fest? Geerdet? Ist man nicht augenblicklich ein anderer Mensch, ein winzigkleiner Superman sogar, dem kein Weg zu weit, kein Berg zu steil und zu hoch ist? Mit meinem Gevatter Mephisto an den Fersen sah ich mich schon die steilsten Hänge hinaufeilen. Und euphorisiert wie ich von dem Teufelszeug war, nahm ich auch gleich noch eine leichte amerikanische Trekkinghose mit (Made in China). In gewisser Weise ist der Schwarzwald dann eben doch wieder Kalifornien.

16. Juli

Mia hat geschrieben. Bill kümmert sich angeblich rührend um Vater. Fährt ihn, laut ihrem Bericht, auch spazieren und nimmt sich dafür viel Zeit (Will sie mir ein schlechtes Gewissen einimpfen? Sonst konnte sie meinen Bruder doch nicht verputzen!). Er wird es angeblich auch weiter tun.

Aber schreiben will er mir nicht. Möchte sich offenbar ein Hintertürchen offenhalten, der Hund. Ein wenig erleichtert bin ich schon. Und dennoch: Das schlechte Gewissen nagt an mir. Bin ich rücksichtslos? Bin ich gemein? Der böse, der verlorene, der rücksichtslose Sohn?

Mia tut so, als ob nichts gewesen wäre. Und schreibt, dass sie auf gar keinen Fall nur für ein paar Wochen herüberkommen will: »Du glaubst doch nicht im Ernst, mein lieber, gutaussehender Alter, dass ich dazu bereit bin, längere Zeit auf Dich zu verzichten? Ich vermisse Dich. Deinen Charme. Deinen Witz. Deine Zärtlichkeit.« Ich werde aus ihrem Süßholzgeraspel nicht schlau.

Heute unternahm ich meinen ersten Gelenk- und Mephistotest. Es ging, im Wortsinn, ganz passabel. Nach dem Frühstück machte ich, gespornt und gestiefelt, wie meine Mutter zu sagen pflegte, im Gang und im Wohnzimmer ein paar Trockenübungen. Zunächst ein bisschen unsicher und wackelig, aber schon nach kurzer Zeit ziemlich sicher. Ich stellte mir vor, eine meiner Studentinnen würde mich beobachten, wie ich in den kleinen Räumen hin und her tigerte, und käme rasch zu dem Schluss, ich wäre durchgedreht und reif für die Klapsmühle (womit sie ja noch nicht einmal ganz falsch läge). Und als ich mir für einen kurzen Augenblick im Badezimmerspiegel selbst begegnete und meine verkniffene Visage sah, bekam ich einen Lachanfall.

Meine erste Wanderung mit dem neuen Schuhwerk (Würde ein Deutscher von heute dieses Wort noch benützen? Ein junger Deutscher?) führte mich zum sogenannten Zweiseenblick. Ich nahm vorsorglich eine Karte mit, aber der Weg war perfekt ausgeschildert – wie man das in Deutschland erwartet. Bleibt Preußen immer Preußen? In Ewigkeit, Amen?

Zuerst kam ich an einer Jugendherberge vorbei und musste anschließend einen verwahrlosten Sportplatz überqueren. Jede Menge Bauschutt war dort aufgehäuft. Überall lag Müll herum, leere Flaschen aus Glas und Kunststoff, kaputte Kinderwägen und Bettgestelle, alte verdreckte Matratzen. Und die Fußballtore standen so windschief da, als ob sie im nächsten Augenblick einstürzen wollten. Es sah öde aus. Ein perfektes Spiegelbild meines Innenlebens.

Vermutlich hatte ich bis jetzt märchenhafte Vorstellungen von Europa, von Deutschland und insbesondere vom Schwarzwald, Vorstellungen, die sicher buchstäblich von den Grimm'schen Märchen gefärbt und beeinflusst waren, von unendlich großen, weltfernen Wäldern, die von wilden Tieren und allenfalls von Hexen bevölkert sind – und wenn ich ehrlich bin, hege und pflege ich sie nach wie vor.

Ich sehe mich noch immer in unserem Bungalow in San Francisco am niederen Couchtisch sitzen, den ein Adventskranz mit vier dicken roten Kerzen schmückt, und *eine* Kerze brennt. Seltsamerweise sehe ich in meiner Erinnerung immer nur *eine* Kerze brennen, niemals zwei, drei oder vier. Es ist also vermutlich Anfang Dezember. Ich bin ungefähr sieben oder acht Jahre alt. Draußen ist es angenehm warm. Mutter und ich sitzen in bequemen Sesseln. Unsere Wohnung ist modern und mit geradliniger Strenge eingerichtet. Schnörkellos. Keine Deckchen, kein Nippes, nur wenige Möbel in den großen Räumen. Vor dem Fenster schwankt eine staubige Palme im Wind. Meine Mutter sitzt mir gegenüber. Sie liest mir ein Märchen vor: Es ist Winter in diesem Märchen. Es schneit. Der Wald versinkt allmählich in den weißen Massen, die alles einhüllen, alle Geräusche dämpfen. Nur der eisige Wind in den Bäumen ist zu hören. Er pfeift durch die Äste und lässt die Tannen rauschen, und dicke weiße Polster fallen auf den Schnee, der längst den Waldboden bedeckt.

Irgendwann legt meine Mutter das Buch beiseite, sie liest nicht mehr, sondern erzählt, sie erzählt immer weiter vom

Schnee im Wald, vom Schnee in den Bergen des Schwarzwalds, von vor Eis starrenden Wäldern. Meine Mutter erzählt, sie singt beinahe die Berge, den Wald und den Winter, sein Klingen und Klirren in Schnee und Eis und Sturm. Ich sehe sie als junges Mädchen mit langen Zöpfen irgendwo in einem fernen Land durch den tiefen Schnee stapfen, die Flocken wirbeln, und ein dichter Nebel, ein Schneedunst verhüllt die Welt. Ganz allein ist sie unterwegs, sie hat sich verirrt und ist hungrig und durstig. Die Nacht bricht herein, und noch immer hat sie kein Dach über dem Kopf. Sie wandert bergauf und bergab, von Tal zu Tal, und hat bald das Gefühl, im Kreis zu laufen, denn sie stößt immer wieder auf halb verwischte, verwehte Spuren im Schnee, von denen sie glaubt, es seien ihre eigenen. Immer wieder geht sie bergauf und immer wieder bergab. Das Gehen wird mit der Zeit immer anstrengender, immer mühsamer, denn die Schneedecke wächst beständig. Meine Mutter wird müde und mutlos, aber sie gibt nicht auf, und endlich, nach vielen Stunden erst, sieht sie ein Licht brennen in einem kleinen Haus, mitten im Wald, in einem einsamen Tal. Mit letzter Not erreicht sie das Haus, eine armselige Hütte eigentlich nur, in der eine Frau mit einem Kind an einem reich gedeckten Tisch sitzt: Am Adventskranz brennt die erste Kerze. Die Frau erzählt dem Kind und dem soeben eingetroffenen Ankömmling eine Geschichte vom Schnee, vom Eis, vom Sturm in den Bergen, und wie ein junges Mädchen mutterseelenallein durch den Wald irrt. Und so geht es immer weiter. Und wenn sie nicht gestorben sind, leben sie heute noch.

Recht schnell hatte ich das öde Feld hinter mir, der Weg stieg steil an. Neben dem schmalen Pfad zuerst Sträucher, Farne, Büsche, Ameisenhaufen (Heißt es so, oder spricht man von Häufen?), dann, immer dichter, Tannen. Der Wald nahm mich auf, meine Pumpe arbeitete am Anschlag, aber es duftete nach Tannennadeln, nach Kräutern und ein klein wenig, zumindest bildete ich mir das ein, auch nach den Himbeeren und Heidelbeeren, die oberhalb des Wegs an der steilen Böschung wuchsen und nur darauf zu warten schienen, dass ich sie mir in den gierigen Mund steckte. Wie durch ein Wunder hatten sie offenbar den Hagelschlag von neulich überstanden. Zu hören war nichts außer meinem lauten Herzschlag, dem Dauerrauschen der Tannen im Sommerwind und dem Zirpen unzähliger Grillen, so dass ich sogar augenblicksweise meinen Tinnitus vergessen konnte.

Jetzt fällt mir ein, dass ich als junger Kerl, gegen Ende des Studiums, einmal in den Muir Woods mit Tonaufnahmen experimentiert habe. Stundenlang fing ich das Rauschen der Riesenbäume ein. Nächtelang hörte ich es später ab, wann immer ich nicht schlafen konnte. Und oft kam es in jener Zeit vor, dass ich schlecht schlief, obwohl Gevatter Tinni mich längst noch nicht in seinen Fängen hatte. Wie jung war ich damals! Die Zukunft war noch offen, kaum etwas war festgezurrt, keine lebenswichtige Entscheidung getroffen, aber alles verschwamm mir vor den Augen, gewissermaßen im diffusen Nebel von San Francisco, denn irgendetwas versperrte mir stets die Sicht. Auch damals ging es, glaube ich, um eine Frau, um irgendein Mädchen oder vielleicht auch um eine Prüfung, von der ich annahm, ich hätte sie vermasselt, keine Ahnung. Sorgen machte ich mir seltsamerweise immer. Sorgen bildeten stets den Kern meines Lebens, seinen Grundton. Aus größerem zeitlichen Abstand erscheint das einfach nur lächerlich. Aber auch todtraurig. Sorgen haben mir stets das Leben vermiest, den Blick auf die Welt verstellt.

Ich bedaure es sehr, kein Aufnahmegerät für Soundscapes dabei zu haben.

Bald verdichtete sich das Schwarzwaldtannendunkel bis zur Finsternis. Nur von Zeit zu Zeit wurde sie durchbrochen von schmalen Streifen und Rechtecken aus Sonnenlicht, die auf dem samtigen Moosboden des Waldes hell leuchteten. Der Weg war uneben, vom Regen ausgewaschen, steinig (richtige kleine Felsbrocken lagen herum) und überdies recht steil. Ich hatte das Gefühl, mein verletztes Fußgelenk funktioniere nicht, und ich müsse das Gehen im Gebirge erst von neuem lernen. Als ob ich noch nie in den Rockys oder in der Sierra Nevada unterwegs gewesen wäre. Aber ich glaube, selbst Mia würde meine Angst und meine Verunsicherung verstehen: Wenn ich ein weiteres Mal umgeknickt wäre, hätte ich meine Schwarzwaldvakanz vergessen können. Mein Fluchtplan wäre gescheitert, und letzten Endes hätte ich mich direkten Weges in psychatrische Behandlung begeben müssen. Eine schnelle Rückkehr in den Betrieb würde ich nicht überstehen. Juvenals Formulierung vom gesunden Geist in einem gesunden Körper bekommt in meinem Fall eine ganz neue Bedeutung. Ich hatte also höllisch aufzupassen und setzte meine Schritte so vorsichtig, als ginge ich über dünnes Eis.

Dabei war es glühend heiß. Der Hochsommertag begann zu brodeln. Obwohl ich im tiefen Waldschatten unterwegs war, hatte ich mein Hemd (eine leichte US-amerikanische Funktionstextilie von North Face) in kürzester Zeit durchgeschwitzt, und Schweißperlen liefen mir ohne Unterlass von der Stirn in die Augen. Mein Blick wurde aber auch dadurch getrübt, dass ich immer noch (und immer wieder) an die blonde Frau im roten Bikini denken musste. Sie ging mir nicht aus dem Sinn. Ich sah sie am Windfellsee, umgeben von lüstern glotzenden Rentnern (Bald bin ich selbst in diesem Alter, aber daran dachte ich nicht, als ich meinem Tagtraum nachhing), ich sah sie frierend in der Umkleidekabine (mit einer makellosen Pfirsich-Gänsehaut in Nahaufnahme), ich sah sie im großen Hörsaal der Uni, noch immer im Bikini, und dann sah ich viele, viele andere Mädchen in meinen Seminaren, brünette, blonde und rothaarige, die mich miniberockt und in knappen T-Shirts regelmäßig aus dem Konzept oder zumindest in Verlegenheit bringen und mich allabendlich, wenn ich am Schreibtisch frone, darüber in Verzweiflung geraten lassen, dass ich ein akademisches Wrack bin: der »ewige« Associate Professor von Claremont. Ein Möchte-gern-Gelehrter, den das Schicksal (!) auf der verdorrten Tiefebene der Grundkurse festgezurrt hat. Ein Mann ohne realistische Aussicht, seinem Leben noch eine andere, eine neue Richtung geben zu können, die zu etwas Besserem führen würde als zu weiteren akademischen Niederlagen.

Die Außenwelt begann ich erst wieder wahrzunehmen, als ich am sogenannten Zweiseenblick, einem kleinen Felsplateau, ankam. Das letzte Wegstück, das sich von oben wie ein schmaler Trampelpfad inmitten von Latschenkiefern und dichtem Gebüsch ausnahm, musste ich wie in Trance hinter mich gebracht haben. Ich erinnere mich an nichts, an rein gar nichts, und staune immer noch über die vielen blutigen Kratzer an den Armen, die mich nicht unbedingt attraktiver machen: Ein ältliches, krankes, ein wenig pyknisches und nach wie vor humpelndes amerikanisches Männchen tapert durch die Welt und bekommt nichts von ihr mit, weil es nach jungen, knackigen amerikanischen Weibchen lechzt, mit denen es, bei Licht betrachtet, noch nicht einmal sprechen möchte. Und selbst wenn es wollte, würde es sich nicht trauen. Das armselige Kerlchen.

Ich packte meine Karte aus und konnte mit ihrer Hilfe den Titisee identifizieren, der tief unter mir lag, wie ein grün gefasster blauer Edelstein, und ein Stück weiter im Süden sah ich Segelboote als kleine weiße Farbtupfer auf dem Schluchsee. Vor mir jedoch, unmittelbar zu meinen Füßen, saßen zwei Frauen und zwei Männer, offenbar ältere Ehepaare, der Sprache nach keine Einheimischen, sondern vermutlich Norddeutsche, vielleicht sogar aus der Gegend von Hannover oder eher noch aus dem Münsterland, denn sie vokalisierten die Konsonanten und sagten Wuast statt Wurst und Duast statt Durst (So redete mein germanistischer Kollege Mersjohann in Claremont, wenn er einen deutschen Gast hatte, und Mersjohann stammte, das weiß ich, aus Münster), alle mit den gleichen hellbraunen Wanderhosen bekleidet und mit rot karierten Hemden – die Männer, trotz der Hitze, zusätzlich mit Tirolerhüten auf den dicken Schädeln. Sie unterhielten sich über frühere Urlaube in Kuba und Mali und dass es dort noch schöner und noch preiswerter gewesen sei als auf den Malediven, und hatten sogar Ferienfotos dabei, die sie sich gegenseitig zeigten.

Gerade eben habe ich mich bei Wikipedia über den Schwarzwald informiert, über Gneise, Granite, Vulkanite, Sedimentgesteine, Serpentinite, Pyroxinite, Norit usw. usf. Unter anderem ist in dem Artikel zu lesen, dass der Schwarzwald zusammen mit den Vogesen im Eozän entstanden ist, also vor ungefähr 55,8 Millionen Jahren. Der Gute hat offenbar schon einige Jährchen auf dem Buckel. Viele Gäste auf Erden hat er schon ertragen, viele hat er kommen und gehen gesehen. Und vergletschert war er auch einmal. Vielleicht hing mein Eindruck, dass er in großer Gelassenheit vor mir lag, als ich am Zweiseenblick eine Ruhepause einlegte, ja mit seiner Erfahrung zusammen: Er verfügt über die Altersweisheit, die mir vollkommen abgeht. Ich bin zwar ein einigermaßen betagter Sack, doch alles andere als abgeklärt oder weise.

Vermutlich werde ich wirklich verrückt. Jetzt vergleiche ich mich schon mit einem Gebirge. Bescheidenheit sieht anders aus.

Der Himmel war als ein tiefblauer Schirm über mir aufgespannt und wurde zum Horizont hin heller. Wuast und Duast glitten von mir ab, ich schaute nur noch in die Landschaft und genoss den Ausblick. Den Überblick. Den Rhythmus der gestaffelten Hügelketten, die vielen grünen Geländefalten, eine hinter der anderen, die mit größer werdender Entfernung immer blauer wurden, und die Ruhe der Bergwelt.

Kalifornien und die Malediven interessieren mich nicht. Oder bilde ich mir das nur ein? Versuche ich es mir einzureden? Was will ich? Und was will ich nicht? Ich weiß es, ehrlich gesagt, nicht. Ich weiß auch immer weniger, wo mir der Kopf steht. Könnte ich aus meiner Haut, hätte ich vielleicht eine Chance, die gefräßigen Teilchen, die gefährlichen Projektile hinter mir zu lassen und glücklich zu werden. Zumindest gelassener.

Bin müde. Die Wanderung hat mich angestrengt. Pfeile schwirren umher, außerdem tut mein Fuß weh. Muss schleunigst ins Bett. Hoffentlich kann ich schlafen. Jackie D.

17. Juli

Heute Morgen lange liegen geblieben. Schwerer Kopf. Schweißausbruch. Das bekannte Zittern. Rumpel, Rumpel, Rumpel. Das Unfallproblem. Die Unfallpanik. Der Vatermist. Brechreiz. Appetitlosigkeit. Das Fernsehgerät in Betrieb gesetzt. Miserabler Empfang. Trotzdem die einzige Möglichkeit.

Der Tag aber dann doch noch erträglich. Habe mich gezwungen aufzustehen. Loszulaufen. Der lädierte Fuß hat auch ganz akzeptabel mitgespielt. Ich habe sicher gut daran getan, nur eine kleine Tour zu machen, hinüber ins Nachbartal, nach Oberneumatt. Keine große Sache, keine zwei Stunden (hin und zurück). Der Weg folgte eine Zeitlang dem von gestern: Sportplatz, Müll, Sträucher, Farne, Büsche, Tannendunkel, und später ging es in einem weiten

Bogen wieder sanft abwärts. Noch nie habe ich Kühe so intensiv betrachtet (und bewundert) wie heute. Und noch niemals bin ich diesen Tieren so nahe gekommen. Ob sie wohl Namen haben? Und ihren Namen kennen? Auf ihn hören? Neugierig waren sie und drängten sich dicht an mich heran. Konnte mich nicht satt sehen an ihrem Fell, den zarten Schnauzen, den großen, dicht bewimperten Augen. Ihren seelenvollen Augen.

Oberneumatt ist hinreißend. Oben, am Dorfrand, ist die beste Lage: Man bekommt von der Bundesstraße unten nichts mit, kein einziges Geräusch, kein Auto, kein Motorrad. Der Blick ist unvergleichlich und geht über viele, viele Bergketten hinweg. Über die blauen Berge des Schwarzwalds. Die höchsten Gipfel sind zum Greifen nah, sind allesamt um Oberneumatt versammelt. Ich wette: Im Winter kann man von dort oben alle Dörfer und alle wichtigen Punkte der Umgebung, beispielsweise die Skipisten am Feldberg, mit Tourenskiern erreichen. Wenn ich länger hierbleiben sollte, möchte ich unter allen Umständen dort wohnen. Läden freilich scheint es nicht zu geben. Immerhin jedoch mehrere Gasthöfe. Ich brauche ein Auto.

Seit gestern belagern wieder die Eltern mein Gehirn, als ob ich zurück in die Kindheit gestürzt wäre.

Vor allem mein großer tobsüchtiger Brüllvater geht mir nicht aus dem Kopf, mit seinem schier unglaublichen Glück und seiner uneinholbaren Begabung zu Bosheit und Jähzorn. Wahrscheinlich hat er selbst noch bei meiner Zeugung geschimpft, geflucht und getobt und seine Frau nach Kräften beleidigt, dieser Spinner – und, will man Laurence Sterne folgen, seinem künftigen Spross damit nach Kräften geschadet, denn Zorn gebiert bekanntlich Melancholie, wenn nicht viel Schlimmeres. Ein lustvolles Liebesspiel war dieser Zeugungsakt ganz gewiss nicht, eher schon eine täppische, verkrampfte Balgerei. Und wenn meine Vermutung zutrifft, wovon ich leider ausgehen muss, dann hat mein Alter nicht nur meiner armen Mutter seinen Samen mit all seinen höchst zweifelhaften Erbanlagen implantiert, sondern mir mit seinem cholerischen Gehampel überdies einen Drall in Richtung Unglück, Hemmung und Versagen versetzt. Denn bei der Sache war er sicher nicht. *Mein Unglück begann schon neun Monate, bevor ich überhaupt zur Welt kam.* Gleichwohl hatte dieser Neurosenspender, das höchst zweifelhafte Exemplar von einem Vater, der mich noch heute zur Verzweiflung zu bringen vermag, Glück, unglaubliches Glück sogar: Welchen Immigrantenkindern ist es denn gelungen, so schnell wie er in der Schule Fuß zu fassen und später eine gut bezahlte Position in der Wirtschaft nicht nur zu ergattern, sondern auch einige Male erfolgreich zu verteidigen – trotz seiner erstaunlich schlechten Englischkenntnisse und seiner Wutausbrüche, mit denen er nicht nur seine Familie, sondern sein gesamtes Umfeld, ohne Ansehen der Person, heimzusuchen pflegte? Wie viele haben es gewagt, den eingeschlagenen Weg nochmals zu verlassen und einmal mehr ganz von vorne zu beginnen? Und wie viele von ihnen haben damit in einem Maße reüssiert wie mein großer Vater, der, als studierter Chemiker, Farbenspezialist (!), ehemaliger Angestellter eines bedeutenden Unternehmens und kunsthistorischer Laie in kürzester Zeit eine der umsatzstärksten Galerien an der gesamten Westküste aufgebaut hat, ein kleines Luxusimperium, »Meyers' Fine Arts?« Obwohl er keinen blassen Dunst von der Kunstszene hatte, auch keine Linie, kein Programm, kein Profil, mit dem er am Markt hätte operieren können. Dennoch hat Vaters Geschäftsidee funktioniert. Geschickt nutzte er die Gunst der Stunde und die Kontakte der Familie nach Europa. Ein gewiefter Taktiker mit kräftig ausgeprägten Ellenbogen war er sicher. Und ein rabiater Vater. Ein grober Klotz.

Doch der Alte war nicht nur ein Unmensch und der Schrecken meiner frühen Jahre. Er war auch und im selben Maße mein armer, armseliger, im Grunde liebebedürftiger Vater, der während meiner gesamten Kindheit todunglücklich war, weil er tagein, tagaus unter starken Kopfschmerzen litt, die ihn beinahe in den Wahnsinn trieben. Dennoch weigerte er sich, das Migränemedikament, das ein pharmazeutisches Unternehmen in SF, einer seiner besten Kunden, herstellte, auch nur ein einziges Mal zu schlucken, da es, wie er behauptete, eine ausgefuchst üble Giftbombe sei (an der er indirekt kräftig mitverdiente); mein Vater, der, wenn er gerade einmal nicht von Migräneschüben gebeutelt wurde, wegen seines abnormen Whiskey- und Kaffeekonsums (nachtschwarz, ohne Zucker) und der Kettenraucherei unter den schlimmsten Magenschmerzen litt; noch immer sehe ich meine verschüchterte Mutter, wie sie für ihren rabiaten Mann beinahe täglich Schleimsüppchen oder ihren berühmtberüchtigten Migräne-Tee aus Mädesüß-Kraut, Weidenrinde, Baldrian-Wurzel, Lavendel-Blüten, Melissen-Kraut und Lindenblüten zusammenbraute, der mit Sicherheit nichts nutzte, und ihm allabendlich die Schläfen mit Japan-Öl, dem Produkt der Feinde, einrieb; mein Vater, der, trotz all seiner Schmerzen und Leiden, als stolzer Neuamerikaner bei jedem außenpolitischen Konflikt der Vereinigten Staaten in abstoßender Art und Weise polterte, man müsse die bösen Feinde der Freiheit allesamt ausrotten und am besten einen nach dem anderen mit Atombomben bewerfen. Mein Vater, der kränkliche Draufgänger.

Meine Eltern: Was haben sie aus mir gemacht? Was habe ich aus mir machen lassen? Und was tue ich jetzt meinem Vater an?

Noch keine Nachricht vom Dean. Alles Weitere hängt von diesem Urteilsspruch ab. Was geht da vor sich? Ich verstehe es nicht.

Teilchensalat. Kopfschmerzen. Elternmist. Im Bett. Bin vollkommen kraftlos. Das schöne Wetter, der übermütig leuchtende Himmel, die kleinen vergnügten Wolken: Sie machen es nur noch schlimmer. Ich bin alles andere als im Einklang mit der Welt. Oder täusche ich mich, und auch sie zerfällt?

Zurückgeblättert in der Kladde. Die »deutschen« Weihnachtsfeste meiner Kindheit fielen mir wieder ein. Wie meine Mutter sich eisern an ihre Familientraditionen klammerte, trotz der Nazis. Als ich älter war, hielt sie mir einmal einen richtigen Vortrag über Thomas Mann: dass er ihr immer imponiert habe und sie ihn stets als ihr großes moralisches Vorbild betrachtet habe, dass er ein wahrer Deutscher gewesen sei und dass sie, in Anlehnung an ihn, stets gesagt habe: »Wo wir sind, ist deutsche Kultur!« Arme Mutter! Die unfreiwillige Ironie, die in ihrem Ausspruch lag, hat sie sehr wahrscheinlich nie begriffen. Deutsche Kultur: Das war für Ma ihr traditionelles Weihnachtsfest und sonst nichts.

An Heiligabend wurde im TV-Zimmer der Baum »geputzt«, schon am Vormittag. Vater, dem das ganze Weihnachtstheater ziemlich gegen den Strich ging, musste wohl oder übel das Ding ins Haus schleppen, unten anspitzen, im Ständer versenken und mit den elektrischen Kerzen bestücken. Mutter schmückte die Tanne mit Kugeln und Lametta. Für Bill und mich war die Aktion tabu, wir durften selbstverständlich nicht dabei sein. Bis zur Bescherung blieb die Zimmertür abgeschlossen, das Schlüsselloch wurde mit Watte verstopft. Schon bald nach einem schnellen Mittagessen, Frikadellen oder Gemüsesuppe (»Iss auf, sonst gibt's keine Geschenke!«), kamen Freunde meiner Eltern zu Besuch, festlich gewandete Ehepaare, ebenfalls Kinder von Emigranten, und auch mein Bruder und ich mussten uns »gespornt und gestiefelt« präsentieren: in grauen Hosen, weißen Socken, weißem Hemd und blauem Blazer. *Immerhinque* pflegte meine Mutter zu sagen, wenn wir ihrer Meinung nach passabel aussahen – und versuchte damit vermutlich zu überspielen, dass sie in *ihrer* Jugend am Fach Latein gescheitert war und die Schule vorzeitig verlassen musste, wie ich viel später erfuhr.

Jahr für Jahr bekamen Bill und ich von einem der Herren zwei alte Münzen geschenkt, einen Peace Dollar oder etwas Ähnliches. Das Ritual war immer dasselbe: Der Herr, den ich von Vaters Beach Club gut kannte, begrüßte mich, schüttelte mir die Hand, und wenn er mir die seine nach ein, zwei Sekunden wieder entzog, lag in meiner Flosse eine Münze, die ich auf sein Geheiß (»Take care, mein Jung!«) nach einer artigen Verbeugung brav in mein Zimmer trug. Dann war mein Bruder an der Reihe. Die Erwachsenen verschwanden, auch das war ein immer wiederkehrendes Ritual, in unseren sogenannten »Salon« zu »deutschen« Weihnachtsplätzchen und Sekt (in späteren Jahren Champagner), und Bill und ich hörten Radio oder schauten TV, langweilten uns und wurden immer kribbeliger. Erst recht spät am Nachmittag, wenn die Gläser der Erwachsenen längst geleert waren und sich die Freunde meiner Eltern verabschiedet hatten und es schon dunkel zu werden begann, läutete meine Mutter ein blechernes Glöckchen.

Das Zimmer mit dem Christbaum und den Geschenken wird geöffnet. Der Plattenspieler beschallt den Raum mit deutschen Weihnachtsliedern. Der Lichterglanz überwältigt mich Jahr für Jahr, doch das dauert nicht lange. Denn ich werde allzu schnell auf den Boden der beschwerlichen Wirklichkeit zurückgeholt, weil mein Bruder und ich jetzt ein paar Gedichte vortragen müssen *(Markt und Straßen stehn verlassen, / Still erleuchtet jedes Haus ...)*, was mehr schlecht als recht gelingt. Anschließend zeigt uns Mutter endlich, wo unsere Geschenke liegen (Als ob wir das nicht ganz genau wüssten! Jedes Jahr sind sie am selben Platz unter dem Baum), und wir fallen regelrecht über sie her, wobei wir uns gegenseitig misstrauisch beäugen, ob der andere möglicherweise die schöneren, besseren und teureren Präsente bekommen hat. Dann geht es mit Vaters Auto, solange die Großeltern noch leben, unter Palmen durch den milden kalifornischen Abend zur zweiten Station des Abends, zu weiteren weihnachtlichen Gaben und zum traditionellen »deutschen« Heringssalat mit Hot Dogs, die die Eltern stets als Frankfurter Würstchen bezeichnen, obwohl sie ganz ordinäre amerikanische Hot Dogs sind. Am Weihnachtstag probieren wir unsere Geschenke aus und spielen nachmittags, auch das ist ein Ritual, Monopoly, bis mein Vater in aller Regel einen cholerischen Anfall bekommt, tobend und schimpfend die Tür hinter sich zuschlägt und meine heulende Mutter und uns zurück lässt. Wir stopfen Schokolade und Plätzchen in uns hinein, bis es uns schlecht wird, Mutter beruhigt sich allmählich wieder (denn es ist jedes Jahr so ziemlich dasselbe) und sagt »Immerhinque«.

Je länger ich hier bin, desto mehr verfolgt mich der Unfall. Immer wieder (und immer lauter) habe ich dieses Scheppern, das Rumpeln im Ohr. Immer wieder, täglich, manchmal stündlich, versuche ich, diese unglückselige (!) Fahrt zu rekonstruieren. Ich könnte aus der Haut fahren. Die Zeit verstreicht. Es passiert nichts. Niemand meldet sich bei mir. Niemand beschuldigt mich. Trotzdem kann ich diesen Abend immer weniger verdrängen. Weshalb musste ich auch, wieder einmal, so entsetzlich viel trinken? Und warum habe ich mich ans Steuer gesetzt? Warum nur?

20. Juli

Im Bett. Müde. Tag des Hitler-Attentats. Kein Kommentar.

Habe soeben in der NYT Online-Ausgabe gelesen, dass ein Mann in einem Multiplexkino in der Nähe von Denver während der Premiere des neuen *Batman*-Films zwölf Menschen getötet und achtundfünfzig verletzt hat. Was hat diesen Kerl geritten? Was hat ihn zu seiner Tat getrieben? Was hat ihn die Grenze übertreten lassen? Was gab den Ausschlag, dass er alles hinter sich ließ? Er musste doch mit der Möglichkeit rechnen, dass er verhaftet würde (was dann ja auch geschah).

Erinnerte mich an meine nächtlichen Gewaltphantasien gegenüber Wolch, Fulton, Warner und Kollegen, denen ich mich, Gott sei dank, nur noch selten hingebe. Sie laufen meist nach demselben Schema ab: Ich nehme den Lederkoffer, in dem ich ein Gewehr mit Zielfernrohr und Schalldämpfer aufbewahre (Weshalb ich die Knarre besitze und woher ich sie habe, spielt im Wachtraum überhaupt keine Rolle), steige ins Auto, parke und lege mich dann an einer strategisch günstigen Stelle auf die Lauer (Zuerst, normalerweise, in der Nähe von James' prächtigem Bungalow), hinter einem Gebüsch, einem Baum oder ein paar Müllbehältern, je nachdem, was sich gerade anbietet. Es ist früh am Morgen, nur wenige Passanten sind unterwegs, der Eingang des Hauses liegt im Schatten. Ich weiß ganz genau, was jetzt gleich passieren wird, denn ich habe alles genauestens recherchiert und geplant. Wolch kommt im weißen Sommeranzug (wie Tom Wolfe) und einem seiner tausend Lacoste-Hemden heraus, ohne auch nur das Geringste zu ahnen. Wahrscheinlich will er ins Institut fahren oder hat einen Arzttermin, vielleicht muss er nur etwas einkaufen. Wie auch immer: Ich fackle nicht lange und ziele auf seine beiden Schultern, auf seine Arme und seine Knie und ballere los. Ich will ihn nicht umbringen, das auf keinen Fall, aber ich will ihn handlungsunfähig machen, will ihn ausschalten, ein für allemal, akademisch und erotisch. Sexuell, um genau zu sein. Nachdem klar ist, dass ich mein Ziel erreicht habe (Sein Anzug färbt sich an mehreren Stellen tiefrot), packe ich zusammen und fahre zum Nächsten, zu Warner oder Fulton ... Ein anderes Mal, meist wenn ich zuviel getrunken habe, sehe ich mir dabei zu, wie ich James einen Fleischerhaken in sein widerlich selbstbewusstes Gesicht bohre und ihn, mit dem Gesicht nach unten, hinter meinem alten Volvo über die unebenen neuen Vorstadtstraßen schleife. Ich hinterlasse eine tiefrote Spur. Diese Bilder sind plötzlich da. Sie kommen aus dem Nichts. Schockieren mich. Seltsam ist vor allem, das wird mir erst jetzt klar, dass ich wenige Stunden nach solch einem Wachtraum Wolch oder Fulton begegnen und freundlich mit ihnen plaudern, ja sogar scherzen kann, als ob nichts wäre.

Syrien. Immer wieder Syrien. In der Zeitung lese ich, dass die blutigen Kämpfe die Hauptstadt erreicht haben, das Assad-Regime hat offenbar die Kontrolle über mehrere Viertel verloren. Und ich betreibe Nabelschau im sicheren Schwarzwald. Der traurige Held eines privaten Weltkriegs.

21. Juli

Heute morgen geduscht. Gefrühstückt. Später auf den Balkon. Sonne und Wolken. Die Bühne mit dem Chor der Kühe tut gut: die Wiederkehr des Gleichen. Kein Risiko. Keine Gefahr.

Fühle mich wie nach einer schweren Krankheit. Sehr wahrscheinlich bin ich noch immer krank. Auch wenn ich es nicht wahrhaben und meine Krankheit nicht ernst nehmen will.

Bin ich denn jemals ernst genommen worden – von den anderen, vor allem von den lieben Kollegen? Den Schlangen? Mein großes Buch, das den Durchbruch hätte bringen sollen, war eine Schinderei ohnegleichen, das grenzte schon an Selbstzerstörung. Aber die Schwarte kam viel zu spät. Die anderen hatten meine Ideen und letztlich auch meine Methode früher, schneller, lockerer und souveräner angewendet, weniger buchhalterisch, längst nicht so trocken und mit viel mehr intellektuellem Glamour. Vor allem großzügiger, grundsätzlicher. Marktgerechter. Und auf den richtigen Plattformen. In Wahrheit aber war es wirklich *meine* Idee, *meine* Methode. Das behaupte ich nach wie vor. Nur war ich bedauerlicherweise zu dumm, sie für mich zu behalten, sie nicht preiszugeben. Zu naiv und zu gutgläubig. Sie haben mich zum Teil ja regelrecht beklaut. Davon gehe ich nicht ab, das lasse ich mir nicht ausreden, auch wenn sie immer die schamlose Lüge ins Feld geführt haben, wir hätten die Methode zur selben Zeit unabhängig von einander entwickelt.

Vor allem Abstauber-James, aber nicht nur er. Doch ich muss zugeben: Kollegial und stolz, wie ich auf meinen Ansatz war, habe ich ja auch bei etlichen Veranstaltungen viel zu viel ausgeplaudert. Ich Trottel habe immer nur an die hehre Arbeit gedacht, nicht an ihre Vermarktung. Nicht an *meine* Vermarktung. Die anderen aber wussten, wie der Hase läuft. Die waren cleverer, verdammt noch mal. Die waren nicht so naiv und dumm. Ich habe die Schweine ja geradezu eingeladen, mich zu bestehlen und übers Ohr zu hauen. Und dann wurde mein viel sorgfältiger ausgearbeitetes Buch, an dem ich endlos lange gefeilt und herumgefummelt hatte, so dass es bei seinem Erscheinen wie der Schnee von vorgestern begrüßt wurde, beinahe wie ein Plagiat eingeschätzt und im besten Fall von fünfzig, sechzig Leuten überhaupt noch gelesen. Zwei-, dreimal ein gönnerhaftes Schulterklopfen: »Gratuliere, mein Bester! Hast Du's endlich geschafft? Wurde aber auch Zeit!« Zwei, drei Besprechungen: eine euphorisch, eine wachsweich, ein Verriss erster Klasse, der sich gewaschen hatte. Zwei oder drei Einladungen zu Vorträgen oder zu Kongressen, an der Westküste, wohlgemerkt. Und unisono das Urteil: »Zu spät, mein Lieber, viel zu spät!« Das war's dann. Tolle Bilanz.

Ach Gottchen! Der gute, süße, kleine Narziss beugt sich andächtig über sein ach so schönes Spiegelbild und vergießt bittere Zähren ob der bösen, bösen Welt und hadert, dass es ihr gefällt, ihn mit der Wahrheit zu beschweren. Armer Meyers, armes Tier, wie sind sie doch alle gemein zu dir. Dabei hast du es doch immer nur gut gemeint – mit dir und deiner großen Karriere.

Zu nah an den Styx gebaut! Jetzt droht wohl wieder die Selbsthassphase. Mag ja sein, dass es mir immer am Biss, an der metallischen Eigenschaft meiner Ellenbogen gefehlt hat, beim Sport genauso wie an der Uni und bei den Frauen – aber das ist ja ohnehin ein und dasselbe! Immer zu zögerlich war ich, immer zu schüchtern, zu zurückhaltend, zu vornehm und anständig. Immer das Scheitern erwartend, die Niederlage. Lange Zeit bin ich einsam schlafen gegangen und habe Nacht für Nacht davon geträumt, jetzt, bald schon, in allernächster Zukunft würden sie (!) begreifen, was für ein toller, was für ein begehrenswerter Hecht ich sei im männlich-akademischen Karpfenteich, ich bräuchte überhaupt nichts unternehmen, ich bräuchte noch nicht einmal mit einer Flosse zu schlagen, und dennoch würden sie (!) meine Vortrefflichkeit, meine Qualitäten, meinen Glanz bemerken, irgendeine Meerjungfrau würde kommen und den Warzenfrosch küssen, würde ihn erlösen und ihn an ihrer Seite auf den höchsten Thron geleiten.

Als der intellektuelle Heros endlich begriffen hatte, dass es so nicht läuft hienieden, war es längst zu spät: Die Duftmarken der Konkurrenten waren gesetzt, die Claims abgesteckt, die Entscheidungen gefallen, und das Schürfen hatte schon lange begonnen, als ich mich noch in süßen Träumen wiegte. Alles spätere Rackern half da nichts mehr. Ich war auf meiner miesen Grundkursebene lebenslänglich festgezurrt wie an Bord einer Strafgaleere, ich wurde in meiner universitären Abstellkammer nicht wahrgenommen (und wenn, dann als Underdog, an dem man ungestraft sein Mütchen kühlen konnte), ich war weit weg vom Schuss, von den Positionen, die es einem ermöglichen, Wirkung zu entfalten, und die anderen standen im hellen Rampenlicht.

Fulton war immer schon, auf seine Weise, ein arroganter Sack, ein Drecksack – gefüllt mit faulem, stinkendem Kehricht. Bereits in unserer Assistentenzeit. Bei einem Betriebsausflug, an den ich mich leider so gut erinnere, als habe er erst gestern stattgefunden, wurde er mir gegenüber zum Berserker, ohne dass ich begriff, weshalb. Er fiel regelrecht über mich her.

Wir hatten ein großes Segelboot gemietet, ein Schiff, wenn man es genau nimmt, und kreuzten in der San Francisco Bay. Es war ziemlich windig, beinahe stürmisch und recht frisch, die See kabbelig (?), der Himmel von einem gequirlten Grau, und von Zeit zu Zeit hüllte dichter Nebel uns ein. Gischt spritzte aufs Deck, es war ungemütlich. Der hoch aufgeschossene Fulton krümmte sich, niesend, schniefend, rotzend und von niemandem weiter beachtet, untätig in seinen gewohnten schwarzen Existenzialistenklamotten in irgendeinem Winkel zusammen, während wir anderen versuchten, unser Institutsschiff auf Kurs zu halten. Ich nehme an, die Tour wurde nur unternommen, um uns Egomanen Teamgeist einzutrichtern; in der Wirtschaft gibt es solchen Kram ja schon seit Urzeiten. Dass Fulton abseits blieb, kannten wir zur Genüge. Aus irgendwelchen Gründen wurde das akzeptiert; bei jedem anderen hätte es Zoff gegeben.

Wir waren schon ein paar Stunden unterwegs, hatten Sausalito passiert und näherten uns gerade der Golden Gate Bridge und dem Pazifik. Kräftiger Wind blies uns entgegen. Ich versuchte, Ordnung in ein paar verknotete Seile zu bringen. Plötzlich stand Ben neben mir, beugte sich mit seinem pickligen Gesicht zu mir herunter und schrie mit seiner hohen Stimme gegen den Sturm an: Mein dummer Körperkult (!) werde mir unter Garantie nichts nützen, nichts, nichts, nichts, absolut nichts (Seine Stimme überschlug sich, er keifte wie ein böses altes Weib), ebenso wenig wie mein Ehrgeiz und mein Tenniswahn. Nur geistige Brillanz zähle und intellektuelle Beweglichkeit dazu. Er sei mir zwar körperlich nicht gewachsen, dafür aber fachlich haushoch überlegen. Und trotz seiner physischen Schwächen und der Anfälligkeit für Krankheiten habe er ein langes Leben vor sich, das spüre, das wisse er. Ich hingegen … Alt würde ich auf keinen Fall. Meine Chancen stünden schlecht. Das sehe er mir an, da gebe es kein Vertun. Mir würde es einmal gehen wie Otis Redding, der bekanntlich wenige Wochen, nachdem er seinen Song über die San Francisco Bay aufgenommen hatte, bei einem Flugzeugabsturz ums Leben gekommen sei. Oder ich würde langsam und qualvoll an einer Krankheit sterben.

Keine Ahnung, welcher Teufel Fulton damals geritten hat und was er eigentlich wollte. Ob er einfach versuchte, mich einzuschüchtern, zu verunsichern und mir Angst einzujagen? Ich war jedenfalls einigermaßen verdattert, drehte mich um, stand auf und ließ ihn stehen, nahm meine Schicksalsseile und ging weiter meiner Arbeit nach. Doch die Prophezeiung dieser bösartigen männlichen Norne sitzt mir noch heute in den Knochen.

Ich stelle mir vor, wie der Schütze seine Wohnung in Aurora verlässt und die Tür hinter sich zuzieht. Wie er zum soundsovielten Mal checkt, ob er alle seine Utensilien bei sich hat. Und wie er langsam und zielstrebig durch die leeren nächtlichen Straßen geht. Wie er den dunklen Kinosaal betritt, den Tränengasbehälter zündet und dann zu feuern beginnt. Aber ich kann mir beim besten Willen nicht vorstellen, was sich in ihm ereignet. Was er denkt. Und was er fühlt. Trotz meiner eigenen Wachträume.

Grauenerregend. Ich bin froh, dass ich niemals ein Gewehr oder eine Pistole besessen habe.

22. Juli

Außer einem Taschenmesser habe ich nie eine Waffe mein Eigen genannt, aber ich hatte eben ein Auto.

Ich verlasse das letzte Lokal, steige ein, starte und fahre los. Es läuft wie von selbst. Wie auf Sahne. Beschwingt und ungestört gleite ich dahin auf meiner Bahn. Und noch ist es eine warme, schöne Nacht, wenige Tage vor meiner Abreise, die alles verändern und die große Verwandlung bringen soll. *Meine Metamorphose.* Keine Probleme. Alles in Ordnung. Dann irgendwo, es muss schon in der Nähe meines Viertels gewesen sein, da bin ich mir ziemlich sicher, biege ich ab. Ob nach rechts oder nach links? Ich weiß es nicht mehr. Und plötzlich ist da ein heftiges, ohrenbetäubendes Rumpeln. Es rumpelt so laut, dass es noch jetzt in meinen Ohren dröhnt. Das Rumpeln verschmilzt mit meinem Tinnitus. Es hallt noch immer nach. Aber ich kann mich nicht daran erinnern, irgendetwas gesehen zu haben. Ich stehe auf die Bremse. Ich halte an. Dann rieche ich meine eigene Alkoholfahne: ein übles Gemisch aus Bier, Wein, Whiskey und Magensäure. Es würgt mich. Ich kotze. Und anstatt auszusteigen und nachzusehen, was passiert ist, *ob überhaupt etwas passiert ist*, gebe ich Gas wie ein Verrückter und rase davon. Ich fahre und fahre.

Das war Unfallflucht. Nichts anderes. Und als Strafe dafür zermartere ich mir jetzt Tag für Tag das Gehirn. Aber das einzig Sichere bleibt die Delle im vorderen rechten Kotflügel. Habe ich jemanden angefahren? Habe ich jemanden verletzt oder gar getötet? Oder habe ich nur irgendeinen Gegenstand gerammt? Bin ich schuldig? Oder bin ich verrückt?

Diese Aufzeichnungen darf niemals jemand finden.

23. Juli

Musste zum Einkaufen ins Dorf hinunter: Brot und Wein, Milch und Butter, Kirsch, Korn und Aspirin – letzteres habe ich nicht bekommen: Was man eben so zum Leben braucht. Auf dem Weg ins Tal sah ich unter mir eine größere Formation von Schwarzröcken (bei größter Hitze!). Bestimmt fünfzig oder sechzig Leute. In Dreier- und Viererreihen bewegten sie sich vorwärts. Langsam, sehr langsam sogar, und gravitätisch. Wahrscheinlich waren die meisten von ihnen hinfällig. Ihre Bewegungen kamen mir ungelenk und eckig vor, manche gingen an Krücken, andere schienen ein Bein nachzuziehen. Als sie um eine weitgeschwungene Kurve bogen, sah ich, dass sie einem Pfarrer, mehreren Ministranten und einer schwarz glänzenden länglichen Kiste folgten, einem mit Blumen geschmückten Sarg. Kaum zu glauben, das war eine Beerdigung, ein alteuropäischer Beerdigungszug! Ich traute meinen Augen nicht. Dass es so etwas noch gibt! Menschen, die einem Artgenossen zu Fuß zur sogenannten letzten Ruhestätte folgen. Ihm in so großer Zahl das Geleit geben. Für einen Amerikaner wie mich eine ganz und gar exotische Sache! Manche im Trauerzug schienen, soweit ich das erkennen konnte, sogar Tracht zu tragen.

Einen Augenblick lang fühlte ich mich nicht mehr als Sprachwissenschaftler, der ich auch nicht mehr sein will, sondern kam mir wie ein Archäologe auf einer Grabungsexpedition vor oder, eher noch, wie ein Ethnologe, ein Feldforscher, der einem auf der ganzen Welt bisher unbekannten prähistorischen Brauch begegnet und die Chance wittert, ihn für seine Karriere auszuschlachten. Das war selbstverständlich Nonsens, aber mir fiel eine sogenannte Trauerfeier in einem neueren Roman ein, in dem drei Hinterbliebene (welch seltsames Wort!), drei ziemlich abgewrackte Amerikaner, zu einer Abdankungsfeier in einem Bestattungsinstitut zusammenkommen und sich Boshaftigkeiten an den Kopf werfen. Dann fängt es auf eine ziemlich trübselige, triste Art an zu schneien (wie in einem Film!), ein Farbiger fährt den Transporter mit dem Sarg schließlich auf die Straße und bringt den Toten um die sprichwörtliche Ecke, auf den nahe gelegenen Friedhof. Die (noch) Lebenden gehen bald wieder ihrer Wege. Das war's dann.

Keine Frage: Auch wir Amerikaner veranstalten Trauerfeiern (Wir beauftragen irgendeinen Bestatter mit der Organisation), auch wir begeben uns auf Friedhöfe. Aber wir lassen die Sphäre von Tod und Trauer nicht mehr wirklich an uns heran, wir versuchen, uns zu schützen, wir verschanzen uns hinter viel Blech, wir fahren in großen Limousinen auf den Gottesacker, und oftmals düsen wir schon wieder davon, bevor der Sarg im Grab verschwunden ist.

Lieben wir unsere Nächsten, unsere Toten weniger als die Leute hier im Schwarzwald? Sind wir Amerikaner (schon wieder dieses »wir«!) einfach eine Wegwerfgesellschaft, und wenn einer ausgedient hat, wenn einer nicht mehr funktioniert (wie ein kaputtes Fernsehgerät zum Beispiel), dann schafft man ihn so schnell und so unauffällig wie möglich beiseite? Oder wollen wir einfach noch weniger mit Tod und Vergänglichkeit zu tun haben als andere Leute, andere Völkerschaften? Verfügen wir nicht mehr über die nötigen Rituale? Sind sie uns nicht längst zwischen der Wallstreet und den diversen Malls abhanden gekommen?

Ich war stehen geblieben, schaute noch immer auf den Trauerzug und versuchte mir vorzustellen, wie man Carl Meyers eines vielleicht nicht mehr fernen Tages beiseite schaffen wird. Wer wird dabei sein? Wird überhaupt jemand kommen? Wenn ja, wohin? Und mit welchen Gefühlen? Doch: Muss mich das wirklich kümmern?

Ich frage mich, ob der Mensch drüben, in den Staaten, weniger gilt als hier im Schwarzwald. Spielt die Religion bei uns (!) in Wahrheit kaum noch eine Rolle – trotz all des Gezeters der Tea-Party? Der moderne Mensch hat den Glauben an den Glauben und an ein Jenseits verloren. Kein Zweifel. Selbst die Tea-Party-Typen, auch wenn sie es niemals zugeben würden. Und so ist der Tod nicht mehr ein Übergang in eine andere Welt, sondern nur noch der Sturz ins Nichts, auf Nimmerwiedersehen. In eine grauenhafte, schwarze Bodenlosigkeit. Deshalb muss er ausgeblendet, verdrängt werden. Lebe ich also im Schwarzwald in einer vormodernen Welt, in der das Wünschen noch zu helfen scheint?

Seien wir doch ehrlich: In Tat und Wahrheit ist eine Bestattung ja nichts anderes als eine Art Abfallbeseitigungsmaßnahme, die den Maßgaben der Hygiene entsprechen muss. Und alles Brimborium, das dabei zum Einsatz kommt, hat doch nur das eine Ziel, das Grauen des Todes und die Hässlichkeit des körperlichen Zerfalls und die Boshaftigkeit und die Habgier und die Gleichgültigkeit der meisten Hinterbliebenen mit Hilfe bestimmter Zeremonien und Formen einigermaßen zu kaschieren. Wie man auch immer bemüht war, den Geruch der Leichen mit dem schweren Duft von Rosen und Nelken zu übertönen. Der Sarg ist noch nicht unter der Erde, die Würmer haben noch nicht mit ihrem Recyclingwerk begonnen, aber die mikrobiologische Metamorphose hat schon eingesetzt. Noch wachsen zwar die Haare und die Nägel an Händen und Füßen, doch die

Verwesung ist längst im Gang: Die Zellen wiegen sich graziös im Totentanz, von Runde zu Runde werden sie beschwipster und ausgelassener, sie riechen gewissermaßen aus dem Mund, sie kotzen sich aus, bis sich die ganze Festivität am Schluss in Nichts auflöst. Es ist, wie Denis Johnson irgendwo einmal gesagt hat: Am Ende sind wir nichts als Dreck. Abfall eben. Müll. Deshalb die schwarzen Anzüge, die Predigten, die Kränze und all die frommen Choräle, die den Schleier der wohlanständigen Normalität oder gar der Schönheit und des Feierlichen über das hässliche orgiastische Treiben breiten. Und die schmutzige Arbeit, den Abtransport, das Brechen der Knochen, das Waschen und das Bekleiden des Leichnams mit dem Totenhemd, das Schminken und Zurechtmachen, das Aufbahren und am Ende das Verschwindenlassen haben wir an eine Kaste von Unberührbaren delegiert: die Totengräber, die Bestatter, die Leichenmänner. Wir bezahlen, damit wir uns am Rande des Geschehens aufhalten dürfen. Damit wir uns nicht die Hände schmutzig machen müssen. Damit wir nicht hinzusehen und nachzudenken brauchen. Damit wir möglichst schnell zu unseren Geschäften, Ablenkungsmanövern und Obsessionen zurückkehren können. Der moderne Mensch hat es gelernt, auszuweichen.

Und diese Technik haben wir (!) Amerikaner auf die Spitze getrieben. Sind wir deshalb einfach ehrlicher? Oder abgestumpfter? Gute Repräsentanten von Apple, McDonald's, Google und Coca Cola? In Haddam, in Sea Clift, in Los Angeles – überall in den Staaten haben wir es hingekriegt, den letzten Akt so gut wie ganz auszublenden. Wir schauen dem Tod, wir schauen den Toten nicht mehr ins Gesicht. Wir berühren nicht mehr ihre kalte Haut. Das schenkt uns, in guten Momenten, die Illusion des ewigen Lebens. Aber irgendwann kommt dann der Absturz, der Blick in den Abgrund. Ein Leichenzug wie in Glasmatt wäre jedenfalls bei uns (Ich sage immer noch: bei uns!) nicht möglich. Undenkbar.

Und noch was: Die rechtschaffenen Schwarzwälder, die mir manchmal so vorkommen, als lebten sie noch immer tief im neunzehnten Jahrhundert, trotz all ihrer iPhones, Tablets und SUVs von Mercedes oder BMW, würden wahrscheinlich sagen, das vermute ich zumindest, bei ihren Bestattungsritualen gehe es vor allem um das Andenken, um die Würde und um die Ehre der Verstorbenen. Aber ist es nicht eher so, dass sich die noch Lebenden nicht lumpen lassen wollen? Dass sie sich brüsten wollen mit ihrer Familie? Geht es nicht viel mehr um *ihr* Ansehen im Dorf, in der kleinen Stadt? Um *ihr* Prestige? Um *ihr* Image? Um *ihre* Geschäfte? Jedenfalls scheint es bei ihnen noch Familien und Traditionen zu geben.

24. Juli

Habe soeben meine Notizen von gestern durchgesehen. Was bin ich doch nur für ein vernagelter, rabenschwarz gepolter Mensch! Man könnte manchmal meinen, in mir stecke ein kleiner Billy Graham.

In der *Badischen Zeitung* (Die kann man sogar beim Bäcker kaufen!) steht, dass in einer Gemeinde in der Nähe von Glasmatt fünfzig Asylbewerber untergebracht werden sollen. Offenbar sind nicht alle Leute davon begeistert. Angeblich hat sich sogar eine Bürgerinitiative gegen eine kleine Containersiedlung gegründet. Die Leute haben Angst um ihre Kinder, heißt es. Sie haben Angst vor dem schwarzen Mann. Ich frage mich, wie weltoffen die Schwarzwälder sind. Und ob ich eine Chance habe, hier »Anschluss« zu finden. Wenn ich überhaupt länger bleiben kann. Was ist los? Weshalb schreiben sie mir nicht?

Immerhin bekomme ich aber auch keine Post von der Polizei.

Leide ich unter Verfolgungswahn?

25. Juli

Es ist kaum zu glauben! Seine Majestät hat gesprochen! Der Dean hat sich endlich dazu herbeigelassen, mir zu mailen und huldvoll mitzuteilen, dass mein Sabbatjahr genehmigt ist. Hallelujah! Ein ganzes Jahr. Freispruch, Euer Ehren! Freispruch auf Bewährung. Ich kann es noch gar nicht glauben! Nicht zu fassen! Der Horizont ist wieder offen! Wow! Aber was mache ich jetzt mit meiner Freiheit?

Ich weiß nicht, wie ich mit Mia umgehen, was ich ihr sagen soll. Will ich, dass sie herüberfliegt oder will ich es nicht? Was bedeutet sie mir noch? Ist der Riss zu kitten? Könnte ich mich wieder mit ihr arrangieren? Und käme dieses Luxusweibchen mit dem Leben hier zurecht? Ich weiß ja selbst nicht, wie alles laufen wird.

Immer kommt mir als erstes Mia in den Sinn. Dann Fulton, dieses Schwein, ohne den ich wahrscheinlich gar nicht hier wäre. Und schließlich mein Vater. Er würde mich nicht mehr erkennen. Aber berechtigt mich das, mich meiner Verantwortung zu entziehen?

26. Juli

Habe meine zumindest temporäre Freilassung mit einer großen Tour gefeiert. Eine Grand Tour? Von wegen: Ich bleibe im Schwarzwald und nähre mich redlich. Denn ich bin nicht Mia. Sie wäre mit Sicherheit scharf darauf, durch ganz Europa zu tingeln.

Bin mit dem Bus zum Feldberg gefahren. Über die städtebauliche Situation rund um das Grandhotel Gipfelkreuz (Es ist signifikant, dass es den Begriff der »dörferbaulichen Situation« nicht gibt – jedenfalls meines Wissens nicht) mit all den Souvenirshops, Würstchenbuden, Reklametafeln und Parkplätzen möchte ich ganz schnell den gnädigen Schleier des Vergessens breiten. Dort könnte ich es keine fünf Minuten aushalten.

Ich habe mich also schnellstens aufgemacht und bin bei schönstem Wetter losgelaufen, zuerst zur Todtnauer Hütte, eingekeilt zwischen Heerscharen von rot bestrumpften und laut schimpfenden Wanderern beiderlei Geschlechts, die sich, soweit ich das mitbekam, in immer größere Erregung über irgendwelche angeblichen Missstände hineinsteigerten, und dann weiter zum sogenannten Stübenwasen (Komisches Wort, muss ich demnächst nachschlagen). Auch dort gibt es ein Gasthaus, es sieht sogar ziemlich authentisch aus, und sobald man diese Kneipe passiert hat, ist man schlagartig allein und in einer anderen Welt und kann, wenn man ihn findet (Ich hätte mich um ein Haar verlaufen), auf einem schmalen, steilen Pfad, dem »Katzensteig«, ziemlich schnell in das enge und tief gelegene Wilhelmertal absteigen. Zwei oder drei kleine Höfe kleben dort an den jäh abstürzenden Hängen, ein- oder zweimal war das Muhen einer Kuh von irgendwoher zu hören, vom Tal kam das verlorene Bellen eines Hundes herauf, und auf den noch betauten Matten ließen sich ein paar Ziegen und Schafe sehen. Trotzdem hatte ich das Gefühl, in einer wilden, ursprünglichen Landschaft unterwegs zu sein, einer Landschaft, die mir wie ein in Sepia getauchter Traum erschien, den ich als Kind geträumt hatte, wenn mir meine Mutter vom Schwarzwald erzählte oder, wahrscheinlich war es eher das: vorfabulierte. Schatten und Licht waren scharf gegeneinander abgesetzt, ähnlich wie in jener Sequenz von Viscontis *Gattopardo*-Verfilmung, in der der Fürst mit seinem Jagdgehilfen exakt auf der Schattenlinie von einem Berg absteigt und dabei pausenlos darüber redet (Nein, er redet nicht, er predigt, er doziert wie ein Geistlicher), dass sich im Rahmen der Revolution alles komplett ändern müsse, alles, alles, alles, damit alles so bleiben könne, wie es ist.

Ganz ähnlich habe ich vor allem in den letzten Jahren die Überflutung durch die täglichen Nachrichten erlebt: Man bekommt ununterbrochen das Gefühl vermittelt, dass ständig etwas passiert, dass gewaltige Aktionen und Veränderungen im Gange sind, dass nun endlich, endlich, endlich, bestimmt im nächsten Augenblick, jetzt gleich, zum Beispiel die Welt gerettet werde. Und natürlich geschieht tatsächlich permanent irgendetwas, und vor allem die Politikerinnen und Politiker geben vor, sie würden ständig das ganz große Rad drehen. Sie eilen von Gipfel zu Gipfel, von Konferenz zu Konferenz, sie springen, wie die silbern glänzenden Kugeln in einem Flipperautomaten, von Talkshow zu Talkshow, von Redaktion zu Redaktion, führen das große Wort und tun so, als seien sie die Herren (und die Damen) des Verfahrens. Dabei käuen sie nur das wieder, was ihnen ihre Berater und Spin-Doctors und Ghosts zuvor in ungezählten Arbeitsgruppensitzungen und Expertenmeetings mundgerecht vorgekaut und mit viel Geduld eingespeichelt haben.

Wer Augen hat zu sehen, bemerkt schnell, dass sie sich für nichts anderes interessieren als für ihr Ego, ihre eigene miese, kleine oder große Karriere. Und wer kann es ihnen verdenken? Gleichwohl geben diese meist in hohem Grade mittelmäßigen Politikdarsteller Tag für Tag aufs Neue die große Show auf der internationalen Bühne, die ultimative Inszenierung ihrer selbst und ihrer angeblichen Ziele. Sie sind egozentrisch, egoman und hängen an der Macht wie an einer Nadel. Und sie sind vor allem die Meister des rasenden Stillstands, des fluoreszierenden Nichts. Das bedeutet: Am Ende des Tages (Ich kann diese grauenhaft dumme Floskel nicht mehr hören!) gebiert der Berg eben doch nur eine klitzekleine Maus, ein mikroskopisch kleines Politmäuschen, und wenn man genau hinschaut auf den scharf riechenden Mäusekot, der von unzähligen Scheinwerfern für die Kameras ausgeleuchtet wird, hat sich so gut wie gar nichts getan und verändert, und es ist alles so geblieben wie es war. Es stinkt nur ein wenig nach Scheiße. Der Kreislauf war im Gang, der Kongress hat ausgiebig gegessen und getrunken, er hat auch getanzt, gesoffen und gefressen, die Verdauung zeitigt die zu erwartenden Ergebnisse und Folgen, mehr aber auch, dessen sollte sich das geneigte Publikum gewärtig sein, ganz gewiss nicht. Lampedusas Fürst lässt grüßen.

Einerseits würde es mich interessieren, ob es in diesem verwunschenen Süddeutschland, hier im Schwarzwald, auch so ist. Auf der anderen Seite habe ich die Schnauze von diesem Mist gestrichen voll und will eigentlich nur noch meine Ruhe. Auf jeden Fall möchte ich nicht, dass in meinem Leben alles so bleibt, wie es ist, wie es bisher war. Ich will vielmehr, dass mein Leben sich von Grund auf ändert. Radikal sozusagen. Aber geht das überhaupt, wenn man ein alter Sack ist? Wie viele Jahre bleiben mir noch?

In den von der Sonne beschienenen Partien traten nicht nur die Farben, sondern auch die Formen der Gegenstände und der Landschaft grell, ja geradezu schrill und überwirklich hervor. Alles andere versank in einer beinahe nachtfinstren Dunkelheit. Und dort, wohin die Sonnenstrahlen reichten, war es warm, im Schatten hingegen kühl, fast kalt. Gegenüber, auf der anderen Talseite, sah ich hohe Felsnasen aufragen. Über ihnen drehten Raubvögel, ich glaube, es waren Bussarde, ihre Kreise, schienen sich immer weiter hinauf in den Himmel zu schrauben. Dazu ihre Rufe, ihre

Schreie. Und ich dachte, ich sei nicht im Schwarzwald unterwegs, sondern in einem Hochgebirge fern jeglicher Zivilisation. In einem Traum von einem Traum.

Auch im Tal unten kein Fahrzeug, kein Mensch, schon gar keine Touristen (von mir abgesehen!), nichts außer einer tatsächlich hörbaren Ruhe, einem ostinaten Grundrauschen, das ein paar Bächen und dem Wald zu verdanken war. Ich folgte dem sanft ansteigenden Weg bis zu einem Gasthaus, das nicht geöffnet hatte. Ruhetag nennt man das hier, und wenn er der Preis dafür ist, dass ich auf meinen Wanderungen nicht belästigt werde, will ich ihn gerne bezahlen. Was ich brauche, habe ich im Rucksack.

Nur wenige Meter nach der Kneipe führte mich ein kaum noch lesbarer Wegweiser in Richtung »Napf« (Fressnapf?) und Feldberggipfel. Ich folgte ihm und kam in ein ebenso wildes wie unwegsames Seitental. Dachte zuerst, ich hätte mich, wie schon öfter, verlaufen, verirrt. Einen Guide könnte ich zur Zeit gut gebrauchen. Am liebsten hätte ich einen weiblichen. Wow!

Der Pfad war steil und führte, dicht gesäumt von hochaufgeschossenen Farnen und anderen Pflanzen, die ich nicht kannte, in engen Serpentinen rasch bergauf. Sand, Steine, Geröll, Büsche, Latschenkiefern, Beerengestrüpp. Darüber der Meerhimmel, die Schreie der Raubvögel und die sengende Sonne. Eigentlich ist es ja lächerlich, aber wenn ich ehrlich bin, kam ich, wieder einmal, an meine Grenzen: Der steinige, felsige Weg setzte meinem lädierten Fuß ernstlich zu, und außerdem war ich viel zu schnell losgestürmt, hatte erneut den sportlichen, den jungen Carl mimen wollen. Der Schweiß brach mir aus, und ich begann nach Luft zu japsen (Seltsames Wort, es stammt wohl nicht von hier, ist nicht alemannisch; habe es neulich von einem Touristen aus dem Osten »gelernt«). Die Pumpe. Herzstechen. Wenn mich mein Wunsch-Guide, die blonde Frau vom See, in dieser Situation gesehen hätte! Mich, den fußkranken, keuchenden Flachländer! Ich denke oft an sie – gegen jede Vernunft, wie ich sagen muss, denn ich weiß rein gar nichts von ihr, ich kenne sie überhaupt nicht und kann ganz bestimmt nicht bei ihr landen. Schließlich liegen Jahrzehnte zwischen uns. Aber das Unmögliche hat mich schon immer gereizt und herausgefordert. Vielleicht hängt das mit den märchenhaften Erzählungen meiner Mutter zusammen. Der verzweifelte Versuch, das ganz und gar Unwahrscheinliche doch möglich zu machen: Ist das letztlich nicht auch der Treibstoff, der die Menschen voranbringt?

Der Hang, auf dem ich gipfel- und himmelwärts mehr schlecht als recht humpelte und krabbelte, lag voll im Sonnenlicht. Und beständig machten mir Steine, Geröll, rutschiger Sand, Kiesel, Wurzeln zu schaffen. Es war, um die Mittagszeit (Ende Juli!), subtropisch heiß, ja, schwül, und Carl, der Schlappschwanz, der ausgepowerte Schreibtischhocker, war gezwungen, sich immer wieder Pausen zu verordnen. Im Nachhinein schreibt sich das ziemlich lässig und mit einem gewissen Vergnügen an der eigenen Dummheit und Hinfälligkeit und Larmoyanz, aber als ich dort oben mittenmang (Sagt man nicht so?*) zwischen Tal und Gipfel buchstäblich in den Seilen hing (Besonders steile und ausgesetzte Passagen sind dort oben mit Metallseilen gesichert), ging's mir ganz schön dreckig. Was Bergwanderungen angeht, macht Carl wahrscheinlich immer noch so ziemlich alles falsch. Aber in welcher Situation hat er jemals vernünftig gehandelt, das Richtige getan? Ob er irgendwann einmal, nun, in dieser für ihn so entscheidenden Zeit, wirklich etwas dazulernen wird? Jetzt, wo es gilt?

Einmal legte ich, in der Nähe eines der Felsentürme, eine meiner unfreiwilligen Pausen ein, auf einem Sporn, der ins Tal hinausragt. Als mein Puls sich einigermaßen

* Habe nachgeschlagen und erinnere mich jetzt auch: in Berlin!

beruhigt und ich den Schweiß von der Stirn und aus den Augen gewischt hatte, bot sich mir ein grandioser Blick hinunter in die Tiefe, die ich bereits hinter und unter mir zurückgelassen hatte. Und die größten und aromatischsten Waldhimbeeren, die man sich nur denken kann, wuchsen mir, Wunder über Wunder!, wie im Schlaraffenland, geradezu in den Mund. Ich aß immer mehr von diesen herrlichen Früchten, immer weiter, weiter und weiter, ich konnte nicht genug bekommen, denn ich bin, als männliches Mangel- und Mängelwesen, ja ohnehin unersättlich. Wow!

Wichtiger, viel wichtiger als der Tiefblick und die wunderbaren Früchte jedoch war der Moment, der nach der körperlichen Erschöpfung und Beerensättigung eintrat, war eine innere Leere, Entspannung und Offenheit, eine Art Gelassenheit, als ich plötzlich in einem aus dem Zeitkontinuum scheinbar herausgelösten Augenblick begriff, tatsächlich zum ersten Mal wirklich zu begreifen begann (als hätte ich vom Baum der Erkenntnis gekostet und nicht von ein paar banalen Himbeersträuchern), dass ich nun endlich in der Lage bin, alles, mein gesamtes Leben, alles, alles, alles, neu zu überdenken. Und dann auch neu zu ordnen. Neu und anders zu leben. Dass ich es aber auch tun muss. Dass ich dazu verpflichtet bin. Dass ich mich jetzt nicht mehr drücken kann. Dass ich diese Chance nicht ungenutzt verstreichen lassen darf. (»Momentum« bedeutet bekanntlich nichts Anderes als »Bewegkraft«). Meine Muskulatur lockerte sich, wurde weicher. Ich legte mich auf den Rücken, breitete die Arme aus und öffnete meine Hände.

Gleich darauf aber ging es wieder bergauf. Kilometer um Kilometer. Als ich mich schließlich dem Feldberg näherte, berührte mein Pfad einen toten Wald, dutzende, vielleicht auch hunderte kahle, graue Bäume, die ihren Kampf in dieser exponierten Lage verloren hatten: ein Memento mori, wie es mir noch nie begegnet ist. Jenseits der Baumgrenze, auf dem Gipfelkamm, blies ein starker Ostwind, und es wurde schlagartig kalt. Als sei der Sommer vorbei. Und der Winter stünde unmittelbar bevor. Vom Anstieg war ich stark erhitzt, zugleich verschwitzt, meine Klamotten klebten mir jetzt wie Eis auf der Haut. Ich begann von Kopf bis Fuß zu frieren und konnte mich kaum noch rühren. Mit klammen Fingern holte ich ein trockenes Hemd und den Anorak aus dem Rucksack, und so schnell es ging, zog ich mich um. Blind für meine Umgebung und für den großartigen Rundblick, der sich den anderen Tourengehern wahrscheinlich bot, humpelte ich im Eiltempo hinüber zum Seebuck, dem Nebengipfel des Feldbergs, dann hinunter zur Talstation und nahm den nächsten Bus.

28. Juli

Nichts überstürzen jetzt. Nicht schon wieder einen Fehler machen. Ich habe Zeit und muss mich vor allem erst einmal erholen.

Knapp unterhalb des Feldberggipfels, ein wenig im Windschatten, steht ein großes, offensichtlich bewohntes Gebäude mit einem (gegen den Sturm) recht weit herunter gezogenen Dach und einem runden Turm (irgendetwas Offizielles?), das ein wenig an eine mittelalterliche Burg erinnert. Dort zu hausen, im Sommer wie im Winter, wäre sicher auch nicht das Schlechteste. Aber ob es junge Meerjungfrauen dort oben aushalten würden?

Ein wenig habe ich mich inzwischen an meine Wohnung, an das viele Tannengrün und das rustikale Mobiliar gewöhnt. Meine neue Freiheit ist viel wichtiger. Der Geruch nach Krankheit jedoch geht mir auf die Nerven. Greift mich an.

29. Juli

Eine weitere Aufführung des Kuhschauspiels. Allein in meiner Loge. Ich werde dieser Inszenierung nicht müde. Das Bühnenbild könnte nicht besser sein. Auch die Beleuchtung stimmt. Und dann noch etwas Kirsch oder Whiskey: die perfekte Siesta!

Am Abend

Habe einen Brief an meinen Bruder geschrieben, in dem ich ihm mitteile, dass mein Sabbatical genehmigt wurde und ich auf alle Fälle länger hier bleibe. Gebe ihn morgen zur Post. Dennoch ein mulmiges Gefühl.

1. August

Gestern habe ich wieder eine sehr schöne Wanderung (etwa fünfzehn Kilometer oder etwas mehr, immerhinque!) gemacht: über die Winterseite hinauf zur sogenannten Farnwitte, einer Hochweide auf 1285 Metern über Meer (wie ich vorhin im Netz nachgelesen habe), die zum Menzenschwander Tal hin abfällt (Farnwitte: Schon wieder solch ein merkwürdiger Ortsname, mit dem ich nichts anzufangen weiß; kommt Witte von Weide oder von Witwe? Niemand kann mir das erklären. Sprache scheint die Leute auch hier nicht zu interessieren. Was bewegt die Menschen überhaupt noch – außer Geld, Macht, Sex, Urlaub, Essen und Trinken?), dann weiter in Richtung Feldberg, bis es, beim »Caritas-Haus«, einer Kurklinik auf der Passhöhe, steil hinunter zum Feldsee, zum Raimartihof (sehr gutes Bier!, umwerfender Blick auf die steilen Flanken von Seebuck und Feldberg) und schließlich nach Hinterzarten geht. Von dort stammt der Wintersportler Georg Thoma, der, wie ich beim Kaffee in einem kleinen (aber schönen) Ski-Museum gesehen habe, 1960 in Squaw Valley eine Goldmedaille gewonnen hat.

Alle Wege führen scheinbar nach Kalifornien. Ich komme nicht los davon!

In diesem Museum habe ich auch gelesen, dass der Weg, auf dem ich Hinterzarten erreicht habe, im Winter Teil einer Fernlanglaufspur ist. Die werde ich im nächsten Winter einmal »machen«. Die Landschaft ist großartig, und da der Himmel gestern bedeckt war, bin ich kaum jemandem begegnet. Rückfahrt mit dem Zug.

Heute ist der schweizerische Nationalfeiertag, und der Hochschwarzwald wird von Eidgenossen geflutet. Ein nicht enden wollender Lindwurm von Fahrzeugen mit CH-Kennzeichen rollte über die Straße im Tal und besetzte die Parkflächen am Windfellsee. Der Franken ist stark wie selten und spült seine Schweizer bis nach Glasmatt. Die Hotels und Restaurants machen offensichtlich glänzende Geschäfte.

Komme gerade aus dem »Hirschen«: gutbürgerlich, das Interieur leider sehr rustikal, aber die Küche ist nicht schlecht, und die Preise stimmen. Mit Müh' und Not konnte ich noch einen Platz ergattern. An meinem großen Tisch residierte eine vielköpfige Schweizer Familie, deren Porträt ich schnell in meine Kladde fetzen will: Eltern, Kinder, Großeltern, Freunde, wahrscheinlich. Ein Gespräch kam bedauerlicherweise nicht zustande, ihr Dialekt ist noch um einiges unverständlicher als der »meiner« Schwarzwälder. Außer den Gruß- (*Obig!* für »Guten Abend!«, *Widderluege!* für »Auf Wiedersehen!«) und Gastronomiefloskeln (*En Guete!* für »Guten Appetit!«), die aus dem Handlungskontext zu erschließen waren, habe ich kaum etwas kapiert. Ihre Rachenlaute klingen, als hätten diese Menschen eine ernstzunehmende Halskrankheit und müssten dringend einen Facharzt konsultieren. Und sie waren laut, entsetzlich laut, die Erwachsenen noch viel mehr als die Kinder. Man hätte meinen können, das Lokal gehöre ihnen. Trotzdem war es ganz nett. Zumindest interessant und lehrreich. Obwohl sie so derb und seltsam und laut redeten, gewann ich dennoch den Eindruck, dass meine Tischgenossen gutsituiert sind. Auf jeden Fall haben sie Geld. Sie wirkten gepflegt, die Fingernägel der Männer waren auf das akkurateste geschnitten, die der Frauen, auch der älteren, leuchtend rot lackiert. Alle trugen sehr gute Kleidung und waren tief gebräunt. Eine jüngere Frau zeigte sich in ihrem schulterfreien Top recht offenherzig (wunderbare runde Schultern!), was ihr ausgezeichnet stand; ich hätte sie nicht von der Bettkante gestoßen, wie man so sagt, auch wenn kein einziger Sprechakt geglückt wäre. Der geschätzte Kollege Austin möge mir verzeihen!

Vermutlich gehörten den Leuten drei oder vier der hochglanzpolierten BMWs und Audis, die vor dem Restaurant geparkt waren. Die Männer hatten großformatige Uhren am Handgelenk, die Frauen waren mit (teurem?) Schmuck behängt, und allesamt dufteten sie, als wäre Körperschweiß ihrer Physis vollkommen fremd oder als tränken sie zum Frühstück regelmäßig ein Fläschchen Chanel. Und so schien aus jeder ihrer Poren der pure Wohlstand zu dringen. Aber die Sprache! Dieser Dialekt, der alles andere Lügen straft und mir besonders dann widerwärtig und hermetisch erschien, wenn sie ganz offensichtlich irgendwelche Familieninterna besprachen, die ich auf gar keinen Fall mitbekommen sollte. Nicht zu glauben! Es klang, als hätten sie vor höchstens zehn Minuten eine Bauernkate der grauen Vorzeit verlassen, in der sie Nacht für Nacht auf gestampftem Lehmboden schlafen. Dabei sind diese Schweizer vielleicht sogar Rechtanwälte oder Professoren oder steinreiche Banker. Wer weiß? Von ihrem maskenhaften Dauergrinsen einmal abgesehen, wirkten noch nicht einmal die Männer unintelligent. Sie waren auch nicht unsympathisch, im Gegenteil, nur für jemanden wie mich, der aus den USA kommt, auf eine schwer ergründbare Art und Weise seltsam und zutiefst fremdartig. Und sie waren, wie gesagt, laut – vor allem die Männer. Irgendwelche Farmer im Mittleren Westen könnten nicht großmäuliger sein, nur weniger gutaussehend, weniger selbstzufrieden und weniger wohlhabend. Ich frage mich: Sind das Neureiche? Sind vielleicht mehr oder weniger alle Schweizer so? Ist die Schweiz ein Land von Emporkömmlingen und Parvenüs? Wieder einmal fühlte ich mich wie ein Ethnologe auf einer Expedition zu bisher nichterforschten Volksstämmen.

Habe einen überdimensionierten Teller mit Schwarzwälder Schinken, Bündnerfleisch und Bauernbrot verdrückt. Dazu Bier (»Tannenzäpfle« aus Rothaus im Hochschwarzwald) und Kirschwasser (Schnaps).

Es gibt nichts, was es nicht gibt: In der Herrentoilette des »Hirschen« ist, in einer fürchterlich verschnörkelten Schrift, folgendes Zitat auf die Wand gedruckt: »›Wer den Erfolg gut behandelt, dem läuft er nach wie ein Hund.‹ Mark Twain.« Vom schauderhaften Stil dieses missglückten Übersetzungsversuches einmal abgesehen: Kann man irgendeinen Erfolg schlecht behandeln? Habe *ich* Erfolg schlecht behandelt? Wahrscheinlich schon. Und nicht nur einmal. Ich habe meine Chancen nicht genutzt. Habe sie verspielt, vertan. Aber nun nutzt es nichts mehr, zu hadern.

Meine Verfassung scheint allmählich besser zu werden. Kein Brechreiz zur Zeit, kein Zittern, keine gefräßigen Teilchen. Wenig Rumpeln. Allerdings kurzatmig. Jetzt gehe ich in mein bequemes Schwarzwälder Bett.

3. August

Im Netz nachgeschlagen: Die Farnwitte ist wohl tatsächlich eine nicht mehr genutzte Hochweide.

Heute habe ich den Küchentisch ins Wohnzimmer herüber gebracht und ans Fenster gestellt (mit Blick auf die Kuhbühne). Ich möchte mir nach und nach einen Arbeitsplatz einrichten. Ist das ein Fehler? Laufe ich wieder ins Messer?

Von der idiotischen Linguistik will ich nichts mehr wissen, dennoch fasziniert mich Sprache nach wie vor, möglicherweise mehr als früher. Ich will meine eigenen Wege gehen, ein zünftiger Sprachwissenschafter möchte ich auf keinen Fall mehr sein, sondern jemand, der die Sprache abtastet, abklopft und vor allem abhört wie ein Diagnostiker. Ein »Sprachschmecker« und »Sprachsammler«, der zu genießen und mit seinem Material durchaus professionell umzugehen versteht.

4. August

In der Nähe des Bahnhofs, ganz unten im Tal, gibt es einen Gipsereibetrieb. Der Besitzer, ein Einheimischer, soweit ich weiß (»Thoma« steht auf dem Firmenschild, »Thomas Thoma«, originellerweise), sieht viel älter aus als ich, ist gezeichnet von schwerer körperlicher Arbeit, ein Mann mit groben Händen, einer aschfahlen, zerknitterten Haut und schweren, großen Tränensäcken unter den Augen, aber wahrscheinlich hat er mein Alter. Das Interessante an ihm ist seine Frau, eine junge Thai (vermute ich). Sie ist nicht gerade schön, das nicht, aber auch nicht wirklich hässlich. Vor allem aber ist sie drahtig und mit guten Proportionen, einer attraktiven Figur ausgestattet und jung. Sehr jung sogar. Wie viel hat er wohl für sie bezahlt? Oder läuft so etwas anders im interkontinentalen Menschenhandel? Und wie kommt sie mit ihm zurecht, hier im Schwarzwalddschungel, in einer für sie vollkommen exotischen Gegend? Was macht sie den lieben langen Tag, wenn er auf seinen Baustellen herumwerkelt? Spricht sie überhaupt Deutsch? Kann sie sich im Dorf verständigen? Und wird sie akzeptiert?

Jedenfalls scheint der Gipser ungemein stolz auf sie zu sein. Immer, wenn ich am Abend bei ihm vorbeikomme, jedes Mal (Und ich mache in letzter Zeit gerne einen Umweg über die Gipserei. Weshalb habe ich das noch nicht notiert?), sitzt er mit seiner Thai auf der Veranda oberhalb der Dorfstraße, als wollte er sie und sich ausstellen. Sein Pech ist nur, dass es dort, in der unschönsten Ecke von Glasmatt, kaum Passanten oder Spaziergänger wie mich gibt. Der Gipser pflegt abends seine verdreckten Arbeitsklamotten zu tragen, sie meist ein viel zu kurzes, bunt gestreiftes Kleid, das ihre Oberschenkel auch nicht ansatzweise bedeckt. Immer wenn ich mich dem Holzhaus mit der Veranda nähere, beginnt ein kleines Schauspiel, das allenfalls in Nuancen variiert. Der Gipser steht auf, tritt einen oder zwei Schritte zurück und beginnt dann hinter dem Stuhl, auf dem seine Frau sitzt, und dem niederen Tisch mit den Biergläsern hin und her zu gehen, indem er sich die Hände reibt. Dann, nach kurzer Zeit, der ganze Vorgang dauert nicht sehr lange, höchstens ein oder zwei Minuten, hört er unvermittelt auf, sich die Hände zu reiben, und weist stumm, ohne den Mund auch nur zu öffnen, mit kleinen, nicht sonderlich diskreten, genau kalkulierten Handbewegungen auf sein junges Thaimädchen hin, immerzu auf und ab gehend und immerzu lächelnd. Wie ein schüchterner Schausteller auf einem Provinzjahrmarkt. Oder ein Schauspieler auf der Bühne, der für einen Augenblick aus seiner Rolle heraustritt und dem Publikum etwas erklärt – *aside*, wie es bei Shakespeare heißt. Ich bin längst stehen geblieben, aber er grüßt mich nicht, und ich grüße ihn nicht. Und das Mädchen schaut ins Leere. Schaut durch mich hindurch. Es ist tatsächlich wie im Theater. Eine brutalere, ehrlichere (und zugleich naivere) Allegorie sexuellen Besitzerstolzes ist mir nie begegnet. Und das Abend für Abend, wann immer ich an dem Haus mit der Veranda vorbeikomme, und sofern das Wetter gut ist.

An solche Inszenierungen denken westliche Politiker wahrscheinlich eher selten, wenn sie von Globalisierung reden.

Heute steht in der *Frankfurter Zeitung* ein Interview mit Eva Hesse, Ezra Pounds deutscher Übersetzerin und Freundin (?). Pound hat sich nach Italien gerettet, ich in den Schwarzwald. Warum nicht?

Ein paar Dialektausdrücke notiert, die ich in den letzten Tagen im »Hirschen« aufgeschnappt habe *(Siech, Seich, Hureseich etc.)*, und jetzt gehe ich schnell ins Bett.

5. August

An meinem Ziel angekommen, dachte ich zunächst, mir wäre eine Riesendummheit unterlaufen. Heute, an einem Sonntag (!) Anfang August, habe ich einen Ausflug mit dem Zug nach Titisee unternommen. Am Morgen wollte ich lange nicht aufstehen (Immer ein schlechtes Zeichen). Es war schwül, ich war schlapp und hatte keine Lust auf eine Wanderung. Noch nicht einmal zu einem kleinen Spaziergang. Ich hatte, wenn ich ehrlich zu mir selbst bin, eigentlich zu überhaupt nichts Lust. Aber da ich ja zur Genüge weiß, was das bedeutet, gab ich mir einen Tritt. Also, Alter, sagte ich mir (Es macht Spaß, sich selbst zuzuschauen; besonders, wenn man gute Laune hat, und die habe ich im Augenblick), auf nach Titisee (was ja ein bisschen wie Titicacasee klingt), machen wir mal wieder eine kleine Erkundungstour! Gesagt, getan. Aber schon als ich aus dem Bahnhofsgebäude der kleinen Stadt (?) trat, dämmerte mir, auf was ich mich eingelassen hatte. Durch den Ort drängten sich ganze Horden von meinesgleichen, drängelten Touristen ohne Ende: Schweizer, Deutsche, Holländer, Franzosen, Italiener, selbst Engländer und Amerikaner. Dickbäuchig viele, in enge Jeans und T-Shirts gezwängt, so dass sie aussahen wie blaue Baumwollwürste, manche Männer mit Sandalen und Socken (was ich besonders schätze), nicht gerade wenige in Jogginganzügen und diesen unsäglichen Campingplatz-Plastiklatschen, die auch ich immer noch besitze. Flip-Flop-Träger aller Länder vereinigt euch! (Wahrscheinlich frage ich mich zu selten, was die anderen an *mir* auszusetzen haben).

Die Fußgängerzone von Titisee (Wo kommt nur dieser aufreizende Name her?) wird von einem Band aus Eisdielen, Cafés, preiswerten Restaurants, Bäckereien, Metzgereien, Drogeriemärkten und Souvenirläden gesäumt. In einem Uhrengeschäft, das ist der Clou!, gibt es sogar einen »Ganzjährigen Weihnachtsmarkt«, der jetzt, im Hochsommer!, nicht nur geöffnet hat, sondern auch noch gut besucht ist: Die Leute begaffen dort verzückt Berge von Christbaum-Kugeln, Christkindchen und Engelchen. Als ob sie dergleichen noch nie gesehen hätten. Und sie kaufen, bis sie ihre Beute kaum noch schleppen können. Bald steht das Christkind vor der Tür. Ihr Kinderlein kommet! Sieht so das seelische Zentrum von good old Germany aus? Ist das die Schwundform der deutschen Romantik? Es war beinahe wie in Hollywood oder Disneyland. Zumindest in Miniaturformat. Doch als ich den immerwährenden Herzenserwärmer verließ, der meiner armen Mutter möglicherweise gefallen hätte, sah ich vor mir, durch einen schmalen optischen Korridor, in etwa zehn oder fünfzehn Metern Entfernung, inmitten des Touristengewühls, plötzlich zwei Frauen gehen: Die eine, Größere, erschien mir, von hinten, nicht besonders bemerkenswert, dafür ihre Begleiterin um so mehr. Sie hatte schulterlanges weißblondes Haar (Gefärbt?, frage ich mich jetzt. Ist mir aber schnuppe) und trug ein kurzes, ärmelloses schwarzes Kleid, vermutlich aus einem sündhaft teuren feinen Leinenstoff (Für die Tageszeit vollkommen unangemessen), soweit ich das später erkennen konnte, dazu schwarze Lackschuhe mit hohen Absätzen (Sie ist wohl nicht allzu groß). Ich hatte den Eindruck, dass sie nicht ging, sondern schritt. Dass sie knapp über dem Asphalt schwebte. Wie eine Hoheit. Wie ein Wesen aus einer anderen Welt. So zumindest wollte es mir vorkommen. All diese Details nahm ich im Bruchteil einer Sekunde wahr (Wie man so schön sagt). Vermutlich aber habe ich sie mehr gewittert, erfunden und zusammenphantasiert als gesehen, habe ich kleine und kleinste Wirklichkeitspartikel herauspräpariert und meinen Wünschen und Wunschvorstellungen anverwandelt. Jedenfalls folgte ich ihrer Fährte durch die überfüllte Straße.

Irgendwann bogen die beiden Frauen in einen Seitenweg ab, der zum See führte. Der Lärm verebbte ziemlich rasch, die meisten Leute blieben zurück in der Flaniermeile, und ich hatte die schlanke, zierliche Gestalt voll im Blick und konnte das rhythmische Klackern ihrer Absätze hören. Klackklack, klackerdiklack, klackklack. Jetzt sah ich auch ihre weißen Waden, die vom Schwarz des Kleides und der Schuhe deutlich abstachen. Sie erschienen mir als die schönsten Waden, die ich jemals gesehen habe (Wie oft in meinem Leben sind mir solche Sätze eigentlich schon durch den Kopf gegangen?), wohlproportioniert und gut geformt. Vollendet, hinreißend, makellos. Zugleich war es nun offensichtlich, dass die Frau mit ihren hohen Absätzen nicht zurechtkam; garantiert trug sie solche eleganten Schuhe höchst selten. Ihr Gang war unsicher, er hatte sogar etwas Plumpes und Unbeholfenes, das mich rührte. Ich hatte mich also getäuscht: Sie schritt nicht, sie stakte wie ein Storch über eine Sumpfwiese oder wie ein blutjunges Kätzchen, asymmetrisch und unharmonisch. Sie schwebte nicht, sie hinkte, sie humpelte beinahe. Oder täuschte ich mich *jetzt?*

Ich bildete mir ein, das Wasser des Sees und ihr herbes, frisches Parfum erschnuppern zu können, aber es kann gut sein, dass ich auch diesen betörenden Duft, dem ich blind gefolgt wäre, ausschließlich in meinem Gehirn produzierte. Die beiden Frauen und ich betraten ein großes Hotel (ich einige Schritte hinter ihnen), passierten die mit dicken Teppichen ausgelegte Lobby, auf denen *ich* das Gefühl hatte zu schweben, und gingen schließlich hinaus auf eine Caféterrasse unmittelbar über dem See. Ein neuer Aspekt, eine andere Welt öffneten sich. Wenn ich diesen Satz eines Tages wieder lesen werde (Wann wird das sein und unter welchen Umständen?), wird er mir womöglich pathetisch oder gar kitschig (Was ist das eigentlich, Kitsch?) erscheinen. Aber es war tatsächlich so: Der touristische Trubel, der ein wenig auch noch in der Halle geherrscht hatte, war mit einem Schlag weg, war wie ausgelöscht, er existierte schlicht nicht mehr. Eine Atmosphäre von Ruhe und Gelassenheit machte sich breit. Ein lauer Wind wehte, die Terrasse war nur mäßig besetzt, und die Nachmittagssonne schickte unaufhörlich Lichtblitze auf die Oberfläche des Sees, an dessen anderem Ende das Feldbergmassiv aufragte. Hier, an einem Ort, an dem ich noch nie gewesen war, auf der Terrasse eines mir wildfremden Hotels, fühlte ich mich augenblicklich vor der Außenwelt auf eine unerklärliche Weise geschützt und geborgen. Wie zuhause. Und auf eine Weise zuhause, wie ich zuvor, seit meiner Kindheit, noch niemals zuhause gewesen bin. Was war, in diesem Moment, die sogenannte Außenwelt? War das die Fußgängerzone von Titisee? Oder Kalifornien? War das meine Vergangenheit? Das Netz der Beziehungen und Verpflichtungen, in dem ich nach wie vor zappele? War das, frage ich mich, jetzt, beim Schreiben auf dem Balkon, mit meiner Kladde auf den Knien, ein Anfall kindlicher Regression?

In diesem Augenblick wusste ich jedenfalls (oder redete mir zumindest ein zu wissen), dass ich niemals mehr zurück in die Staaten und auf meine linguistische Strafgaleere wollte. Und als die zwei Frauen an einem kleinen Tisch mit drei Stühlen Platz nahmen, sah ich auch, dass die Blonde wirklich meine Meerjungfrau vom Windfellsee zu sein schien. Freilich traute ich meinen Augen nicht so recht. Und ganz sicher bin ich auch jetzt noch nicht. Mein Tisch stand zwar lediglich wenige Meter von ihrem entfernt, aber im Cocktailkleid sieht eine Frau einfach anders aus als in einem Bikini. Dennoch war die Ähnlichkeit frappierend. Das musste sie sein. Und obwohl ich nun erkannte, dass ihre Begleiterin, eine etwas (?) ältere Dame mit dunklen Haaren, die mir gleichfalls bekannt vorkam, womöglich noch attraktiver war, hatte ich ausschließlich Augen für die Blonde vom See. Mag sein, dass das Leinen-Kleid einen gewissen Anteil daran hatte, vielleicht auch ihre Schuhe, keine Ahnung, es ist mir auch gleichgültig. Ich war ja schon immer ein Fuß- und Schuhfetischist. Truffauts Bertrand Morane, der Mann, der die Frauen liebte, war, das wird mir jetzt wieder klar, seitdem ich den Film zum ersten Mal gesehen hatte, eine wichtige Identifikationsfigur für mich. Frauenbeine und Frauenfüße, freilich auch die Schultern und Arme von Frauen, haben etwas Magisches. Zumindest für mich, in meinen Augen.

Auf jeden Fall ging dann alles recht schnell. Viel zu schnell. Die zwei Frauen bestellten, und kurz darauf kamen bereits ihre Getränke: zwei Espressi und Mineralwasser. Ich hatte noch kaum an meinem Cappuccino genippt, denn ich war vor allem damit beschäftigt, die Blonde so diskret wie möglich zu beobachten, oder besser: anzustarren, als die beiden, zu meinem Schrecken, auch schon wieder bezahlten, aufstanden und die Terrasse verließen, selbstverständlich ohne mir die geringste Beachtung zu schenken. Ich warf einen (viel zu großen) Geldschein auf den Tisch und hastete den Frauen wie ein läufiger Kater hinterher. Doch mein sicherlich höchst auffälliges Gerenne war vollkommen nutzlos: Auf dem Parkplatz vor dem Hotel sah ich nur noch, wie die zwei Ladies in ein wasserblaues Mercedes Cabrio mit Kennzeichen FR (steht höchst wahrscheinlich für Freiburg, hier haben sehr viele Autos dieses Zeichen) einstiegen und, die Haare im Wind, davonbrausten (die Ältere am Steuer). Carl, dem alten Katerzausel, blieb nichts Anderes übrig, als den beiden Schönen hinterher zu schauen, seine seelischen Wunden zu lecken und sich dann frustriert zum Bahnhof zu trollen. Aber immerhin weiß er jetzt: Es gibt sie noch! Die Blonde ist nicht abgereist. Und vielleicht lebt sie ja immer hier, in Freiburg oder in der Gegend – wofür einiges spricht. Aber machen wir uns doch nichts vor: Carly, du alter Sack, du hast keine Chance. Also, vergiss es! Vergiss die Dame. Und zwar möglichst plötzlich.

6. August

Curiosity auf dem Mars gelandet. Unternimmt mikrobielle Forschungsarbeiten. Meine Ziele sind bescheidener, weniger hoch gesteckt. Ich bin lediglich neugierig zu wissen, wie es mit mir weitergeht, nicht nur mikrobiell. Noch habe ich keinen Plan, noch nicht einmal eine einigermaßen genaue Übersicht über meine finanziellen Verhältnisse. Eines aber ist klar: Ich habe nicht die geringste Lust, in einer Tragikomödie à la »Der alte Hirsch und die junge Frau« mitzuspielen. Das Stück wird aus dem Programm genommen, ganz einfach.

In der *Badischen* steht heute, die Bürgerinitiative »Pro Stutzdorf« habe eine Demonstration gegen die Wohncontainer für Flüchtlinge veranstaltet. Der Bürgermeister habe versucht, die Menge zu beschwichtigen. Anscheinend ohne Erfolg.

8. August

Ich hoffe nicht, eines Tages wie der Lohnschreiber Bartleby im Innenhof eines Gefängnisses sterben zu müssen (Der Unfall!). Aber, was Mia angeht, sage ich, zumindest vorläufig, wie er: *Es ist mir eigentlich nicht genehm*. Auch die Hauptrolle in einer endlosen Seifenoper kommt eigentlich nicht in Frage. Morgen werde ich Mia schreiben.

11. August

Ich lerne hier zu gehen, wie ich noch niemals gegangen bin in meinem Leben. Dennoch brauche ich ein Auto. Dringend.

12. August

Früh aufgestanden, gefrühstückt und mit dem Bus nach Bernau, Hans Thomas Geburtsort, gefahren (Kompliziert, kompliziert!). Ein schönes, weites Tal mit grünen Matten, das von einem Kranz von Bergen eingefasst wird. Es gibt ein Thoma-Museum dort, und heute fand der sogenannte Hans-Thoma-Tag statt, ein großes Volksfest mit der Verleihung eines Kunstpreises und einer Ausstellungseröffnung, mit einem Umzug und Bewirtung im Festzelt. Aber wie in Berlin bin ich auch dieses Mal nicht wirklich in Kontakt mit Thomas Werken gekommen.

Als ich am Ort des Geschehens eintraf, waren in dem mit zahlreichen Flaggen geschmückten Kurpark von Bernau schon viele Menschen versammelt: manche städtisch, ja großstädtisch gekleidet, die Frauen zum Teil beschirmt von eleganten Sommerhüten, manche Männer auch ganz einfach, ohne Anzug und Krawatte (Einheimische?, Touristen?) oder sportlich (wie ich), einige trugen Tracht und schleppten golddurchwirkte Fahnen mit sich herum. Die meisten schienen sich zu kennen, man begrüßte sich, es wurde geredet und gelacht. Die örtlichen Organisatoren gingen nervös auf und ab, Fotografen belagerten einige Personen, die in der ersten Reihe des improvisierten Auditoriums saßen, und am Rand des Festplatzes wartete sogar ein Fernsehteam auf seinen Einsatz. Die Sonne brannte vom wolkenlosen Himmel. Eine Blasmusikkapelle begann, markige Melodien, Märsche zumeist, zu spielen, dann sang ein Trachtenchor, und später sollten, laut Programmzettel, etliche Ansprachen folgen, unter anderem die Laudatio eines sogenannten Kulturreferenten (?) auf den Preisträger. Aber all das interessierte mich nicht, deshalb war ich nicht gekommen, und so ging ich hinüber ins Museum, das erfreulicherweise schon geöffnet hatte und vollkommen leer war. Leer schien.

Zuerst geriet ich in die Abteilung, die dem aktuellen Preisträger gewidmet ist, und stieß dort auf ein raumfüllendes, wildes Kabelgewirr, eine »Installation«, mit der sich der Künstler offenbar für den großen Preis, mit dem er ausgezeichnet wurde, bedankte. Keine Ahnung, was das letztlich darstellen und mit dem großen Sohn des Dorfes zu tun haben sollte. Vielleicht ging es dem Preisträger, im Kontrast zu Thoma und seiner noch vergleichsweise heilen Welt, um das Internet, um ein Abbild unserer vernetzten Zivilisation, in der alles mit allem verknüpft ist und aus der es kein Entrinnen mehr gibt? Um die Wirrnisse und Ausweglosigkeiten unserer Kommunikation, unserer Existenz? Möglicherweise gehen solche Überlegungen aber auch viel zu weit und führen nur in die Irre. Keine Ahnung.

Bilder von Hans Thoma fand ich schließlich ein Stockwerk höher. Gleich im ersten Saal fiel mir ein wunderbares kleines Werk ins Auge, das das Bernauer Tal mit dem schneebedeckten Herzogenhorn unter einem wolkenverhangenen Himmel zeigt. Doch schon als ich den zweiten Ausstellungsraum betrat, traf ich dort auf eine Frau und einen Mann, die sich gegenseitig beschimpften, zunächst flüsternd und zischend, dann allmählich immer lauter, und zwar auf eine so aggressive und bösartige, verletzende Art, dass ich Hans Thoma und seine Gemälde ganz und gar vergaß und nur noch, fassungslos und fasziniert zugleich, Augen und Ohren für das ältere Paar hatte. Entweder machte es den beiden nicht viel aus, dass ich sie beobachtete und belauschte, so schien es mir, vielleicht war es ihnen auch vollkommen gleichgültig, dass ich alles mitbekam, was sie miteinander trieben, oder sie nahmen mich überhaupt nicht zur Kenntnis (was wahrscheinlicher ist), denn sie stritten immer weiter, ganz so, als ob sie allein wären, und steigerten sich immer mehr in ihren Hass hinein. Vielleicht machte es ihnen sogar richtig Spaß, wer weiß, bereitete es ihnen geradezu Lust, sich vor einem (fremden) Zeugen psychisch zu entblößen, eher noch: zu zerfleischen, wie bei einem Schaukampf in einem antiken Zirkus oder bei einem puertoricanischen Hahnenkampf. Beide sprachen Dialekt, ein breites und derbes, für mich schwer verständliches Alemannisch. Da sie zumindest anfangs noch vergleichsweise leise zischten und weil sich ab und zu die Blasmusik vom Festplatz her bemerkbar machte, konnte ich ihrer Auseinandersetzung nicht durchgängig folgen. Aber das Wesentliche und Wichtigste habe ich zweifellos verstanden.

Zunächst redete ausschließlich die Frau. Sie warf dem Mann vor, er kümmere sich »einen Dreck« (?) um sie und ihre Interessen, er missbrauche sie als Staffage, als Dekoration seines Lebens, um den schönen Schein zu wahren, und schleppe sie ständig zu irgendwelchen widerlichen Essen mit seinen abstoßenden, nach Schweiß stinkenden Geschäftspartnern oder zu irgendwelchen kulturellen Veranstaltungen, die sie nichts angingen, die sie in keiner Weise berührten oder auch nur interessierten, und er tue das nicht etwa, weil er, wie er unablässig behaupte, sie einbeziehen wolle oder eine echte Vorliebe für die Kultur habe. Nein, in Wahrheit sei er nichts als ein borniertes Rindvieh, ein ganz und gar primitiver und bodenlos dummer und gemeiner Hornochse (?) mit den primitivsten animalischen Bedürfnissen. Er veranstalte das ganze Kulturtheater doch nur, weil er genau wisse, dass ihr Ausstellungen, Konzerte und solche Sachen nicht nur nichts bedeuten, sondern ihr sogar Kopfschmerzen, Migräne und die schlimmsten Magenkrämpfe verursachen. Er dränge sie zu musikalischen Darbietungen und auf Vernissagen, weil sie sich am Abend und an den Wochenenden viel lieber um ihre Gesundheit, um ihr Wohlbefinden, um ihren Körper, um ihr seelisches Gleichgewicht, das heißt: um ihr Wellness-Programm kümmern wolle. Weil es seit langem sein einziges Lebensziel sei, sie zu knechten, zu unterjochen und zu demütigen. Und weil er sie so schnell wie möglich unter die Erde zu bringen hoffe. Ja, er verfolge sie tagein, tagaus mit seinem Hass und wolle ihr von morgens bis abends ausschließlich Leid zufügen. Nur sein Geschäft, sein dreckiges Geld und ihr Tod trieben ihn an. Sonst nichts. In Wahrheit wolle er sie ermorden. Seelisch und körperlich zugrunde richten. Auslöschen.

Eine Zeitlang stand der Mann schweigend da und schaute höhnisch und wie unbeteiligt auf die Frau herab, doch dann ballte er plötzlich die rechte Faust, als ob er zuschlagen wollte, und begann seinerseits wutentbrannt zu schimpfen: Sie solle endlich den Mund halten *(dii Schnörre, dii frechs Muul, dii liederlichs).* Er werde ihr schon noch Respekt beibringen. Er wisse wohl, dass er bei ihr nicht mehr mit Verstand, Vernunft und Einsicht rechnen dürfe. Er habe längst begriffen, dass sie übergeschnappt sei. Aber noch schlimmer als ihre Verrücktheit und ihre Dummheit und ihre Bosheit sei ihre abgrundtiefe Hässlichkeit. Sie rufe bei ihm körperlichen Ekel hervor. Jawohl, körperlichen Ekel. Jeder Krüppel und jeder Behinderte sei attraktiver als sie. Und dann warf er ihr, einen nach dem anderen, ihre angeblichen körperlichen Mängel vor. Details möchte ich lieber nicht festhalten – soweit ich die Ausdrücke überhaupt verstanden habe.

Unterdessen hatten sich die beiden tatsächlich physiognomisch verändert: Die Frau schien schlanker geworden zu sein, knochiger und eckiger, und schob ihr Kinn immer weiter nach vorne, so dass ihre untere Gesichtshälfte nun um Vieles größer wirkte, das Bild beherrschte und an den Kopf eines wild gewordenen Pferdes erinnerte Es gab allerdings auch Augenblicke, in denen ihr klaffender Mund und ihr lippenstiftverschmiertes Gebiss etwas von einer Hummerschere hatten. Die Verkehrtheit der Welt! Der Mann seinerseits bleckte wiederholt die großen Zähne, die genauso gelb waren wie sein Gesicht. Er knirschte und begann zu sabbern. In seinen Mundwinkeln bildeten sich Blasen, die allmählich immer größer wurden und erst nach ein paar Sekunden langsam platzten.

Ich war ratlos, was ich tun sollte, versuchte jedoch, mich endlich aus dem Bann dieser grotesken Szene zu lösen, die mich einerseits zum Lachen reizte, andererseits aber auch schockierte. Lust auf die Fortsetzung meines Ausstellungsbesuchs hatte ich jedenfalls nicht mehr. Ich kann mich nicht genau erinnern, doch ich glaube, ich sagte: »Weiterhin viel Spaß!« oder etwas ähnlich Intelligentes und verließ das Museum. Auf dem Weg ins Freie nahm ich im Vorbeigehen noch ein junges Mädchen auf einem Thoma-Gemälde wahr, das mich entfernt an die Dunkelhaarige vom Titisee erinnerte. Dann war ich draußen.

Ich umging die Festgesellschaft, die nun, im Anschluss an die Preisverleihung, in einzelnen Gruppen und Grüppchen, von Marschmusik begleitet, auf das Museum zusteuerte. In meinem Kopf brodelte es, mir war in vielerlei Hinsicht nicht zum Feiern zumute, und so lief ich zum Dorf hinaus. Der warme Sommerwind war angenehm, er trug mich auf der schmalen Straße fort, blies auch die Bilder des tragikomischen Paars aus meinem Hirn, und bald hatte ich nur noch das Wispern, das Rascheln und Rauschen der Bäume in den Ohren und ab und zu einen Fetzen Musik. Schließlich fand ich einen Wanderweg, der steil bergauf führte, und nach eineinhalb Stunden kehrte ich hoch oben über dem Bernauer Tal in einer bewirtschafteten Hütte ein und holte mir Rat über meinen weiteren Weg, denn auf den Bus wollte ich unter keinen Umständen.

Wäre schön, wenn ich dort auch Ratschläge zur Gestaltung meines weiteren Lebenswegs erhalten hätte! Aber alles, was zählt und wirklich wichtig ist, bleibt einem offenbar versagt. Muss man denn das Leben tatsächlich dem Zufall überlassen? Welchen Beruf man ergreift? Mit wem man sich befreundet? Mit welcher Frau man sich einlässt? Wie man sein Leben auf Dauer fristet? Ist die Welt zwangsläufig so eingerichtet? Es ist schon merkwürdig: An allen Ecken und Enden wird der Mensch von Ratgebern und Ratschlägen geradezu bedrängt: von der Studienberatung über die Verbraucherberatung bis hin zu Fragen der Geldanlage und zu Kindererziehung und Ernährung. Aber bei allem, was wirklich existenziell zählt, bei allem, was vor der Klammer steht, gibt es nur Fehlanzeige zu vermelden. Existenzberatung? Lebenshilfe? Fehlanzeige! Und komme mir keiner mit dem Rat eines »guten Freundes« oder mit den Seelenklempnern aus Wien oder anderswoher! Von beiden Spezies habe ich die Nase gestrichen voll, ich drohe an meinem Rotz zu ersticken.

Wie man sein Leben fristet: Ja, es dreht sich alles um eine überschaubare, kurze Frist.

Aber mein Heimweg (!) nach Glasmatt war ein kleines Fest (wenn auch anstrengend). Er führte zunächst hinunter nach Menzenschwand und dann, auf der gegenüberliegenden Seite des Tals, wieder steil aufwärts, hinauf zur Farnwitte. Von dort war es nur noch ein Katzensprung (drei Kilometer laut Wegweiser) bis hinüber zu meinem Sommerberg. Es war ein prachtvoller Tag, er hätte kaum schöner sein können. Die Berge hatten einen dicken, grünen Pelz, die Farben der Blumen leuchteten intensiv, nur kleine Wolken standen als duftig-weiße Wollknäuel und Wattebäusche an dem blitzblauen Himmel, und es roch wie im Süden. Himbeeren und Heidelbeeren freilich gab es keine mehr, und die Farne waren so dicht mit Spinnweben überzogen, dass man hätte glauben können, es sei bereits Herbst. Als ich wieder auf meinem Balkon stand, lag das Dorf im Glanz eines Hochsommertags unter mir, die spitzgiebeligen Häuser wie eine Herde eng um die Kirche geschart, und die Luft flimmerte. Weshalb nur, frage ich mich, macht sich der Mensch die Welt, die sein Himmel sein könnte, immer wieder zur Hölle – oder zumindest zur Vorhölle?

Und was tue ich? Verspiele ich mein Leben? Spiele ich mit Mia? Behandele ich sie unfair? Hätte ich sie bitten sollen zu kommen? Zurückzukommen zu mir? Ich kann ihren Verrat, ihre Untreue nicht vergessen. Sie hat den ersten (und den zweiten) Schritt getan. Sie hat sich nicht nur mit Fulton eingelassen (ausgerechnet mit Fulton, diesem arroganten, widerlichen Schwein!), womit sie mir vor der kompletten Abteilung Hörner aufgesetzt und mich der Lächerlichkeit preisgegeben hat (Das war ihr scheißegal!). Nein, damit war es noch nicht genug. Es hat ihr sogar eine höllische Freude bereitet, in meiner Wunde herumzustochern und mich bis aufs Blut zu quälen. Wochenlang musste sie mir auch noch von Fulton vorschwärmen, hat sie mir haarklein von ihrer Begegnung mit ihm beim ach so bedeutenden Princeton-

Kongress, von seinen großen Erfolgen dort und von jedem seiner pomadisierten Komplimente berichtet, natürlich auch von dem famosen Candlelight-Dinner, nach dem sie sich bereitwillig von ihm hat abschleppen lassen. Ich sehe noch immer ihre strahlenden Augen vor mir und rieche, wie sie duftete, atme das neue, das fremde Parfum, das sie trug, als sie noch einmal zurückkam und mich eines Abends in unserer Wohnung besuchte, um mich angeblich zu trösten, und zugleich vor Freude und Stolz förmlich glühte ob ihrer neuen Eroberung, des taufrischen Glücks, in dem sie badete. Und ich konnte nur nach Luft schnappen, wie ein mickriger, kleiner Fisch auf dem Trockenen.

Eigentlich ist es dumm, dass ich das alles immer wieder aufs Neue durchbuchstabiere. Sie hat sich plötzlich anders angezogen, ist in neue, in fremde Hüllen und Schuhe geschlüpft, hat andere, fremde, hat Fultons Wörter benutzt. Ja, sie selbst ist eine Andere, eine Fremde geworden, hat sich anders bewegt, ist neue Wege gegangen, ist ohne mich gereist, hat sich bald nicht mehr nach mir umgedreht. Und jetzt soll alles nicht geschehen sein, nur weil neuerdings Fultons ehemalige Sekretärin bei ihm eingezogen ist? Weil er wieder »Frischfleischbedarf« hatte, wie er sich selbst einmal ausgedrückt hat? Das ist unterste Schublade. Seifenoper. Und in Tat und Wahrheit habe ich derzeit ganz andere Probleme als meine verwickelte und verzwickte Beziehung zu Mia: Ich will, ich muss wieder gesund werden, ich muss meinen Weg überdenken und Entscheidungen treffen. Ich möchte mein Leben ändern. Und ich muss erst einmal im Schwarzwald richtig ankommen.

Aber, Hand aufs Herz: Bin ich ein besserer Mensch als Ben Fulton oder als Mia? Wohl kaum.

Trotzdem schreibe ich hier nochmals Melvilles schönen Satz nieder: *Es ist mir eigentlich nicht genehm.* Doch ich stutze: Heißt das nicht auch im Umkehrschluss, dass ich eine Angestelltenseele habe wie Bartleby? Dass ich ein Ladenschwengel des Lebens bin, der allenfalls »Nein« sagen und sich verweigern, aber nichts in die Hand nehmen, nichts gestalten kann? Keine Entscheidungen *für* etwas zu treffen vermag? Dessen Hoffnungen und Pläne irgendwann gescheitert und an der Wirklichkeit zerschellt sind? Und der sich dann resignierend in sein elendes kleines Exil zurückzieht? In seinen möblierten Gefängnishof? Jetzt brauche ich einen doppelten Whiskey. Und dann haue ich mich ins Bett.

13. August

Es regnet in Strömen. Konnte die Wohnung heute nicht verlassen.

Habe in einer alten, ziemlich angeschmutzten Schwarte über den Schwarzwald herumgeblättert, die zusammen mit anderen Büchern auf einer Kommode im Wohnzimmer lag, und bin auf eine Titisee-Sage gestoßen: In dunkler Vorzeit habe sich an der Stelle, an der heute der See liegt, heißt es dort, ein Kloster mitsamt einer reichen Stadt befunden. Die gut betuchten Bürger seien aber ob ihres sagenhaften Reichtums so übermütig geworden, dass sie Weißbrot an das Vieh verfüttert und die Brotkrusten zu Schuhen verarbeitet hätten. Verkehrte Welt also. Zur Strafe für den unverzeihlichen, gotteslästerlichen Frevel seien Stadt und Kloster eines schönen Tages in der Erde versunken, und seit ungezählten Jahren schon deckten nun die dunkel verschatteten Fluten des Sees das alte Gemeinwesen. Sonntags in aller Frühe jedoch ließen sich noch, wenn man sich darauf zu konzentrieren verstehe, die Glocken der alten Klosterkirche hören. Als Mahnung.

Atlantis im Gebirg. Begehe ich einen Frevel? Gegenüber Vater? Gegenüber Mia? Bin ich aus Übermut geflohen?

Was willst du eigentlich im Schwarzwald, mein lieber Carl? Ist deine Flucht denn mehr als das Ergebnis einer negativen Wahl, einer Entscheidung *gegen* etwas und nicht *für* etwas? Hat sich ein negativ begründeter Entschluss im Laufe deines Lebens nicht meist als schlecht erwiesen? Geht es dir um Erholung oder um mehr? Und was, um Himmels willen, hast du in dieser wunderbaren, kulturfernen Einöde vor? Ohne Universität. Ohne Beschäftigung. Ohne Arbeit. Holzhacken vielleicht? Oder willst du als Gärtnergehilfe ein Wittgenstein im Miniaturformat werden?

15. August

Habe heute eine Tour nach Menzenschwand unternommen, ein Schwarzwalddorf, das vergleichsweise ursprünglich wirkt und architektonisch längst nicht so verschandelt ist wie manche andere, die ich in den letzten Wochen gesehen habe. Es gibt dort noch einen recht großen Bestand an schönen, alten Schwarzwaldhäusern; aber auch die neuen, modernen Gebäude fügen sich ziemlich gut ein in das enge Tal. Dachte zuerst, hier könnte ich es mir vorstellen zu leben, aber im Grunde ziehe ich doch eine Höhenlage vor. Ich brauche Licht, Sonne, Wärme.

Aus Menzenschwand, aus diesem abgelegenen Dorf am Fuß des Feldbergs, das vor zweihundert Jahren im Winter bestimmt über Monate hinweg von der Außenwelt abgeschnitten war, stammt der Fürstenmaler Franz Xaver Winterhalter, der um die Mitte des neunzehnten Jahrhunderts alle gekrönten Häupter Europas porträtiert hat, von London bis Madrid, von St. Petersburg bis Wien. Er und sein gleichfalls hochbegabter Bruder waren die Söhne von Leibeigenen, und dennoch avancierte dieser Winterhalter schon mit knapp dreißig Jahren in Paris zum Hofmaler Louis Philippes. Eine unglaubliche Karriere. Da sieht man, das muss ich neidlos anerkennen, was Begabung und Kompetenz bewirken können. Etwas Vergleichbares hat der dumme Carly auch nicht im Entferntesten hingekriegt!

In M. steht noch Winterhalters Geburtshaus, aber erfahren habe ich das alles in einem kleinen Museum, das ein paar Originale und vor allem Reproduktionen zeigt und auch Literatur und Ausstellungskataloge bereithält. Die meisten Bilder von Winterhalter weltweit besitzt, da habe ich gestaunt, die Königin von England. Und jetzt, beim Schreiben, erinnere ich mich daran, dass ich selbst schon einmal ein großes Gemälde von W. gesehen habe, und zwar während eines Ausflugs mit Mia nach Los Angeles. Sie wollte unbedingt das Paul Getty Museum in Malibu besuchen und veranstaltete deshalb, wie so oft, ein Riesentheater, aber als wir schließlich dort waren, hatte sie schlechte Laune und wollte so schnell wie möglich wieder weg. Ich habe das Bild von W. noch vor Augen: Es war das Porträt einer wunderschönen (schwarzhaarigen?), vor einer Meeresbucht hingelagerten Frau mit großem Dekolleté. Ich weiß auch, was ich damals dachte: W. biete den Betrachtern die glänzende und glanzvolle Oberfläche eines scheinbar leichten Lebens voller Glück, Schönheit, Muße und Mode, jenseits aller Zerwürfnisse und Schmerzen. Und heute denke ich: Schon wieder eine Frau und schon wieder eine Verbindungslinie nach Kalifornien. Ich schreibe nicht: nach Hause!

Zu Mittag gegessen habe ich in einem Gasthaus mit altem Holztäfer, Kassettendecke und Hans Thoma-Reproduktionen an der Wand. Es gab Forellenfilet mit Toast und Butter und dazu einen fruchtigen Weißwein aus dem Markgräflerland. Nach Glasmatt bin ich dann mehr zurückgebummelt als gelaufen. Die Luft war recht frisch, die Zikaden veranstalteten ein sonores Konzert, die Wiesen sahen aus wie frisch gebürstet, aber es mischte sich schon viel

Gelb unter das Grün. Am Himmel standen kleine blaue, zerzauste Wolken, deren Botschaft ich nicht verstand. In der Nähe der Farnwitte setzte ich mich auf eine Bank mit Blick zum Herzogenhorn und dachte nach. Wie würde es weitergehen? Kann ich noch lange so in den Tag hinein leben? Bekomme ich eine Arbeitsgenehmigung? Wenn ich mich ein wenig einschränke und wenn unsere Währungssysteme nicht zusammenbrechen, müsste ich mit meinem kleinen mütterlichen Erbe, meinen Ersparnissen und, in einigen Jahren, mit einer reduzierten Pension einigermaßen auskommen. Vielleicht könnte ich ja tatsächlich arbeiten und dazuverdienen: wenn nicht an der Uni in Freiburg (Es ist mir eigentlich nicht genehm), so doch als Sprachlehrer oder bei einer Zeitung.

Mit federnden Schritten ging ich, ein junger Alter, nach Hause.

16. August

War heute wieder einmal im Strandbad am Windfellsee und kam dort mit einem Freiburger Studenten (BWL) ins Gespräch, der sich nichts Erstrebenswerteres vorstellen kann, als in die Staaten auszuwandern, am liebsten nach New York, das er für das Zentrum der Welt hält. Der Big Apple, tönte er im Brustton felsenfester Überzeugung, sei die Metropole schlechthin, dort pulsiere das Leben wie sonst nirgendwo, dort würde das ganz große Rad gedreht usw. usf. Als ich ihm sagte, ich käme von der Westküste, meinte er, auch Kalifornien fasziniere ihn, er stelle sich vor, dass man in K. noch freizügiger lebe als im Osten, er sei einmal in San Francisco und Los Angeles gewesen und es habe ihm gut gefallen, nicht nur die lockere Atmosphäre, das Wetter und die Partys am Strand.

Für mich hingegen ist schon das vergammelte Strandbad am Windfellsee viel exotischer und interessanter als alle Beach-Clubs von Santa Cruz und Santa Monica zusammen: Der Geruch nach Holz und Nässe und Sonnencreme in den Umkleidekabinen gefällt mir ebenso wie die altertümlichen Duschen, aus denen das Wasser so kalt herausschießt, dass man eine Gänsehaut bekommt, und die schiefen Treppen, die vom Hauptgebäude hinunterführen zum See. Der Pazifik mag das Eldorado der Surfer sein, auch ich habe ja nichts gegen den kalifornischen Lebensstil (außerhalb von Claremont), aber die Windsurfer im Anfängerkurs auf dem kleinen See von Glasmatt, die meist ein wenig hilflos wirken und ungelenk auf ihren Brettern herumkippeln, sprechen mich viel mehr an. Sie erzählen mir eine neue, eine noch nicht verbrauchte Geschichte.

Ein kleiner Junge fiel mir auf, der am Ufer saß und sich Sand oder Erde in den Mund stopfte. Die Alten, Eltern und Großeltern (?), saßen daneben, schauten dem Kind zu und tranken Bier.

19. August

Beim Surfen im Internet stieß ich gestern zufällig auf eine Strophe von Barthold (!) Heinrich Brockes (Never heard!), einem offenbar wichtigen Exponenten der Hamburger Oberschicht des siebzehnten und achtzehnten Jahrhunderts, der sich, im Anschluss an eine Europareise, beinahe in London niedergelassen hätte und dank einer großen Erbschaft wirtschaftlich so unabhängig war, dass er sich ganz seinen literarischen Neigungen widmen konnte. Ich setze den Text ohne Kommentar hierher:

Ach möchte dieses Buch euch doch zu zeigen taugen,
Ihr Menschen, wie so leicht der schöne Bau der Erden,
Den ihr anitzt durch Geitz, durch Neid, durch Stoltz und Pracht
Euch leyder! selbst zur Hölle macht;
Euch allen könn' ein Himmel werden!

Ich habe mich lange Zeit um meinen Vater gekümmert. Ist das ein Argument? Keine Reaktion, keine Nachricht von meinem Bruder.

20. August

Gestern ist eine Frau in die Nachbarwohnung eingezogen. Sie fuhr mit einem riesigen Mercedes vor, aus dem sie mindestens ein Dutzend Koffer ins Haus schleppte. Eigentlich sieht sie ganz harmlos aus. In gewisser Weise und in den Augen und Ohren anderer Menschen ist sie es wahrscheinlich auch. Ich vermute, sie kommt aus dem Rheinland, aus Düsseldorf oder Köln. Sie ist ebenso freundlich wie geschwätzig und so dick, als stamme sie aus New Jersey oder Ohio. Aber das ist bei weitem nicht das Schlimmste. Sie ist eine extrem häusliche Frischluftfanatikerin, weshalb die Fenster und die Balkontüre ihrer Wohnung von früh bis spät sperrangelweit offen stehen. Sie ist außerdem, wie ich, allein. Aber im Gegensatz zu mir führt sie Selbstgespräche, und überdies hört sie deutsche, englische und amerikanische Schlager. Und stündlich Nachrichten. Darüber hinaus muss sie hochgradig schwerhörig sein. Sie wird nach eigenem Bekunden mindestens bis Mitte September bleiben. Mit anderen Worten heißt das: Die Zeiten meiner beschaulichen Kuhschauspiele und Winterseitenmeditationen sind bis auf weiteres vorüber. Schon wieder liefe ich am liebsten davon. Ich bin aber nur in den »Hirschen« geflohen, wo ich auch diese Zeilen schreibe. Wie sagt doch die Dichterin: »Ich wünschte, unsereinem würde gefallen, was allen gefällt.«

21. August

In Frisco ist Scott McKenzie alias Philip Wallach Blondheim im Alter von dreiundsiebzig Jahren am Guerlain-Barré-Syndrom gestorben. Ich hab's im *Spiegel* gelesen. Für andere mag das womöglich nicht viel bedeuten; für mich aber markiert Blondheims Tod das Ende einer Epoche.

Augenblicklich fiel mir »alles« wieder ein: Sein *San Francisco*, das Human Be-in im Golden Gate Park, und vor allem wie ich dort als fünfzehnjähriger Zaungast meiner Angebeteten einen Großvortrag nach dem anderen über »freie Liebe« gehalten habe, ohne auch nur zu ahnen, was das eigentlich bedeutete. Meine damalige Freundin hieß, glaube ich, Shasta, wie Doc Sportellos Exgeliebte. Ausschließlich für ihre Ohren, das weiß ich noch so genau, als wäre es gestern gewesen, schwang ich meine libertären Reden. Aber selbstverständlich habe ich die schöne Shasta in ihrem kurzen Minirock nur angeschmachtet und kein einziges Mal berührt. Stattdessen umarmte ich, auch das kommt mir jetzt wieder in den Sinn (Ersatzhandlung oder Ausfluss meiner schier grenzenlosen Naturbegeisterung?), immer wieder einen Baum, mit dessen Harz ich meine Klamotten von oben bis unten versaute. Was mir eine Schimpftirade meiner Mutter eintrug, die sich gewaschen hatte. *San Francisco* war für eine lange Zeit meine *National Anthem*, meine Nationalhymne. *Be sure to wear some flowers in your hair*: Ich vermag das nicht deutsch zu schreiben, das würde den »Geist«, den »Geschmack« jener Jahre verfälschen. Ich saß an der »Quelle«, am Ort des Geschehens. Ich war, wie man so sagt, mittendrin. War dabei. Tausendmal bestimmt, wenn nicht öfter, lief Blondheims Platte auf meinem billigen Plattenspieler, den mir meine Großmutter geschenkt hatte (Großvater Will war zu diesem Zeitpunkt schon lange tot). Der Text und die Melodie bildeten, so lächerlich das auch sein mag, wahrscheinlich den Kern meiner pubertären Identität. Als ich meine Haare wachsen ließ (Damals die unabdingbare Voraussetzung dafür, von meinen Freunden nicht ausgegrenzt zu werden, und ich wollte unbedingt »dazugehören«, klar, wer wollte das nicht? Wer will das nicht?), bekam ich die größten Probleme mit meinen stockkonservativen Eltern. Vor allem mein Vater war ein haariger Hardliner. Beinahe bei jedem Mittagessen (Seltsamerweise niemals abends. Ich weiß nicht, womit das zusammenhing; vielleicht war mein Alter am Abend, das ist zumindest denkbar, zu sehr mit seinen diversen Gebrechen und Zipperlein beschäftigt) gab es Streit, Krach, ja böse Drohungen (»Solange du von meinem Geld lebst… Solange du deine Füße unter meinen Tisch streckst…«).

Meine Mutter und vor allem meine Großmutter, auch daran erinnere ich mich jetzt wieder, bemühten sich meist, um des lieben Friedens willen, auf die denkbar hilfloseste Art und Weise zu schlichten und zu vermitteln (Aber kaum jemals mit Erfolg), weshalb Vater, diese Personifikation des autoritären Jähzorns, auch häufig mit ihnen zu streiten anfing; er konnte zur Furie werden in solchen Situationen, und nicht selten zerdepperte er in seiner Wut Teller und Tassen – ohne zu merken, wie komisch, ja lächerlich er wirkte. Einmal griff Vater sich eine Saucière, die mit Mustard, mit Senf, gefüllt war, um sie an die Wand zu werfen, stellte sich in seinem Zorn jedoch noch ungeschickter an als sonst, und die gelb-braune Pampe landete, zu meiner großen Freude, nicht an der Wand über Mutters Herd, auch nicht auf dem ziemlich aufwendig gerahmten Stillleben eines unbekannten Amerikaners über dem Tisch, sondern auf seinem Kopf, was ihn, verständlicherweise, noch mehr in Rage versetzte. Selbst Großmutter musste lachen.

Heute bedauere ich den Alten zutiefst. Und ich schäme mich wegen des verstockten Halbwüchsigen, der ich damals war und der nicht mit der Wimper zuckte, wenn Mutter und Großmutter ihm unter dem Tisch mit dem Fuß ans Schienbeinbein stießen oder mit den Augen rollten, um ihm zu signalisieren, er solle endlich einlenken und seinen Vater nicht noch mehr reizen. Ich hatte Angst vor meinen Schulfreunden, und er, das vermute ich, vor seinen Bekannten, die am Sonnabend zum Barbecue kamen und denen er keinen pickeligen, langhaarigen, unansehnlichen Nachwuchshippie präsentieren wollte.

Ein- oder zweimal bestellte Vater sogar einen Friseur zu uns nach Hause, und da kaum ein Frisiermeister dazu bereit war, sein Geschäft zu den regulären Öffnungszeiten zu verlassen beziehungsweise noch nach Ladenschluss weiter zu arbeiten, akzeptierte der alte Tyrann sogar, dass ein Farbiger ins Haus kam. Er sprach dann ganz selbstverständlich von »unserem Nigger« und fühlte sich dabei vermutlich wie ein liberal gesonnener Sklavenhalter, der ein bedeutendes Werk der Barmherzigkeit verrichtet; ausgerechnet er, der mit seinen Eltern aus Nazideutschland vor Diktatur und Rassismus geflohen war. Der beinahe unausgesetzt die menschliche Würde und die Menschenrechte in seinem (häufig entzündeten) Munde führte. Unter seiner strengen Aufsicht musste der Mann, der mich vielleicht sogar bedauerte (Jedenfalls bildete ich mir das ein), meine schönen Haare so kurz wie nur irgend möglich säbeln, und in den nächsten Wochen diente ich als bevorzugte Zielscheibe für das Gespött meiner Schulfreunde (»Schaut her, da kommt unser Hitlerjunge!«), die offensichtlich großzügigere, liberalere Eltern hatten, aber da bin ich mir nicht mehr so sicher. Sobald der Farbige das Haus wieder verlassen hatte, musste meine

Mutter, darauf legte Vater größten Wert (Er war auch ein Hypochonder vor dem Herrn), alle Türklinken auf das Sorgfältigste desinfizieren – als ob der athletisch und durchtrainiert wirkende Friseur Träger einer lebensgefährlichen und hoch ansteckenden Krankheit wäre.

Bisweilen glaube ich, dass damals die Grundlagen für meine Underdog-Position an der Universität gelegt wurden. Vermutlich aber liegen die Wurzeln noch viel tiefer, in der Zeit, in der ich als winziger Knirps Mutters kleiner Küchenassistent war.

Werde ich allmählich vollkommen meschugge?

23. August

In den letzten Tagen habe ich auf mobile.de nach einem passenden Auto für mich gesucht. Ich glaube, heute habe ich es gefunden. Morgen kann ich es besichtigen.

Meine Nachbarin hört pausenlos ihre grauenerregende Musik. Für den Schwarzwald scheint sie sich nicht die Bohne zu interessieren (Sagt man das so?). Sie verlässt die Wohnung nur zum Einkaufen; wahrscheinlich hat sie sie geerbt. Der Radiolärm, der aus ihrem Apartment dringt, scheint die Einsamkeit, die die Dame umgibt, noch zu verstärken.

25. August

Zur Zeit geht es Schlag auf Schlag. Meine neue Existenz (wenn von einer solchen die Rede sein kann) nimmt allmählich Form an. Heute ging's um eine Wohnung. Und gestern stand das Thema Auto auf dem Programm. Ich bin in aller Frühe aufgestanden, es war noch vollkommen still im Nachbarapartment und draußen beinahe noch dunkel (Die Tage beginnen kürzer zu werden); und kalt und feucht war es auch, als ich das Haus verließ.

Ich habe mich auf eine kleine Hochschwarzwald-Odyssee begeben (mehrmaliges Umsteigen von Bus zu Bus), um nach Neustadt zu gelangen. Am Titisee fuhr ich dieses Mal nur vorbei. Wie ein dunkles Auge lag der See im Wald, unterhalb der Straße, auf der ich dahinschaukelte. In einem überraschend gut sortierten Autohaus (Die Deutschen sind Autofanatiker, das steht außer Frage, auch wenn ihre Schlitten nicht immer so groß sind wie bei uns. Und im Schwarzwald ist man auf einen fahrbaren Untersatz ohnehin angewiesen, sonst sitzt man chancenlos fest) stand ein gebrauchter Golf mit Allradantrieb zu einem günstigen Preis. Er ist relativ alt, sieht aber gepflegt aus (Ich weiß nicht, ob man dasselbe auch von mir sagen würde) und hat einen Tachostand von nur siebzigtausend Kilometern. Der Verkäufer spielte seine Rolle recht professionell, nur roch er stark nach kaltem Rauch. Seine Hände waren nikotingelb. Beim Sprechen riss er den Mund so weit auf, dass seine Goldzähne blitzten. Auf dem linken Kragen seines weißen Hemdes stand der Name des Autohauses.

Herr Fürderer, der Verkäufer, sagte, bei dem Golf handele es sich um ein klassisches »Rentnerfahrzeug«. Es sei sehr gut »in Schuss« (!), habe die meiste Zeit in einer trockenen Garage gestanden und sei, wenn überhaupt, fast ausschließlich im Sommer gefahren worden (Irgendwie müssen die siebzigtausend Kilometer ja zustande gekommen sein!). Auch der Lack sehe noch ausgezeichnet aus (Das stimmt. Das Auto ist dunkelblau gespritzt). Allerdings, das wolle er auf gar keinen Fall verschweigen (Man konnte es auch auf den ersten Blick sehen!), habe der vordere rechte Kotflügel eine kleine Delle (Schon wieder!!! Ein schlechtes Omen?). Es sei eben, wie gesagt, ein »Rentnerfahrzeug«, und in der letzten Zeit hätten wohl die Fahrkünste des alten

Herrn deutlich nachgelassen. Andererseits aber sei der Wagen auch mit allem möglichen Schnickschnack ausgestattet (Dieser Schwarzwälder sagte tatsächlich »Schnickschnack«), beispielsweise mit einer Sitzheizung, die bei diesem Baujahr keineswegs serienmäßig verbaut worden sei, und der Verkäufer fügte, mit Blick zu mir, hinzu, das sei für einen älteren Herrn *(firren äldere Maa)* ja doch eine ganz schöne Annehmlichkeit: »Wemmer iistiigt unn mer hett es glii warm am Füdli (Das heißt »Hintern«, vermute ich), des isch halt scho guet. Unn bii üsere herte Winter!« Offenbar hat Herr Fürderer, ein echter Profi, mein Baujahr recht gut taxiert.

Ich konnte (und kann) letztlich nicht beurteilen, was der Golf wert ist (Habe ihn noch nicht einmal von unten gesehen), war jedoch fest entschlossen, das Auto zu kaufen. Dennoch versuchte ich, den Kaufpreis noch ein wenig herunterzudrücken. Leider ohne nennenswerten Erfolg. Herr Fürderer wurde ein wenig knurrig, als ob ich ihn beleidigt hätte, und sagte, Allradfahrzeuge hätten nun mal ihren Preis, im Schwarzwald sowieso, denn hier sei man in der kalten Jahreszeit ohne Traktion auf allen vier Rädern aufgeschmissen *(Verrade unn verkauft isch mer)*. Und die Schnee- und Eisperiode könne unter Umständen schon im Oktober beginnen und bis in den April hinein dauern. Ihm sei ein Winter in Erinnerung, in dem die Schneedecke am Feldberg noch im Mai vier Meter hoch gewesen sei. In die Häuser sei man damals über Schneetreppen wie in Keller hinuntergestiegen, und im Erdgeschoss sei es stockfinster gewesen, richtig gespenstisch. Er sei sicher: Der Tag sei nicht fern, an dem ich ihm, Burghart Fürderer, auf Knien für dieses Fahrzeug danken werde. Unter fünftausendfünfhundert Euro könne er es auf keinen Fall abgeben. Seine Firma mache bei diesem Deal (Er sagte tatsächlich »Deal«) ohnehin kaum einen Schnitt. Für den Kunden sei es ein Schnäppchen. Die Werkstatt habe das Fahrzeug in mühevoller Kleinarbeit und mit hohem Zeitaufwand auf »Vordermann« (?) gebracht, man könne durchaus sagen, sie habe es restauriert wie einen echten Oldtimer. Im Übrigen müsse ich mich auf jeden Fall schnell entscheiden. Er garantiere mir, dass der Golf morgen weg sei, wenn ich jetzt nicht zuschlüge. Als ich immer noch zögerte, machte er mir, wie er es formulierte, ein »ultimatives« Angebot: Er werde das Fahrzeug für mich zulassen und es mir »frei Haus« (?) vor die Tür stellen. Außerdem werde er mich jetzt von einem Mechaniker mit einer »Spezialtour« nach Glasmatt zurückbringen lassen. Das alles sei im Kaufpreis enthalten, mehr allerdings könne er mir nicht bieten. Welch glorioser Sprechakt!

Ich wollte auf keinen Fall Nein sagen. Stattdessen benutzte ich eine Redensart, die fast alle hier täglich im Munde führen: *Das basst scho.* Ich hoffe, es klang nicht allzu fremdartig.

Erst als ich bei dem Mechaniker im Auto saß, ging mir durch den Kopf, wie es wohl um den Rentner bestellt sein mag, der nun kein Fahrzeug mehr besitzt, denn ein neues hatte er sich sehr wahrscheinlich nicht gekauft. Ist er zu Verwandten in eine Stadt gezogen? Hat man ihn in ein Alten- oder gar in ein Pflegeheim verfrachtet, abgeschoben? Liegt er in irgendeinem Krankenhaus und hängt an Kanülen und Kabeln – Maschinen, Pflegern und Ärzten hilflos ausgeliefert? Oder lebt er vielleicht gar nicht mehr, haben ihn seine glücklichen (?) Erben längst verscharrt und den Golf so schnell wie möglich zu Geld gemacht? Fahre ich künftig mit dem Auto eines Toten? Seinen Artgenossen gegenüber verhält sich der Mensch höchst gleichgültig, der Tod des einen ist das Leben des anderen. Punktum.

Der rothaarige, sommersprossige Mechaniker trug einen schwarzen Overall. Er sagte, unter einer »Spezialtour« verstehe der Chef eine kleine Rundfahrt. Er habe gesagt *(hat gseit)*, ich sei ja offenkundig neu im Schwarzwald *(frisch zuzoge)*, und den Papieren zufolge ja sogar ein Ausländer, ein Amerikaner, obwohl er mich, dem Akzent nach, ganz klar für einen Norddeutschen *(en Norddüütsche)* gehalten habe, aber »die Norddüütsche *siigi*« (seien) im Schwarzwald ja letztlich auch nichts anderes als Ausländer. Luftschnapper halt. Und er solle mir etwas *(öppis)* von der Gegend zeigen. Ob mir das recht sei? Er jedenfalls werde sich gerne Zeit für mich nehmen. Ich hatte nichts Besseres vor und nickte. Und hätte meine Zustimmung kurz darauf am liebsten wieder rückgängig gemacht, denn der junge Kerl fuhr wie ein Wahnsinniger.

Es ging, offensichtlich über manche Umwege, auf schmalen Straßen und über Serpentinen, bei dichtem Verkehr (Wir haben hier immer noch Urlaubssaison), in einem haarsträubenden Tempo, mit quietschenden Reifen und vielen hochriskanten Überholmanövern von Tal zu Tal, hügelauf und hügelab, bald wieder am Titisee vorbei, dann linkerhand nach Lenzkirch und Bonndorf hinauf und schließlich nach Rothaus. Dort hielt mein Fahrer abrupt an und zeigte mir ein Gebäude, von dem er behauptete, ich würde es mit Sicherheit kennen. Es sei nämlich, ganz klar, die größte Berühmtheit des gesamten Schwarzwalds, dort sei vor einigen Jahren mit vielen bekannten Schauspielerinnen und Schauspielern die Fernsehserie *Die Schwarzwaldklinik* gedreht worden, »ein Drama in vielen, vielen Episoden« (wörtliches Zitat!), das man weltweit habe sehen können. In diesem Haus habe ein gewisser Professor Brinkmann gewohnt, die Klinik jedoch sei im Glottertal gewesen. Weit weg also. Aber das habe man im Film nicht gemerkt.

Er erzählte dies alles mit echtem Heimatstolz, wie mir schien. Als ich jedoch nicht reagierte, wies er in die entgegengesetzte Richtung und sagte, die Rothaus Brauerei sei ebenfalls, ganz klar, nicht von schlechten Eltern, stellte den Motor ab und stieg aus. Ich war zunächst verdutzt. Was hatte er vor? Warum stieg er ausgerechnet in Rothaus aus? Und was sollte ich hier? Doch dann begriff ich. Es lag auf der Hand: Die Brauerei war von Anfang an sein Ziel gewesen, der Mann wollte ein Bier in dem Brauereigasthof trinken, vor dessen Garten wir parkten. Ich hatte zwar kein gutes Gefühl bei der Sache (Rumpel, Rumpel, Rumpel), denn noch war ich nicht wohlbehalten zurück in Glasmatt, aber unhöflich wollte ich auch nicht erscheinen. Und geizig schon gar nicht.

Als ich meinen Chauffeur zu einem alkoholfreien Bier einlud, bekam er einen Lachanfall und schüttelte den Kopf: Ich müsse keine Angst haben, in der Gegend sei man auf Rothaus »geeicht« (?). Bier gehöre hier einfach zum Leben. Wie die Atemluft. Wie ein gutes Vesper. Wie die Muttermilch. Die Brauerei sei vor ein paar Jahrhunderten von einem Pfarrer, einem Mönch oder sogar von einem Bischof, so genau wisse er das nicht, er sei ja weder ein Geistlicher noch ein »Studierter«, auch wenn er geistliche (sic!) Getränke zu sich nehme, sie sei also von irgendeinem Pfaffen gegründet worden, um den Bauern ringsum das Schnapstrinken abzugewöhnen. Schon daran könne man sehen, dass Bier etwas absolut Harmloses und Gesundes, ja geradezu etwas Heiliges sei. Das gelte selbstverständlich insbesondere für Rothaus. Diese Brauerei gehöre seit langem dem Land Baden-Württemberg, und auf die Stuttgarter sei noch einigermaßen Verlass, im Gegensatz zu den Preußen in Berlin. Zumindest was das Bier angehe. Rothaus sei für ihn ein Lebensmittel, nicht mehr und nicht weniger, und sogar ein ausgezeichnetes. Er könne sich Rothaus-Bier auch als Babynahrung vorstellen, ganz klar. Außerdem sei er, das hätte ich auf der Fahrt ja sicherlich bemerkt, ein guter, geübter, disziplinierter und verantwortungsvoller Fahrer. »Immer defensiv« sei seine Devise, »immer vorsichtig, defensiv und rücksichtsvoll«.

Was blieb mir also anderes übrig? Im Verlauf unseres kurzen »Hocks« (Er nannte das, was wir da machten, das Trinken, Herumsitzen und Plaudern, einen »Hock«) kippte der Rothaarige zwei große Weizenbiere und hinterher noch, zu meiner Verblüffung, zwei doppelte Espressi. Ich zahlte, wir stiegen wieder ein (ich mit sehr gemischten Gefühlen), und zu meiner Verblüffung fuhr der Gute jetzt ganz und gar zivilisiert: entspannt, auffallend langsam, manchmal sogar ein wenig untertourig und auf der gesamten Strecke ohne auch nur ein einziges Mal zu überholen.

Als wir am Sommerberg ankamen, es wurde bereits dunkel, beschallten die Jungs von Creedence Clearwater Revival das Tal in maximaler Lautstärke (*Bad Moon Rising*, immerhinque). Meine Kühe waren verständlicherweise nirgends zu sehen. Die hatten sich vor der Musik in Sicherheit gebracht. Trotzdem war alles sozusagen in Ordnung. Mein Fahrer und ich verabschiedeten uns als gute Freunde.

Ich begreife nicht, dass sich niemand über diesen Höllenlärm beschwert. Aber ich tue es ja auch nicht mehr. Drei Mal hat es absolut nichts gebracht.

Wichtiger als das Auto ist für mich eine Wohnung, die mehr ist als eine bloße Urlaubsabsteige für ein paar Wochen. Im Augenblick bin ich freilich zu müde zum Schreiben. Will ins Bett.

26. August

Floh gestern Vormittag, laut Radiomoderator, vor Heino (?), Udo Jürgens (?), Elvis und den das vegetative Nervensystem direkt attackierenden Bee Gees (*Massachusetts:* Weshalb tun sich die Menschen so etwas immer noch an? Was sind das für Sender, die diesen Mist ausstrahlen?), und ging zum Bäcker. Dort und in der »Bergsonne« in Oberneumatt bekommt man zuverlässig den Dorftratsch erzählt und hört, was man wissen muss. Aber Frau Rotzler, die zumindest äußerlich an Meister Proper erinnernde Bäckerin (feistes Gesicht, selbstbewusstes Grinsen, blaue Augen, buschige, helle Brauen, feste Oberarme, weiße Klamotten), hatte nur zu berichten, dass die Tourismussaison bisher ausgezeichnet verlaufen sei, und das habe man ausschließlich dem schönen Wetter und den mutigen Herren des Gemeinderats zu verdanken, die sich von den Behörden und von den Politikern in Freiburg, Stuttgart und Berlin nicht einschüchtern ließen und konsequent ihren Weg gingen: »Man muss sich nicht alles gefallen lassen und gehorsam jede Umweltspinnerei mitmachen. Schließlich leben wir in einer Demokratie!«

Ich hatte keinerlei Lust auf eine kommunalpolitische Diskussion, zu der ich auch überhaupt nicht in der Lage gewesen wäre, da ich noch immer ein Schwarzwald-Greenhorn bin, verschob meine Wohnungsrecherche bei der Rotzlerin, wie die Bäckersfrau allenthalben genannt wird, auf ein anderes Mal und machte mich zu einem kleinen Spaziergang in die »Bergsonne« auf (Mittlerweile bin ich ganz andere Distanzen gewöhnt), um dort mein Mittagessen zu mir zu nehmen.

Der Wirt, ein Mann von etwas mehr als sechzig Jahren, der sein schütteres Haar kohlrabenschwarz färbt (Es sieht aus, als würde er es täglich mit Schuhwichse behandeln), war in seiner Jugend vermutlich ein Ausbund von Freundlichkeit und Herzlichkeit. Jahrzehntelange berufliche Abnutzung im Dienst an Frischluftschnapperinnen und Frischluftschnappern hat jedoch aus seinem einstmals möglicherweise weichen Gesicht eine harte und glatte Maske zurecht geschliffen, hinter der Raffgier und Gewinnsucht hervorschielen (»Was darf's denn sein? Lassen Sie es sich schmecken! Darf ich Ihnen noch einen Schnaps oder ein Dessert bringen? Waren Sie mit Ihrem Aufenthalt bei uns zufrieden?«). Seine Trinkeraugen schimmern wie Mondstein so trüb. Immerhin erfuhr ich von ihm, dass im Dorf mehrere Wohnungen frei werden: im »Haus zum Kuckuck« vor allem (Nomen est omen!), und möglicherweise sei auch noch ein Apartment ganz oben im allerletzten Haus am Ortsrand zu haben. Aber das sei, nach seinem Kenntnisstand, schon vergeben. Ich freute mich sehr (Oberneumatt ist mein Wunschdorf, es ist, so merkwürdig sich das auch anhören mag, die beste Alternative zu Berkeley), bedankte mich für den Tipp und begab mich nach dem Kaffee umgehend zum Kuckuckshaus.

Umsonst, umsonst, umsonst. Ich hätte kotzen können, so schön ist es, und es wunderte mich keineswegs, dass diese sogenannten Wohnungen (drei oder vier an der Zahl!) noch zu haben sind. Das, was der Kuckuck zu bieten hat, sind wahre Bruchbuden: klein, dunkel, muffig, moderig. Und das Mobiliar schien direkt vom Müllplatz zu stammen: billige, stark beschädigte Holzmöbel mit verdreckten Bezügen, windschiefe Schränke und Küchen, die stanken und vor Schmutz starrten. Die Betten habe ich mir erst gar nicht genauer angesehen. Der Besitzer des Anwesens, ein untersetzter Mann, der, wie er sagte, für ein verlängertes Wochenende aus dem Ruhrgebiet »herunter« gefahren war, versicherte mir, seine »Kunden« seien immer hochzufrieden. Die Lage sei einmalig. Nun ja. Ich verzichtete darauf, nach dem Preis zu fragen. Wenn man noch keine Depression sein eigen nennt, kann man sie beim »Kuckuck« zumindest mieten.

Auf meinem Rückweg kam ich an dem zweiten Haus vorbei, das mir der Bergsonnen-Wirt empfohlen hatte. Ich läutete, und eine ältere Dame, mit weißem Pagenschnittkopf, Hornbrille und in einem sommerlichen grauen Kleid, öffnete mir. Ich sagte ihr, was ich wollte, und sie winkte sofort mit einer eindeutigen Bewegung ihrer rechten Hand ab. Zwar machte sie einen sehr freundlichen Eindruck, aber sie schüttelte entschieden ihren klug aussehenden Kopf: Dass die Einliegerwohnung demnächst frei werde, sagte sie, habe sich in der kürzesten Zeit herumgesprochen. Sie hätten nicht inseriert, dennoch seien mehr als zehn Bewerber bei ihnen Schlange gestanden. Die Wohnung sei eben sehr schön, und die Lage am Waldrand und am Fußweg zum Feldberg, hinüber ins Wiesental und, auf der anderen Seite, nach Glasmatt, nach Menzenschwand und Bernau, sei einmalig. Es tue ihr leid, aber das Apartment sei so gut wie vergeben. Wenn ich wolle, könne sie mir die Wohnung dennoch zeigen; der jetzige Mieter, ein ehemaliger Rechtsanwalt, den sie sehr ungern verlören, sei auf einem Verwandtenbesuch in Berlin, woher er stamme.

Das kubisch angelegte, schnörkellose und leuchtend weiße Gebäude, das mich an den Stil des Bauhauses erinnerte, muss von einem ausgezeichneten Architekten erbaut worden sein, vermutlich zur Zeit der ersten Ölkrise in den siebziger Jahren, denn die Mauern sind dick und die Fenster, der Höhenlage angepasst, recht klein. Dennoch war die Wohnung gestern Nachmittag von Licht durchflutet. Sie ist ansprechend groß und streng und zweckmäßig geschnitten, so dass kein unnötiger Raum für einen Flur oder eine Diele verschenkt wird. Es gibt sogar einen offenen Kamin. Der Parkettboden ist in hervorragendem Zustand. Küche und Bad übertrafen bei weitem meine Ansprüche. An die Möbel kann ich mich im Einzelnen nicht erinnern, aber sie sind genauso geradlinig und schlicht wie das Haus. Ich glaube, im Wohnzimmer, das auch über einen kleinen Schreibtisch verfügt (!), steht sogar ein äußerst eleganter Ledersessel. Welch Kontrast zu meiner tannengrünen Ferienwohnung. Und erst recht zur Kuckucks-Absteige!

Frau Stoltenhoff, Dorothea Stoltenhoff, wie sich die Dame des Hauses mit einem gewissen Aplomb vorstellte, fragte mich, wer ich sei und was ich mache. Sie fragte höflich, aber bestimmt und ein wenig von oben herab. Es blieb mir nichts anderes übrig, wenn ich noch irgendetwas erreichen wollte, als ein wenig auf den akademischen Putz zu hauen. Ich sagte, ich sei deutschstämmiger Amerikaner und Professor an der Claremont University in Berkeley (Ausnahmsweise hatte ich eine, wenn auch ziemlich ramponierte, Visitenkarte dabei, die ich ihr gab), sei aber im Begriff, ganz nach Deutschland zurückkehren, um hier noch einige Jahre zu arbeiten (Hört, hört!) und anschließend meinen Lebensabend (Welch grauenhafter Ausdruck!) zu verbringen. Im übrigen sei ich alleinstehend (Hört, hört!) und finanziell vollkommen unabhängig (Wenn man von dem großsprecherischen »vollkommen« einmal absieht, traf zumindest diese Aussage einigermaßen zu). Ich sei Nichtraucher (Na ja) und hätte kein Haustier (Das stimmt allerdings). Derzeit logierte ich (Ich sagte tatsächlich »logierte«) in einer Ferienwohnung in Glasmatt, die ein konzentriertes Arbeiten nicht zulasse. Und ich betonte (bestimmt fünfmal), wie gut mir das Haus gefalle, und dass ich mich glücklich schätzen würde, hier wohnen zu dürfen.

Frau Stoltenhoff sagte, ihr Mann habe bis zu seiner Pensionierung als Beamter im Wissenschaftsministerium eines norddeutschen Bundeslandes »Dienst getan« (!). Beide hätten sie noch immer eine hohe Affinität zum Hochschulwesen (Sie sprach wirklich vom »Hochschulwesen«, als ob wir noch zu Heideggers Zeiten lebten, aber sie sagte es nicht auf eine unsympathische Art). Gelehrte hätten bei ihnen immer ein »Prä« (wörtliches Zitat). Sie könne mir zwar keine große Hoffnung machen, denn, wie gesagt, sei die Wohnung so gut wie vergeben, aber vielleicht klappe es ja, angesichts der »besonderen Umstände«, doch noch mit dem Apartment. Ihr Mann sei gegenwärtig »in den Pilzen« (als sei das sein neuer Beruf oder sein aktueller Arbeitsplatz). Sie würde mit ihm sprechen, und wenn ich ihr freundlicherweise meine Telefonnummer gäbe, würden sie sich in den nächsten Tagen bei mir melden. Ich war so aufgeregt, dass ich noch nicht einmal nach der Höhe der Miete fragte. Nachdem ich der Dame meine Mobilnummer und meine Glasmatter Adresse auf die Karte gekritzelt hatte, machte ich mich auf den Heimweg.

Bis jetzt keine Nachricht aus Oberneumatt. Was hat das zu bedeuten? Auch keine Reaktion von Mia. Eigentlich merkwürdig. Das ist nicht ihre Art.

Die Tagebuchschreiberei wird immer mehr zur Arbeit, aber ich glaube, sie lohnt sich. Habe gerade zurückgeblättert und meine Aufzeichnungen von Anfang Juli Revue passieren lassen: Ich war wirklich ziemlich kaputt, damals.

27. August

Es ist Herbst. Oder Altweibersommer, wie man hier sagt. (Wie sähe ein Altmännersommer aus? Wahrscheinlich neblig und verregnet. Und bedeutend kürzer. Das vor allem). Die Nächte sind schon kalt und feucht jetzt, sie greifen nach den Knochen und zwicken sie, die Tage aber sind noch immer von einem tief leuchtenden Blau und über Mittag außerordentlich heiß. Gutes Badewetter. Und es ist klarer als im Hochsommer. Die Alpen sind oft zum Greifen nah. Schmetterlinge tanzen durch die Luft und wollen einem vorgaukeln, dass das immer so weitergehe. Als sei das Leben ein immerwährendes Fest. Und als nähme es kein Ende. Das ist offenbar die Zeit der Täuschungen und der Selbsttäuschungen.

Ich habe Frau Rotzler nach den Stoltenhoffs gefragt. Außer mir war niemand im Laden. Das Gespräch verlief ungefähr folgendermaßen:

»Kennen Sie eigentlich Familie Stoltenhoff?«

»Stoltehoff? Stoltenhoff? Ach, Sie meined die Lütt *(Leute)* in Obernü (Oberneumatt)?! Ja, die, die kenni *(kenne ich)* eigentlich it *(nicht)*.«

»Was sind das denn für Leute?«

»Ja, was solli segge *(sagen)*? Die haltet sich halt für öppis Bessers. Wie der schwuchtelige Engländer (?). Vor ällem *(allem)* sie. Wirklich, sie hett en Krattel *(ist eingebildet)* unn *(und besitzt)* düüre *(teure)* Kleider. Mit denne basst se it nach Obernü. Noch nit amal nach Glasmatt. Mer seit, als sie no *(noch)* jünger gsi isch *(als sie noch jünger war)*, hättse all paar Woche en andere gha *(einen neuen Liebhaber gehabt)*. Des sin keine Schwarzwälder. Die sinn Norddüütsche. Unn Studierte *(Akademiker)*. Abr Geld hännse *(haben sie)*. Des Huus *(Haus)* in Obernü war düür. Trotzdem wirdse *(wird sie)* jedes Mal sauer, wenni ihr falsch usegib *(den falschen Betrag beim Einkaufen herausgebe)*. So sinn die.«

»Würden Sie sagen, sie seien freundlich?«

»Fründlich? So fründlich wie d'Städter halt zu üüs *(uns)* Igeborni *(Einheimische, Eingeborene)* sinn. Die behandlet üüs es bitz *(ein wenig)* wie Neger (!!!). Aber fründlich sinn se scho. Des scho. Hättet Sie gern unsern Holler *(Holunderschnaps)*? Der isch im Angebot.«

Bemerkenswert erschien mir, dass Frau Rotzler immer einen freundlichen Ton beibehielt. Obgleich sie einen vergifteten Pfeil nach dem anderen abschoss, hatte sie ihre Gesichtszüge unter Kontrolle und lächelte sanft mit ihren blauen Meister-Proper-Augen. Die philosophische Heiterkeit ihres Gemüts gerät augenscheinlich nicht so leicht aus dem Gleichgewicht.

28. August

Heute haben sie mir meinen Golf vor die Türe gestellt und alle Papiere und Schlüssel ausgehändigt (Der Rothaarige war nicht dabei): Feierlicher Moment. Bei meiner verehrten Nachbarin lief gerade, in markerschütternder Lautstärke, »We are the Champions«. Das hatte sogar ein wenig Stil.

Ich fuhr (!) umgehend zur Sparkasse (Sie sieht aus wie jede Sparkasse in Berlin, nur eben kleiner), um die Überweisung an das Autohaus zu veranlassen. Der Wagen ist nicht gerade eine Luxuslimousine (Ich finde, er riecht ein wenig nach nassem Hund oder nach altem Mann; das war mir in Neustadt nicht aufgefallen), aber er läuft, und das ist die Hauptsache.

Als ich zurückkam, steckte, neben der Werbung für einen Treppenlift, auch eine Postkarte von den Stoltenhoffs im Briefkasten: ob ich zu einer kurzen Besprechung nach Oberneumatt kommen könne? Es klang beinahe wie eine ministerielle Vorladung. Aber immerhin: Ich war noch im Rennen. Nachdem ich mich umgezogen hatte, fuhr ich gleich ins Nachbartal hinüber und kurvte bis nach ganz oben. Ich war nervös wie bei einem öffentlichen Vortrag. Aber es war dann halb so schlimm. Die Stoltenhoffs baten mich in ihr Wohnzimmer (Es ist selbstverständlich bedeutend großzügiger bemessen als das in der Einliegerwohnung, aber ganz ähnlich geschnitten), und die Dame des Hauses (heute in einem dunkelgrünen Kleid) bot einen sehr guten Darjeeling (First Flush, wie sie betonte) und Vollkornplätzchen an. Ihr Mann, in grauer Cordhose und hellblauem Hemd, ist groß und schlank und hat etwas von einem freundlichen Hagestolz, der selbst unter seiner Zurückhaltung zu leiden scheint. Seine Gesichtshaut sieht aus, als pulsiere verflüssigter Bürostaub in seinen Adern. Während seine Frau ausgesprochen viel und temperamentvoll redet und ihre Worte meist durch Gesten ihrer gepflegten Hände unterstreicht (eine alte Dame auf dem Land mit lackierten Fingernägeln!), wirkt er gehemmt und unsicher. Wenn er spricht, muss er häufig schlucken, als würge ihn etwas (wobei sein Adamsapfel auf und nieder hüpft). Man sieht geradezu, wie es in seinem Gehirn denkt: Jedes seiner wohlgesetzten Worte wägt er penibel ab. Es fällt nicht schwer, sich vorstellen, wie er früher in einem Büro wochen- und monatelang an seinem Schreibtisch gebrütet und mit irgendeiner kleinen Reform eines Studiengangs gerungen hat, bevor er seinem Abteilungsleiter den entsprechenden Vorschlag in einem Aktenvermerk unterbreitete.

Ministerialrat Stoltenhoff sagte, wir würden, auch wenn beide Wohnungen ja über jeweils eigene Eingänge verfügten, künftig doch auf vergleichsweise engem Raum zusammenleben. Unter einem Dach sozusagen (Schlucken, der Adamsapfel in Aktion). Und so sei ihm ein Treffen unbedingt geboten erschienen, denn (Schlucken, Adamsapfel) er und ich hätten uns bekanntlich bisher noch nicht einmal gesehen. Schließlich gehe es für beide Seiten um eine Entscheidung von nicht geringer Tragweite, der man zu entsprechen habe (Schlucken, Adamsapfel). Seine Frau, die aus Offenburg, also eigentlich ganz aus der Nähe, stamme, habe vor mehr als zwanzig Jahren eine recht beträchtliche Erbschaft gemacht, und mit Hilfe dieses Erbes hätten sie das Grundstück in Oberneumatt erworben und das Haus gebaut: zunächst nur als Feriendomizil, sie hätten bis vor einigen Jahren ja im Norden gelebt, aber von Anfang an auch schon mit Blick auf die Pensionierung, als Alterssitz. Mit ihren Mietern hätten sie stets großes Glück gehabt. Und auch heute, fuhr Stoltenhoff leise mit einem angedeuteten Lächeln fort, habe er schon im ersten Augenblick gespürt, dass die Chemie zwischen ihnen und mir stimme. Das überrasche ihn keineswegs, denn seine Gattin habe ihm ja bereits ausführlich von mir, meiner Professur und meinen Forschungen berichtet. Von meinen sogenannten »Forschungen« hatte ich ihr freilich kein Sterbenswörtchen (Welch seltsames Wort!) erzählt. Wenn ich also, fuhr er fort, immer noch den sicherlich quicklebendigen Campus von Claremont gegen die Einsamkeit und Ruhe von Oberneumatt eintauschen wolle (Schlucken, Adamsapfel), stehe mir die Wohnung zur Verfügung. Die Miete sei in Anbetracht des »Ausbaustandards und der Lage« (wörtliches Zitat) günstig (vierhundertzwanzig Euro, kalt), und sofern ich einverstanden sei, werde er mir in der nächsten Woche den Mietvertrag zuschicken. Der Vormieter ziehe bereits in den nächsten Tagen aus. Dann stünden noch ein paar kleinere Schönheitsreparaturen an (Herr Doktor Rabus, der bisherige Mieter und inzwischen ein guter Freund, sei äußerst sorgsam mit dem Apartment umgegangen, vorbildlich geradezu), die nicht viel Zeit in Anspruch nähmen (Schlucken, Adamsapfel), so dass ich zum ersten Oktober einziehen könne.

Natürlich habe ich zugeschlagen. Etwas Besseres hätte mir überhaupt nicht passieren können. Einerseits. Andererseits würde jemand Anderes, Mia zum Beispiel, meine Entscheidung wahrscheinlich eher als einen weiteren Schritt in die falsche Richtung interpretieren. Als Beginn meines sozialen Abstiegs. Einer Degradierung und Exilierung.

Wenn ich in Obernü (!) eine Visitenkarte mit meiner dienstlichen und privaten Adresse in Berkeley präsentiere, macht das offenbar, zumindest in gewissen Kreisen, Eindruck. Wenn ich jedoch in SF, Berkeley oder L. A. jemandem eine Karte mit meiner Adresse in Oberneumatt überreichen würde, bekäme ich vermutlich »Mein Lieber, sag mal, was und wo ist, zum Teufel, Oberneudingsbums?« oder etwas ähnlich Respektvolles zu hören. Die Welt gehorcht, das ist alles andere als neu, den Gesetzen des Prestiges und des Name-Droppings. Aber was nützt mir mein schönstes

Berkeley-Image, wenn ich in der universitären Hackordnung von Claremont keine Chance habe und mich miserabel fühle? Wenn man mir dort das Dasein eines Underdogs zugedacht hat?

Schluss jetzt! Ich will aussteigen und brauche einen Plan. Muss meinen eigenen Weg gehen. Oberneumatt ist nur der erste Schritt.

Rabus hat über achtzig Jahre auf dem Buckel und zieht von Obernü weg, weil es ihm, in Anbetracht seines Alters, zu abgelegen ist. Er hat etwas in der City von Glasmatt gefunden. Downtown sozusagen. Ich kann von ihm ein paar Möbel übernehmen, unter anderem einen Sessel von Charles Eames. Ein bisschen Amerika in Obernü darf schon sein.

1. September

Heute Morgen war der Himmel depressionsgrau, schon beinahe anstaltsgrau, und es fegte ein kalter Wind durch das Tal. (Im Radio meiner Nachbarin die Bee Gees und ein gewisser Peter Alexander). Ich setzte mich ins Auto, fuhr zur Tankstelle und dann weiter nach Freiburg, um mir für mein Notebook einen preiswerten Drucker zu kaufen. Mein erster Ausflug mit dem Golf! Er riecht immer noch ein wenig nach altem Mann. Oder doch nach nassem Hund? Vielleicht ist das ja auch mehr oder weniger dasselbe. Aber der Wagen lief hervorragend, und alles ging glatt, obwohl die Strecke stark befahren ist und ich ein bisschen nervös war. Auch das Autoradio funktioniert (Endlich ein Kontrastprogramm!). Unterwegs kam ich durch ein kleines Dorf mit einer wunderschönen alten Kirche. Ich hielt an, um sie in Augenschein zu nehmen, und ging um das Gebäude herum (Meine Mutter hätte jetzt »Gotteshaus« geschrieben). Ich dachte, ich spinne, ich träume, um ein Haar hätte es mich aus den Schuhen gelüpft oder auf den Hintern gesetzt, denn unmittelbar neben der Kirche hatte man (Wer ist da »man«? Wer hat diese Schändung auf dem Gewissen, und wer hat seinen Segen dazu erteilt?) eine potthässliche Autowaschanlage errichtet. Weihwasser und Waschwasser in trauter Zweisamkeit. Gottesdienst, Traditionspflege und Autopflege Hand in Hand. Funktioniert so der Schwarzwald?

Freiburg: Quirlig. Bunt. Lebendig. Viel mehr als ein Campus. Es war bedeutend wärmer als in Glasmatt, sonnig und sommerlich. Habe bei der Musikhochschule geparkt und bin an einem kleinen Fluss entlang, der seltsamerweise »Dreisam« genannt wird (einsam, zweisam, dreisam!), in die Stadt getrabt: Parkhäuser, viele Rotsandsteinfassaden, meist angeschwärzt, Sexshops, Spielhöllen, asiatische, griechische, italienische Kneipen, Massen von Fahrrädern, Studentinnen, Studenten, schicke Leute, teure Geschäfte, Bettler. Gemeinsam mit Scharen von Touristen (Gehöre ich noch zu dieser Spezies?) bin ich durch die Altstadt rund um Münster und Münsterplatz geschlendert. Plötzlich fühlten sich meine Füße, obwohl das Kopfsteinpflaster hart war wie Glas, nicht mehr so schrecklich wanderplump an, ich war beschwingt und leichtfüßig und schwebte als ein zugewanderter Fred Astair ein paar Zentimeter über dem Boden. Mag sein, dass daran der spritzige Weiße, den ich im Freien aus einem beschlagenen Glas zu mir genommen hatte, nicht ganz unbeteiligt war.

Für die Universität habe ich mich nicht interessiert; soweit ich weiß, ist sie über die gesamte Stadt verteilt. Für mich das Wichtigste am heutigen Tag, nach dem Druckerkauf (Hatte keine Lust auf Besichtigungen): Gegenüber dem Augustinermuseum bin ich auf eine Buchhandlung gestoßen, die nicht viele ihresgleichen hat, in Deutschland bestimmt nicht und in Amerika schon gar nicht. Sie heißt »Zum Wetzstein« und ist literarisch und philosophisch hervorragend sortiert. Angesichts der vielen interessanten Bücher und der schönen Vorzugsausgaben, die dort auf Tischen und an den Wänden auf noble Art und Weise präsentiert werden, erwachte in mir der alte Bibliomane, der Carl eben auch ist. Um mich nicht sofort dem blinden Kaufrausch hinzugeben (Ich weiß noch nicht einmal, wie viel Regalplatz mir in Obernü zur Verfügung steht, von meinen künftigen finanziellen Möglichkeiten einmal ganz abgesehen), sagte ich dem Besitzer, ich sei ein Linguist aus Berkeley und suche Bücher und Autoren, die etwas mit dem Schwarzwald zu tun haben. »Sie meinen Sprachwissenschaftler?« »Nein«, sagte ich, »selbstverständlich nicht. Ich denke an Schriftsteller, an Autoren von Romanen, Erzählungen und Gedichten.« »Nun, Hebel wird Ihnen ja geläufig sein, nehme ich an.« »Sie meinen den Heimatdichter?«

Die Empörung, die sich auf dem Gesicht des Buchhändlers malte, hätte wohl kaum größer sein können. Dennoch blieb er überraschend freundlich und entgegnete, nur ein klein wenig konsterniert und mit hochgezogenen Augenbrauen, die ganze Welt sei ja bekanntlich unsere Heimat. Insofern könne auch Weltliteratur als Heimatliteratur gelesen werden. Johann Peter Hebels Texte jedenfalls seien Weltliteratur. Und er empfahl mir eine antiquarische Ausgabe der Erzählungen, Gedichte und Briefe (recht teuer), die ich, eingeschüchtert wie ich war, ebenso kommentarlos erwarb wie einige Bände anderer Autoren.

4. September

Wolch hat ein Mail geschickt. Wenn ich mit allem gerechnet hätte: damit gewiss nicht. Das hat mir gerade noch gefehlt! Kaum komme ich ein wenig zur Besinnung, muss dieser Laffe wieder auf den Plan treten. Es ist zum Davonlaufen! Widerlich! Was hat er mir in der Vergangenheit nicht alles angetan! Doch mit Wolchs Email war es heute noch nicht genug. Zu allem Überfluss kam außerdem auch ein Brief meines reizenden Bruders an. Ich dokumentiere hier beide Nachrichten (was ich künftig in gleicher Weise mit allen anderen Schreiben machen werde, die für mich Bedeutung besitzen):

Mein lieber Carl,

weshalb lässt Du denn nichts von Dir hören? Du weißt, dass wir alle hier großen Anteil an Dir und Deiner Arbeit nehmen. Wir hoffen sehr, dass Dich Dein Sabbatical gut voranbringt. Allerdings wundert es uns, nicht zuletzt mich, dass Du Dich dazu nach Europa und ausgerechnet in die Waldeseinsamkeit zurückgezogen hast. Als wenn Du Dich in eine Gegend absetzen wolltest, in der Dich niemand zu finden in der Lage ist. Hier bei uns hättest Du doch die beste Infrastruktur, die man sich nur denken kann. Von den Fachgesprächen mit Deinen Freunden und Kollegen, die Dich alle, wie Du weißt, sehr schätzen, einmal ganz abgesehen. Aber Du wirst schon wissen, was gut ist für Deine Arbeit. Zumindest will ich das hoffen.

Vielleicht weißt Du ja auch, dass ich auf Ende September zu einem interdisziplinären Kongress nach Zürich eingeladen bin. »Linguistik als Kriminalistik« steht auf dem Plan. Der Linguist als Kommissar: Ist das nicht spaßig? Ich werde noch zum Cop, denn ich soll einen der Hauptvorträge halten. Aber das möchte ich, in aller Bescheidenheit, gar nicht so hoch bewerten. Du kennst ja die Spielchen. Wenn man einmal eine bestimmte Höhe auf der akademischen Leiter erklommen hat, ist man auf solche Einladungen quasi abonniert. Viel wichtiger erscheint es mir, dass ich Zeit haben werde, Dich zu besuchen und nach Dir zu sehen, denn dieser Schwarzwald soll ja von der Schweiz aus gut erreichbar sein. Sobald also klar ist, wann ich bei Dir aufkreuzen kann, gebe ich Bescheid. Ich hoffe, Du freust Dich ebenso wie ich.

Herzliche Grüße, auch vom Dean,

Dein Freund James

PS. Ich werde sicher meine Rackets dabei haben. Wäre schön, wenn Du Lust auf ein Match hättest.

*

Lieber Carl,

Deinen Brief habe ich erhalten. Ich gratuliere Dir zu Deinem Sabbatical, füge aber gleich hinzu, und Du wirst mir das nicht übelnehmen können, dass ich Dich schon für einigermaßen verrückt und für lieblos halte, auch wenn Du, wie Du immer betonst, früher das eine oder andere für Vater und Mutter getan haben magst; meinetwegen auch mehr als ich, aber ich konnte lange Zeit ja auch nicht, beruflich bedingt, wie Du weißt, in der Gegend sein – was bei Dir jetzt vollkommen anders ist. Egoistisch und rücksichtslos warst Du ja immer. Schon in unserer Kindheit. Immer hast Du es irgendwie verstanden, Deine höchstpersönlichen Angelegenheiten und Deinen Vorteil in den Vordergrund zu spielen. Dein eigener Kram war immer besonders wichtig, Deine Bilanz fiel immer nach Deinen Wünschen aus, und Dein jüngerer Bruder kam selbstverständlich erst an zweiter Stelle. Wenn überhaupt.

Ich hoffe nur, dass Dir der Europaaufenthalt wirklich Ertrag abwirft. Weshalb nur ausgerechnet Deutschland, frage ich mich? Warum? Das verstehe ich am allerwenigsten. Umso mehr würde ich es begrüßen, wenn Du früher zurückkämest als geplant. Ich habe mich durchgeboxt, ich arbeite jetzt, wie Du weißt, im fünf-

ten Jahr in der Führungsebene, ich werde auch entsprechend bezahlt, aber geschenkt bekomme ich nichts. In meiner Branche gibt es keine fixen Gehälter wie bei Dir. Die Firma fordert mich voll und ganz, von Jahr zu Jahr mehr, und wenn Pat mich nicht so großzügig bei Vaters Pflege unterstützen würde, könnte ich es auf keinen Fall schaffen. Sie hat mir immer den Rücken frei gehalten. Ohne Pat hätte ich auch meinen Aufstieg in der Firma nicht hingekriegt, zumindest nicht so reibungslos, unsere Habenseite sähe längst nicht so gut aus, und jetzt ist es vor allem Pat, die sich unseres Vaters annimmt: Tag für Tag, und wenn es sein muss Nacht für Nacht. Du solltest Dich also auch bei ihr bedanken, denn letztlich ist sie es, die Dich entlastet. Sie arbeitet vor allem für Dich und Deine deutsche Lustreise. Und ich verhehle nicht, dass mich das irgendwie ärgert. Ja, es ärgert mich ganz gewaltig!

Vater geht es, so hat es den Anschein, unverändert, wenngleich ich sagen muss, dass es besser für ihn wäre, daran kann kein Zweifel bestehen, wenn auch Du hier wärst. Also arbeite zügig! Wenn Du willst, kannst Du das auch. Mach es einfach wie ich: Krempele die Ärmel hoch!

Freundliche Grüße

Bill

*

Außer Wolchs Mail und dem unverschämten Brief meines Bruders kam auch noch erfreuliche Post: der Mietvertrag aus Oberneumatt. Es scheint sich um ein Standardformular zu handeln. Zwar kenne ich mich mit dem deutschen Mietrecht nicht aus, aber es ist mir nichts Problematisches aufgefallen. Ich habe ein Exemplar unterschrieben und postwendend mit den besten Empfehlungen zurückgeschickt. Jetzt habe ich eine ausgezeichnete Bleibe im Schwarzwald.

5. SEPTEMBER

Ich hätte sicher gute Gründe, darüber zu jubeln, dass ich mich Schritt um Schritt aus den Fängen einer mir feindlich gesonnenen Welt zurückziehe (Achtung: Pathosgefahr!) und mir ein besseres Leben einrichte. Zugleich ziehe ich mich aber auch aus den letzten Bindungen zurück, die ich noch bis vor kurzem besaß. Mit Mia habe ich bisher zwar nicht endgültig gebrochen, aber derzeit gibt es noch nicht einmal »diplomatische Beziehungen«. Auch das familiäre Netz (Vater, Bruder, Schwägerin) ist so gut wie zerschnitten. Freunde habe ich nicht, weder in Kalifornien noch im Schwarzwald. Und wenn sich nun Besuch aus meiner Abteilung ankündigt, dann ist das als feindlicher Akt zu interpretieren.

Die Luft ist recht dünn geworden. Laufe ich, offenen Auges, auf ein Alter in Einsamkeit zu? Will ich das? Kann ich das wollen? Wenn ich jetzt abkratzte, kein Hahn würde nach mir krähen. Ich wüsste noch nicht einmal, wer mich verscharren sollte. In einem Brief würde ich es selbstverständlich nicht schreiben, aber dem Tagebuch vertraue ich es an: Gefühl großer Einsamkeit. Auch Verlassenheit. Angst. Mein einziger Gesprächspartner, mit dem ich plaudern kann, ist das Papier. Ich erzähle dieser Kladde. Sie ist nicht in der Lage, mir zu widersprechen. Mich zu belästigen. Mir auszuweichen.

6. SEPTEMBER

Lieber James,

schön von Dir zu hören. Deine große Fürsorglichkeit mir gegenüber hat mich gleichermaßen überrascht und gefreut. Aber Du kannst vollständig beruhigt sein: Hier habe ich hervorragende Bedingungen vorgefunden. Ich lebe wie ein Arbeitsmönch in sei-

ner Zelle. Niemand hält mich vom Schreiben ab, hier gibt es noch nicht einmal Störenfriede, die an die Tür klopfen, um sich ein Buch auszuleihen oder einen Kaffee zu schnorren, von Fachbereichskonferenzen und Rundmails ganz zu schweigen. Und die Infrastruktur ist so, wie ich sie mir erträumt habe. Du solltest bedenken, dass ich hier inmitten des universitären Polygons Freiburg, Zürich, Tübingen, Konstanz sitze, ohne Zeit für irgendwelche offiziellen Termine und Kontaktbesuche verschwenden zu müssen. Inzwischen frage ich mich schon, wie man in Claremont angesichts des permanenten Grundrauschens von Emails, Telefongesprächen, Flurgeplapper, Sprechstunden und Meetings überhaupt arbeiten kann. Also im Ernst: Haltet Ihr den Betrieb noch aufrecht, oder gebt Ihr Euch schon dem dolce far niente hin?

Ich harre Deiner und warte auf weitere Informationen.

Meine Adresse lautet: Am Sommerberg 22, DE 79777 Glasmatt (Hochschwarzwald), Germany.

Freundliche Grüße und mit den besten Empfehlungen an den Dean

Carl

7. September

Schönstes Frühherbstwetter. Die Luft ist von einer leuchtenden Transparenz, dass man manchmal meint, die Nadeln der Tannen auf dem Berg gegenüber zählen zu können, und das Licht hat etwas Quecksilbriges. Doch man spürt, *ich* spüre, das ist die Ruhe vor dem Sturm, der schöne Schein, der einem den Ausblick auf die kommenden Herbst- und Winterstürme verdecken will.

Bin heute früh aufgestanden und habe mich auf eine große Tour begeben. Zunächst mit dem Golf über Schopfloch und Stutzdorf nach Bärental. Dann mit dem Bus weiter zum Feldberg und von dort zu Fuß über die Todtnauer Hütte, den Stübenwasen (Habe den Ortsnamen immer noch nicht geklärt), den Notschrei (auch sprachlich interessant!) zum Schauinsland, dem Freiburger Hausberg. Zuerst war es noch kalt, aber allmählich erwärmte sich die Luft, so dass ich meinen Anorak ausziehen konnte. Tautropfen hingen an den Farnen, den Heidelbeer- und Wacholderbüschen, und meine Mephistos wurden nass und dunkel. Wo es schon sonnig war, roch es intensiv nach verfaulten (?) Pilzen. Über mir kreisten verschiedentlich mehrere Raubvögel. Der breite Rücken des Stübenwasens erinnerte mich mit seinen hohen, gelbbraunen Gräsern an Steppe und Prärie, obwohl ich doch wusste, dass tief dort unten das enge Wilhelmertal und nicht etwa der Wilde Westen lag. Im Süden ragte die Kette der Schweizer Alpen auf wie eine gezackte Mauer, und es war, als ginge ich an ihr entlang, um einen Weg zum Mittelmeer zu finden. Ein von der Sonne verbrannter alter Mann, der eine billige, abgeschossene Mütze mit einem Werbeslogan für Zermatt auf dem Kopf trug, zeigte mir Eiger, Mönch und Jungfrau im Berner Oberland und den Belchen, den schönsten Schwarzwaldberg, wie er behauptete.

Ich stand auf dem Stübenwasen, schaute umher und dachte, dieses Land, durch das ich ging, sei abseitig und wie aus der Zeit und aus der Welt gefallen. Außer ein paar Kondensstreifen am meerblauen Himmel erinnerte, so kam es mir zumindest vor, nichts an das einundzwanzigste Jahrhundert. Und ich redete mir ein, dass dieses gebirgige Land auch nichts von unserer Zeit wissen wolle. Dass es seine Ruhe braucht (wie ich) und sonst nichts. Anderswo stauten sich jetzt die Autokolonnen (Möglicherweise auch im Höllental, vor Freiburg), warteten eilige Zeitgenossen in einer langen Schlange auf ihren Abflug. Überall sonst auf der Welt geht es um Tempo und Beschleunigung, denn Zeit ist bekanntlich Geld, und überall geht es um die Beantwortung der

Frage, wie man seine Haut am besten, am schnellsten und am effektivsten zu Markte trägt, ohne sie sofort zu verlieren. Im Hochschwarzwald hingegen kann das Gras noch so wachsen, wie es will, haben noch andere Tiere als der Mensch zumindest eine gewisse Daseinsberechtigung, scheinen die Uhren noch ein wenig anders zu ticken. Ich glaube, erst dort oben, zwischen dem Stübenwasen und dem Notschrei, mit Blick zu den Alpen und hinüber zum nahen Belchen, wurde mir wirklich bewusst, dass ich in einem ganz besonderen Winkel dieser Welt angekommen bin. Dass ich privilegiert bin. Es ist mir klar, dass auch dieses kleine Fleckchen Erde jenen Gesetzen unterworfen ist, denen wir geneigt sind, alles zu opfern. Auch im Schwarzwald muss Geld verdient werden. Auch hier regieren Angebot und Nachfrage. Auch hier wird um ein Linsengericht geschachert. Der schwarze Wald ist zwar keine Insel der Seligen, aber er stellt dennoch ein gebirgiges Eiland mit einigen Sonderkonditionen dar, auf die es ankommt. Und diese Insel werde ich mir mit Zähnen und Klauen gegen alle Wolchs, die es auf dieser Welt geben mag, verteidigen.

Und dann erneut Freiburg. Da ich nach meiner Wanderung müde war, fuhr ich vom Schauinsland mit der Seilbahn hinunter ins Tal und stieg anschließend in die Straßenbahn um. Es war ein merkwürdiges Gefühl, in Bergschuhen und Wanderhosen durch eine Universitätsstadt zu gehen und sowohl Studenten als auch elegant gekleideten Frauen und Männern zu begegnen: als ob ich ein Rancher im Mittleren Westen wäre, der in die Stadt gekommen ist, um ein paar Geschäfte abzuwickeln, Vorräte für die nächsten Wochen einzukaufen und vielleicht am Schluss noch in einen Saloon zu gehen. Die Vorräte, die ich brauchte, bekam ich beim »Wetzstein«, denn ich muss ein paar Vorkehrungen treffen. Die Notwendigkeit, Wolch ein kleines potemkinsches Dorf zu bieten, lieferte mir zumindest ein gutes Alibi. Unangenehm war mir allerdings, dass ich auf die inquisitorische Frage des Buchhändlers nach meinen Leseerfahrungen mit Johann Peter Hebel passen musste. Es tue mir leid, ich sei derzeit noch mit anderem beschäftigt, leider, leider, leider, stotterte ich herum, als ob ich, wieder einmal, examiniert würde. Hastig bezahlte ich die schönen Neuerwerbungen und flüchtete in meinen Freiburger Saloon. Er liegt direkt am Münsterplatz, heißt »Rappen« und ist ein Weinlokal, auf dessen Menukarte badische Spezialitäten stehen. (Allmählich werde ich noch zum modernen Idyllendichter und schreibe bukolischen Kram. Ist auch daran der Schwarzwald schuld?). Ich trank ein Viertel Grauburgunder und ging dann beschwingt zum Hauptbahnhof, um den Bummelzug zurück nach Bärental zu nehmen. Die restlichen Kilometer mit dem Golf schaffte ich auch (Rumpel, Rumpel, Rumpel).

11. September

Jahrestag. Das Datum hat sich eingebrannt. Noch heute weiß ich, wie ich vor dem Fernsehgerät stand (Ja, so war es, ich saß nicht, ich stand, ich blieb die ganze Zeit über stehen, ich setzte mich nicht) und sah, wie ein Jet (Ich habe sogar noch die Nummer gespeichert: Flug UA 175) unter dem wolkenlosen Himmel New Yorks in den zweiten Zwillingsturm raste. Ich starrte auf den Bildschirm und beobachtete, wie dieser Turm Feuer fing und dann, ebenso wie der erste, zu qualmen anfing, wie irgendwann Menschen aus den Fenstern zu springen begannen, wie später beide Türme einstürzten und in sich zusammenbrachen. Und trotz aller Betroffenheit (oder wie man das ausdrücken soll), die ich empfand und noch immer empfinde, muss ich dem Papier gestehen, dass mich zugleich ein großes Glücksgefühl durchschauerte: Nichts mit dieser grauenhaften Sache zu tun zu haben, gesund und am Leben zu sein. Einfach am Leben zu sein und unverletzt!

Für mich persönlich aber noch immer viel einschneidender und wichtiger: die Flucht meiner Familie, meiner Großeltern, aus Nazideutschland. Sie hat auch meine Biografie, mein Leben geprägt. Auch wenn ich ein Nachgeborener bin. Jedes Mal, wenn ich Filmaufnahmen von Hitler und seiner braunen Plebs sehe, kann ich es nicht fassen, wie schnell das deutsche Volk, von Ausnahmen abgesehen, zu einer Bande primitiver Mörder wurde. Wie abstoßend die Gesichter derer aussehen, die in Berlin, auf dem Wiener Heldenplatz oder wo auch immer Hitler und Goebbels zujubeln! Wie brutal die Männer, wie fanatisiert die Frauen wirken. Nichts als Verblendung, Aggression und Dummheit spricht aus diesen Fratzen.

Dennoch hege ich keinerlei Ressentiments gegenüber den Deutschen von heute. Ich habe nicht das geringste Problem damit, im Schwarzwald zu leben. Die Zeiten haben sich geändert (Hoffe ich. Nein, da bin ich sicher). Mein Bruder kann oder will das nicht begreifen. Mein Vater, der Dickschädel, könnte es nicht, wenn er noch bei Sinnen wäre. In dieser Perspektive bin ich ein Verräter. Vielleicht sogar ein halber Nazi – was ich freilich niemals akzeptieren würde.

Habe angefangen, meine Hausaufgaben zu machen. Komme mir ziemlich dumm vor.

12. September

Über seine Nachbarin und ihre exhibitionistisch laute Schlagermusik fühlt sich der Herr Professor erhaben. Aber selbst ist er offenbar auch nichts Besseres als ein mediokrer Dorfdepp aus Berkeley, Kalifornien. Seit vorgestern lese ich Hebels Kalendergeschichten, und meine Ohren glühen: vor Begeisterung und vor Scham. Und aus Betroffenheit. Der

Fremdenführer im Zug durchs Höllental, der mir Schwarzwald-Novizen die ersten Hinweise und Tipps gab, hatte ebenso recht wie der Freiburger Buchhändler: Das ist Weltliteratur, und ich frage mich, wie mir jemand wie Johann Peter Hebel entgehen konnte.

Sein *Unverhofftes Wiedersehen* beispielsweise erzählt in einer wunderbar rhythmisierten, klassisch knappen Sprache das Leben einer Frau, deren Bräutigam kurz vor der Hochzeit im Bergwerk von Falun verschüttet wird: »Der Bergmann hat sein Todtenkleid immer an.« Dann geht viel Zeit ins Land, und der Fokus der Erzählung wechselt von der Frau, die fünfzig Jahre lang um ihren verschollenen Freund trauert, hinüber zu dem sich weiter drehenden Rad der Weltgeschichte und dann wieder zurück nach Falun: »Unterdessen wurde die Stadt Lissabon in Portugall durch ein Erdbeben zerstört, und der siebenjährige Krieg gieng vorüber, und Kayser Franz der erste starb, und der Jesuiten-Orden wurde aufgehoben und Polen getheilt … Der Müller mahlte und die Schmiede hämmerten, und die Bergleute gruben nach den Metalladern in ihrer unterirdischen Werkstatt.« Kurz vor dem Tod der Frau schließlich, die längst zur Greisin geworden ist, wird der durch Vitriol konservierte jugendliche Leichnam des Bräutigams gefunden, »also«, schreibt Hebel, »daß man seine Gesichtszüge und sein Alter noch völlig erkennen konnte, als wenn er erst vor einer Stunde gestorben, oder ein wenig eingeschlafen wäre, an der Arbeit.« Doch niemand kannte ihn mehr, niemand wusste noch von dem Unglück, das ihm widerfahren war, bis auf seine ehemalige Verlobte. »Grau und zusammengeschrumpft kam sie an einer Krücke« und identifizierte ihn, gezeichnet »von einer langen heftigen Bewegung des Gemüths«, wie Hebel hinzusetzt. Man bringt den Leichnam der alten Braut, die nie aufgehört hat, auf ihren Verlobten zu warten. Anderntags begleitet sie den Toten in ihrem Sonntagsgewand auf den Kirchhof, »als wenn es ihr Hochzeittag und nicht der Tag seiner Beerdigung wäre«. Die Erzählung schließt mit der Versicherung der Braut, dass sie ihrem Bräutigam bald nachfolgen werde: »Ich habe nur noch wenig zu thun, und komme bald, und bald wirds wieder Tag.«

Diese Erzählung hat mich ins Herz getroffen, sie hat mich, pathetisch gesprochen, verwundet. Wie sind wir doch treulos! Und selbstbezogen! Wie schnell vergessen wir. Wie schnell *wollen* wir vergessen. Und wegschieben. Wie wenig sind wir daran interessiert, dass etwas bleibt und Dauer besitzt. Was sind wir doch für moderne, aufgeklärte, läppische Wichte! Selbst in unseren intimsten Lebensäußerungen, selbst in der Liebe haben wir uns längst der Struktur der immer schneller aufeinander folgenden wirtschaftlichen Zyklen angepasst. Das Geschäft mit der Spekulation blüht. Wie ist die Rendite? Was lohnt sich? Welche Investition bringt mir was? Was wird mir geboten? Halten oder Verkaufen und sich neu aufstellen? Wir leben in einer totalen Wegwerfgesellschaft. Wenn etwas nicht mehr funktioniert, wird nicht lange gefackelt. Die Diagnose ist schnell gestellt: Eine Reparatur ist wirtschaftlich nicht sinnvoll, und man orientiert sich neu. Wie herzlos und kaltschnäuzig sind Mia und ich miteinander umgegangen! Wie übel habe auch *ich* mich verhalten! Und es war *ich*, der dafür gesorgt hat, dass es nicht zu einem Wiedersehen kommen wird. So geht's dahin. Ex und hopp.

Hebel lebte um die Wende vom achtzehnten zum neunzehnten Jahrhundert. Wir im Einundzwanzigsten haben es längst verlernt, aufeinander zu warten.

13. September

Mein lieber Carl,

vielen Dank für Deine Nachrichten über den guten Fortschritt Deiner Forschungen. Wir alle hier haben uns von Herzen gefreut, insbesondere der Dean und ich. Denn ein Sabbatjahr kostet, wie Du weißt, nicht nur viel Geld, sondern bedeutet für Deine Kollegen auch ein gerüttelt Maß an Mehrarbeit. Aber diese Last tragen sie freundlicherweise gerne, wenn Du nur vorankommst. Der Konkurrenzdruck zwischen den Abteilungen und Universitäten verschärft sich weiter, und wenn wir gegenüber den Naturwissenschaften nicht vollends abstinken wollen, müssen wir möglichst viele und überzeugende Publikationen liefern. Aber wem sage ich das? Auch als Emeritus fühle ich mich immer noch für unseren guten, alten Laden verantwortlich – vielleicht mehr denn je.

Ich werde voraussichtlich am späteren Nachmittag des 28. September bei Dir eintreffen. Deine Adresse habe ich ja. Übernachten werde ich im Hotel Hochschwarzwälder Hof in Schluchsee: Vier Sterne superior wird für eine Nacht schon erträglich sein. In Zürich wohne ich übrigens, auf Kosten der Gastgeber, im »Baur au Lac«; die Schweizer lassen es an nichts fehlen. Sollte sich etwas ändern, setze ich Dich umgehend ins Bild.

Komm weiter gut voran und herzliche Grüße

Dein James

PS. Rate mal, von wem ich Dich grüßen soll. Neulich habe ich beim Tennisspielen Mia getroffen. Sie sah wieder blendend aus. Was ist eigentlich mit Euch?

*

Dieser großkotzige Dreckskerl hat mir überhaupt nichts zu sagen. Soll ihn doch der Teufel holen! Als ob James in seiner aktiven Zeit auch nur einmal Unterricht, Sprechstunden oder sonst etwas von jemand anderem übernommen hätte. Das drücken die werten Kollegen doch, wie immer, auf ihre Assistenten oder auf Underdogs wie mich ab, loben die armen Esel huldvoll und tun so, als ob diese Zusatzleistung ihre Karriere beförderte. Der Dean schaut weg, und damit hat es sich. Und was geht Wolch Mia an? Wenn er doch nur in seinem »Baur au Lac« bliebe und ganz Zürich auf die Nerven ginge.

Im äußersten Fall werde ich ihnen mein Sabbatical zurückzahlen, Cent für Cent. Aber für zwei, drei durchschnittliche Aufsätze wird es schon reichen.

15. September

Damit hätte ich auch nicht gerechnet. Damit nicht. Wenn ich noch ein junger Hupfer wäre, wie man hier sagt, würde ich jetzt Luftsprünge machen.

Heute war ein weiterer strahlender Spätsommertag, Helios heizte dem Schwarzwald mit seinem Sonnenwagen nochmals heftig ein, der Himmel leuchtete, alle Farben loderten, und so ging ich über Mittag noch einmal ins Strandbad am Windfellsee. Ich hatte nicht vor, zu schwimmen oder zu baden, wollte mir nur, wie ein alter Kater, der ich ja auch bin, die Sonne auf den Pelz scheinen lassen, lag auf meiner Decke am Ufer, schnurrte genüsslich nach Katerart und blätterte ziemlich gelangweilt in Wittgensteins *Philosophischen Untersuchungen* , die ich, mit Blick auf J. W.'s Besuch, in Freiburg gekauft habe, und war, buchstäblich überwältigt von Wittgensteins tiefschürfenden Schlussfolgerungen, gerade dabei einzudösen, als ich angesprochen wurde.

Die Stimme gehörte einer Frau. Im ersten Augenblick realisierte ich nicht, was los war, wer mich da angeredet hatte. Doch dann kam ich zu mir. Vor mir, hoch über mir stand die blonde Seejungfrau, die wie aus dem Nichts aufgetaucht sein musste und sich gnädig, wie in einem Traum (so erschien sie mir wenigstens), zu mir herab beugte. Einen

Augenblick lang schwebte sie wie eine Erscheinung aus einer anderen Welt vor mir.* Und jetzt, aus der Nähe und im hellen Mittagslicht, sozusagen in bester Beleuchtung, bemerkte ich, dass ich ein vollkommen falsches Bild von ihr gehabt hatte. Dass ich sie ganz und gar, ja, wie soll ich mich nur ausdrücken?, dass ich sie ganz falsch gesehen, ganz falsch gedeutet hatte.** Denn kalifornischen Strandschönheiten ähnelt sie nicht ein bisschen. Sie wirkt nicht athletisch und ist viel zu zart, zu feingliedrig, zu verletzlich; ihre Haut ist beinah durchsichtig, ihre Haare sind zu hell, fast weiß, auch ein wenig zu dünn, und sie hat ein schmales, ätherisch wirkendes Gesicht, das bei mir augenblicklich Beschützerinstinkte mobilisierte. Eine sehr jugendliche, beinah noch kindliche Botticelli-Figur: Venus. Oder eben eine Seejungfrau (?). Umso überraschter war ich von ihrer Stimme (ziemlich tief, mit einzelnen hohen Gicksern, als sei sie im Stimmbruch), und wie selbstbewusst sie mich ansprach. Sie wollte wissen, ob L. W. etwas mit dem Landkreis Siegen-Wittgenstein in Hessen zu tun habe, denn dort sei sie aufgewachsen, genauer gesagt in Bad Berleburg.

»Sie, ja, äh, Sie liegen gar nicht so falsch. Wittgenstein entstammt zwar einer begüterten Wiener Industriellenfamilie. Deren Wurzeln aber reichen tatsächlich zurück nach Laasphe im Wittgensteiner Land, soweit ich weiß.«

»Na, so was!«

»Sprechen Sie öfters fremde Leute auf ihre Lektüre an?«

»Nehmen Sie es mir bitte nicht übel, Herr Professor, aber denken Sie nicht, dass es eher an mir ist, Fragen zu stellen?«

»Ich verstehe nicht ganz …«

»Na, Sie dürfen nicht glauben, ich hätte nicht bemerkt, wie Sie mich hier am See mit Ihren Blicken verfolgt und

* Achtung: Kitschverdacht!, 23.12.13.

** Nochmals, mein lieber Carly: Kitschverdacht!, 23.12.13.

durchbohrt haben. Und dass Sie mir in Titisee bis ins Café und auf den Parkplatz hinterher gerannt sind.«

»Woher wissen Sie …?«

»Also, warum verfolgen Sie mich?«

»Ich verfolge Sie doch nicht, ich …«

»Nun …?«

»Wie soll ich es sagen, damit Sie mich nicht falsch verstehen? Sie haben mich an jemanden erinnert. Auch an Kalifornien, meine alte Heimat. Und Sie haben mir gefallen. Wie soll ich es ausdrücken? Sie sind mir sympathisch. Und … Genügt Ihnen das?«

»Machen Sie das immer so? So direkt? So dreist?«

»Ist das ein Verhör? Woher wissen Sie überhaupt, dass ich Professor bin?«

»Na, Sie sind doch schon seit Wochen weltberühmt in Glasmatt. Mir hat es die Bäckersfrau erzählt. Sie ist die hiesige Dosi. Und Sie sind der Stargast. Da lohnt es sich doch, die Antennen auszufahren.«

»Dosi?«

»Das ist Studenten-Sprech. Dosi steht für Dorfsicherheit, in Anlehnung an Stasi. Verstehen Sie?«

»Ich …«

»Man kann machen, was man will, Dosi kriegt einfach alles mit. Die Dorfbewohner sind ihre informellen Mitarbeiter. Guck und Horch. Und ihr Sohn, der im Gemeinderat sitzt, ist daher immer im Bilde und trickst seine Kollegen nach allen Regeln der Kunst aus. Er lügt und betrügt. Zumindest behaupten das manche Leute im Dorf. Seien Sie vorsichtig: Vor Frau Rotzler können Sie nichts verbergen. Überall sitzen ihre Spitzel, ihre Schergen. Na ja, reim dich oder ich fress dich. Wanzen und Überwachungskameras sind hier auf jeden Fall nicht nötig. Die soziale Kontrolle funktioniert hervorragend. Trotzdem gefällt es mir im gläsernen Glasmatt besser als in Freiburg. Hier ist sowieso vieles gut. Sogar das Essen. Apropos: Würde es Ihnen Spaß machen, mit mir in einem Restaurant zu schnabulieren?«

»Schnabulieren?«

»Na, essen zu gehen.«

»Wie kommen Sie denn auf die Idee?«

»Nur so. Ich bin noch nie mit einem richtigen Professor essen gegangen. Das muss man doch auch mal gemacht haben.«

So ungefähr verlief mein Gespräch mit Maria. Schon merkwürdig, sie heißt wie Mia und macht gerade ihr erstes juristisches Examen. So selbstbewusst sie aufgetreten ist, so linkisch und unsicher wirkten manche ihrer Gesten und Bewegungen. Wir haben uns tatsächlich zum Abendessen verabredet.

Es wäre gelogen, wenn ich sagen würde, ich sei nicht nervös. Und gleichzeitig fühle ich mich wie ein Vollidiot.* Mach dir nur keine falschen Hoffnungen!

Jetzt, beim Schreiben, fällt mir wieder ein Satz aus Updikes Roman *Couples* ein, jener merkwürdigen Ostküsten-Momentaufnahme aus den sechziger Jahren, den ich mir vor langer Zeit einmal notiert habe: »Von der Geburt bis zum Tod marschieren wir in der großen Menge mit, und diese Parade heißt Liebe.« Seine *Ehepaare* stehen genau auf der Kippe zwischen den alten, verlogenen, bequemen Gefängnissen und unserer herrlichen, furchtbaren und läppischen Freiheit. Ich hatte geglaubt, ich hätte mir meine Seejungfrau aus dem Kopf geschlagen, und jetzt macht sie mir Avancen. Kann es nicht fassen.

*

* 24.4.13: Wie gut ist es mir damals gegangen! Und das Schlimmste ist: Ich glaube nicht, dass ich es wirklich geschätzt habe.

Hochgeschätzter Emeritus, lieber James,

besten Dank für Deine freundlichen Zeilen. Die gesamte zentraleuropäische Hochschulregion erwartet Dich sehnsüchtig und macht sich hübsch für Dich: Es herrscht wunderbares Spätsommerwetter. Indian Summer. Die Landschaft hat ihr schönstes Rouge aufgelegt. Schade nur, dass ich absolut nichts davon habe, denn ich erlebe seit einigen Wochen einen echten Produktivitätsschub, den ich nach Kräften auszunutzen trachte. Daher arbeite ich, mehr oder minder, Tag und Nacht und habe mir, seitdem ich in Deutschland bin, noch keine einzige Stunde fürs Tennisspielen freimachen können. Auch zur Erkundung von Land und Leuten bin ich bisher nicht gekommen. Deshalb habe ich auch keine Ahnung, ob es im Schwarzwald und seinen Nachbarregionen überhaupt Frauen gibt. Das ist zwar bedauerlich, aber es ist, wie Du sagst: Die Konkurrenz schläft nicht, und der Beruf geht vor. Daher weiß ich auch nicht, wieviel Zeit ich Dir werde widmen können, so sehr ich mich auf Deinen Besuch freue.

Gute Reise und beste Grüße

Carl

PS. Bitte richte auch Kate Grüße von mir aus! Wie geht es ihr? Bringst Du sie mit nach Europa?

17. September

Entsetzliches Wetter, eigentlich. Tröstliches Wetter jedoch für Leute, die hin und wieder mit gefräßigen Teilchen und aggressiven Projektilen zu kämpfen haben. Der Spätsommer ist offenbar definitiv vorbei. Gestern ist es schlagartig kalt geworden, es stürmte und regnete in Strömen. Meine

Wohnung war heute Morgen so dunkel, dass ich Licht machen musste. Der Regen prasselte pausenlos gegen die Fenster. Die Wolken jagen noch immer, schwarzgrauen Flundern gleich, vom Talschluss und von der Farnwitte her, über den Himmel. Sie sind nicht von einem kompakten, einheitlichen Grau, sondern sie changieren, sind einmal heller, dann wieder dunkler, je nach Dicke, Dichte, Windstärke und Lichteinfall, und das gibt ihnen etwas ungeheuer Ästhetisches, macht ihre Erscheinung so interessant wie die der Kühe auf dem Gegenhang. Die kann ich heute nicht sehen. Der Schlagerterror ist, dank geschlossener Fenster, gleichfalls nicht wahrnehmbar. Das schlechte Wetter ist für mich also ein hervorragendes Wetter. Es entlastet mich in jeder Hinsicht.

Gute Bedingungen im Grunde, um sich um Haus und Hof zu kümmern. Ich jedoch musste mich auf Tour begeben und war bei den Stoltenhoffs, um endlich abzuklären, welche Möbel ich zu kaufen habe. Herr Rabus war da, ein sympathischer, schnörkelloser Herr, dem man den korrekten, intelligenten Anwalt auch im Pensionsalter noch ansieht (»Was die Sessel angeht, kann ich Ihnen sagen, dass alles verhandelbar ist, alles, das ziehen wir rasch und fair durch. Aber es fällt mir, das will ich Ihnen nicht verhehlen, unheimlich schwer, hier auszuziehen. Es ist wie der Anfang vom Ende, ein Tod auf Raten, das kann ich Ihnen sagen. Das können Sie mir glauben. Wie ich Sie beneide!«). Es ging alles sehr schnell und erfreulich unkompliziert. Nur dass Herr Rabus mir schrecklich leidtat. Ich möchte die Wohnung nicht voll stellen, will sie eher karg lassen und lediglich das Nötigste kaufen, damit etwas von ihrem großzügigen Schnitt bleibt.

Stoltenhoffs empfahlen mir ein etwa sechzig Autominuten entferntes Einrichtungshaus in Waldshut (an der Schweizer Grenze), wo sowohl sie als auch Herr Rabus

Möbel erworben haben. Sie erklärten mir, wie ich fahren müsse, und ich machte mich sofort auf den Weg durch den Regensturm, der immer unangenehmer wurde. Die Strecke führt auf einer gut ausgebauten Bundesstraße über den Schluchsee, Häusern, Höchenschwand und dann, teilweise vierspurig, in mehreren recht steilen Stufen, hinunter ins Rheintal. Jenseits des Flusses dampfte ein riesiger Kühlturm vor sich hin, der den Größenmaßen seiner Umgebung Hohn spricht. Inzwischen weiß ich, dass es sich um eines von mehreren schweizerischen Kernkraftwerken handelt. Willkommen zuhause! Ich musste sofort an die AKWs von Diabolo Canyon und San Onofre in unserem (!) Erdbebengebiet denken. Das Kraftwerk hier und seine Dampffahne beherrschen das Tal im weiten Umkreis, und es kam mir vor, als ob der Mensch seine Selbstüberschätzung und seinen Größenwahn immer wieder geradezu zwanghaft ausstelle. In Kalifornien wie in Europa.

Waldshut ist eine Kleinstadt, die sich auf einem schmalen Streifen zwischen dem Rhein und den ersten Schwarzwaldbergen zusammendrängt. Das Einrichtungshaus aber, das Stoltenhoffs mir genannt hatten, wäre auch einer Metropole angemessen. Es gibt alles, was gut und teuer ist: die bekannten Klassiker vor allem aus italienischer Produktion, aber auch neue, schrille Möbel, die man vermutlich schon nächstes Jahr nicht mehr sehen oder benutzen möchte. Die Kundschaft besteht in erster Linie aus solventen Schweizern. Viele stecken von oben bis unten in schwarzen Klamotten, denen man schon von weitem die Qualität und die hohen Preise ansieht. Unter den schweizerischen Kunden gibt es auch ganz junge Paare, die sich beraten und offenbar ganze Häuser ausstatten lassen. Nach dem, was ich am Rande aufschnappen konnte, scheint Geld gerade bei den Jungen keine Rolle zu spielen. Wieder hatte ich den Eindruck, dass in der Schweiz sehr gut verdient wird. Und der Euro schwächelt.

Mit meinem bescheidenen Einkauf, einem Bett, einem Esstisch aus massivem Holz und vier Designer-Stühlen, habe ich eine weitere wichtige Vorentscheidung getroffen. Denn nur wenn ich hier bleibe, war diese Investition sinnvoll. Die Möbel werden erst in etwa sechs bis acht Wochen (!) geliefert; bis dahin muss ich improvisieren.

Hätte gerne einen Bummel durch die Innenstadt gemacht, die angeblich schön sein soll. Auch ein Abstecher in die Schweiz hätte mich gereizt. Aber das Wetter war zu schlecht. Ein andermal. Das Kernkraftwerk ließ ich gerne hinter mir.

Durch den Sturm zurück nach Glasmatt. Der Wind rüttelt brachial an den Fensterläden. Jackie D. zu Besuch.

18. September

Hebel ist ein Meister. Bin in seinen *Alemannischen Gedichten* auf einen Text mit dem Titel *Die Vergänglichkeit* gestoßen. Der Untertitel lautet *Gespräch auf der Straße nach Basel zwischen Steinen und Brombach, in der Nacht.* Dieser Dialog zwischen dem *Ätti* (Vater) und dem *Bueb* (Junge, Sohn) ist für mich alles Andere als leicht zu verstehen, aber auch wenn ich nicht alles zu übersetzen vermochte, so habe ich doch genug verstanden, um sagen zu können, dass der Text eine Wucht besitzt, die in ihrer lakonischen Größe selbst Beckett übertrifft (Der Vergleich ist meinetwegen ahistorisch, das ist mir egal). Er hat mich, auch wenn das blöd klingen mag, ergriffen. Als Beispiel notiere ich hier ein kurzes Stück:

... Der Belche stoht verchoolt,
der Blauen au, as wie zwee alti Türn,
und zwische drinn isch alles use brennt,

bis tief in Boden abe. D'Wiese het
ke Wasser meh, s isch alles öd und schwarz,
und totestill, so wit me luegt – das siehsch,
und seisch dim Kamerad, wo mitder goht:
»Lueg, dört isch d'Erde gsi, und selle Berg
het Belche gheiße …

Es ist alles eitel. Und unsereins kreist nur um sich und nimmt sein kleines Leben so schrecklich wichtig und so furchtbar ernst, dass er alles hinschmeißen will, alles zurücklässt und von Kalifornien in Hebels Schwarzwald wechselt, sich neue Möbel kauft und Verabredungen mit jungen Frauen trifft! Aber was bleibt einem übrig? Soll ich mich einfach wegwerfen? Soll ich aufgeben und resignieren? Alles verbrennen? Wäre das besser?

Vor einiger Zeit, es war noch in Berkeley, hat mir jemand, das fällt mir jetzt wieder ein, ich glaube, es war sogar ein Kollege, von einem sogenannten »Sterbebetttest« erzählt: Ein Mann oder eine Frau, ganz gleich, stellt sich vor, er oder sie, habe den Tod vor Augen und überlegt noch einmal, was gut, wichtig und erinnernswert war im Leben. Niemand, so der Kollege, garantiert niemand wird denken: »Gut, dass ich mich für meinen Betrieb, für mein Institut ein Leben lang aufgeopfert, immer abends so lange im Büro gearbeitet und nur kurz, wenn überhaupt, Urlaub gemacht habe.« Nein, die Erinnerung liefe zurück zu besonders schönen Erlebnissen, seien es nun Begegnungen mit dem anderen Geschlecht, seien es Freundschaften, Reisen oder Feste. Das allein zähle am Ende. Nichts Anderes. Es sei eine Lüge, nichts als eine üble Lüge, dass der Mensch sich vor allem über seine Arbeit definiere. Wenn *ich* nun den »Sterbebetttest« mache, komme ich schnell zu dem Ergebnis, dass meine Schwarzwald-Entscheidung die einzig richtige ist. Was mein Gedächtnis von meiner akademischen Laufbahn aufbewahrt (Wie falsch und hochtrabend das schon klingt!), ist im wesentlichen eine graue Soße aus endlosen Strapazen am Schreibtisch, Rückenschmerzen, Misserfolgen, Niederlagen, Demütigungen und ein paar kleinen Trostpreisen. Jedenfalls keine Bilanz, die den Aufwand rechtfertigen würde und für die es sich lohnt, gelebt zu haben. Und dann noch das Thema, um das sich alles gedreht hat: die Weiterentwicklung und Differenzierung der Sprechakttheorie! Braucht das die Menschheit wirklich? Wem, bitteschön, nützt denn dieser Mist? Im Rückblick möchte ich eines Tages nicht feststellen müssen: »Du hast eigentlich alles versäumt, bis zuletzt. Du hast die falschen Entscheidungen getroffen. Du hast das Falsche gemacht. Du warst, mit einem Wort, ein Arschloch.«

Was würde wohl Updike über Hebel sagen, wenn er noch lebte? Zum *Unverhofften Wiedersehen* und zur *Vergänglichkeit?*

19. September

War einkaufen. Habe Frau Rotzler aus gegebenem Anlass nach dem Restaurant »Bergkristall« gefragt. Sie sagte, früher, ja früher, sei es sehr gut gewesen, ausgezeichnet sogar, aber jetzt... Meister Proper setzte ein schiefes Grinsen auf und entwickelte einen ganzen Roman. Der geht, in meinen Worten zusammengefasst, folgendermaßen: Das Wirte-Ehepaar Kunkel hat sich in wenigen Jahren einen hervorragenden Ruf erarbeitet, er in der Küche, sie im Restaurant, und das »Bergkristall« galt bis vor kurzem als eines der besten Feinschmeckerlokale in ganz Baden-Württemberg, hat soundsoviele Gault Millau-Punkte (Frau Rotzler spricht den Namen »Gau Millau« aus), soundsoviele Kochmützen und gehört seit ein paar Jahren zur »Chaine des Rotisseurs«. So weit, so gut. Doch Spitzengastronomie ist kein Zuckerschlecken. Sie erzeugt Stress, Stress hoch drei. Und dieser Stress fordert Ausgleich, ein Ventil. Und so hat Egon Kunkel vor einiger Zeit mit einer jungen Mitarbeiterin (Valerie) aus dem Service (»mitemmee bluotjunge Maidle«) angebandelt und war so töricht, sie zu schwängern. Die Geliebte weiß nicht, was Diskretion heißt, sie prahlt mit ihrer Eroberung, sieht sich schon als neue Chefin, die anderen Angestellten werden Zeugen der Affäre, die bisherige Chefin und Ehefrau fühlt sich an den Pranger gestellt, lächerlich gemacht und gedemütigt, wirft ihren Mann aus der Wohnung und ist nicht mehr dazu bereit, im Restaurant auch nur einen Finger noch krumm zu machen. Das ganze Dorf schaut gewissermaßen zu. Es ist das übliche Spiel, wie es täglich überall in der Welt aufgeführt wird, aber für Glasmatt ist es ganz großes Theater. *Cosi fan tutte* auf dem Dorf.

Der Betrieb läuft nicht mehr rund, die Qualität lässt (angeblich) nach, Kunkel schleicht krumm und gebückt durch die Gemeinde wie ein räudiger Hund, mit dem keiner mehr etwas zu tun haben will. Obwohl manche Männer aus dem Dorf ihn vielleicht heimlich sogar beneiden (»Zwei Wiiber!«), zählt er jetzt offiziell zu den Unberührbaren. Er wird ausgegrenzt, niemand auf der Straße grüßt ihn mehr. Die einheimischen Gäste bleiben weg, aber das ist nicht so schlimm, denn die zahlungskräftige Klientel kommt von weither, aus Stuttgart, Karlsruhe und vor allem aus der Schweiz. Kunkel hat inzwischen (angeblich) ein Magengeschwür und muss fortan verschiedene Medikamente schlucken. Auch sein Blutdruck läuft aus dem Ruder (Woher weiß das Frau Rotzler?). Dann entbindet die Geliebte Zwillinge, und nach einiger Zeit begeht Kunkel den nächsten großen Fehler: Gemeinsam mit seiner Freundin und ihren Babys macht er drei Wochen Urlaub in Florida (Verstehe ich nicht. Wie kann unter diesen Umständen ein kleines Spitzenrestaurant weiter funktionieren?), nimmt aber auch die drei Kinder aus seiner Ehe mit. Frau Kunkel (Eva) tobt und feuert einen Koch, der mit ihrem Mann befreundet ist. In Miami wird ein Baby krank. Im Zusammenhang mit dieser Erkrankung kommt es zum Streit zwischen Kunkel und seiner Freundin. Er droht, sie sitzen zu lassen. Zurück im Schwarzwald, geschieht das Unvorhersehbare: Die beiden Frauen verbünden sich gegen Kunkel, auf den sie dummerweise aber wegen seiner Kochkünste nicht verzichten können. Patt. Das scheint der aktuelle Stand zu sein. Ausgang offen. (Wie sich die Bilder doch ähneln.)

20. SEPTEMBER

Mein lieber Carl,

nun übertreibe mal nicht. Niemand zwingt Dich, die Linguistik neu zu erfinden. Mir scheint, Du fällst von einem Extrem ins andere. Du weißt doch so gut wie ich, dass Du noch ausreichend Spielraum in Deinem Sabbatjahr hast und wirst Dir das bisschen Zeit für Deinen alten Freund Jamie wohl herausschneiden können! Oder? Es ist alles nur eine Frage von Organisation und Selbstmanagement. Freilich muss ich ehrlicherweise zugeben, dass auch ich meine liebe Not mit der Flut der Arbeit habe. Obwohl ich, wie Du weißt, längst emeritiert bin, habe ich gestern meine letzten freien dreißig Minuten im Jahr 2012 verplant. Und das sage ich ohne jegliche Ironie. Wenn Du einmal mein Alter erreicht hast, wirst Du vielleicht sehen, wie das läuft: Tagungsbände, Festschriften und Zeitschriften, die man mit herausgibt, der Verband, die diversen Vereinigungen und die Anfragen zu Veröffentlichungen, denen man sich nicht entziehen kann, wenn man noch ein Wörtlein mitreden will, fressen einen auf. Von den eigenen größeren Forschungsvorhaben, die man schließlich auch noch hat, ganz zu schweigen. Die Uhr läuft immer schneller. Es klingt platt, aber so ist das Leben.

Trotzdem bestätige ich Dir gerne den 28. September. Denn ich nehme mir Zeit für Dich! Ich werde planmäßig gegen siebzehn Uhr fünfzehn bei Dir eintreffen.

In großer Vorfreude und mit herzlichen Grüßen

Dein James

*

»Habe heute meine letzten freien dreißig Minuten im Jahr 2012 verplant.« Es ist nicht zu glauben. Er ist und bleibt ein Oberlehrer. Aber warte nur, mein Freund, mit dir werde ich auch noch fertig.

23. September

Gestern also war der »große« Abend. Ich habe Maria nicht abgeholt (Sie hat mein Angebot abgelehnt), wir haben uns gleich im »Bergkristall« getroffen. Ich war zuerst da, versteht sich, und habe mich wie ein Highschoolabsolvent bei der ersten Verabredung gefühlt: kribbelig, nervös, mit schwitzigen Händen. Wieder und wieder schaute ich auf die Uhr. Es ist nicht zu fassen: Carly wird wohl nie erwachsen.

Als Maria endlich hereinschwebte (So habe ich es als unmittelbar beteiligter Kitschier empfunden, ihr Gang erinnerte mich an den eleganten Auftritt einer Katze), trug sie eine hautenge rote (!) Hose, ein ausgeschnittenes Top, darüber ein ziemlich hochgeschlossenes weißes Herrenhemd und flache weiße Schuhe (ohne Strümpfe, obwohl es recht kalt war). Und ihr Parfum roch nach einer Mischung aus Zitrone und, ja, nach einem Hauch von Katzenpisse. Irgendwie aufregend. Ich bin sicher, sie erschien nicht nur mir, sondern auch den wenigen Gästen, die an den anderen Tischen saßen (Womöglich hat sich die Krise des Hauses schon weiter herumgesprochen. Leute aus dem Dorf habe ich nicht erkannt, was mir nur recht war), als der einzige Lichtblick in dem komplett überladenen, pseudorustikalen Ambiente des Lokals. Wagenräder hingen an den Wänden, Heugabeln, abgetakelte Trockensträuße und ein paar schlechte Ölbilder (oder schlechte Kopien von schlechten Ölbildern, so genau konnte ich das nicht sehen). Wir waren noch beim Austausch der Begrüßungsfloskeln (Sie: »Nice to meet you, Herr Professor!« Ich: »Nennen Sie mich doch bitte Carl. Titel sind in den Staaten nicht üblich. Das sind alte, abgeschmackte Zöpfe. Schön, dass Sie da sind, Maria. Ich fürchtete schon, Sie kämen nicht«), da brachte auch schon ein stark nach Haargel oder Pomade riechender Kellner die Speisekarte und die Liste der Weine, die in schweren und auf alt getrimmten Lederhüllen steckten. Wir bestellten, nach kurzer Diskussion, Hummersalat (Offenbar kann ich mich von kalifornischen Gewohnheiten noch immer nicht trennen. Dass man im Schwarzwald überhaupt Hummer serviert bekommt, empfinde ich im Nachhinein eigentlich sowohl als ein Bubenstück als auch als eine ausgemachte Dummheit. Die Verkehrtheit der Welt! Ich musste an die geifernde Frau im Thoma-Museum in Bernau denken, deren Mund mich augenblicksweise an eine Hummerschere erinnert hatte), Lachs-Hechtterrine und Rücken vom bretonischen (!) Lamm mit Bohnen und römischen (!) Gnocchi, dazu Weine von Hochrhein und Bodensee.

So seltsam wie das ausgezeichnet schmeckende Essen war auch die Plauderei mit Maria: eine Mischung aus Studenten-Sprech und Professoren-Slang; eine Brücke, eine gemeinsame Ebene wollte nicht entstehen (Zu viele misslungene Sprechakte).

Verblüffend war am Ende noch der Auftritt des Küchenchefs, der sich im verschmutzten und verschwitzten Kochhabit nach der Zufriedenheit seiner Gäste erkundigte. Kunkel war bleich wie eine weiß gekalkte Wand, hatte dunkle Ringe unter den Augen, aber seine Hände sind groß wie Schaufeln, wirklich: Zum Fürchten groß sind sie. Ich möchte ihn nicht zum Feind haben (und denke an seine beiden Frauen). Von mir auf den Hummer und das bretonische Lamm im Schwarzwald angesprochen, entgegnete er barsch, dass sich von ihm aus die sogenannte regionale Küche in die heuchlerischen TV-Kochshows verkriechen könne: »Das ist doch Humbug. Ich will Qualität und Perfektion. Die hole ich mir, wo ich sie bekomme. Alles andere interessiert mich nicht. Ich pfeife auf regionale Produkte, wenn sie nicht perfekt sind. Und wenn meinen Gästen und mir Hummersalat schmeckt, mache ich eben Hummersalat. Punkt!« Dann setzte er ein unterwürfiges Lächeln auf, verbeugte sich und sagte, er hoffe, wir kämen bald wieder.

Das Schönste an Maria sind ihre Augen. Sie besitzen eine Aura, die mich wehrlos macht – ohne dass ich genau wüsste, woran das liegt. Es ist ein sanftes Glimmen in ihnen, ein Leuchten und Strahlen.

Habe Maria zu Fuß nach Hause begleitet. Sie wohnt in dem schönen Hopper-Holzhaus auf dem Hexenbühl. Es gehört ihrer Tante. Ich habe Maria nach der Fahne auf dem Dach gefragt. Sie zeigt, sagte sie, das Wappen von Bad Berleburg, und immer wenn Maria im Haus übernachtet, hisst ihre Tante die Flagge. Wie für eine Schlossherrin.

Maria hat mir ihre Telefonnummer gegeben. Wir haben uns nicht verabredet.

In der Hebel-Biografie von Heide Helwig habe ich gelesen, dass die Mutter des Schriftstellers auf der Straße zwischen Brombach und Steinen gestorben ist, also exakt an der Stelle, an der Hebel seinen Text über die Vergänglichkeit situiert: »Das Gedicht kondensiert alle Kindheitsschrecken des Todes zu einem einzigen düsteren Bild.«

24. September

Habe heute mit der Vorbereitung meines kleinen Umzugs begonnen. Besonders viel habe ich ja nicht einzupacken, auch wenn meine Handbibliothek inzwischen zu wachsen begonnen hat. In einer Kommode im Schlafzimmer, in der meine Unterwäsche und die Socken lagen, stieß ich auf eine braune Pappschachtel. Seltsamerweise hatte ich sie bislang übersehen. Es war sicherlich nicht ganz »comme il faut«, meine Nase in fremdes Eigentum zu stecken (Ich kenne die Besitzerin beziehungsweise den Besitzer der Wohnung ja gar nicht, ich weiß noch nicht einmal, wie sie oder er heißt), und normalerweise mache ich so etwas auch nicht, aber dieses Mal war meine Neugier einfach zu groß. Weshalb eigentlich?

Ich habe die Schachtel, ohne auch nur kurz nachzudenken oder zu zögern, geöffnet und stieß auf dutzende offensichtlich sehr alte Schwarzweißfotografien: Aufnahmen von Landschaften (eindeutig Schwarzwald), Gebäuden und Personen. Sie sind weder datiert noch hat der Fotograf auf der Rückseite notiert, was das jeweilige Foto zeigt. Die Schachtel ist wie ein kleines Postpaket aus der Vergangenheit, dessen Inhalt eine Fülle von Rätseln birgt. Prima vista würde ich immerhin sagen, dass die Bilder zu Beginn des zwanzigsten Jahrhunderts entstanden sind, vielleicht in den zehner oder zwanziger Jahren. Vor allem die vielen Aufnahmen von winterlichen Schwarzwaldlandschaften berühren mich. Ich habe einige von ihnen vor mir auf meinem kleinen improvisierten Arbeitstisch ausgebreitet und kann mich nicht satt sehen an ihnen. Sie zeigen tief verschneite Täler, in denen alles (Felder, Wiesen, Scheunen, Bäume) unter einer ebenso dicken wie dichten weißen Decke begraben liegt. Straßen, Wege und Pfade, das fällt möglicherweise am meisten auf, sind nicht erkennbar. Sie scheinen nicht zu existieren. Zumindest sind sie, ganz anders als heutzutage in den Staaten, nicht geräumt. Der Winter hat die Welt fest im Griff, er hat sie in Watte gepackt, und die Stille über dem Land scheint absolut zu sein. Man bildet sich ein, man könne das Schweigen und die Lautlosigkeit förmlich hören.

Die Fotografien zeigen, so merkwürdig das auch klingen mag, eine Landschaft ohne Lärm. Und sie sind Manifestationen einer Winterstarre, die es heute gleichfalls nicht mehr gibt. Fahrzeuge und Fuhrwerke sind ebenso wenig auf diesen Bildern zu sehen wie Ansammlungen von Menschen. Die wenigen abgebildeten Dörfer sind überdies viel kleiner als diejenigen, die ich bisher im Schwarzwald kennengelernt habe, und bestehen meist nur aus einer Handvoll Häuser. Die wenigen Menschen, die auf den Fotos dargestellt und in Wirklichkeit allesamt längst begraben und verwest sind, stehen oft wie verloren oder festgefroren in ihren altertümlichen Kleidern an einem kleinen Abhang oder Berg und haben Skier an den Füßen und einen langen Stock in beiden Händen, doch sie sind nicht in Aktion, sie fahren nicht, sie gleiten nicht, sie bewegen sich nicht vorwärts. Auch sie scheinen erstarrt zu sein, wie das Land. Sie stehen nur da und schauen unverwandt und wie gebannt in die Kamera. Die Aufnahmen zeigen alles in allem eine Welt, die sehr weit abgerückt ist von der unseren, von den Städten und der Zivilisation, und manche erinnern auch geradezu an Gemälde des neunzehnten Jahrhunderts, die ein romantisches Bild vom Winter im Gebirge vermitteln, mit tief verschneiten Bergen und Tälern so weit das Auge reicht. Sie bewahren eine Welt, die eingefroren ist, und selbst haben sie ihrerseits die Zeit angehalten und eingefroren: einen kurzen Moment, der in den Fotos überlebt, aber auch nur dort. In Wahrheit zeigen sie die Welt der Toten. Fotografien und Tagebücher wie dieses sind im wesentlichen das einzige, was von uns übrigbleibt. Sie sind Friedhöfe.

Auf zwei Fotos habe ich den Belchen erkannt und auf einem das Herzogenhorn: die kahle, weiße Gipfelpartie hell von der Sonne angestrahlt und ausgeleuchtet, die steile Ostflanke tief verschattet im Dunkeln. In der Zeit, in der diese Fotografien entstanden, war der Hochschwarzwald tatsächlich noch eine Insel.

Denke oft an Maria.

25. September

Mein lieber Carl,

hier kommt die neueste Wasserstandsmeldung. Inzwischen gehe ich davon aus, dass ich am Achtundzwanzigsten erfreulicherweise eine halbe Stunde früher als geplant bei Dir sein kann, also schon um sechzehn Uhr fünfundvierzig. Eine Medienkonferenz wurde verlegt, und so habe ich wertvolle Zeit für Dich gewonnen. Das ist doch großartig, oder? Ich bin sehr neugierig darauf zu hören, was Du treibst.

Es ist nicht nötig, dass Du mir den neuen Termin bestätigst; ich gehe davon aus, dass Du Deine Mails regelmäßig abrufst. Bald ist es soweit, und wir sehen uns endlich wieder!

Herzlichst

Dein Freund James

*

Beim Lesen dieser wunderhübschen Mail kam mir wieder in Erinnerung, dass James in einer Phase, in der ich als vielversprechender Nachwuchsgelehrter galt, dem man am Institut eine große Zukunft zutraute, meine Sekretärin Beverly (wie auch andere am Institut) mehr oder minder geschickt ausgeforscht hat. Damals hat ihn alles interessiert, was mich beschäftigte, was ich las, was ich diktierte, was an Büchern, Manuskripten etc. auf meinem Schreibtisch lag. Ich weiß nicht mehr wann, aber eines Tages hat Beverly mir gestanden, auch daran erinnere ich mich noch, dass sie Wolch verschiedentlich ein paar harmlose Informationen (wie sie dachte) gegeben hat. Und J. W. war immer viel schneller als ich, er hatte zwar keine Ideen, aber er war gerissen und formulierte flink wie ein Wiesel (nicht zuletzt weil er auf Stil keinen Wert legte), und ein paar Monate später konnte ich nicht wenige meiner Überlegungen in mehreren Aufsätzen des feinen Herrn lesen – selbstverständlich so umformuliert und modifiziert, dass man ihm nichts anhaben konnte. Ich verzieh Beverly trotzdem, denn sie war ein hübsches Mädchen, schlank und biegsam, mit feuerroten Haaren und einem offenen, geradezu nackten Gesicht, und sommersprossig war sie auch noch, auf eine sehr attraktive Weise. James jedoch stellte ich zur Rede. Er stritt selbstverständlich alles ab, er beschuldigte Bev der Lüge und machte ein großes Trara, sprach sogar von Verleumdung, doch immerhin wurde Bev von Stund an nicht mehr von ihm belästigt und mit Fragen bedrängt.

Heute bin ich nach Freiburg zum »Wetzstein« gefahren, um mir weitere »Vorräte« zu beschaffen. Wenn man gewinnen will, muss man auch bereit sein, den Einsatz zu erhöhen.

26. September

Geduscht, gefrühstückt. Ein wenig gelesen. Dann ein Spaziergang hinüber nach Oberneumatt. Schon von weitem hörte ich eine laute, krächzende Megaphon-Stimme mit deutlich englischem Akzent:

Das Zelt des Flusses ist zerbrochen: die letzten Blattfinger
Greifen und sinken ins feuchte Ufer ein. Der Wind
Quert ungehört das braune Land. Die Nymphen sind fort…

Etwa hundertfünfzig Meter unterhalb meiner künftigen Wohnung stand ein älterer (!), grauhaariger Herr (mit dunkelbraunem Anzug und Fliege) auf einem Balkon und rezitierte voller Hingabe Eliots *The Waste Land.* Neben ihm saß, ans Geländer gelehnt, ein großer Teddybär, dessen Fell denselben Farbton hatte wie der Anzug seines Besitzers. Dieser schien mich nicht zu bemerken. Auf jeden Fall schenkte er mir keine Beachtung. Von Zeit zu Zeit setzte er das Megaphon ab und nahm einen Schluck aus einem Sektkelch. Dann ging es weiter im Text.

Habe ja weiß Gott nichts gegen Literatur. Hoffe aber trotzdem, dass sich das nicht zur Lärmbelästigung auswächst.

Später wieder einmal zum Mittagessen im »Hirschen«: Badisches Schäufele, also gepökelte und geräucherte Schweineschulter mit *Herdepfelsalat* (Kartoffelsalat) à la »Hirschen«, und ein Tannenzäpfle. Nicht schlecht. Hatte mich an den (unbesetzten) Stammtisch gesetzt (was der Wirt, Herr Vogt, mir inzwischen erstaunlicherweise zugesteht), weil dort Tageszeitungen ausliegen. Gehöre ich jetzt zum »Stamm«? Und wenn ja, zu welchem?

Unter anderem stieß ich im *Südkurier* auf eine dicke Beilage zum Thema »Glücklich leben am Hochrhein«. Bislang hatte ich gedacht, Glück sei eine individuelle, nur persönlich erlebbare Kategorie. Aber nun gut, mein Interesse war geweckt, besonders als ich auf einen Artikel über einen Mundartdichter stieß. Er heißt Markus Manfred Jung und wohnt im Kleinen Wiesental (Da war ich noch nicht. Muss nachsehen, wo das liegt). Glück, sagt Jung, heißt alemannisch Dusel, die Steigerungsform lautet Mordsdusel. Sein

Glücklichsein beschreibt der Alemanne, gemäß Jung, in folgenden Varianten und Variationen: »Mir goht's guet, sauguet, chaibeguet, jesismäßig guet, mir isch vögeliwohl, mir wohlet's, 's tuet mer so guet, i chönnt die ganzi Welt verschmutze, 's isch mer so gümprig zmuet.« Der Autor bedauert, dass der Dialekt allmählich verloren gehe (Das kann ich eigentlich, was den Schwarzwald betrifft, nicht bestätigen). Er, Jung, sei glücklich, wenn Jugendliche »Sproochegumpis« beherrschen, also, vermute ich, den fließenden Wechsel zwischen »Dialekt, Standardsprache und Fremdsprachen«. Und es freue ihn, wenn junge Menschen weltoffen, zugleich aber auch in ihrer Heimat zuhause seien.

Um den sehr deutschen Begriff Heimat geht es auch in einem Interview mit dem Pop- und Jazzsänger Max Mutzke aus Waldshut-Tiengen (Tiengen?), das in derselben Beilage steht. Mutzke sagt dort, er würde niemals seine Heimat verlassen. Er zitiert den Kuckucksuhrendesigner Stefan Strumbel, der, den Abbildungen zufolge, ein Jeff Koons auf Dorfniveau ist. Er behauptet, der Schwarzwald sei, wie er ist, weil hier nicht viele Menschen leben. Sie würden alle sehr gute Arbeit leisten, um weggehen zu können (Habe auch schon vom Mythos der Schwarzwälder Tüftler gehört), dabei wollten die meisten Schwarzwälder überhaupt nicht »raus«. Viel besser jedoch hat mir folgender Aphorismus von Markus Manfred Jung gefallen: »Mer cha sich freue, we mer Glück het. Aber e Glück isch s, we mer sich eifach freue cha.« (In Schriftdeutsch übersetzt bedeutet das wohl: Man kann sich freuen, wenn man einmal Glück hat, aber es bedeutet Glück, wenn man sich einfach freuen kann). Hat mich an Johann Peter Hebel erinnert.

Als ich bezahlte, sagte Herr Vogt, mit Blick auf das Deckblatt der Beilage: »Glücklich läbe am Hochrhy (Hochrhein)? *Dött* (dort) möchti *itt* (nicht) begrabe sii, in dem stickige Loch. Im Summer ischs z'heiß, im Herbscht isch's neblig, im Winder hennse kei Schnee, unn *älleweil* (immer, jahrein, jahraus) hennse d'Atomkraftwerk vor de Nas. Nei, nit gschenkt! Da lob i mir doch min Schwarzwald.«

Wo fühle ich mich beheimatet? Wo ist meine Heimat? Was bedeutet dieses Wort für mich, einen Amerikaner und Emigranten?

27. SEPTEMBER

Es war nicht mehr auszuhalten. Ich konnte nicht länger warten. Heute Mittag habe ich Maria angerufen. Sie kam gerade aus der Unibibliothek, und ich hatte das Gefühl, dass sie froh war, abgelenkt zu werden und mit mir plaudern zu können. Ich glaube, ich täusche mich nicht: Maria hat tatsächlich Süßholz geraspelt. Sie sagte, der Abend im »Bergkristall« habe ihr Spaß gemacht. Es sei wirklich schade, dass sie jetzt so wenig Zeit habe, wir hätten uns im falschen Augenblick kennengelernt, doch was nicht ist, könne ja noch werden, keine Frage. Ich dürfe nur nicht ungeduldig sein, ihre Prüfung gehe jetzt vor. Ich sei ihr sehr sympathisch, sie unterhalte sich gerne mit mir. Das sei etwas »ganz Anderes« als das »Geflachse« (?) mit gleichaltrigen Männern. Die seien ihr zu läppisch.

War sprachlos. Verblüfft und sprachlos.

Wie wird der Wolch-Besuch ablaufen? Mit welchen üblen Tricks wird das Schwein (Vor allem die Gattung Sus scrofa domestica möge mir verzeihen!) dieses Mal aufwarten? Ich kann nur hoffen, dass ich morgen in Form und schlagfertig bin. Es wäre jammerschade, wenn ich meinen Heimvorteil nicht ausspielen könnte.

Gleich nach dem Telefongespräch mit Maria habe ich meinen Arbeitstisch dekoriert: mit Büchern von Wittgenstein, Husserl, Heidegger, Hebel sowie zwei Asterix-Bänden in alemannischem Dialekt (*Tour durch's Ländli, De Hüslibau*), die ich allesamt sorgfältig mit eingelegten Lesezeichen ausgestattet habe. Außerdem schichtete ich zusätzlich einen schönen Stapel mit allem, was besonders schick ist, auf: Lacan, Derrida, Levinas, Bataille, Luhmann, mit voller Absicht auch Foucault (Es ärgert mich noch immer, dass ich ihn in seiner Berkeleyzeit kein einziges Mal gehört habe), Butler (weil in unserer kleinen Claremontkiste alle auf sie neidisch sind, ohne es zugeben zu können) und Sloterdijk (S. lebt in Karlsruhe und hält sich nicht selten im Südschwarzwald, in der Umgebung von St. Blasien, auf). Ich habe die Bände mehrfach geöffnet und wieder geschlossen, überdies auch mit bunten Zettelchen versehen, damit sie nicht mehr ganz so neu und unbenützt aussehen. Des Kaisers neue Kleider: exklusiv für seine Hoheit, den krummen Hund James Wolch.

Gegen Abend bin ich hinüber zu meinen Kühen auf die Winterseite gegangen. Bald werden sie von der Weide in ihren Stall umziehen, und die Kühe drüben im Hochtal von Obernü sicher noch früher. Ich beobachtete ein besonders großes Tier, das seinerseits auch mich fixierte und dabei ständig das Gewicht von einem Vorderhuf auf den anderen verlagerte. Das ergab ein gleichmäßiges, langsames und rhythmisches Schaukeln und erinnerte mich an Sportler, die vor einem Wettkampf ihre Muskeln aufwärmen und lockern und gleichzeitig versuchen, sich zu konzentrieren. Unmerklich begann ich ebenfalls, mein Gewicht hin und her zu verlagern und geriet rasch in denselben Takt wie die Kuh. Links und rechts, links und rechts. Wir schauten uns in die Augen, so kam es mir zumindest vor, und schaukelten hin und her, als vollzögen wir einen Ritus, und es war, als ob wir gemeinsam meditierten, als ob wir uns in Trance befänden, die Kuh und ich. Es dunkelte, düsterte. Langsam kam die Nacht, und James' dummer, unangenehmer, überflüssiger Überfall spielte plötzlich keine Rolle mehr. Unter den Kühen fühlte ich mich beschützt. Zuhause. Daheim (wie die Schwarzwälder sagen).

28. September

War einkaufen. Unter anderem in der Bäckerei. Außer mir war kein anderer Kunde im Laden. Dosi fragte mich, ob ich auch von der traurigen Geschichte des Schulleiters gehört hätte. Als ich verneinte, sagte sie, der ehemalige Rektor sei *en arme Siech* (ein armer Kerl). Freilich habe er sein Schicksal nicht zuletzt selbst verschuldet. Mullflor, so heiße der bisherige Schulleiter, sei lange schon ein Trinker und Kettenraucher gewesen, und jetzt habe er Krebs. Und das mit Ende vierzig! Er sei ein Gemeinderatskollege ihres Sohnes, und sie wisse, dass ihn zu Beginn seiner Krankheit viele seiner Bekannten und Kollegen besucht hätten. Zuerst im Krankenhaus und später auch zuhause. Und alle hätten ihn aufrichtig bedauert. Aber seitdem er wieder, obwohl er nicht mehr arbeiten könne, begleitet von seiner Stieftochter, auf einer Rollliege an den Sitzungen des Gemeinderats teilnehme und jede Diskussion mit wirren, bösartigen Äußerungen störe, hätten sich alle, ausnahmslos alle in der Gemeinde, von ihm abgewandt. Auch ihr Sohn. Und der sei, weiß Gott, gutmütig. Da könne man nichts machen. Das Leben gehe eben weiter *(So isch's Läbe, unn s'goht witters).* Man müsse die Welt nehmen, wie sie sei. Ist das so? Muss man das wirklich? Frau Dosis Arbeitsschürze war heute jedenfalls blütenweiß.

29. September

»Mir goht's guet, jesismäßig guet, mir isch vögeliwohl, i chönnt die ganzi Welt verschmutze.« Ich bin Markus Manfred Jung sehr dankbar, dass er mir diese wunderbaren Formulierungen an die Hand gegeben hat, denn ich könnte jubeln vor Freude und Glück.

Er ist fort! Er hat sich aus dem Staub gemacht! Eine Staatsgrenze, ja sogar eine EU-Außengrenze liegt zwischen ihm und mir. Ekel James ist wieder abgereist, und ich hoffe inständig, auf Nimmerwiedersehen. Alles andere wäre zum Kotzen. Aber kommt er vielleicht doch zurück, eines Tages? Macht er seine Drohung war? Was hat er mitgenommen? Was wird er dem Dean verklickern? Denn als eine Art Dosi war er ja angereist. Guck und Horch: So lautete sein Auftrag. Garantiert. Und was ist mit Mia? Mit Mia und mir? Es ist, als ob eine Krake hinter mir her wäre und mich nicht losließe. Eine kalifornische Krake.

Schon früh am Morgen, als ich aufstand und auf den Balkon hinausging (Es dauerte keine zehn Minuten, und der Schlagerlärm der Nachbarin setzte ein), war es gestern geradezu unheimlich mild. Sommerlich warm. Der Himmel erstrahlte in einem mediterranen Blau, nicht das kleinste Wölkchen war zu sehen, und ich fürchtete schon, ich würde um ein Tennismatch mit James nicht herumkommen. Aber das Blau war zu blau, und die Sicht war zu brillant, viel zu brillant. Selbst auf weite Distanzen hinweg konnte man die kleinsten Details erkennen. Es roch nach Föhn. Kein Wunder, dass die Schädeldecke schwer auf meinem Gehirn lastete. Am frühen Nachmittag begann es sich dann einzutrüben, gegen drei Uhr war der Himmel bleiern grau, es fing an zu regnen, und bald goss es wie aus Kübeln. Die Temperatur fiel. Ich hoffte inständig, dass dieses Wetter auch am nächsten Tag anhalten würde. Selten hegte ich eine so große Sympathie für den Regen. Schlechtes Wetter kann wunderbar sein.

James, der sich auf seine angebliche Pünktlichkeit schon immer viel eingebildet hat, kam weder um sechzehn Uhr fünfundvierzig noch um siebzehn Uhr fünfzehn, und auch um achtzehn Uhr war er noch nicht eingetroffen. Je länger ich auf ihn wartete, desto gelassener und entspannter wurde ich. Ich begann mir schon auszumalen, wie es wäre, wenn er überhaupt nicht erschiene. Wenn er einfach wegbliebe. Aber kurz nach halb sieben fuhr ein weißer Lexus LS mit sanft schnurrendem Motor und Züricher Kennzeichen vor meinem Apartmenthaus vor.

Ich stand auf dem Balkon, schaute in den Regen und konnte beobachten, wie ein müde wirkender James Wolch ausstieg und sich bemühte, seinen zerknitterten weißen Anzug zu glätten. Seit etwa einem Vierteljahr hatte ich ihn nicht mehr gesehen, und dank dieses zeitlichen Abstands fiel mir jetzt auf, wie alt er in der letzten Zeit geworden ist: Die große Gestalt von einst erschien mir jetzt krumm und gebeugt, das Gesicht aufgedunsen und ohne die Kontur, die ich kannte, das zu lange Haar war dünn und ungepflegt, und der Bauch trat mächtig hervor. James machte auf mich den Eindruck einer alten, hochschwangeren Frau. Als er mich sah, brach er in ein wildes Freudengeheul aus. Ich winkte, lief hinunter und brachte ihn in meine Wohnung.

James umarmte mich, gab mir Küsse auf beide Wangen, als sei er der wieder auferstandene Breschnew, und ich atmete ein ungutes Gemisch aus einem süßlichen Rasierwasser und seinem fauligen Atem ein (Auch er war neu), der mich fatal an den Geruch in meinem Golf erinnerte. Was sich jedoch gleich anschließend (und dann den ganzen Abend über) entfaltete, war (auch wenn er durch das vorgerückte Alter des Protagonisten ein wenig abgemildert wurde) einer der klassischen James-Wolch-Auftritte, den ich wohl am besten in Form eines komprimierten Dramoletts in zwei ungleich langen Szenen festhalte. Vorhang auf!

Szene eins. James Wolch (J. W.) hat die Bühne bereits betreten, entlässt Carl Meyers (C. M.) gerade aus einer überaus freundschaftlichen (!) Umklammerung und beginnt, heftig zu schimpfen:

»Dieses enge, dieses engstirnige Europa! Diese seltsame Schweiz! Und dieses bösartige, dumme Deutschland! Pünktlich bin ich aufgebrochen, das kannst Du mir glauben, Du kennst mich, pünktlich wie immer, und habe mich, an nichts Böses denkend, vor dem ›Baur au Lac‹ in den Verkehr eingefädelt.«

»›Baur au Lac?‹«

»Mein Hotel, Carly, mein Hotel heißt ›Baur au Lac‹! Habe ich dir das nicht geschrieben? Ein Superschuppen! Na, egal. Du scheinst dich in Europa überhaupt nicht auszukennen. Hat vom ›Baur au Lac‹ noch nie gehört, der Mensch. Nicht zu glauben! Bist du nicht ab und zu in Zürich? An der Universität? Ich habe jedenfalls den Blinker gesetzt, habe mich eingefädelt, mein Lieber, wie es sich gehört, bin an der ersten Kreuzung auf Geheiß der GPS-Dame abgebogen, schwuppdiwupp nach links – und dann war Schluss, dann ging so gut wie gar nichts mehr, noch nicht einmal Stop and Go, gar nichts, mein Lieber, Ende, aus, Feierabend, und das bei diesem grauenhaften Wetter. Ständig waren die Scheiben beschlagen!«

J. W.s' Mobiltelefon beginnt zu kreischen (»The Star-Spangled Banner«, Instrumentalversion).

»Ja, James hier, äh, Professor James Wolch. Wer ist dran? Wer sind Sie? … Ach du bist es, Schätzchen. Was ist denn? Ich hab' jetzt … Nein, nein, Mädchen, nein, jetzt doch nicht … Das geht nicht, nein, Süße, ich bin nicht in Zürich … Nein, nicht in Zürich, ich bin noch nicht einmal in der Schweiz … Ich bin in diesem verdammten Deutschland, in diesem Schwarzwald … Ich habe es dir doch erzählt … Nein! … Ja, sicher, Süße, bestimmt, aber heute und morgen geht es nicht … Ja, ganz bestimmt, bevor

ich fliege, habe ich noch mal Zeit, zwei Stunden, mindestens … Ja, ganz sicher! … Ich melde mich! … Wir werden Spaß haben, viel Spaß … Ja, Du mir auch! Du mir auch! Küsschen! Ich schick' dir eine SMS, oder ich ruf' dich an … Ich muss jetzt auflegen.«

»Wer war denn das? Hast du Kate mitgenommen? Das klingt ja, als ob ihr immer noch …«

»Kate? Ach was, Kate ist zuhause. Das mit Kate erzähle ich dir später oder ein andermal.«

»Hast du eine Neue?«

»Sag' mal, spinnst du? Warum löcherst du mich so? Ich bin dir doch keine Rechenschaft schuldig, oder? Was ist denn los mit Dir? Das war eine kleine Russin, ganz niedlich, die haben da so einen VIP-Service in Zürich.«

»VIP-Service?«

»Ja, wirklich nicht schlecht. Gastfreundlich sind sie in Zürich. Aber ich muss dir sagen, ich bin fix und fertig, geradezu erschlagen. Heute liegen bei mir die Nerven blank. »Blank« ist gar kein Ausdruck. Diese Fahrt hat mir den Rest gegeben. Es war furchtbar, wirklich! Wenn ich das gewusst hätte! Ich bin aus Zürich hinausgekrochen, im Schritttempo, und nahezu blind habe ich mich davongeschlichen, jede Schildkröte, jede Schnecke wäre schneller gewesen, mein Lieber …«

»Es war Freitagnachmittag, James.«

»Was heißt hier Freitagnachmittag, hm? Das war alles andere als ein normaler, anständiger Freitagnachmittag! Alles war verstopft, ich bin nicht rausgekommen aus diesem verdammten Zürich, ich bin einfach nicht rausgekommen.«

»Jetzt …«

»Na, die …«

»Jetzt be …«

»Die haben ja keine normalen Straßen da, in dieser Stadt. In diesem seltsamen, liliputanischen Land. Das glaubst du nicht, mein Lieber! Alles zweispurig, bis du ganz draußen bist zwei Spuren, und dann wird's bestenfalls vierspurig. Geld haben sie ja, die Schweizer, daran fehlt es ihnen nicht, denen quillt der Wohl-

stand aus allen Taschen, aber Straßen bauen sie nicht! Für Straßen geben sie kein Geld aus. So was …, so was von kleinkariert. Nichts Großzügiges, von meinem Hotel einmal abgesehen! Manchmal denke ich, das Stadtgebiet von San Francisco ist weitläufiger als die ganze Schweiz. Die können einfach nicht in großen Dimensionen denken. Und von Verkehrsführung verstehen sie offensichtlich überhaupt nichts.«

»Aber du! Mein Freund James weiß mal wieder alles besser.«

»Willst du mich jetzt auch noch nerven? Die hätten in ihrem Zürich sogar leichtes Spiel. Alles ganz einfach. Man müsste lediglich ein paar Schneisen schlagen, dann liefe alles wie am Schnürchen.«

»Zweispurig, vierspurig, ich finde, du klingst ein bisschen großspurig!«

»Ach, Carl, was soll denn das? Warum willst du mich unbedingt provozieren? Merkst du denn nicht, wie fertig ich bin? Hör' mir doch einfach zu, ich muss das jetzt loswerden! Also, irgendwann bin ich dann endlich draußen, ich gebe dem Lexus die Sporen und lasse ihn laufen, da stellt sich mir schon, ich bin noch gar nicht richtig auf Touren gekommen, das nächste Hindernis in den Weg: die deutsche Grenze! Ein endloser Lindwurm, ein riesengroßer Blechfafner staut sich vor dem Rhein in, wie heißt doch das Kaff?, in Koblenz, glaube ich. An der Grenze Koblenz/Waldshut. Warst du da schon mal? Geschlagene fünfundzwanzig Minuten, mein Lieber, stehe ich in der Schlange, fünfundzwanzig Minuten, und als ich dann endlich an die Kontrollstelle komme, holen mich diese deutschen Idioten doch tatsächlich raus. Während sie die anderen, die schweizerischen und die deutschen Biedermänner mit ihren popligen Kleinwagen in Frieden ziehen lassen, muss ich an die Seite fahren, und dann filzen sie mich und den Lexus nach Strich und Faden. Nach Strich und Faden! Als ob ich ein international bekannter Drogendealer wäre, der von Tijuana nach San Diego unterwegs ist. Oder ein Terrorist. Obwohl ich eine Züricher Nummer habe! Diese Deutschen sind

keine Deutschen, sondern immer noch Nazis. Da kannst du mir erzählen, was du willst. Allein der Ton, in dem sie mit einem unbescholtenen amerikanischen Staatsbürger sprechen, schreit zum Himmel. Jawohl, zum Himmel! Eine Unverschämtheit! Ich frage mich ernsthaft, mein Lieber, was du hier bei den Krauts machst.«

»Wow, der große Wagner-Fan ist plötzlich zum Deutschenhasser mutiert. Interessant.«

»Ach, hör' doch auf mit deinem aggressiven Gequatsche!«

C. M. steht mit hängenden Schultern da und sagt nichts mehr, während J. W. sich im Wohnzimmer des Apartments umzuschauen beginnt, das angesichts seiner gebeugten Hünenhaftigkeit und seiner langen Arme auf die Maße eines winzigen Wohnclos schrumpft. Mit großen Schritten und unkoordiniert wirkenden Bewegungen geht er umher und betrachtet glubschäugig das Inventar und beginnt wieder zu reden:

»Du bist allen Ernstes so weit geflogen, nur um in dieser miesen Bude, in einem solchen Loch unterzukriechen? Bei dem allerübelsten Wetter, das es gibt auf der Welt? Hier kann man doch nicht arbeiten. Das darf, nein, das darf nicht wahr sein, mein Lieber! Diese Absteige ist eines Mitglieds unseres Instituts nicht würdig. Du gefährdest unseren Ruf! Es muss Dir doch klar sein, dass Du hier Claremont repräsentierst.«

J. W. steht eine Zeitlang da und starrt gebannt und selbstvergessen auf einen der grässlichen grünen Sessel. Er sieht erschöpft aus und todmüde. Dann dreht er sich linkisch zu C. M. um, als ob er zu kraftlos sei, um seine fahrigen Bewegungen in den Griff zu bekommen. Dabei fällt sein Blick wie zufällig auf den Arbeitstisch. »Aaaah«, macht er und scheint plötzlich wach zu werden und die Hässlichkeit der Wohnung schon wieder vergessen zu haben.

»Was ist denn das? Was haben wir denn da, mein Lieber? Hier wird offenbar tatsächlich mächtig gearbeitet! Du hast doch nicht übertrieben, das hätte ich nicht gedacht. Und alles vom Feinsten! Foucault, Lacan, Derrida, Luhmann, Wittgenstein, Heidegger. Sogar vor unserer Superfeministin machst du nicht halt!

»Hä?«

»Na, vor unserer großen Judith Butler.«

»Ach so!«

»Seit wann bewegst Du Dich denn auf diesem Niveau, Carly, sag' mal? Willst Du den Mount Everest besteigen? Oder gleich alle sprachphilosophischen Achttausender dieser Welt? Das sind ja ganz neue Sitten! Donnerdonnerwetter! Du scheinst wirklich nicht geflunkert zu haben. Da bin ich aber gespannt wie ein Flitzebogen! Wie ein astreiner indianischer Flitzebogen! Bring mir doch mal rasch Deine Manuskripte her! Und was sollen denn die beiden Graphic Novels in dieser merkwürdigen Sprache? Was ist denn das? Heidegger, Wittgenstein und dieser Asterix? Wie passt denn das zusammen? Arbeitest Du jetzt etwa mit Dialekten? Du weißt doch hoffentlich noch, was unser großer Nestor gesagt hat, hm? Nicht um einzelne Sprachen wie Französisch, Englisch oder Suaheli geht es, verdammt noch mal, sondern um die Sprache. Um die Sprache als solche. Vergiss das nicht! Los, mach schon, lass' mich mal einen Blick in deine Papiere werfen!«

»Jamie, du bist reichlich spät gekommen, und ...«

»Da kann ich doch nichts dafür, ich hab's dir doch erklärt! Oder?«

»Das hat ja auch niemand behauptet, aber ich habe einen Tisch im besten Restaurant weit und breit bestellt, und wir sind schon längst über der Zeit.«

»Dann nimm doch deine Manuskripte mit! Was soll denn das Getue? Wir machen ein Arbeitsessen, wie damals, als du dir deine ersten Sporen verdient hast. Wie in den guten alten Zeiten, hä?«

»James, es ist mir eigentlich nicht genehm.«

»Nicht genehm? Nicht genehm! Was soll denn das nun schon wieder heißen? Nicht genehm! Bist du verrückt geworden? Nicht genehm!«

»Ich möchte lieber nicht.«

»Was sind denn das für Zicken? Betreibst du jetzt seit neues-

tem Geheimdiplomatie? Willst du mir vielleicht durch die Blume sagen, dass du mir plötzlich nicht mehr vertraust, hm? Mir, deinem alten, deinem besten Freund? Deinem Gönner und Mentor? Dem einzigen Förderer, den du jemals hattest?«

»James, jetzt …«

»Wer hat dir denn ein Leben lang geholfen, wenn nicht ich? Hm? Ich, niemand sonst, ich ganz allein habe dir deinen heiß ersehnten »Associate Professor« verschafft, und du weißt genau, dass es da manche Widerstände gab in unserem Laden, große Widerstände, gewaltige Widerstände sogar, das wollen wir doch nicht unter den Teppich kehren, oder?«

»Also James …«

»Von wegen ›also James‹! Du hörst mir jetzt zu! Im Grunde war es ein kleines Wunder, dass ich dich durchsetzen konnte. Aber damit bei weitem nicht genug, wie du weißt. Wenn du ehrlich bist, musst du zugeben, dass ich es war, der deiner gesamten Laufbahn, deiner Karriere den Weg geebnet hat, von Anfang an. Niemand anderer als ich. Ich, ich, ich! Und wer, bitteschön, hat hinter den Kulissen in letzter Minute auch noch dafür gesorgt, dass sie dir dein verdammtes europäisches Sabbatical genehmigt haben? Hm?«

»James, hör ma …«

»War das etwa nicht ich? War ich das, oder nicht? Ohne mich wärst du jetzt nicht hier. Vergiss das gefälligst nicht! Auch wenn du dich immer für ein verkanntes Genie gehalten hast, mein Lieber, warst du doch in Wahrheit viel eher ein …, ein …, ja, du warst immer ein Wackelkandidat, ein Weichei, und wenn du zu dir selbst ehrlich bist, weißt du das auch ganz genau. Ganz genau weißt du das!«

C. M. geht in Abwehrstellung, seine Hände schnellen in Brusthöhe, als wollten sie Faustschläge abfangen, er hält den Kopf schief und bemüht sich um ein charmantes Lächeln, das allerdings nur halb gelingt und schnell zur Fratze wird.

»James, Jamie, nun mach' mal halblang! Bist du jetzt übergeschnappt? Hat dir deine russische Tussi vielleicht was in den Kaffee getan? Du zitterst ja! Rauchst du neuerdings etwa Crack?«

»Sag mal, bist du jetzt vollkommen übergeschnappt? Was fällt dir ein, mich so zu besch …«

»Du beschimpfst mich doch, noch dazu in meinen vier Wänden. In übelster Weise beschimpfst du mich als …, als Wackelkandidaten und Weichei und behauptest, ich würde …, ich würde dir nicht mehr vertrauen! Dabei ist das Gegenteil richtig, denn du bringst mir kein Vertrauen mehr entgegen. Du bist der Verräter …«

»Verräter? Das ist …«

»Du verrätst unsere Freundschaft, nicht ich, du bist hier der Lump! Ich hab' mich wahnsinnig auf den ersten gemeinsamen Abend mit dir seit langem gefreut, ja auf ein ganzes Wochenende, ehrlich!«

»Von wegen ›ehrlich‹! Du hättest keine Zeit, hast du … Und überhaupt! Wer musste denn Kate gleich stecken, wenn ich mich mal ein bisschen intensiver um eine Studentin …«

»Ach, hör doch auf mit deinen ollen Kamellen.«

»Was heißt hier olle Kamellen, hä? Du hast …«

»Ich hab' jedenfalls meinen gesamten Arbeitsplan um deinetwillen, ausschließlich um deinetwillen gekippt, und dann kommst du und veranstaltest hier ein Riesentheater, einen …«

»Hähähä, der kleine Carly ist in diesem beschissenen Schwarzwald zur Mim …«

»Du bist es, der hier ein Riesentheater macht, nur weil ich nicht dazu bereit bin, dir Manuskripte zu präsentieren, die noch gar nicht existieren.«

»Was soll denn das heißen, hm? Ich denke, du …«

»Es gibt sie noch nicht! Es gibt noch keine Manuskripte! Kapierst du das? Geht das endlich in deine Birne rein? In dein kalifornisches Spatzenhirn? Du …«

»Allmählich reicht es mir. Du hast mir doch lang und breit geschrieben, du befändest dich in einem Produktionsrausch und …«

»Du bist doch sonst nicht so begriffsstutzig. Vielleicht erinnerst du dich kurz daran, dass du immer viel schneller warst als ich, immer. Dass ich noch nie etwas so rasch aufs Papier gebracht habe wie du oder der Kollege Fulton. Ich bin eben einen Tick langsamer, vielleicht auch einen Tick gründlicher, aber deshalb bin ich noch lange kein Versager, kein Wackelkandidat oder Weichei. Ich verbitte mir das. Du spinnst ja!«

»Ruhig, ruhig, ruhig! Jetzt beruhige dich doch. Komm mal wieder auf den Boden. So war das doch nicht gemeint. Du über …«

»Ach ja, wie denn dann?«

»Ich bin einfach genervt von dieser Fahrerei, von Zürich und den deutschen Zolltypen. Merkst du denn nicht, dass ich fix und fertig bin? Wenn du noch nichts geschrieben hast, dann hast du eben noch nichts geschrieben. Ist auch recht. Dann …«

»Wie großzügig von dir!«

»Werde nur nicht zynisch! So kenn' ich dich ja gar nicht. Das scheint an deiner neuen Umgebung zu …«

»So ein Unsinn!«

»Dann berichtest du mir einfach mündlich, das genügt vollauf. Und ich kann meinerseits dem Dean Bericht erstatten, und alles ist in allerbester Ordnung.«

»Ich glaub', ich hör' nicht richtig! Du hast sie nicht mehr alle. Nein, James, nichts ist in Ordnung, gar nichts. Du spinnst tatsächlich. Ich bin nicht euer kleiner Schüler, und ich lasse mich von euch nicht maßregeln. Und du wirst nicht … Ich …«

»Jetzt …«

»Ich werde weder dir noch dem Dean berichten, und zwar nicht, weil ich euch nicht vertrauen würde, sondern weil ich zwei so bedeutenden Gelehrten nichts Halbgares vorsetzen …«

»Na, jetzt übertreibst du schon wieder! Ich und …«

»So seht ihr euch doch: als bedeutende Gelehrte, hoch auf dem Olymp von Claremont. Oder vielleicht nicht? Es fällt mir im Traum nicht ein, mich zu blamieren.«

»Wer sagt denn …«

»Ich lass mir nicht in die Suppe …«

»Niemand will dir irgend …«

»Wenn ich so weit bin, werden die Sachen publiziert, und ich verspreche dir, mein Lieber, du …«

»Nenn mich gefälligst nicht immer mein Li …«

»Du kannst dich drauf freuen, James. Ich werde unserer Abteilung keine Schande machen. Im Gegenteil. Aber jetzt machen wir einen Punkt.«

C. M. atmet laut hörbar durch.

»Apropos halbgar, James. Ich hab' jetzt die Schnauze voll von dieser Streiterei, und zwar gestrichen. Wir waren mal Freunde, und ich hoffe, wir sind es noch immer. Ich hab' für uns beide diesen Abend organisiert. Begib dich jetzt bitte ins Bad, mach' dich frisch, und dann gehen wir essen. Der Koch ist auf jeden Fall schneller als du und ich zusammen.«

Szene zwei. Auftritt J. W. und C. M. im »Bergkristall«. J. W. wirkt ein wenig erholt, doch insgesamt müde, und seine Gesichtszüge sind schlaff, die Haut fahl, die Augen trübe und sein weißer Anzug ist angegraut und nach wie vor zerknittert. C. M. macht einen selbstsicheren Eindruck. Das Vier-Gänge-Menü (Leichte Velouté von Zuckererbsen mit Pfifferlingen und Saiblingsfilet, Gebratener Steinbutt mit Kartoffel-Kapernragout und Beurre blanc, Kalbsfilet pochiert im Schwarzwälder Schinkenmantel auf Spinat mit gefüllter Ofentomate) ist bereits Geschichte, denn soeben haben die Herren auch noch das Dessert (Schaumomelette von Roter Grütze) verdrückt. Vor ihnen steht nur noch eine bereits zu drei Vierteln geleerte Flasche schweren Tignanellos (Antinori).

»Kochen können die hier auch, mein Lieber, das muss ich zugeben. Trotzdem kein Vergleich zu Zürich.«

»Das hat ja auch niemand behauptet. Sag' mal, was ist eigentlich mit Kate?«

»Was soll denn mit Kate sein? Warum fragst du schon wieder so komisch?«

»Du wolltest mir doch von ihr erzählen. Weshalb sie nicht mitgekommen ist, und so.«

»Weißt du was? Du nervst mich mit deinem Gequatsche.«

»Klingt ja nicht gerade berauschend. Was ist denn los?«

»Nichts ist los, überhaupt nichts! Kate wird nur immer eifersüchtiger. Sie wird älter, launischer und eifersüchtiger. Das ist alles. Ach ja, da fällt mir ein, beinahe hätt' ich es vergessen, dass ich dich von Mia grüßen soll.«

»Von Mia? Wo hast du die denn schon wieder getroffen?«

»Oh, in der Bibliothek, wenn ich mich nicht täusche. Sie arbeitet unglaublich fleißig, geradezu verbissen, aber das weißt du ja sicher, um ihr Buchprojekt zu Stendhal voranzutreiben, bevor sie zu dir in diese Einöde kommt. Und das alles neben ihrem Bürojob. Hut ab, kann ich da nur sagen.«

»Was hat sie ..., wann hast du sie zuletzt gesehen?«

»Na, kurz vor meiner Abreise, glaub' ich. Ich seh' sie eigentlich täglich, in der Bibliothek, wie gesagt, manchmal auch im Beach Club. Warum interessiert dich das? Ich darf doch?«

»Ich, ich würde nur gern wissen, was sie zu dir gesagt hat.«

J. W. greift mit zittriger Hand zu seinem Rotweinglas, leert es, wobei ein schmatzendes Geräusch entsteht, schenkt sich, erneut stark zitternd, nach und gießt C. M. den schütteren Rest ein.

»Wir können ja auch noch ein weiteres ..., noch ein Fläschchen von diesem Italiener bestellen. Oder? Was wolltest du wissen? Ach ja, nichts, nichts Besonderes hat sie gesagt, nur dass sie das erste Kapitel abschließen möchte, bevor sie hierher kommt. Ja, und dass ihre Bovaryuntersuchung erschienen ist, keine Ahnung wann, und dass sie mit dir alle wichtigen Flaubert-Orte abklappern will, Rouen, die Normandie, Marseille, Korsika, ich glaube sogar Ägypten und Spanien, aber das weißt du ja sicher alles viel besser als ich. So eine sentimentale Literaturreise halt, à la Sterne.«

»Ja, ja. Aber Flaubert war meines Erachtens niemals in Spanien.«

»Ich hab's ja geahnt! Du weißt alles besser. Weshalb fragst du überhaupt?«

»Nur so, man weiß ja nie. Vielleicht, es hätte ja auch sein können, dass sie ihre Reisepläne doch noch geändert hat.«

»Ohne dich? Na, auf so eine Idee käme Mia nie. Mia ist im Grunde doch die personifizierte Treue. Einen Fehler begeht jeder einmal. Schwamm drüber! Man muss auch verzeihen können. Mia jedenfalls macht nichts mehr ohne dich. Darauf kannst du geradezu Gift nehmen.«

»Bist du sicher?«

»Na, todsicher. An deiner Stelle würde ich meine Sachen zu Papier bringen und mit Mia abhauen. Und anschließend auf dem schnellsten Weg nach Hause fliegen. Weg aus dieser verregneten Gegend. Und Mia in ihren engen sommerlichen Kostümen bewundern. Sie, sie …« (Er nimmt einen weiteren genießerischen Schluck, wobei er erneut schmatzt), »… klar, auch sie ist älter geworden, aber sie sieht immer noch gut aus – trotz des strengen Zugs um …, um …, dieses bitteren Zugs um den Mund.«

»Kann ich mir gut vorstellen.«

»Ich glaub', ich bin mir ziemlich sicher, dass sie ihren Verlagsjob, der hängt ihr ganz schön zum Hals raus, am liebsten aufgeben und dann heiraten würde. Und dreimal, hähähä, darfst du raten, wen.«

»Darauf würd' ich keine Wette abschließen.«

»Aber ich. Möglicherweise begleite ich sie, wenn sie nach Europa kommt, wer weiß, vielleicht fliegen wir zusammen. Hätte doch was, oder? Die in Zürich haben mir eine Senior-Service-Gastprofessur an der ETH angeboten.«

»Im Ernst? Gratuliere!«

»Danke, danke! Aber ob ich das Angebot wirklich annehme, weiß ich noch nicht. Das Geld ist die eine Seite, die …, die sogenannte Lebensqualität die andere. Kellner, bringen sie uns noch eine Flasche! Diese Scheißstadt mit ihrem fürchterlichen Klima

und ihren Dorfstraßen, Russin hin, Russin her, hähähä, ist sehr gewöhnungsbedürftig.«

Ende

*

Das war's im Wesentlichen. Der Rest ging im Rotwein unter. Bezahlt habe selbstverständlich ich. Der Zweck heiligt bekanntlich die Mittel. James ist zu später Stunde in sein Hotel gekurvt (Ich möchte nicht wissen wie), und ich bin, sehr benommen, aber ziemlich erleichtert, im strömenden Regen zum Sommerberg hinaufgestiegen. Ungewaschen ins Bett. Schlecht geschlafen. Kauderwelsch geträumt. Von steilen, steinigen, felsigen Wegen. Überwucherten Wegen. Walderdbeeren. Himbeeren. Farnen. Dornengebüsch. Fürchterlichem Tannendunkel.

Spät aufgestanden. Auch am späten Vormittag noch Regen (wie jetzt), Wolken bis ins Tal.

Gegen Zwölf kam James vorbei und teilte mir mit, dass er abreise. Abreisen müsse. Es gehe ihm nicht gut, das Wetter setze ihm zu, aus seiner Sicht bestehe kein weiterer Besprechungsbedarf, wir hätten alles Wichtige diskutiert (!), und er habe noch eine Sitzung mit »den Zürichern« vorzubereiten. Selbstverständlich drückte ich mein tiefstes Bedauern aus. Der Abschied war kurz.

Wie geht es weiter? Ich bin zwar froh, dass der Unhold das Weite gesucht hat, aber ich werde das Gefühl nicht los, dass meine kalifornische Vergangenheit, das ist mir erst jetzt, beim Formulieren, klar geworden, wieder ganz nah an meine neue Schwarzwald-Existenz herangezoomt worden ist. Insofern ist mir doch nicht so »vögeliwohl« zumute. Mit einem Schlag habe ich die Distanz, die ich in den vergangenen Wochen (mühsam?) aufgebaut hatte, wieder eingebüßt. Ich bin weiterhin Gegenstand von Gesprächen in der Abteilung, das ist klar (und unproblematisch). Aber ich war (und bin?) offensichtlich auch ein Thema zwischen James und Mia. Und nicht nur ein Thema, nein, ich werde verplant, es sind mit Sicherheit richtige Pläne geschmiedet worden, in denen ich eine nicht unbeträchtliche Rolle spiele. Und dieses Komplott ist jetzt so dicht an mich herangerückt, dass es mir Angst macht. Oder reizt es mich vielleicht sogar? Ich weiß nicht, wo mir der Kopf steht, und ich komme mir vor wie ein Spielball der Kräfte, die auf mich einwirken.

Die Winterseite von Nebel eingehüllt. Meine Kuhbühne ist nicht zu sehen. Jetzt noch einen doppelten Whiskey (oder einen Kirsch?). Und dann ins Bett.

30. September

Tiefste Dunkelheit. Teilchen umschwirren mich. Die Wohnung heute nicht verlassen. Den ganzen Tag über in Schlafanzug und Bademantel. Immerhin habe ich es fertig gebracht, meine Habseligkeiten vollends zusammenzupacken.

Mehrfach wurde an der Tür geläutet. Habe nicht geöffnet (Vermutlich war's der Verwalter).

1. Oktober, Oberneumatt

Der erste Abend in Obernü. Hatte ihn mir komplett anders vorgestellt. Es hat aufgeklart und ist kalt geworden. Nur an den Bergen ringsum hängen noch ein paar Wolkenfetzen.

Die Wohnung habe ich blitzblank übergeben. Hätte nicht gedacht, dass ich das schaffe. Als ich mein dürftiges Gepäck zum Auto brachte, kam der Verwalter. Wir sind das

Apartment durchgegangen. Spuren meiner Anwesenheit waren nicht mehr auszumachen. Entsprechend zufrieden war der Hausverwalter. Ich übergab ihm die Schlüssel.

Ein Vierteljahr, immerhin drei Monate meines Lebens, habe ich hier zugebracht und habe vor allem meine Bühne schätzen gelernt. Sie wird mir fehlen. Zum Abschied war der Vorhang zugezogen. Ein kurzes Kapitel zu Ende, ein kleiner Tod. Wie viele werde ich noch erleiden müssen bis zum endgültigen Abgang? Bei Hebel, das fällt mir sinnigerweise jetzt ein, bin ich mehrfach auf den »Denglegeist« vom Feldberg gestoßen. Er ist, wie ich bei Wikipedia gelernt habe, der alemannische Sensenmann. Hebels Gedicht *Geisterbesuch auf dem Feldberg* ist (vor allem für einen Amerikaner) nicht gerade leicht zu verstehen, doch ich glaube richtig zu liegen, wenn ich sage, dass Hebel den D. als knabenhaften Engel mit goldenen Flügeln sieht, der das Gras mäht als Futter für den Esel des Christkinds und für das Kalb des heiligen Fridolin. Ab heute habe ich es noch näher zum Feldberg als bisher. Vielleicht begegnet der Denglegeist auch mir einmal zu mitternächtiger Stunde (*Die Wiese*).

Mein Einzug in Obernü verlief unspektakulär. Immerhin überreichte mir Frau Stoltenhoff bei der Begrüßung Brot und Salz. Das hat mich gefreut, ein gutes Zeichen. Der Patron drückte mir kurz die Hand, dann zogen sich die beiden zurück. Das war's. Wäsche, Kleider und Bücher habe ich bereits eingeräumt, Computer und Drucker angeschlossen. Schlafen werde ich, bis mein Bett geliefert wird, im Schlafsack auf einer Luftmatratze.

Zur Zeit ist mein Leben einigermaßen provisorisch. Einerseits gefällt mir das, weil der Horizont, eigentlich ganz unvermutet, wieder offen zu sein scheint. Andererseits verunsichert mich das und macht mir Angst. Ich habe keine Ahnung, wie es weitergehen wird. Zwar bin ich froh, dass ich im Schwarzwald bin, aber Berkeley und Kalifornien (nicht Claremont) fehlen mir auch. Mia geht mir nicht aus dem Sinn, und ich vermisse sie, obwohl ich weiß (zu wissen glaube), dass wir uns nicht verstehen würden, dass ich sie nicht ertragen könnte (von allem anderen einmal abgesehen).

Es war schon Nachmittag, als ich einen Spaziergang zum Zweiseenblick machte. Um mich herum lagen die Berge des Hochschwarzwalds: ein mächtiges Bollwerk. Die Sicht war gut, es war kalt. Der Winter steht vor der Tür. Ich bin jetzt genau da, wohin ich wollte. Aber in meiner neuen Wohnung fühle ich mich einsam wie selten zuvor. Von meinen Vermietern ist nichts zu hören. Mir fehlt sogar meine ehemalige rheinländische Nachbarin. Vor allem ihr grauenhafter Lärm. Dennoch bin ich jetzt schon in meine neue Behausung verknallt. Sie hat Stil, und sie besitzt eine gewisse schnörkellose Eleganz. Und trotzdem hat sie etwas von einem Vorposten, von einem Außenposten, dicht am Rande der Wildnis. Fühle mich intensiv an Mutters Erzählphantasien erinnert. Aber auch an Cooper.

Von meinem (!) Arbeitstisch aus sehe ich einen Teil des Gartens und an dessen Ende, hangaufwärts, in Richtung Menzenschwand, Feldberg und Zweiseenblick, eine Hütte, einen kleinen Schuppen eher, der von einer Eberesche überragt wird. Die roten Beeren leuchten durch die Dämmerung.

2. Oktober

Zum ersten Mal in Obernü aufgewacht. Ruhe, nichts als atemberaubende Ruhe und das Rauschen des Windes in den Bäumen. Paradiesisch? Oder beklemmend? Vielleicht sogar höllisch?

Aus Hebels Briefen geht hervor, dass er sich in Karlsruhe, der damaligen badischen Hauptstadt, in der er Karriere machte, nicht besonders wohl gefühlt hat (vorsichtig formuliert) und, vor allem anfangs, Sehnsucht nach dem »Oberland«, seiner Heimat in der Basler Gegend und im Südschwarzwald, hatte. Einmal, so schreibt er in einem Brief an eine Gustave Fecht vom Oktober 1793, sei er bei einer Exkursion nach Rastatt und Gaggenau auf die »Oberländer Landstrasse« gelangt, und »alle Freuden des Oberlands« seien in seiner Seele erwacht. Aber das sei ihm nicht von Nutzen gewesen, er habe ja doch zurück nach Karlsruhe gemusst. Diese Stadt sei für ihn ein Fluch des Himmels. Und er schließt den Abschnitt mit dem zynischen Satz: »Jezt lauf ich wieder in dem Geräusch der Stadt umher allenthalben umgeben von Häusern und Mauren, die doch noch den Vortheil haben, daß sie meinem Auge, die unfreundliche langweilige Sandfläche, das leere todte Wesen der ganzen Gegend verbergen.« Ich leide nicht, wie früher zuhause (!), am »Geräusch der Stadt«, das mit Sicherheit um vieles schlimmer war als das in Hebels (beschaulichem) Karlsruhe, oder an der Hässlichkeit meiner Umgebung, und trotzdem frage ich mich: Wo ist mein »Oberland«? Hier im Schwarzwald oder doch in Kalifornien? Inzwischen habe ich eher das Gefühl, dass ich unter der dröhnenden Stille und der Einsamkeit leide. Denn ich bin doch durch und durch von der quirligen Westküste, vom Ozean, vom Leben am Ufer des Pazifiks geprägt worden. Aber vielleicht habe ich auch nur einen Rückfall erlitten. Ein Rezidiv, das mir James eingebrockt hat.

Der Megaphon-Mann stellt jedenfalls keine Lärmbelästigung dar. Stoltenhoff hat mir erzählt, er sei ein ziemlich betuchter Brite, einer der typischen Exzentriker, wie sie einem recht häufig im Schwarzwald begegneten, der schon seit Jahrzehnten in Oberneumatt lebe und den eine Hassliebe mit seiner englischen Heimat verbinde, die er offenbar nur noch sporadisch besuche. Er könne nichts mit ihm anfangen, obwohl er ein »halber« Künstler sei. Die Chemie stimme nicht. An Geburtstagen großer Dichter deklamiere er ein wenig auf dem Balkon. Aber das sei auch alles, das störe keinesfalls. Im Grunde sei es viel zu wenig. Denn ein bisschen mehr kulturell-urbanen Lärm könne Oberneumatt durchaus vertragen.

Bin rückfällig geworden. Habe mich in den Golf gesetzt und bin nach Zürich gebrettert. Talstraße, »Baur au Lac«. *Neue Zürcher Zeitung* gekauft. In der Nähe des pompösen Eingangs Position bezogen. Pistole (mit Schalldämpfer) in die Zeitung gewickelt. Kein Interesse für die Reichen und Schönen, die das Hotel verlassen, ich schaue sie mir noch nicht einmal an. Nach wenigen Minuten schon kommt James heraus. Als ob ich es gewusst hätte! Ich folge ihm. Er geht die Bahnhofstraße hinunter. Von Kopf bis Fuß sieht er großkotzig aus: Sein Anzug ist blütenweiß und frisch gebügelt. Er trägt eine neue Brille und wirkt wie ein Starintellektueller. Viele Menschen sind auf den Trottoirs unterwegs. Trotzdem zögere ich nicht, dieses Mal nehme ich auch keine Rücksicht. Ich ballere los, und James bricht blutüberströmt zusammen. Lasse die Pistole fallen und renne davon. Überraschenderweise folgt mir niemand.

Unfähig, aus dem Haus zu gehen. Habe ein Foto vom Schuppen gemacht.

3. Oktober

Deutscher Nationalfeiertag. Interessiert mich genauso wenig wie der Independence Day. Solche Tage dienen doch nur dazu, uns von uns selbst abzulenken. Staatlich verordnete Joints fürs Volk, gewissermaßen. Zum Opium reicht's nicht mehr. Erfreulich allerdings: Es gibt im Schwarzwald offenbar nicht dieses Tamtam wie bei uns (!). Die Einheimischen machten einen gänzlich unbeteiligten Eindruck. Habe in der »Bergsonne« zu Mittag gegessen. Der deutsche Feiertag war hier viel weniger spürbar, auch weniger wichtig als der schweizerische am ersten August. James hat nicht recht: Die Deutschen sind keine Krauts mehr, zumindest nicht die in Obernü.

Ich habe keine Ahnung, wie lange ich hier bleiben kann. Umso wichtiger ist es mir, möglichst nichts zu vergessen, alles aufzubewahren, mir alles einzuprägen. Meine kleine Welt der Freiheit zu konservieren.

Wieder ein Foto vom Schuppen. Das will ich jetzt täglich machen: als fortlaufende Chronik der Jahreszeiten, des Wetters und meines eigenen Befindens. Das wird mir freilich nicht genügen. Das wird nicht ausreichen.

Wo sind die Soundscapes meiner Jugend geblieben? Immerhin habe ich noch ein paar Bruchstücke im Ohr – jenseits des Tinnitus.

5. Oktober

Spät aufgewacht. Spät aufgestanden. Nichts unternommen. Die Whiskeyflasche ist fast leer. Starker Regen. Im Hagel der Projektile.

6. Oktober

Sturzbachartige Niederschläge. Die Hütte grau wie die Wolken, das Glas des Fensters schwarz und stumpf. Der Wald auf der anderen Talseite verschwindet allmählich im feuchten Dunst. Er sieht finster aus. Dunkelgrün. Schmutzig.

7. Oktober

Es ist nicht zu glauben. Als ich vorhin den Rollladen hochzog, war draußen alles weiß, zumindest weißgrau. Es hat geschneit. Es schneit noch immer. Der erste Wintereinbruch des Jahres! Mein erster Schnee im Schwarzwald, Anfang Oktober. Klar, was da auf den Wiesen herumliegt, ist, genau betrachtet, weißer Regen, wässriger Matsch, ist eine Art Pseudoschnee, ist Herbstschnee, eine Attrappe, nicht mehr als eine Ankündigung, ein Versprechen, früh im Jahr. Aber es passt zu meiner Stimmung. Als ob ich das Wetter bestellt hätte.

Lange über Mia nachgedacht. Sie sieht gut aus, hinreißend sogar, obwohl auch an ihr die Jahre nicht spurlos vorübergegangen sind. Sie gefällt mir noch immer. Sie ist intelligent. Wahrscheinlich um einiges intelligenter als ich. Und ich könnte, ich sollte mich eigentlich glücklich schätzen, dass eine solche Frau mich noch will (wenn das überhaupt zutrifft). Dass sie mich von neuem will. Im Grunde bin ich ja auf Dauer und Kontinuität geradezu versessen. Seit meiner Kindheit wollte ich, dass alles so bleibt, wie es ist. Wie es »immer« war. Nur keine Veränderung! Nur kein Wandel! Alles perfekt, aber nichts Neues! Das Bekannte, das Alte, aber möglichst noch besser, noch perfekter. Ich hatte ja sogar Angst davor, meine Dissertation abzuschließen, weil ich mich in ihrer Gedankenwelt so gut eingelebt hatte und dermaßen wohlfühlte. Nicht aus ihr heraustreten wollte. Andere, beinahe alle meine Bekannten, hatten es eilig, »fertig« zu werden, weil sie weiter an ihrer Karriere basteln wollten und keine Lust hatten, Zeit zu verlieren. Und ich Idiot fürchtete mich vor einem neuen Lebensabschnitt! Das hat sich bis heute nicht geändert. Der Gedanke, dass etwas unwiderruflich zu Ende geht, zu Ende gehen könnte, ist noch immer imstande, mich an den Rand einer Nervenkrise zu treiben. Vermutlich verbirgt sich dahinter meine Angst vor der absoluten Veränderung, vor dem endgültigen Verschwinden.

In Sloterdijks *Notizen* habe ich neulich gelesen, ich nehme an, es stimmt (wenn nicht, wäre es gut erfunden), Richard Wagner habe sich nach dem Tod seines Neufundländers immer wieder exakt das gleiche Tier zugelegt, und immer so weiter. Wenn »Russ«, sein Hund, starb, habe er schnellstens ein Tier derselben Rasse gekauft, immer wieder einen neuen »Russ«, so dass das Herrchen, Richard Wagner, stets denselben Hund an seiner Seite hatte. Wir seien, sagt Peter Sloterdijk, und da hat er mit Sicherheit recht, einfach nicht dazu gemacht, die Furie des Verschwindens am Werk zu sehen. Habe ich deshalb solche Angst vor Veränderung, solche Mühe, mich endgültig von Mia loszusagen? Alle Brücken hinter mir abzubrechen?

Doch Mia hat mich sitzen lassen und auf widerwärtige Weise betrogen. Sie hat mir so übel mitgespielt wie kaum ein zweiter Mensch. Keine andere Frau ist so mit mir umgegangen (Allzu viele gab es freilich auch nicht in meinem Leben). Ganz abgesehen davon, dass ich nicht wirklich glaube, wir würden zueinander passen. Vor allem ist Mia, neben allem anderen, das ist vielleicht das Schlimmste, so entsetzlich bessserwisserisch. Sie ist ein verdammt attraktiver Klugscheißer. Sätze wie die folgenden klingen mir noch immer in den Ohren, als wenn ich sie erst gestern gehört hätte: »Nein, Carly, das trifft nicht zu, nein, du hast ja keine Ahnung, du musst es aus einem ganz anderen Blickwinkel anschauen… Das tut mir leid, da täuschst du dich gewaltig, Jack kann es dir erklären…« Und wie ist mir erst ihr Bruder Jack auf den Geist gegangen! Er ist noch viel unerträglicher als sie (Und er ist ein Mann und außerdem hässlich). Er weiß angeblich alles, er kann angeblich alles, er ist der größte Schwätzer der Welt (»Was du heute kannst besorgen, das verschiebe nicht auf morgen!«), denn er hat noch immer nicht kapiert, dass selbst ein Universalgenie wie er (Ich muss es mir immer wieder vor Augen halten: Er hat ein paar Jahre lang an einer Highschool unterrichtet, bis man ihn aufgrund irgendwelcher Vergehen fristlos entließ) im einundzwanzigsten Jahrhundert nicht mehr in der Lage ist zu begreifen, was unsere komplizierte Welt im Innersten zusammenhält. Mir, ausgerechnet mir erläutert er bei einem Abendessen in einem salbungsvollen Großvortrag die Struktur der Sprache und weshalb noch kein Linguist sie bis zum heutigen Tag durchschaut habe; einem preisgekrönten Kurator des Getty Museums erklärt er kurz darauf die Mechanismen des Kunstmarkts und wie man eine öffentliche Galerie führen muss; und zum krönenden Abschluss demonstriert er, was Obama bei seiner Gesundheitsreform alles falsch gemacht hat. Er, der große Jack, hätte die Sache ganz anders und viel besser angepackt. Als ein moderner Widergänger von George Washington und Abraham Lincoln in einer Person. Ja, Mia und Jack sind enge Verwandte, keine Frage.

Als ich das letzte Mal in der Buchhandlung zum Wetzstein war, hat mir Thomas Bader die *Entwürfe zu einem dritten Tagebuch* von Max Frisch empfohlen (Im weitesten Sinn darf er vielleicht auch noch als alemannischer Autor gelten?). Dort lese ich folgende Zeilen:

Hänge ich am Leben?
Ich hänge an einer Frau.
Ist das genug?

Die Frau, an der ich hänge, heißt, glaube ich, nicht Mia, sondern Maria. Habe sie in den letzten Tagen, auch heute, angerufen. Immer wieder. Jedes Mal war nur die Mailbox in Aktion. Kein Rückruf. Nichts. Nur: Allein ihre etwas brüchige Stimme auf der Mailbox zu hören, ist ein Ereignis.

Anrufung Mariä. Klingt nicht schlecht. Das muss ich ihr erzählen. Aber wann? Und unter welchen Umständen?

Ich bin bald ein alter Mann, und ich habe immer noch nicht gelernt, die Worte der Menschen zu durchschauen. Der Linguist C. M. ist nicht in der Lage, hinter die Fassade der gesprochenen Sprache zu blicken. Dabei ist doch klar: Das Gesagte ist in aller Regel nicht das Gemeinte, sondern das Erlogene. Es kommt nicht darauf an, was die Leute daherreden, sondern was sie denken und was sie fühlen und was sie im Schilde führen. Das eine hat mit dem anderen in aller Regel nicht viel zu tun. Schätze, dass Frau Rotzler mich in dieser Disziplin um Längen schlägt. Und nicht nur in dieser.

8. Oktober

Beim Weggehen (Kleiner Spaziergang, nicht mehr und nicht weniger, es regnete, der Schnee ist längst wieder getaut, nur noch spärliche Reste sind übrig) bin ich Herrn Stoltenhoff begegnet. Freundliche Begrüßung. Etwas verlegen (Trockenes Schlucken, Adamsapfel), als sei es ihm peinlich, schob der Patron hinterher, dass er als pensionierter Beamter auf korrektes Verhalten Wert lege, Wert legen müsse, dafür bitte er mich herzlich (!) um Verständnis. Er habe im Dorf einen Ruf zu verlieren. Gerade als Nicht-Einheimischer, als Zugezogener. Man komme hier ohnehin schnell ins Gerede: »Die soziale Kontrolle, Sie wissen schon!« (Wieder das beinahe groteske Schlucken und der Adamsapfel). Ob ich beispielsweise schon von Frau Rotzler gehört hätte …? Auf diese Art redete er noch eine Zeitlang um den heißen Brei herum. Irgendwann unterbrach ich ihn und fragte, um was es ihm gehe. »Keine große Sache«, sagte er (schon wieder das Schlucken, und der Adamsapfel in Aktion), ganz und gar nicht, er wolle mich als Ausländer, der die deutschen Gesetze ja nicht kennen könne, lediglich darauf aufmerksam machen, dass ich mich beim Einwohnermeldeamt, bei Frau Schlager, im Rathaus von Glasmatt, mit meiner neuen Adresse in Oberneumatt anzumelden habe. Ansonsten begehe ich einen Verstoß gegen das Melderecht, und das sei eine bußgeldbewehrte Ordnungswidrigkeit (Bin nicht sicher, ob ich den Gesetzeskram bis ins Letzte richtig verstanden habe. Sind die Deutschen doch immer noch Krauts?). Ich verschwieg, dass ich bisher nicht gemeldet war, bedankte mich überschwänglich für den wertvollen Tipp, zog instinktiv, glaube ich, ein wenig die mephistobestiefelten Hacken zusammen und begab mich, nach meinem kleinen Rundgang, zur Ortsverwaltung.

Neben der verschlossenen Tür im amtlich-düsteren Flur war auf einem kleinen Schildchen der Name zu lesen: Frau Carmen Schlager, Einwohnermeldeamt. Ein Hauch von Spanien im Hochschwarzwald. Ich sammelte mich, nahm gewissermaßen Haltung an und klopfte. Keine Reaktion. Nichts.

Ich wartete, mindestens eine Minute, und klopfte nochmals. Erneut keinerlei Reaktion. Die benachbarte Tür war offen, und ich fragte den Herrn, der dort hinter einem mit Papieren, Ordnern und Akten überladenen Schreibtisch beinahe verschwand, ob Frau Schlager nicht da sei. Doch, doch, bekam ich zur Antwort, sie sei aber »chronisch überlastet« und telefoniere bestimmt. Ich solle in zwei oder drei Minuten einfach wieder anklopfen.

Das tat ich und öffnete die Tür. Die junge Frau machte zwar einen gequälten Eindruck, war aber bemerkenswert hübsch. Mit der rechten Hand umklammerte sie einen Telefonhörer, der so moosgrün war wie der Teppichboden meiner Wohnung in Glasmatt, und mit der linken wedelte sie, als habe sie die Absicht, eine lästige Fliege zu verscheuchen. Diese Geste bezog sich ganz eindeutig auf mich, und ich schloss augenblicklich wieder die Tür.

Es dauerte nochmals fünf Minuten, dann rief mich Frau Schlager in ihr karg möbliertes Dienstzimmer, dessen Linoleumboden ohne Frage seine besten Zeiten seit langem hinter sich hatte. Die junge Beamtin jedoch sah wirklich gut aus. Sie hatte pechschwarze Haare (Carmen!) und hellblau lackierte Fingernägel, war ziemlich herausgeputzt und roch (Vor der Mittagspause!) stark nach Zwiebeln. Eine deutsche, eine ländliche Carmen eben. Und sie schien, vielleicht weil ich kurz vor Zwölf bei ihr vorsprach (!), ein bisschen unwirsch.

Die amtliche Prozedur war schnell erledigt, doch zum Schluss verlangte Frau Schlager noch meinen Pass. Als sie den Stempel sah, sagte sie (jetzt um einen Grad unfreundlicher), ich würde mich nicht mehr auf dem Boden der Gesetze bewegen (Früher hätte ich ihr vermutlich geantwortet, dass ich schon froh sei, mich überhaupt noch bewegen zu können), da ich mich offensichtlich bereits länger als drei Monate in Deutschland aufhalte und, angesichts meiner neuen Adresse in Obernü, noch länger bleiben wolle: »Sie brauchen schleunigst eine Aufenthaltsgenehmigung!« Auf meine Frage, ob sie mir freundlicherweise eine solche Genehmigung erteilen könne, am besten jetzt gleich, sagte sie ziemlich spitz, die bekäme ich bei der Ausländerbehörde in Freiburg – sofern nichts dagegen spreche, und gab mir die Adresse des Amtes.

Ich geriet zwar nicht in Panik, aber ich holte sofort meine Unterlagen in Obernü und fuhr los. Kurz nach halb Zwei kam ich bei der Freiburger Behörde an. Sie war, an diese Möglichkeit hatte ich überhaupt nicht gedacht, über Mittag geschlossen. Aber um halb Drei wurde ich zu einer Sachbearbeiterin vorgelassen. Die Dame hatte hellblond gefärbte Haare, die bereits wieder dunkel nachzuwachsen begannen.

Sie trug Jeans, einen hellblauen Pullover und dazu Gesundheitssandalen. Ich schilderte der Beamtin mein Anliegen, so gut ich konnte, und sie hörte mich geduldig an, sagte mehrmals »Ja, sowas!« und kam nach langem Hin und Her zu dem Ergebnis, dass mein Fall (!) nicht ganz einfach sei und dass ich mich an den Spezialisten für solche Fälle (!) wenden müsse. Der sei heute aber leider auf Fortbildung. Sie »machte« mir, nach »Rücksprache« mit einer Sekretärin, für übermorgen, zehn Uhr, Raum 015, einen Termin. Ich nahm es als gutes Zeichen, dass die acht fehlte und verließ das (was die Architektur angeht, recht beeindruckende) Amt, spazierte in die Innenstadt und kaufte mir, aus reiner Frustration, bei Thomas Bader einen Stapel Bücher. Dafür brauchte ich weder einen Stempel noch eine Genehmigung.

James. Mia. Ein superkorrekter Vermieter. Und jetzt auch noch Ärger mit den deutschen Behörden. So habe ich mir meinen Aufenthalt in Obernü nicht vorgestellt. Aber der unerwartete Wintereinbruch hat mir gefallen. Ein Vorgeschmack.

Wie soll, wie will ich leben? Und vor allem: Wo? Und mit wem? Oder allein (was das Wahrscheinlichste ist)?

9. Oktober

Habe in einem gut geschriebenen und schön gestalteten Heft eines Thomas Schmidt (Deutsches Literaturarchiv Marbach?) von Hebels »Belchenwallfahrten« und von seinem Proteuserbund, einem heidnisch angehauchten Freundeszirkel, gelesen. Gemeinsam mit einem gewissen Friedrich Wilhelm Hitzig hat Hebel im Jahr 1791 zweimal den Belchen bestiegen. Gemeinsam auch entwickelten die beiden Freunde eine eigene Sprache beziehungsweise ein pseudophilosophisches System: das »Wörterbuch des Belchismus«. Hebel war offenbar einer der frühen europäischen Fußwanderer. Er soll zu denen gehört haben, die das Wandern hierzulande gesellschaftsfähig machten und vom Odium des Asozialen befreiten. Den Belchen sah er, in einem seiner Gedichte, »als erste Station von der Erde zum Himmel«. Sprachlich und gedanklich viel interessanter finde ich den Begriff der »Belchigkeit«. Er zielt auf das Wandern und die Freundschaft, meint aber offenbar vor allem ein Non plus ultra, den Kern einer Sache, alles, was positive Emotionen zu wecken in der Lage ist. Sehr originell, vor allem für einen Mann des achtzehnten Jahrhunderts.

Der Unfall im Nebel beim Skifahren in den Schweizer Alpen: Die Sicht ist so schlecht, dass er von der Piste abkommt und einige Meter in die Tiefe stürzt; der mit einem Helm geschützte Kopf kippt nach hinten weg und schlägt auf einer Eisplatte auf: Schleudertrauma. Noch mehrere Tage später hat er erhebliche Schmerzen im Rücken, in der rechten Schulter und im Arm. Geht krumm, kann kaum sitzen, nachts nicht schlafen. Die Beschwerden nehmen langsam, aber stetig zu. Ein dumpfer, ziehender Schmerz. Nach drei Wochen geht er endlich zum Orthopäden. Diagnose: Prolaps, Halswirbelsäule. Angesichts der Schwere des Bandscheibenvorfalls empfiehlt der Mediziner eine Operation. Er stimmt zu. Der Eingriff erfolgt und gelingt. Der Patient erholt sich rasch, doch er merkt bald, dass er nicht zu hundert Prozent wiederhergestellt ist. Im Alltag stellt das kein Problem dar, überhaupt nicht, aber Skilaufen könnte er nicht mehr. Ausgeschlossen. Das merkt er. Ja, selbst das probeweise Tragen seiner schweren Alpinskier bereitet ihm erhebliche Schwierigkeiten und Schmerzen. Also beschließt er, sich ein zweites Mal operieren zu lassen. Der Operateur stimmt zu, befreundete Mediziner jedoch raten dringend ab und reden dem Patienten nachdrücklich ins Gewissen. Sie sagen, er müsse zumindest warten, das Gewebe benötige dringend Ruhe. In einem Jahr sehe man weiter. Er schlägt alle Warnungen in den Wind und unterzieht sich einer weiteren Operation. Seitdem ist er querschnittsgelähmt und sitzt im Rollstuhl. Seine Freundin verlässt ihn. Er kann den Lehrerberuf nicht mehr ausüben und muss sein Haus umbauen. Das bringt ihn in eine nicht unerhebliche finanzielle Schieflage. Er muss sein gesamtes Leben neu organisieren, was in unserer (!) exponierten Lage hier oben besonders schwierig ist. Lebensmittel beispielsweise bringen ihm seine Nachbarn ins Haus.

Das alles erzählt Siegfried Fricke beinahe unbeteiligt, tonlos, auf keinen Fall verbittert oder deprimiert, eher so, als habe es nicht unmittelbar mit ihm und seiner Existenz zu tun. Oder als hätte er es schon unzählige Male berichtet und es interessiere ihn eigentlich nicht mehr. Aber es fällt auf, dass er Possessivpronomina und Personalpronomina meist vermeidet. Er sagt nicht: »Ich ließ mich operieren«, sondern »Dann kam die Operation«. Statt »Meine Freundin hat mich verlassen« wählt er eine Formulierung wie »Die Frau ging weg«.

Neulich bin ich Herrn Fricke auf der Dorfstraße begegnet und war heute zum Kaffee bei ihm. Er betätigt sich jetzt als autodidaktischer Maler. Sein kleines Holzhaus, in dem es stark nach Terpentin riecht, strotzt nur so vor bunten, relativ großformatigen Klecksereien. Fricke sagt, er habe seine Sachen schon häufig in Süddeutschland, in der Schweiz und in Frankreich ausgestellt. Da kann ich nur staunen, denn es lohnt sich nicht, auch nur einen Satz über sie zu verlieren. Als Person scheint Fricke jedoch nicht unsympathisch zu sein. Zur Zeit arbeitet er an einem größeren Auftragswerk (!), wie er sagt. In ein paar Tagen hat er aber wieder Zeit und will mir dann eine Kollegin vorstellen. Ich müsse doch allmählich ins Dorf »hineinwachsen«. Er wisse noch sehr genau, wie es sei, wenn man als Fremder in Obernü ankomme. Fricke sucht offensichtlich Anschluss. Man kann es ihm nicht verdenken. Er hat in seinem Zustand ganz sicher kein einfaches Leben hier. Alles ist kompliziert für ihn: Behördengänge (!), Arztbesuche, selbst das Einsteigen in ein Auto. Aber er scheint auch ehrlich darum bemüht zu sein, mir, wie er sagt, »die ersten Schritte« im Hochschwarzwald zu erleichtern. Ein Atelier hat er nicht; er malt im Wohnzimmer.

Ich weiß nicht, ob ich tatsächlich ins Dorf »hineinwachsen« möchte. Der von Fricke angestrebte Prozess klingt ein wenig nach eingewachsenem Zehennagel. Kann schmerzhaft verlaufen und eitern.

10. Oktober

Das feuchte Mondgestirn, auf dessen Einfluß Neptuns Reich beruht, war krank verfinstert wie zum Jüngsten Tag. Und eben solche Vorschau schlimmer Zukunft als Boten, die dem Unheil stets vorangehn, und Vorspiel zum Verhängnis, das sich naht, wurd heut von Erd und Himmel gleich gemeinsam unserem Landstrich und den Landsleuten gezeigt.

Mir ist zwar kein Geist erschienen wie Hamlets Wachen, sondern nur eine banale und höchst irdische Truppe von Wegelagerern, und anders als Shakespeare verstehe ich auch nichts von Astronomie und den Konstellationen der Gestirne, doch der heutige Tag fing gleichwohl alles andere als »belchig« an, und ich fragte mich sofort, nachdem mir das üble Missgeschick im Höllental widerfahren war, ob ich das als schlechtes Vorzeichen nicht nur für meine rechtliche Situation, sondern auch für mein gesamtes Schwarzwald-Abenteuer deuten muss. Abergläubisch wie ich bin, ich aufgeklärter Wissenschaftler.

Der Tag fing schon grau an, grau und nasskalt. Auch meine Gesichtshaut kam mir, im kalten Licht meines kleinen Badezimmers, beim Blick in den Spiegel, so faltig, so großporig, so fahl und grau vor wie die Visage einer alten, abgetakelten Kanalratte, die hilflos ihrem baldigen Ende entgegensieht. Ich hatte mir den Wecker auf kurz vor sieben gestellt, um auf gar keinen Fall zu spät beim Freiburger Amtmann vorzusprechen. Sagt man nicht so? Amtmann? Als Untertan konnte man in Deutschland früher, zu Kaisers und zu Führers (und vermutlich auch noch zu Adenauers) Zeiten, das bilde ich mir zumindest ein, seine Sache, sein Anliegen nicht einfach vorbringen, »zur Sprache bringen«, nein, man hatte zumindest als kleiner Mann »vorzusprechen« und anschließend wieder brav, bescheiden und stumm, als sei man beim Militär, »zurück ins Glied« zu treten. Das hat Vater, der leidenschaftliche Deutschenhasser, immer behauptet. Und ich habe es ihm abgenommen und glaube es nach wie vor. Zwar fühlte ich mich heute morgen nicht als Untertan (Das fehlte gerade noch!), aber Bammel vor meinem Amtstermin und richtige Angst vor einer möglichen »Ausweisung« angesichts meiner unklaren beruflichen Zukunft hatte ich schon – und habe sie, wenn ich ehrlich bin, auch jetzt noch, denn bisher ist noch nichts geklärt. Seltsamerweise stellte ich mir auch den Herrn im Amt auf eine diffuse Art und Weise mausgrau vor, bissig, gallig, unscheinbar und mit stabilen Ärmelschonern ausgestattet, frustriert und übellaunig – also: in etwa wie mein Spiegelbild. Aber das machte ich mir natürlich nicht klar. Auch ich brauche, wie alle anderen, meine Feindbilder. Und ich war schon immer mein eigener Lieblingsgegner.

Der alte, angeekelte Narziss hatte sich vor dem Badezimmerspiegel vertrödelt, viel zu spät fiel sein Blick auf die Armbanduhr, und deshalb bestand sein hastiges Frühstück lediglich aus zwei leicht angebrannten Toastscheiben mit

Erdnussbutter. Kein Orangensaft, kein Kaffee, kein Tee. Seit es kälter geworden ist, hat sich meine Prostata wieder gemeldet, und ich hatte keine Lust, irgendwo am Straßenrand, in aller Öffentlichkeit pinkeln zu müssen. *Das Alter ist ein Massaker!* Auch ein Massaker in gesellschaftlicher Hinsicht. Es bringt einen in die unangenehmsten, in die lächerlichsten Situationen. Aber das ist eine andere Geschichte.

Ich zog mich an (saubere Hose, frisches Hemd, Jackett), band sogar einen Schlips um (Geschenk von Mia: kleine goldene Einhörner auf blauem Grund) und brachte aus meinem Koffer noch ein paar Visitenkarten zum Vorschein (Nahm mir vor, neue Karten drucken zu lassen). Im Grunde war ich immer noch gut in der Zeit. Wenn nichts Unvorhergesehenes dazwischenkäme und ich schnell einen Parkplatz in der Nähe des Amtes fände (womit ich allerdings nicht unbedingt rechnen konnte), sollte ich eigentlich pünktlich an Ort und Stelle sein. Doch ich hatte Pech auf der ganzen Linie. Typisch Carly Meyers, das ging ja nicht anders.

Als ich auf die Bundesstraße einbog und Gas geben wollte, wurde ich sofort wieder ausgebremst. Vor mir fuhr ein Langholzlaster, der mit höchstens fünfzig Stundenkilometern durch die Landschaft zuckelte. Angesichts des dichten Gegenverkehrs hatte ich keine Chance, an diesem Verkehrshindernis vorbeizukommen. Europäische Verhältnisse! James fiel mir ein, und ich musste grinsen. So ging es im Schneckentempo dahin, von Glasmatt über Schopfloch, Stutzdorf, Bärental und Titisee nach Hinterzarten. Und die Uhr tickte unaufhaltsam. Erst beim Beginn des vierspurigen Teilstücks im Höllental konnte ich endlich an dem Holzmonster vorbeiziehen und Tempo machen. Mein Golf stellt sehr schön unter Beweis, dass auch die Alten noch über Qualitäten verfügen, die nicht zu unterschätzen sind, und heute lief er besonders flott (Im Höllental geht es allerdings ja auch leicht bergab).

Ich heizte also nach Kräften das Tal hinunter, um die verlorene Zeit (!) wieder hereinzuholen. Im Radio lief gerade der letzte (schnelle und ach so beschwingte) Satz von Antonin Dvořáks Streichquartett op. 96 *(American)*. Ich war infolgedessen wieder bester Laune, mein amerikanischer Optimismus überschwemmte mich förmlich mit Adrenalin, die Musik durchflutete alle meine Körperzellen. Jetzt konnte mir nichts mehr passieren, rein gar nichts, da war ich vollkommen sicher. Mit einer solchen Komposition im Ohr musste die Welt einfach in Ordnung sein, da gab es kein Herumdeuteln. Ich hüpfte auf meinem Sitz auf und ab wie ein Gummiball, ein europäischer Beinahelandsmann nahm mich gekonnt mit seiner und meiner persönlichen »Nationalhymne« unter seine Fittiche, unter seinen Schutz, und so kam es, dass ich den auf seltsame Weise quer gestellten Lastwagen auf einem Parkplatz, rechts neben der Fahrbahn, erst in letzter Sekunde wahrnahm. Da war es auch schon zu spät, denn unmittelbar hinter ihm, unmittelbar nach dem Lasterungetüm, das mir die Sicht versperrt hatte, hatten sich zwei Männer in Zivil versteckt, die mit einer Radarpistole bewaffnet waren. Ich glaube, mein Mund stand vor Ärger und Entsetzen weit offen, als ich an den beiden vorbeifuhr, die, wenn ich mich nicht sehr täusche, voller Schadenfreude grinsten. Bingo!

Ein paar hundert Meter weiter wurde ich auf den Standstreifen gewunken und musste aussteigen. Augenblicke lang war ich nicht in der Lage, meine Umgebung wahrzunehmen, als befände ich mich in einem stockfinstren Tunnel. Dafür sah ich eine öde Amtsstube. Ein kahlköpfiger Mann in grauem Anzug und weißem Hemd stand auf, verließ den Raum und drehte den Schlüssel mehrmals im Schloss. Der Termin auf dem Amt würde platzen. Ich durchlebte eine meiner Panikattacken, sah in Sekundenschnelle weitere Schwierigkeiten mit der Ausländerbehörde voraus, peinliche, demütigende Befragungen und Verhöre. Warum? Weshalb? Wieso? Ja, ich sah mich schon verhaftet und in Handschellen, abtransportiert, im Knast, in einer Zelle auf dem Flughafen. Mir wurde heiß, ich begann aus allen Poren zu schwitzen, meine Hände wurden wieder einmal zu klatschnassen Flossen.

Ob ich nicht wisse, dass hier ein Tempolimit von hundert Kaemha gelte?, wurde ich gefragt. Und ob ich mir nicht darüber im Klaren sei, dass ich mit meiner unverantwortlichen Raserei sowohl das Leben der anderen Verkehrsteilnehmer als auch mein eigenes Leben in hohem Maße gefährde? Rasen sei kein Kavaliersdelikt, ganz und gar nicht, Rasen sei ein unverzeihlicher Anschlag auf das menschliche Leben, könne Mord und Selbstmord bedeuten:

»Ihre Papiere, bitte. Führerschein, Fahrzeugschein, Personalausweis, Herr …, Herr …«

»Meyers«.

»Herr Meyers!«

Der Beamte, der mich angesprochen hatte, ein unscheinbarer pyknischer Knubbel, gab sich fürchterlich ungnädig. Er redete, um Schriftdeutsch bemüht, sehr von oben herab, aus seiner unangreifbaren Machtposition heraus – obwohl er (oder vielleicht gerade weil er) mindestens einen Kopf kleiner war als ich.

In meinem Kopf dröhnte es. Teilchenschwirren. Pfeilattacken. Weiche Knie. Trockener Mund.

Aber als ich dann doch wieder einigermaßen zu mir kam, nahm ich an der Körpersprache des Beamten, am Gesichtsausdruck und am Mienenspiel seiner Kollegen, die untätig und beinahe gelangweilt herumstanden, freilich eine ganz andere Botschaft wahr. Der Subtext seines scheinbar so autoritären Auftritts, das begriff ich dann doch ziemlich schnell, lautete: »Hör mal zu! Mach keinen Ärger! Wir leisten hier auch nur unsere Arbeit und machen schlecht und recht unseren Job, der nicht besonders aufregend und schon gar nicht gut bezahlt ist. Wie alle anderen müssen auch wir unsere Kröten verdienen, und dazu gehört es, dir als Verkehrssünder Geld abzuknöpfen, Vater Staat will auch leben. Das sind die Spielregeln. So sieht die Rollenverteilung aus. Glaubst du etwa, dass uns das großen Spaß macht? Du hast Pech gehabt, dir ist ein saudummer Fehler unterlaufen, und dafür musst du jetzt ein bisschen bluten, dafür musst du büßen. Zumindest bezahlen. Aber sonst tun wir dir nichts. Ehrenwort, darauf kannst du dich verlassen. Wir haben Frau und Kinder, abends gehen wir Kegeln und trinken unseren Kaiserstühler oder Markgräfler, und jetzt wollen wir vor allen Dingen rechtzeitig zu unserer Frühstückspause kommen. Croissants und Kaffee warten schon. Also, mach keinen Stress, verdammt noch mal, mach keinen Scheiß, spiel gefälligst deine Rolle und halte dich an die Regeln.«

Ich schaute kurz auf die Uhr (Es war doch noch nicht zu spät!) und sagte, nein, ich stotterte eher: Was ich getan hätte, was mir passiert, was mir sträflicherweise unterlaufen sei, tue mir ausgesprochen leid. Sehr sogar. Normalerweise, immer sonst würde ich langsam und defensiv fahren (Rumpel, Rumpel, Rumpel). Ich hätte um zehn Uhr nur einen wichtigen, einen sehr wichtigen Termin bei der Ausländerbehörde (»Ja sowas, bi de Kollege!«, der Beamte fiel in seinen Dialekt, was ich als positives Zeichen wertete), den ich auf gar keinen Fall versäumen dürfe (»Des lengt ihne scho no, keine Sorge«). Wie schnell ich denn gewesen sei?, fragte ich so schüchtern und devot wie möglich. Mir sei es recht, wenn ich sofort bezahlen könne, ich wolle die Sache rasch aus der Welt schaffen. Vor allem aber müsse ich bei den Kollegen im Amt pünktlich eintreffen.

»Sie habe Glück gha. Mir könne ihne dri vom Hundert *(drei Prozent)* abziehe, und danach ware Sie achtzehni *(achtzehn Stundenkilometer)* zu schnell. Sie komme grad no *(ge-*

rade noch) mit eme Verwarnungsgeld davon, fünfedrissig *(fünfunddreißig Euro)* und ohne Punkt in Flensburg (?). Abber, wenn ich ihne noch en Rat gebbe *(geben)* darf: Basse Se in Friburg uff, basse Se bloß uff, die Kollege dött *(dort)* kontrolliere viel me *(mehr)*, als mir *(wir)* bim Landkreis, an jedere Ampel unn rund um die Uhr, die sin richtich giftich, unn des kann düür *(teuer)* werde. I bin selber scho öfter blitzt worre *(geworden)*.«

Er war groß, schlank, gebräunt, seine dunklen Haare waren leicht angegraut. Und ich muss unumwunden zugeben, ich hatte ihn mir, wie gesagt, ganz anders vorgestellt: traditioneller, deutscher. Wie ein Abbild des immerwährenden preußischen Beamten: als gut geöltes Rädchen in einem perfekt funktionierenden Verwaltungsgetriebe. Und in einem mausgrauen Anzug und einem ehemals weißen Hemd, dessen Kragen und Manschetten nach etlichen Jahren leicht vergilbt und abgeschabt sind.

Tatsächlich trug er zu seinen schwarzen Jeans ein ebenso schwarzes Polohemd, ein schwarzes Jackett und schwarzweiße Sneakers, die allerdings nicht nur abgetragen, sondern auch schmutzig waren. Ansonsten jedoch wirkte seine Bekleidung neu und teuer, und dazu passend lehnte an einem Regal hinter seinem Schreibtisch ein feuerrotes Cannondale-Rennrad, wie ich in good old California auch einmal eines besessen habe, als ich mir noch keine Gedanken um das dauerhafte Wohlbefinden meines Urogenitalsystems machen musste und dem Kollegen Gustafsson auf seiner Italo Vega nacheiferte. Lang, lang ist's her. Trotz des nassen, regnerischen Wetters war das Rad blitzblank gewienert. Der aschfarbene Teppichboden jedoch, und auch das erschien mir äußerst unpreußisch, war beinahe flächendeckend mit Akten und Aktenstapeln bedeckt, so dass nur wenige Lücken blieben, um sich in dem ohnehin recht kleinen

Raum zu bewegen, schmale mäandrierende Wege zwischen Hunderten, vielleicht auch Tausenden von »Fällen« wie meinem. Als der sportliche Bewohner dieses Zimmers, von dem offenbar mein Wohl und Wehe und vor allem mein weiterer Aufenthalt in Obernü abhingen, bemerkte, dass ich einigermaßen verblüfft war und mich (ich war mir dessen zunächst nicht bewusst) seiner Umgebung und nicht ihm zugewandt hatte, bot er mir einen Stuhl an, nahm gleichfalls Platz und legte seine Füße lässig auf einen Berg von Akten, dessen Höhe offenbar für diesen Zweck berechnet war. Mein Sachbearbeiter, so bezeichnete der Herr sich selbst, bat mich um Nachsicht. Es sei sicher nicht »comme il faut« (wörtliches Zitat), dass er seinen Renner im Büro parke. Sein Vorgesetzter mache ihm deswegen auch immer wieder Vorwürfe, aber Freiburg sei nun mal eine Fahrradstadt, Produkte von Cannondale seien hoch begehrt, und man habe ihm schon zwei Fahrräder geklaut.

»Im Öffentlichen Dienst wird man nicht reich, das werden Sie vielleicht auch wissen, und ich muss sehen, wo ich bleibe. Ich besitze nur einen Kleinwagen, eine uralte Kiste für den Winter, um in die Berge zu kommen, im Sommer fahre ich fast ausschließlich Rad. Aber nun zu Ihnen. Was führt Sie zu mir?«

»Ich heiße Meyers, Carl Meyers. Ich bin Amerikaner, Deutsch-Amerikaner, und ich halte mich jetzt seit Anfang Juli in Deutschland, genauer gesagt in Oberneumatt auf.«

»Sind Sie im Besitz einer Auf…?«

»Nein, deshalb bin ich ja hier.«

»Das ist schlecht, das ist sogar sehr, sehr schlecht, Herr Meyers … Das ist nicht gut, ich meine, Sie hätten früher kommen sollen, früher kommen müssen. Sie haben die gesetzlich vorgeschriebene Frist versäumt. Ohne Aufenthaltsbewilligung oder Aufenthaltserlaubnis, das sind übrigens zwei unterschiedliche Titel (?), dürfen Sie sich nicht länger als … Grundlage ist das Ausländergesetz aus dem Jahr 2005. Herr Meyer …«

Als der Beamte bemerkte, dass ich, eigentlich ganz gegen meinen Willen, auf seinen Fuß mit dem schmutzigen, zerschrammten Schuh starrte, der noch immer auf einem Stapel Akten lag, zog er ihn blitzschnell zurück und brachte ihn auf einer geöffneten Schublade seines Schreibtischs unter, aus der unzählige Papiere herausquollen.

»Herr Meyer …«

»Meyers.«

»Ja, Herr Meyers, Entschuldigung! Die Gesetze, die gesetzlichen Vorschriften gelten auch für Sie. Gerade auch für Sie. In gewisser Weise haben Sie sich …«

»Verzeihen Sie bitte, wenn ich Ihnen ins Wort falle, Herr …, Herr …«

»Speer, Martin Speer.«

»Oh, was für ein Pech, was für ein riesengroßes Pech! Das ist kein schöner Name! Verzeihen Sie, wenn ich das so offen sage.«

»Ja, da haben Sie recht. Da haben Sie wirklich recht. Ich werde ab und zu darauf angesprochen. Aber mit dem Nazi bin ich erfreulicherweise nicht verwandt, das kann ich Ihnen versichern. Nicht verwandt und nicht verschwägert. Anders als ich war er ja ein gebürtiger Badener, soweit ich weiß.«

»Ich wollte nicht abschweifen, die Vergangenheit ist die Vergangenheit, die werden wir nicht mehr ändern. Mir geht es um die Gegenwart und, vor allen Dingen, um meine Zukunft. Ich wollte Ihnen gerade sagen, dass ich von irgendwelchen Fristen überhaupt nichts wusste, überhaupt nichts weiß, gar nichts. Niemand hat mich zu Beginn meines Aufenthalts in diesem wunderschönen Land darauf aufmerksam gemacht.«

»Ja, da hätten Sie sich …«

»Ich bin in erster Linie, in allererster Linie zu Forschungszwecken hier. Zu nichts anderem. Ich bin Professor an der Claremont University in Berkeley, Kalifornien, ich habe ein Sabbatical von zwei Semestern, das ich zu Forschungen hier in Deutschland ..., ich ... Hier haben Sie meine Visitenkarte, mit meiner kalifornischen Adresse, mit meinem Institut, mit meinem Fachbereich und allem, was dazugehört, und ...«

»Ja, ach so, Herr Meyers, verzeihen Sie bitte, Herr Professor, Herr Professor Meyers, das ...«

»Bitte, nennen Sie mich einfach Carl, der Gebrauch von Professorentiteln ist bei uns nicht üblich. Und auch Nachnamen ..., wie soll ich sagen?, Nachnamen sind anders als im alten Europa ...«

»Herr Carl, Herr Professor Carl, bitte ..., jetzt, jetzt, egal ..., was ich Ihnen gerade sagen wollte, ist ..., ist folgendes: Ihr Forschungsvorhaben, Ihre Zugehörigkeit zur Universität Berkeley verändert ...«

»Ich arbeite an der Claremont Univer ...«

»Das verändert selbstverständlich alles, die gesamte Situation, ändert alles, vollkommen. Dann arbeiten Sie ja auch hier in Freiburg an der Uni, und eine Aufenthaltsbewilligung ist dann ...«

»Nein, Martin, ich arbeite nur für Claremont, für mich und mein Institut. Das muss ich Ihnen ehrlicherweise sagen. Ich will hier meine Ruhe. Ich habe mit der Universität von Freiburg zumindest vorläufig nichts zu tun. Ich arbeite nur als Linguist mit sprachlichem Material aus ..., hier aus der Region, mit Texten von Johann Peter Hebel zum Beispiel, und ...«

»Hebel, das ist toll! Das ist ja ganz toll! Das ist super! Ich habe auch Germanistik und Romanistik studiert, drei Semester allerdings nur, leider nur drei Semester, bevor ich nach Kehl gegangen bin. Nach Kehl an die Fachhochschule für Verwaltung.«

»Aha!«

»Ich will Sie aber nicht mit meinem privaten Kram belästigen!«

»Das tun Sie doch nicht. Überhaupt nicht, Martin!«

»Ja, es war schon so: Die Verwaltung erschien mir in gewisser Weise als sicherer Weg ... Ich hatte Zweifel, ich hatte wirklich Zweifel ob ich ... War vielleicht ein Fehler, war vielleicht, war wahrscheinlich nicht so intelligent, sicher nicht, aber ... Hebel, die Literatur ist jetzt ... Also, wenn Sie mir ein Dokument vorlegen können, aus dem hervorgeht, dass Sie im Rahmen eines ... Wie sagt man gleich wieder ...?«

»Meinen Sie: Im Rahmen eines Forschungsaufenthalts, eines Sabbaticals ...?«

»Ja, genau! Im Rahmen eines Forschungssemesters ist eine Aufenthaltsbewilligung von zwei Jahren, Herr Professor ...«

»Carl! Für Sie Carl.«

»... Carl, das würde kein Problem darstellen. In einem solchen Fall wie dem Ihren, also, da sind die rechtlichen Bedingungen vollkommen anders. Die Bundesrepublik Deutschland möchte doch die internationale Forschung nicht behindern, auf keinen Fall will sie das!«

»Ein solches Dokument oder eine entsprechende Kopie kann ich Ihnen selbstverständlich zukommen lassen. Sie können sich gerne auch an mein Institut an der Claremont University in Berkeley wenden. Die werden Ihnen alles bestätigen.«

»Berkeley! Wie toll der Name schon klingt. Berkeley. Viel, viel besser als Freiburg. Ich wollte übrigens immer einmal nach Kalifornien, nach Berkeley und San Francisco, vielleicht auch nach Los Angeles, in die Stadt der Engel ... Ich stelle mir ...«

»Tatsächlich? Haben Sie sich das auch gut überlegt?«

»Ja, ich stelle mir das Leben dort wundervoll vor. Ja, genau: Wundervoll ist das richtige Wort. Easy stelle ich es mir vor. Easy. Leicht. Beschwingt. Es muss ja auch großartig sein dort, nach allem, was ich weiß. Und ich würde gerne einmal nach …«

»Martin, da könnte ich Ihnen gerne Tipps geben, keine Frage. Aber wenn ich ehrlich bin, so muss ich Ihnen sagen, dass es mir hier bei Ihnen, im Schwarzwald und in Freiburg, eigentlich besser gefällt.«

»Das kann ich nicht glauben. Nein, wirklich nicht. Das kann ich nicht glauben.«

»Darf ich Sie nochmals auf meinen ›Fall‹ ansprechen, wie sich Ihre Kollegin neulich ausgedrückt hat?«

»Carl, Sie sind doch kein …«

»Ich erwäge, länger hier zu bleiben, im Land meiner Väter sozusagen. Wie gesagt bin ich deutschstämmig. Die Nazis haben meine Familie, meine Vorfahren, außer Landes ge …«

»Oh, ich verstehe … Deshalb vorhin auch Ihre …«

»Ich will hier weiter forschen, später vielleicht auch in Kooperation mit dem Deutschen Seminar an der Universität Freiburg, ich möchte aber auch meinen Lebensabend, wie man so schön sagt, eventuell im Schwarzwald verbringen und bin finanziell unabhängig. Gibt es da ein Problem?«

»Nein, Carl, ich glaube, das kann ich Ihnen erfreulicherweise versichern. Wirklich, ich bin ziemlich sicher, ich meine, dass es keine Schwierigkeiten, keine nennenswerte Probleme geben wird. Wirklich nicht. Ich kann Ihren Fff …, Ihre Sache zwar nicht allein entscheiden, in gewisser Weise, aber ich bespreche den …, das Ganze mit meinem Amtsleiter, das bekommen wir hin. Ich bin mir ziemlich sicher. Nicht nur vielleicht. Gesetzlich ist es so … In meiner Heimat in Norddeutschland, da, wo ich weg bin, würden wir sagen: Klar, wir wuppen das.«

»Wir wu …, wir wuppen das?«

»Ja, ganz klar, das kriegen wir hin, da bin ich mir so gut wie sicher. Ganz klar. Sie reichen mir die Unterlagen ein, die ich brauche, das ist auch nicht viel, den Rest erledige ich.«

»Oh, das …«

»Ich lege eine Akte an, damit sind Sie gewissermaßen aktenkundig, amtsbekannt und offiziell in der Bundesrepublik Deutschland.«

»Aha!«

»Dann erhalten Sie eine auf zwei Jahre befristete Genehmigung. Sie werden sehen: Das ist überhaupt kein Problem. Und wenn Sie später auf Dauer bei uns bleiben wollen, weisen Sie uns zum gegebenen Zeitpunkt erst einmal Ihre finanzielle Unabhängigkeit nach. Das ist doch sicher ein Klacks, oder? Als Deutscher, also, im weitesten Sinn sind Sie ja doch Deutscher, schon Ihr Name ist …, ist … Auch die politischen Umstände Ihrer … All das wird berücksichtigt. Das müssen wir berücksichtigen. Ganz klar. Die Zeiten haben sich geändert! Wir sind uns unserer Verantwortung bewusst. Und wenn Sie dann an der Uni hier in Freiburg … Ja, genau … Eine unbefristete … Ich bin fest davon überzeugt, dass das gleichfalls kein Hexenwerk darstellen wird.«

»Hexenwerk?«

»Hexenwerk. Das sagen wir hier so, wenn etwas nicht problematisch ist. Wenn es keine Hexerei, keine Tricks braucht. Kein Hexenwerk eben. Aber was die Niederlassungserlaubnis angeht, haben wir ja ohnehin noch Zeit. Vielleicht heiraten Sie in der Zwischenzeit ja eine Schwarzwälderin. Wer weiß! Auch hier gibt es schöne Frauen. Das wäre der eleganteste Weg. Haben Sie, wenn ich fragen darf, haben Sie eine Frau?«

»Nnnein.«

»Super! Das ist sehr gut. Besser geht's nicht! Wirklich. Denn was nicht ist, kann ja noch werden! Und dann wäre die unbefristete Niederlassungserlaubnis nur noch eine Formsache ... Ich bin mir so gut wie sicher, dass wir auch das hinkriegen.«

»Wie Sie das meinen, verstehe ich zwar nicht so ganz, aber es klingt äußerst erfreulich!«

Habe soeben im Netz nach dem Verb »wuppen« geschaut. Es handelt sich um einen norddeutschen Jargonausdruck. »Eine Sache wuppen« bedeutet zum Beispiel: »Ein Projekt bewältigen«. Ursprünglich meinte »wuppen«: eine Sache mit einem Wuppdich hochheben. Und Wuppdich ist offenbar Ausdruck einer schnellen, schwunghaften Bewegung. Na, dann!

Schneewasser tropft vom Dach des Schuppens.

11. Oktober

Bin im Naziroman von William Gass auf folgende Passage gestoßen: »Ist für sich selbst zu schreiben weniger verrückt, als mit sich selbst zu reden? Würde Amiel dem beipflichten? Oder Gide oder Pepys?« Ich weigere mich, verrückt zu sein. Gass ist zu verspielt. Das Schreiben des Tagebuchs ist inzwischen jedenfalls zu einer Tätigkeit geworden, die ich wirklich ernst nehme. Und die mich bis zu einem gewissen Grad auch ausfüllt. Ich spüre: So ganz ohne regelmäßige Beschäftigung kann ich nicht sein. Außerdem will ich ... Ja, was eigentlich? Rechenschaft ablegen? Klingt allzu pathetisch und aufgeblasen. Aber ich möchte mir selbst zuschauen. Mich selbst protokollieren. Das Muster meines Lebens erkennen. Sehen, wie sich die Stammbäume meiner Entscheidungen und meiner Fehler verzweigen. Doch wie gut wird mir das gelingen? Wie lassen sich »Wirklichkeit« und »Leben« in Sprache übersetzen? Ohne größte Verluste an Genauigkeit und Komplexität wird es nicht gehen. Und ohne die Bereitschaft zur Wahrhaftigkeit. Aber Hand aufs Herz: War ich denn jemals in meinem Leben fähig zu Ehrlichkeit und Wahrhaftigkeit? Belüge ich mich denn nicht ständig, Tag für Tag?

Jedenfalls möchte ich, dass ich eine Geschichte bekomme, auf die ich eines Tages (Wann?) zurückblicken kann. Ich will also anfangen, mein Leben und mich zu erzählen. Mein Leben und mich begreifen. Noch besser (?) wäre es, wenn es mir gelänge, mich mit den Augen eines anderen oder einer anderen zu sehen. Mir selbst fremd zu werden. Maria hat ohnehin keine Zeit für mich. Sie ist mit ihrem Examen beschäftigt. Das hoffe ich zumindest.

Mit Blick auf Maria: »Erfolg verschaffen« heißt (…) die Annahmebereitschaft für Kommunikationen so zu erhöhen, dass die Kommunikation gewagt werden kann und nicht von vornherein als hoffnungslos unterlassen wird« (Niklas Luhmann, *Liebe als Passion*).

14. Oktober

Ein erstaunlich milder Tag heute. Mild und leuchtend. In hohem Maße belchig. Die Eberesche hat noch immer ihre Beerenpracht. Obernü zeigte sich von seiner besten, von seiner schönsten Seite. Gestern und heute habe ich auf meiner kleinen Terrasse ein wenig in dem Buch *Holzwege* des Teilzeitnazis Heidegger herumgelesen, das zu meiner potjemkinschen Verkleidung für den Besuch von James gehört hat. Was mich an solchen Texten vor allem stört, ist die scheinbare Lückenlosigkeit der Argumentation, das Herumtrampeln auch noch auf der winzigsten Petitesse. Die

Sätze behaupten, dass zwischen ihnen auch nicht der kleinste Spalt klafft, dass sie nahtlos ineinander greifen, dass einer zwingend aus dem anderen folgt. Das macht sie nicht nur in hohem Maße langweilig und schwer verdaulich, sondern auch, glaube ich zumindest, verlogen. Ganz abgesehen davon, dass mir Heideggers Sprache (soweit ich sein schwülstiges Deutsch überhaupt nachvollziehen kann), sein tümelndes Wortgeklingel, also sein Stil und, vor allem, seine fürchterliche Humorlosigkeit auf den Geist gehen: »Was ist in Wahrheit das Ding, sofern es ein Ding ist? Wenn wir so fragen, wollen wir das Dingsein (die Dingheit) des Dinges kennenlernen. Es gilt, das Dinghafte des Dinges zu erfahren.« Ist das nicht in grauenhafter Weise steil und manieriert? Steilsein und Steilheit in einem? Ich weiß um Heideggers Bedeutung, ich weiß, dass meine Bemerkungen sicherlich in hohem Maße stümperhaft, ignorant, anmaßend und ungerecht sind, aber das Wenige, das ich von H. gelesen habe, finde ich einfach abgeschmackt, öde geradezu. Ich habe noch nie verstanden, was einen Sartre oder all seine anderen prominenten »Schüler« an dem angeblichen Genie H. fasziniert hat. Freilich bin ich ja auch nur ein dummer Linguist und philosophischer Laie. Staub jedoch hat H. auf jeden Fall angesetzt. Mir als Amerikaner (?) erscheint es unangemessen und vermessen, wie H. über die Welt und das Leben nachdenken zu wollen.

War mit Siegfried Fricke bei Frau Keller, Irmingard Keller, einer praktizierenden Psychotherapeutin, die seit etlichen Jahren auch als Keramikerin arbeitet und offenbar sehr erfolgreich ist. Schob Siegfried in seinem schweren Rollstuhl, der allerdings auch über einen Motor verfügt, zu ihrem Haus. Wir saßen auf einem Balkon mit pseudobayerischem Holzgeländer, tranken Kräutertee (!) aus einem ihrer Service (dünnwandig und filigran, sehr edel, beinahe japanisch). Frau Keller schwärmte von ihrer Ausbildung bei einem gewissen Horst Kerstan in Kandern (never heard before), der scheinbar eine Kapazität auf seinem Gebiet war, doch schon bald drängte sich Siegfried dazwischen und erzählte, dass »Irmingard« und er in Glasmatt einen Kulturverein »Altes Schulhaus« gründen wollen, der sich der Kunstszene des Hochschwarzwalds widmen soll. Die erste Ausstellung steht schon fest: Sie wird Bilder und Keramiken von Fricke und Keller gelten. Der sanfte Herbstglanz der Sonne beleuchtete den nahen Waldrand wie eine Bühne.

Weiß nicht, ob die beiden einmal »etwas miteinander hatten« oder auch jetzt noch haben, wie man hier sagt. Alles, was sie unter sich besprechen und tun, wirkt auf eine furchtbare Weise eingespielt. Routiniert. Sie ist deutlich jünger als er, hat schöne große, braune Augen, überhaupt ein hübsches Gesicht und verblüffend barocke Schenkel. Rubens-Schenkel. Mehrfach wollte sie von Fricke in ihrer Auffassung bestätigt werden: »Das stimmt doch Siegfried, oder?« Und er: »Wenn du meinst.« Frau Keller hat mich ein paar Mal auf eine Art und Weise fixiert, als würde sie mich bis auf mein Skelett durchschauen und wüsste ganz genau, was mit mir ist. Kein gutes Gefühl.

Von meinen Vermietern höre und sehe ich nichts. Das sind anscheinend ruhige und zurückhaltende Leute. Nicht schlecht.

15. Oktober

Es ist noch wärmer geworden. Bin heute, im Grunde gegen meinen eigenen Willen (?), über den Feldbergpass und Todtnau hinauf nach Todtnauberg, einem kleinen Dorf hoch über dem Wiesental, gefahren, habe den Golf am Ortsrand geparkt und bin dann über den sogenannten Martin-Heidegger-Rundweg zu H.'s legendärer Hütte gepilgert, in der er

Sein und Zeit geschrieben haben soll. Das schlichte, kleine geschindelte Haus ist nicht leicht zu finden, und man kann es nicht betreten. Es gehört noch immer, wie zu lesen ist, der Familie H. Gut vorstellbar, dass und wie das einfache, auf das Wesentliche reduzierte Leben im Hochschwarzwald H.'s Schriften infiltriert und geprägt hat. Wenn ich beispielsweise seine Abhandlung *Der Ursprung des Kunstwerkes* durchgehe, begegnen mir auf Schritt und Tritt das Wasser im Brunnen, die Milch im Krug, der Stein am Weg, die Erdscholle auf dem Acker etc. Wirklich berührt jedoch hat mich heute wieder der Blick über die Schwarzwaldgipfel. Das Licht war golden in Todtnauberg, als ob es dort oben durch Schwarzwaldhonig gefiltert würde; der Belchen, Hebels Liebling, sein Lebensberg, der auch mir sehr gut gefällt, war zum Greifen nah, und am Horizont stand die Mauer der Berner Alpen. Ich will nicht schon wieder pathetisch werden, deshalb breche ich hier ab.

17. Oktober

Es geschieht nichts. Ich unternehme nichts. Das Restmännchen in mir hat wenig Hoffnung, die Seejungfrau scheint ihre verdammte Mailbox nicht abzuhören. Oder ich habe mich getäuscht. Aber der Spätsommer lodert noch einmal auf, er will dem Leben noch einmal Zunder geben. Selbst in Obernü ist es warm. Meine Terrasse liegt bis zum Nachmittag in der Sonne, und ich schmore und döse.

Am Abend suche ich Zuflucht bei Herrn Obst und Herrn Kirsch, den Schwarzwälder Brüdern von Jackie D. Vorhin blitzte noch die Sonne im Fenster des Schuppens. Aber schnell wurde es dunkel.

18. Oktober

Heute kam meine Aufenthaltsbewilligung mit der Post. Speer hat also nicht zuviel versprochen. Habe das Schreiben sofort zu meinen wichtigen Unterlagen getan. Erstaunlich: Was mich neulich noch in hohem Grade erregt und in Ängste gestürzt hat, berührt mich heute kaum noch. Ich habe beim Öffnen des Briefumschlags nicht gezittert, habe beim Lesen noch nicht einmal Freude empfunden. Wie ein undankbares Kleinkind, das einen Riesenlolli geschenkt bekommt und nicht einmal Danke sagt. Nach Speers Verlautbarungen auf dem Freiburger Amt hatte ich die Sache schon als positiv erledigt abgehakt und beinahe vergessen.

Doch kaum ist die eine Causa abgetan, kommt bereits die nächste um die Ecke: Seit ein paar Tagen hänge ich jetzt wieder an Marias Rockzipfel wie ein Junkie an der Spritze. Der Mensch ist schon ein merkwürdiges Wesen. Ein Mängelexemplar. Oder ein Tier, das einem »Zuviel« ausgeliefert ist. Geht es bei mir um Hormone oder um Einsamkeit? Um Liebe? Oder schlicht darum, dass mein Leben leer und ohne Sinn ist? Nun bin ich da, wo ich sein wollte, ich habe eine schöne Wohnung gefunden, kann auf absehbare Zeit auch bleiben – und bin trotz allem nicht zufrieden. Bin im Grunde todunglücklich. Aber zumindest keine gefräßigen Teilchen in der Atmosphäre, keine Projektile, keine Atemnot, keine Kopfschmerzen. Immerhinque.

Warum ruft Maria nicht wenigstens einmal kurz an? Ist doch nicht zuviel verlangt.

20. Oktober

Gestern war ein weiterer Sommer-, ja sogar ein Hochsommertag. Bin früh am Morgen, auf den Wiesen lag der weiße

Tau, nach Wieden gefahren, das in einem engen, schattigen Kessel, in einem richtigen Loch oberhalb des Wiesentals liegt, seltsam unwirtlich, unfreundlich und kalt auch bei warmem Wetter, und bin von dort über das Wiedener Eck, über viele Forstwege und über zum Teil steile, felsige Pfade, in einem schweißtreibenden Auf und Ab, dem ich im Sommer noch nicht gewachsen gewesen wäre, auf Hebels Belchen gestiegen: »Hoch wall ich über des Belchen Haupt / Fern schau ich die heilge Proteusstadt«. Der Blick hinüber zu den Hochvogesen, hinunter in die Oberrheinebene, nach Freiburg, nach Lörrach (?) und hinüber zu den Alpen war umwerfend. Wieder war alles in ein mildes, versöhnliches Honiglicht getaucht, und ich nahm jedes Detail in mich auf: Mit den Augen folgte ich jeder Krümmung, jedem Hügel, jedem Berg hinauf und hinunter, und aller Verdruss, alle Enttäuschung, das ganze vermaledeite Seejungfrauendrama war mit einem Mal wie übertüncht, ausgeblendet, überstrahlt vom Glück dieses Tages. Warum muss ich altes gehörntes Männchen auch wie ein lausiger junger Gockel an einer Frau hängen? Oder sogar an zweien? Hört das denn nie auf? Ich werde mich noch vor aller Welt zur Witzfigur machen (als ob »alle Welt« sich für mich interessierte! Und als ob ich nicht schon längst eine lächerliche Witzfigur wäre).

Als ich am Nachmittag in Obernü ankam, lehnte ein rotes Rennrad neben der Gartentür, und auf meiner Terrasse saß, im eleganten schwarzen Sportdress, die Sonnenbrille in die Haare geschoben wie das einst Robert Redford gemacht hat, der braungebrannte Martin Speer. Mein erster Gedanke war, weshalb sich eine junge Frau mit mir abgeben und sich nicht solch eine testosterongesättigte Sportskanone angeln sollte. So gut wie Martin habe ich noch nicht einmal in meinen besten Tenniszeiten ausgesehen. Aber vielleicht tendiert Maria ja zu gerontologischem oder nekrophilem Fetischismus.

Martin begrüßte mich überschwänglich und sagte, das Gute an seinem Job sei die Flexibilität. Wenn er keine fixen Termine habe, könne er meist auch recht spontan freinehmen. Das klappe ausgezeichnet mit den Kollegen. Heute habe er das »geniale Wetter« (wörtliches Zitat) für einen Abstecher nach Oberneumatt genutzt; wir hätten ja vereinbart, über Reisemöglichkeiten in Kalifornien zu sprechen. Meine freundlichen Vermieter hätten ihm gesagt, ich käme meist früh von meinen Ausflügen zurück, und sie hätten ihn sofort aufgefordert, hier auf mich zu warten. Ich holte Mineralwasser und Schweizer Schokolade und machte Espresso. Derweil erzählte mir Martin von seiner unerfüllten Kaliforniensehnsucht und dass er auf seinem iPod das ganze Repertoire der Beach Boys gespeichert habe. Ich sagte ihm, wenn er wolle, könne er meine Wohnung in Berkeley benutzen. Die habe zwar keinen großen Luxus zu bieten, aber einen terrassenartigen Balkon und eine gute Lage. Der schöne Martin flippte beinahe aus, sprang auf und vollführte einen kleinen Freudentanz: »Und ich werde Ihnen, wenn Sie mögen, im Winter die schönsten, die allerschönsten Skitouren und Pisten des Schwarzwalds zeigen!« Von meiner Aufenthaltsbewilligung war überhaupt nicht mehr die Rede.

24. Oktober

Die Praxis der Kollegen und Kolleginnen, per Rundmail über jeden auch noch so kleinen akademischen Furz zu informieren, den sie in den Äther entlassen, gehört meines Erachtens zum Schlimmsten, was das Computerzeitalter hervorgebracht hat. Von der elektronischen Kriegführung einmal abgesehen. Gleichgültig ob es sich um eine dünne (und dümmliche) Monografie handelt, um einen mikroskopisch kleinen Aufsatz, um einen Vortrag oder auch nur um die Teilnahme an einer eintägigen Tagung: Alles wird nicht nur auf der eigenen Homepage annonciert (das ginge ja noch), nein, die gesamte Umwelt wird flächendeckend mit elektronischer Post beworfen, ob sie das nun will oder nicht. Und in aller Regel gleich mehrfach, im zeitlichen Abstand von ein paar Tagen. Damit man nur nicht unbeachtet bleibt. »Achtung, Achtung! Seht her!, seht alle her!«, heißt das, »es gibt mich noch, ich bin am Ball, mit mir ist zu rechnen, ich biete mich für alles und jedes an.« Letztlich ist das nichts anderes als intellektuelle (?) Prostitution.

Heute hat mir solch eine Nutte, eine gewisse Paula Dapper (muss ganz frisch in der Abteilung sein, und es würde mich nicht wundern, wenn James ihr Promotions-Zuhälter wäre) gleich zwei Neuerscheinungen angekündigt: *Chomsky, McCawley und Katz: eine kritische Würdigung aus heutiger Perspektive* und *Linguistische Dimensionen der Gesprächsanalyse.* Ich könnte kotzen. Da sitze ich im Hochschwarzwald, in der bestmöglichen Art und Weise vor derlei Mist abgeschirmt, und muss mir dennoch auf elektronischem Weg ein schlechtes Gewissen einimpfen lassen, wenn ich alle mir zur Verfügung stehenden Vorkehrungen gegen sprachwissenschaftliche Diarrhö treffe. Als unangenehmer empfinde ich nur noch Spammails, die mir, ausgerechnet mir!, unter dem Label »Lieben mit 50+« unterschiedliche Potenzmittel offerieren.

Am meisten jedoch ärgere ich mich über Carl Meyers selbst. Er könnte diese verdammten kalifornischen Emails ja auch ganz einfach wegclicken. Fort damit in den Orkus, also in den Papierkorb und auf dem schnellsten Weg aus dem Sinn. Schluss, aus, Amen! Aber nein, das bringt er auch nicht fertig, der Idiot. Immer wieder fällt er auf sie herein, immer wieder treibt ihn die Neugier dazu, diese verdammten Scheißmails zu öffnen, obwohl er schon vor dem ersten Mausclick genau weiß, dass ihn die nächste Nachricht aus seiner herrlichen Schwarzwälder Ruhe reißen oder zumindest ärgern wird. Trottel!

Es wird von Tag zu Tag kälter.

27. Oktober

Schon wieder Schnee, Schnee, Schnee: überall Schnee, nichts als Schnee. Alles war heute Morgen weiß. Ich weiß (!) eigentlich nicht warum, aber ich freue mich wie ein kleines Kind. Als ob ich alter Knacker zum ersten Mal in meinem Leben Schnee sehen würde. Vielleicht bin ich so begeistert, weil ich Winter bisher nur selten und immer nur im Urlaub erlebt habe und niemals im Alltag. Oder weil sich die Landschaft buchstäblich über Nacht verwandelt hat und nun vollkommen verändert wirkt: poetisiert.

Jedenfalls war heute Morgen alles weiß in Obernü: die Wiesen vor meinen Fenstern, die Bäume, die Berge, die Straße, das ganze Land. Auf dem Dach des Schuppens, den ich sofort nach dem Aufstehen fotografiert habe, liegt bereits eine dicke Schicht, eine richtige Haube. Alles sah runder und weicher aus als sonst (auf unbestimmte Art weiblicher) und vor allem abstrakter. Die Landschaft wirkte wie gereinigt von allen Einzelheiten, reduziert auf Weiß und wenige schwarze Akzente. Ohne Schnörkel. Der Himmel jedoch war den ganzen Tag über von einem milchigen Grau. Und obwohl es in Obernü ja immer still ist, wirkte die Ruhe heute noch intensiver, wie potenziert. Wenn jemand weiter unten im Tal hämmerte, klang das wie durch Watte hindurch. Und es schneite immer weiter, unablässig, die Flocken wirbelten um das Haus, sie tanzten im Wind. Das Licht wirkte wie gefiltert. Und die Schneedecke wuchs. Trotzdem kann das noch nicht der Winter sein.

Um zehn ging ich los. Eigentlich wollte ich es schon vor Wochen erledigen (typisch Carly!), jetzt war es allerhöchste Zeit, dass ich mich endlich um meine Skiausrüstung kümmerte. Es war kalt, richtig kalt, ganz anders als beim ersten Wintereinbruch vor ein paar Wochen. Ich lief durch den Schneesturm über den Zweiseenblick (keinerlei Sicht!) hinüber zum Feldbergpass (Kaum ein Fahrzeug auf der schneeglatten Fahrbahn unterwegs), in »mein Sportgeschäft«. War neugierig auf die Besitzerin (?), die mich im Sommer bedient hatte, klar. Als ich den Laden betrat, hing ein betörender Geruch von Zitrone und, ja, einem Hauch von Katzenpisse in der Luft. Ich schloss einen Augenblick lang die Augen und hätte wetten können, dass das Marias Geruch, Marias Parfum war. So hatte sie an dem Abend im »Bergkristall« geduftet, ganz genau so (bildete ich mir zumindest ein). Instinktiv schaute ich mich nach ihr um, ich rechnete fest damit, sie zu sehen, hoffte, dass sie in der nächsten Sekunde die Verkaufsräume beträte. Aber eine Frau war weit und breit nicht in Reichweite, noch nicht einmal die Chefin (?), und schon gar nicht Maria, sondern nur ein schlaksiger junger Mann, der von Kopf bis Fuß in bunten North Face-Klamotten steckte. Er zeigte mir Tourenskier (»Freerider«, sogenannte »Rocker« mit negativer Vorspannung, die vor allem für Tiefschnee geeignet sein sollen, wie der Verkäufer mir zu erklären versuchte; habe jedoch allenfalls die Hälfte begriffen), Langlaufskier, Bindungen, Stöcke, Stiefel, Felle, alles, was man eben für den Winter braucht, und erklärte mir die Vorzüge der jeweiligen Produkte: »Der Rossignol dreht wahnsinnig gut und hält selbst auf Eis spitze, der isch genial (!). Sin *(sein)* Radius entspricht em *(dem des)* Rieseslalom (sic!). Subber! *(Super!))*. Die Bindung isch extrem liicht *(leicht)*. Und selle *(diese)* Stiefel biete (sic!) Ihnen die beschtmögliche *(optimale)* Kraftübertragung. Und sie sinn *(sind)* trotzdem extrem liiicht.«

Mit der Versicherung, die Bindungen würden in den nächsten Tagen montiert, und um mehr als tausend Euro leichter, machte ich mich auf den Rückweg. Es war noch kälter geworden. Der Schnee schien immer dichter zu fallen. Auch die allernächste Umgebung wurde vom Flockenwirbel verhüllt, und selbst meine eigenen Fußspuren, die noch keine zwei Stunden alt waren, konnte ich nicht mehr erkennen.

Habe Schnee geschippt. Es dauerte nicht lange, und Herr Stoltenhoff kam mit seiner Fräse. Hat sich offenbar über meine Hilfe gefreut.

Seitdem es schneit, fühle ich mich in meiner Wohnung noch wohler. Wie in einem sicheren Gehäuse, in dem ich mit Jackie D. und Herrn Obst gut überwintern kann. Das Kaminfeuer brennt. Das Holz duftet.

Sehe mich jetzt schon beinahe als Schwarzwälder. Als Gebirgler.

28. Oktober

In Obernü liegen, geschätzt, fünfzig Zentimeter Schnee. Kalt. Wenn die Schneeberge weiter wachsen, kann ich es mir gut vorstellen, mich hier oben über den Winter hinweg komplett einzuigeln, ab und zu Ski zu laufen und mich ansonsten in Büchern zu vergraben. Aber …

29. Oktober, spät in der Nacht

Zwei Wirbelstürme an einem Tag. Der Hurrikan »Sandy« ist heute mit einer Geschwindigkeit von bis zu einhundertfünfzehn Meilen in der Stunde über New Jersey und New York hinweggefegt und brachte viel Regen und eine Sturmflut mit sich. Dutzende von Menschen verloren ihr Leben. Mehrere Städte wurden unter Wasser gesetzt. In Manhattan sind U-Bahn- und Straßentunnel geflutet. Obama hat offenbar Teile der Staaten von New Jersey und New York zu Katastrophengebieten erklärt.

Mich hat es auch erwischt, aber anders. Mit einem solchen »Überfall« hatte ich nicht gerechnet. Auf eine derartige Überraschung hätte ich noch nicht einmal im Traum zu hoffen gewagt. Und ich weiß auch nicht, ob ich sie mir, jetzt, tatsächlich gewünscht hätte (wenn ich in der Lage gewesen wäre, den Gang der Dinge zu beeinflussen), denn in letzter Zeit denke ich wieder oft an Mia. Ich mache mir Vorwürfe, dass ich sie noch kein einziges Mal angerufen, ja, dass ich ihr nicht einmal mehr gemailt habe. Genau genommen, weiß ich nicht, was ich will. Hänge ich an einer Frau? Und wenn ja, an welcher?

Am Abend, es war, glaube ich, kurz nach sieben, klopfte Herr Stoltenhoff an meine Tür. Er stand im dunklen Entree, ich hatte Mühe, ihn zu erkennen. Sein Gesichtsausdruck schien mir irgendwie seltsam, verzerrt, maskenhaft, als ob er wütend wäre oder deprimiert oder gekränkt. Seine Stimme klang fremd und merkwürdig, wie gepresst (Oder täusche ich mich?). Er sagte nur, ich hätte Besuch, dann drehte er sich schnell auf dem Absatz um und ging – ohne ein weiteres Wort. Plötzlich stand Maria in der Tür. Sie war, um es mit ihrem »Studentensprech« zu sagen, durch den Wind. Ihr Gesicht war zwar schön und zart und durchsichtig wie immer, aber sie sah miserabel aus, bleich und mitgenommen. Sie wirkte erschöpft und verfroren, ein wenig krank auch, und hatte nichts von dem Glanz, den sie sonst ausstrahlt. Was nicht heißen soll, dass sie nicht anziehend auf mich gewirkt hätte, im Gegenteil. Und ihr Parfum macht mich ohnehin süchtig. Zitrone, mit einem Hauch von Katzenpisse. Bin ich pervers? Oder stimmt etwas nicht mehr mit meinem Geruchssinn?

Sie hatte ganz vulgäre Examensangst, hochgradig sogar: »Ich komme mir einfach blöd vor, dumm wie ein Erstsemesterhuhn. Ich werd (sic!) es nicht schaffen. Es liegt noch so viel unbewältigter Stoff vor mir, und die Zeit wird knapp.« Ich sagte ihr, dieses Gefühl sei typisch für ihre Situation, sie sei alles andere als ein Einzelfall, und das Wichtigste sei, dass sie sich das jetzt klarmache und locker bleibe.

Ich brachte uns zwei gut gefüllte Gläser Whiskey. Wir stießen an und tranken. Doch auch der Alkohol schien ihr nicht zu helfen. Mein Versuch, Small Talk zu machen, über den Wintereinbruch im Schwarzwald, über »Sandy«, über meinen Skikauf, verfing überhaupt nicht. Ich war wohl viel zu befangen. Immer wieder verlor ich mich in ihren Anblick, in ihren großen mandelbraunen Augen, in denen man(n) ertrinken kann. Und sie war offenbar einfach erschöpft und blieb äußerst einsilbig. Ein richtiges Gespräch wollte nicht in Gang kommen.

Ich schenkte ihr (und mir) nochmals nach. Wir prosteten uns zu und tranken. Aber auch das schien nichts zur Entkrampfung der Situation beizutragen. Doch dann, plötzlich, stellte sie ihr noch halbvolles Glas auf einem Band Foucault ab, der auf meinem Schreibtisch lag *(Sexualität und Wahrheit, Band I)*, warf sich mir an den Hals, schluchzte ein paar Mal wie ein kleines Kind und begann mich leidenschaftlich, ja beinahe verzweifelt zu küssen. Schließlich sagte sie abrupt: »Wie groß ist eigentlich deine Wohnung? Ist das hier alles?«

Als wir kurz darauf, Hand in Hand, verlegen wie zwei halbgare Backfische, in meinem eigentlich schönen Schlafzimmer standen, in dem es allerdings noch immer kein Bett gibt, mussten wir beide lachen. Ohne zu zögern und mit einer gewissen Hast (die Initiative ging wieder von Maria aus), zogen wir uns gegenseitig aus und fielen auf meine Luftmatratze. Nicht dass ich nicht gerne, liebend gerne, mit ihr schlief, doch die dominante Rolle spielte eindeutig Maria. Und sie »spielte« vielleicht tatsächlich im Wortsinn, denn mir war (und ist) klar, dass ich vor allem die Rolle des Blitzableiters zu übernehmen hatte. Oder anders ausgedrückt: Ich war ihr harmloses, vermutlich nicht süchtig machendes Rauschmittel, das sie, wenn auch nur für kurze Zeit, ihre Examensnöte, die »Scheißprüfung« (wie sie sich ausdrückte) vergessen ließ. Anders kann ich mir das alles nicht erklären.

Leider wollten mir zwei Kalifornier nicht aus dem Kopf gehen. Beständig lief derselbe Film mit immer denselben Einstellungen vor meinem inneren Auge ab und verdeckte mir die Wirklichkeit (aber was ist schon wirklich?): mein Vater, der zum gleichen Zeitpunkt wahrscheinlich mehr oder weniger bewegungsunfähig in seinem Bett in San Francisco lag und, starren Blicks, vor sich hin dämmerte, vor sich hin vegetierte, seiner selbst und seiner unmittelbaren Umgebung entweder überhaupt nicht mehr oder kaum noch bewusst, ebenso hilfebedürftig wie hilflos, während sich sein undankbarer, abtrünniger, widerlicher Sohn (ich!) dem Liebesspiel mit einer attraktiven und viel zu jungen Frau hingab, die er kaum kennt und die zu allem Übel auch noch dem verfluchten Volk der Deutschen angehört. Und die bitterlich weinende Mia, die mich zwar verraten, aber die ich genauso enttäuscht habe, indem ich ohne ein einziges Wort abgetaucht bin und abgetaucht bleibe.

Ich empfand mich als ausgemachten Idioten (der ich sicherlich auch bin), dass ich mich Maria, nach der ich mich gerade in der letzten Zeit intensiv gesehnt hatte, nicht mit vollem Bewusstsein und mit allen Sinnen hingab. Aber Mia wollte mir, noch viel mehr als mein alter Herr, partout nicht aus dem Kopf gehen. Ich sah sie, mehr oder weniger ostinato, in einem ihrer eng geschnittenen Sommerkleider, wie sie lachte und, an meiner Seite, fröhlich und ausgelassen war. Wie sie mich umarmte und mit ihren gepflegten Händen liebkoste, während Maria mich umfing. Nach der langen Zeit, die wir gemeinsam verbracht haben, ist wahrscheinlich auch das normal. Mia wehrt sich (in meinem Kopf), und ich sträube mich ebenfalls gegen die Veränderung meines seelischen Haushalts. So gesehen befinde auch ich mich derzeit in einer Prüfungssituation. Ob Maria meine partielle Absence bemerkt hat, kann ich nicht beurteilen. Gesagt hat sie nichts. Aber ich habe zum ersten Mal erkannt (!), wie zart und zerbrechlich ihr leidenschaftlicher Körper wirklich ist. In einem zeitgenössischen Roman stünde wahrscheinlich: Ihre Brüste waren klein und fest, und ihre Schenkel …*

Später holte ich eine Flasche Kirsch und zwei große Gläser. Ich musste allerdings allein trinken, weil Maria unbedingt noch in der Nacht nach Freiburg zurückfahren wollte. Immerhin überdeckte der Schnaps den Gummigeruch der Luftmatratze. Und er brachte mich dann doch noch in Fahrt (Filmriss). Der Schnee auf dem Dach des Schuppens reflektierte das Licht in meinem Wohnzimmer und glomm hell in der Dunkelheit. *Rarely rarely comest thou, spirit of delight.*

30. Oktober

In den *Notizen* des Karlsruher Philosophen Peter Sloterdijk finde ich folgenden Absatz: »Man tyrannisiert ältere Männer ständig mit Drohbegriffen wie erektile Dysfunktion. Wie man mit ihnen konstruktiver spräche, läßt sich beim

* 24. IV. 13: Warum nur habe ich nie etwas bemerkt, damals? Warum ist mir nichts aufgefallen? Weshalb habe ich nicht besser auf sie aufgepasst in all den Wochen und Monaten?

Rentenrecht für Angestellte ab 55 ablesen. Wie wäre es mit Altersteilzeit für gewisse Organe?«

Bin Stoltenhoff beim Schneeschippen begegnet. Er scheint sich wieder beruhigt zu haben. Wenn er überhaupt etwas hatte. Schließlich bin ich keine minderjährige Nonne. Und sein Haus ist kein Trappistenkloster.

Aus »Sandy« ist jetzt ein Schneesturm geworden. Stellenweise liegt der Schnee höher als einen halben Meter. Hier scheint es erst einmal etwas wärmer zu werden.

2. November

Gestern war im Schwarzwald ein regionaler (katholischer?) Feiertag: »Allerheiligen«. Überall sah ich schwarz gewandete Menschen auf den Friedhöfen. Einem (entlaufenen) Amerikaner fällt das auf; für die meisten Menschen im Hochschwarzwald ist das ganz offensichtlich normal: ein Brauch (?).

Habe einen Ausflug mit dem Golf gemacht, und der Allradantrieb hat sich bewährt: *Fahrtwind von achtern blies uns voran mit bauchiger Blahe, Zirzes Zauberkraft das, der Göttin im Zopfschmuck.* Aber auf die Geschwindigkeitsbegrenzungen achtete ich dieses Mal peinlich genau, wollte nicht schon wieder dem deutschen Staat Geld schenken. War zunächst in Breitnau (weniger Schnee als in Obernü, schöner Blick hinauf zum Feldberg, schönes Dorf, gefiel mir gut) und dann in St. Märgen. Der Ort geht, das habe ich dort gelernt, auf ein im zwölften Jahrhundert gegründetes Augustiner-Chorherrenstift zurück: Cella sancta Mariae, Marienzell, Marias Zelle. Daraus wurde St. Mergen beziehungsweise St. Märgen; die barocke Wallfahrts- und Klosterkirche Mariä Himmelfahrt aus dem achtzehnten Jahrhundert steht noch. Als ich am Morgen meine kleine »Wallfahrt« nach Freiburg zu *meiner* Maria begann, habe ich diese

Route nicht geplant, ich wusste überhaupt nichts von der Etymologie von St. Märgen. Aber eine bessere Strecke für die Fahrt zu Maria hätte ich gar nicht wählen können. Dazu lese ich bei Sloterdijk: »Das Prinzip des höheren Lebens ist übender Fleiß. Geboren sind wir schon, zur Welt aber kommt nur, wer sich vorwärtsarbeitet.« Glück sollte man allerdings auch haben.

Eine strahlende Maria erwartete mich, die wieder so gut aussah wie eh und je und deren hübsches Gesicht von einer geradezu erschreckenden Zerbrechlichkeit war. In einem roten T Shirt, hautengen schwarzen Jeans und mit frisch gewaschenen Haaren. Und barfuss (im November!). Sie hat ein geräumiges Zimmer in einer Wohngemeinschaft mit drei oder vier anderen Leuten, und in der Hochstimmung, in der ich mich befand, erschien es mir wie das Boudoir einer Fürstin, obwohl die große, dicke Matratze schlicht und einfach auf einem gepflegten Parkettboden liegt. Die Bettwäsche war blütenweiß und roch nach Marias Parfum. Ein Schreibtisch mit einem Apple-Notebook, ein Kleiderschrank, der beinahe überquillt (Alles duftet wie ihr Parfum!), eine unüberschaubare Menge von Schuhen und Stiefeln, die den Wänden entlang aufgereiht sind, und ein Regal mit Gesetzessammlungen, juristischer Fachliteratur und ein paar Ian Fleming- und Donna Leon-Taschenbüchern: Das ist der ganze Inhalt ihres Zimmers. In der sauberen und aufgeräumten Küche, in der ein bärtiger junger Kerl saß und irgendwelche mathematischen oder physikalischen oder chemischen Formeln büffelte, machte meine Freundin (das ist sie ja jetzt wohl) Espresso, den wir, zusammen mit reichlich Whiskey, auf ihrem Bett kauernd schlürften. Das Abendessen fiel aus, ich blieb bis zum Frühstück (der Bärtige war auch wieder in der Küche) beziehungsweise bis Maria in ihr Seminar musste. Dann fuhr ich auf direktem Weg nach Obernü zurück.

Könnte ich in einem Kloster leben? In St. Märgen oder St. Blasien? Vielleicht sogar in einem Trappistenkloster? Vermutlich eher als im Fegefeuer der Eitelkeiten: an der Uni. Aber nur zusammen mit einer Frau. Mit Maria? Oder mit Mia? Oder am besten mit beiden? Den passenden Namen haben sie ja.

6. November

Romney geschlagen, Obama überraschend klar im Amt bestätigt. Ich hatte vergessen, Wahlunterlagen zu beantragen. Was soll's! Habe heute meine Skiausrüstung abgeholt. Freue mich auf den Winter. Draußen wird es immer dunkler. Die Tage sind sehr kurz. Das stört mich nicht. Im Gegenteil.

9. November

Deutsche (Online-)Zeitungen erinnern an die Reichspogromnacht vor vierundsiebzig Jahren. Und in diesem Staat halte ich mich heute auf. Oder ist es ein anderes Land? Hier in der Gegend haben früher sogenannte Landjuden gelebt. Ihre Radiosendungen werde ich nie vergessen.

11. November

Petraeus wegen einer Sexaffäre zurückgetreten. Obama »findet außerordentlich lobende Worte für die glanzvolle Karriere« des ehemaligen CIA-Chefs. Das wird auf der Vorderbühne gespielt. Gut, wenn man keine öffentliche Person ist. Gut, wenn man nicht im Rampenlicht, sondern auf der Hinterbühne steht. Das ist unbezahlbar. Verberge dein Leben! Lebe im Verborgenen! Am besten im Schwarzwald. Hinter den Bergen …

Besuche jetzt häufig Maria. Bin süchtig nach ihr.

Hier hat man heute mit viel Alkohol den Beginn des Karnevals gefeiert, den man im Schwarzwald »Fasnacht« nennt. Seltsam, sehr seltsam. Überall auf der Welt schaffen sich die Leute ihre Ventile. Sie sehen unterschiedlich aus und haben verschiedene Namen. Aber ihre Funktion scheint überall dieselbe zu sein. Es sind all die Süchte und Ablenkungen, das Opium und das Gras, der Tand und der schöne Schein, die uns unsere Vergänglichkeit und unsere Höllen verhüllen sollen: die erotische Abfuhr, quälende Stunden beim Zahnarzt, die gescheiterte Ehe, Einsamkeit, Wut, Hass und Neid, die berufliche Sackgasse, Krebs, Inkontinenz und, zuletzt, das drohende Verdämmern im Heim. Auf dass wir einigermaßen normal bleiben und so lange wie möglich die Norm erfüllen.

13. November

Meine Möbel sind eingetroffen. Gefallen mir gut. Jetzt erst bin ich richtig angekommen in Oberneumatt. Habe Maria angerufen, und sie ist sofort zur Einweihung heraufgefahren.

Der Tisch und die Stühle fügen sich hervorragend ein. Das Apartment wirkt nicht vollgestellt. Im Gegenteil: wohnlich. Fühle mich sehr wohl in meinem »Außenposten«. Auch Maria sagt alles zu. Und das Bett ist zum richtigen Zeitpunkt eingetroffen. Belchig.

Ich sollte mehr auf meine Gesundheit achten. Auf mein Aussehen. Weniger trinken. Weniger essen. Mehr schlafen.

17. November

Lese den Briefwechsel zwischen Hannah Arendt und Martin Heidegger. Darin tritt mir der »Meisterdenker« als einer entgegen, der zwar auch seiner Geliebten gegenüber seltsam verschwurbelt (Studentensprech, Mariasprech) formuliert, dem es aber dennoch recht gut gelingt, seine Umgebung in den Blick zu nehmen. So schreibt er beispielsweise am einundzwanzigsten März 1925 aus seiner Hütte in Todtnauberg an H. A.: »Hier oben ist herrlicher Winter geworden, und so kam ich zu wundervollen und erfrischenden Fahrten. (…) Die Einsamkeit der Berge, der ruhige Lebensgang der Gebirgler, die elementare Nähe von Sonne, Sturm und Himmel, die Einfachheit einer verlorenen Spur an einem weiten, tiefverschneiten Hang – all das hält die Seele erst recht fern von allem zerhackten und zergrübelten Dasein. Und hier ist die Heimat reiner Freude. Des ›Interessanten‹ wird man unbedürftig, und die Arbeit hat die Gleichmäßigkeit des fernen Schlages eines Holzfällers im Bergwald.« Ich freue mich auf den Winter.

Ob auch mir ein ruhiger Lebensgang gelingen kann?

19. November

Carly, mein Lieber! Mein Geliebter!

La vita è difficile. Ich weiß nicht mehr, welcher unserer alten Freunde diesen Allerweltsspruch eine Zeitlang immer, auch beim kleinsten Problemchen, im Munde geführt hat. War es Tom? Oder Bob? Keine Ahnung. Es ist auch gleichgültig. Ich weiß nur, dass wir, wir beide, Du und ich, jetzt keinen Fehler machen dürfen, der nicht revidiert werden kann. Selbstverständlich ist mir klar, was ich getan und was ich angerichtet habe, als ich mich für kurze Zeit mit B. F. einließ. Das will und kann ich nicht abstreiten. Auf keinen Fall! Ich weiß, ich habe Dich nicht nur enttäuscht, nein, ich habe Dich verletzt, sogar bis in Dein Innerstes hinein verletzt, und wahrscheinlich war ich sogar schuld daran, dass Du nach Deutschland geflohen bist. Oder etwa nicht? Es war doch eine Flucht, nicht wahr? Was mich zu meinem schlimmen Fehltritt verführt hat, vermag ich letztlich nicht zu sagen; vielleicht war es meine intensive Beschäftigung mit Flaubert, meine beinahe krankhafte Identifikation mit ihm und mit Emma. Möglich ist es zumindest, aber das entschuldigt natürlich nichts. Das kann mich in Deinen Augen um keinen Deut besser machen. Ich weiß das alles, ich habe den Schlamassel, in den ich mich und uns hineinmanövriert habe, immer wieder durchgekaut, immer wieder analysiert, aber das führt letztlich nicht weiter.

Mein allerliebster Carly, ich bitte Dich auf Knien um Verzeihung! Um Vergebung! Ich bitte Dich darum, das Band zwischen uns nicht zu zerschneiden! Lass uns noch einmal neu beginnen, in Kalifornien oder im Schwarzwald oder wo immer Du willst, ganz gleich. Um Deinetwillen würde ich sogar in Preußen leben. Oder in Sibirien. Ich bin zu allem bereit. Auf Weihnachten komme ich zu Dir. Dann werden wir unsere Versöhnung feiern, wenn Du nur willst. Wir können alles besprechen und vielleicht sogar eine kleine Europareise machen. Wie fändest Du das? Wir sind doch früher immer so gerne gereist! Waren das nicht unsere glücklichsten Tage und Wochen? Deine Adresse hat James mir gegeben. Aber bitte: Lass mich nicht mehr so zappeln wie Rodolphe seine arme Geliebte. Schick mir wenigstens ein klitzekleines Zeichen Deines Wohlwollens! Ich kann und will nicht mehr im Unfrieden mit Dir leben. Du bist mein Ein und Alles. Das darfst Du nicht vergessen.

Für immer

Deine Mia

Beim Spaziergang am Nachmittag ist mir ein älteres Schweizer Ehepaar begegnet, angetan mit seltsamen, sackartigen Anoraks, unförmigen Hosen und Pudelmützen. Er ist vermutlich ein (pensionierter?) Handwerker, bei ihr wage ich keine Einschätzung, aber sie wirkt noch bedeutend einfältiger als ihr Mann, unbeholfen und hilflos. Seine Hände sehen derb aus und zerschunden, und hinter seinen farblosen Augen blitzt von Zeit zu Zeit eine bäurische Brutalität auf, zu der er offenbar fähig ist. Er hat einen irgendwie flackernden Blick. Manchmal sieht es so aus, als würden seine Augen hyperventilieren. Er kann einem nicht ins Gesicht schauen, und wenn man ihn fixiert, weicht er sofort aus. Solche Typen kann ich nicht ausstehen. Er ist einer von der Sorte, der man nicht traut.

Die beiden grüßten mich, hielten mich auf, drängten mir ein Gespräch auf (Ihr Dialekt war für mich nur teilweise verständlich), stellten sich ungefragt vor (Sepp und Lislot Meier aus Fislisbach (?), Kanton Aargau) und fragten, ob ich nicht auch, wie sie, durch den Werkstattlärm im Dorf gestört würde. Das sei Gesindel dort, übelstes Gesindel. Vermutlich Ausländer, Osteuropäer. Vielleicht sogar »Zigeuner« (wörtliches Zitat). Sie, Lislot und Sepp, hätten neulich die Polizei gerufen. Die sei sehr kooperativ gewesen und überraschend schnell angerückt. Der Geräuschpegel sei prompt zurückgegangen.

Merkwürdige Leute. Ich genieße die Ruhe hier, und diese komischen Schweizer reden von ohrenbetäubendem Lärm. Offenbar gehört ihnen eine Ferienwohnung talabwärts.

24. November

Maria ist jetzt oft bei mir. Sie übernachtet auch regelmäßig in Obernü. Das Wetter spielt mit, es ist auf eine wundervolle Art und Weise miserabel, so dass man überhaupt nicht aus dem Haus will. Der Nebel wabert das Tal herauf, es nieselt leicht, die Welt ist in Watte gepackt, bisweilen kann ich kaum den Schuppen erkennen (Meine Fotos sind monochrom grau), morgens wird es spät hell, und an den Nachmittagen dunkelt es rasch ein: eine scheinbar unendliche blaue Stunde. Und noch immer gibt es auf den Nordhängen Schneereste vom ersten richtigen Wintereinbruch: riesige schmutzigweiße Wäschestücke, die auf den Wiesen herumliegen. Wir verbringen ganze Tage im Bett und verlassen es nur, um kurz zu duschen, das Nötigste einzukaufen und um zu essen und zu trinken. Alles gleitet mehr oder weniger von uns ab, wir sind wie in einen Kokon eingesponnen, nichts interessiert uns, wir nehmen im Grunde nichts wahr außer uns (Obwohl Maria von Zeit zu Zeit büffelt, um ihr Gewissen zu beruhigen; immer wenn ich schlafe, macht sie sich schwarzen Kaffee und fängt an zu pauken, obwohl sie oft Kopfschmerzen hat. Sie arbeitet zu viel und schläft zu wenig).

Zum ersten Mal, seit ich hier im Schwarzwald bin, fühle ich mich wirklich abgeschirmt und geschützt, zum allerersten Mal ist es mir gelungen, eine schalldichte Trennwand zwischen mir und der Uni, zwischen den gefräßigen Teilchen, diesem imaginären Luftkrebs, und mir zu errichten. Ja, ich bin meiner selbst jetzt so sicher, als ob ich mich in einer Parallelwelt befände, die mit dem Alltag, mit den üblichen Zwängen, Verpflichtungen, Krankheiten und mit meiner Vergangenheit nichts zu tun hat. Darauf, auf nichts anderes hatte ich gehofft, als ich aus Kalifornien verschwunden bin. Nur hatte ich nicht gedacht, dass ich eine Frau kennenlernen müsste, um diesen Zustand zu erreichen. Aber es ist, glaube ich, längst nicht nur die Vögelei. Es ist Marias Lebenslust, ihre Vitalität und ihre Art zu leben, die mich ansteckt und berauscht. Klar, auch sie hat ihre Ängste, auch sie steht nicht über den Widrigkeiten des Lebens, das sieht man an ihrer Examenspanik, aber im Kern ist sie gesund. Also: Ich wäre nicht der, der ich heute bin, ohne eine Frau, ohne diese Frau, ohne Maria. Wird das denn nicht aufhören, sich niemals ändern, wird das immer so weitergehen – bis zum Schluss?

Was Stoltenhoff denkt und meint, ist mir vollkommen gleichgültig. Hat er sich eben in seinem professoralen Mieter getäuscht. Was soll's! Und der Dorftratsch ist mir ohnehin egal. Der kann uns nichts anhaben. Mir ist sozusagen vögeliwohl (Ich hoffe, Maria geht es genauso). Es könnte kaum schöner sein.

Trotzdem lebe ich, wenn ich ehrlich zu mir sein soll, noch immer in einem Zwiespalt, in einer Zwickmühle. Jedes Mal, wenn Maria wieder nach Freiburg gestartet ist, wo sie zumindest ab und zu präsent sein muss (was ich einsehe beziehungsweise einzusehen versuche), beginnt der Kokon zu zerbröseln, löst sich mein Schutzraum, die stabile Trennwand in nichts auf (oder nahezu in nichts), und mir ist dann, als sähe ich aus einer weit entfernten Zukunft zurück auf mein abgestorbenes Glück, das ich mit Maria erleben durfte. Als lebte ich gar nicht in der Gegenwart, sondern in einer schönen, besonnten Erinnerung, einer Vergangenheit, die mehr und mehr verblasst. Marias herrliches Gift verliert mit ihrer Abreise (selbst wenn es nur um einen Abschied für ein paar Stunden geht) schnell an Wirkung, es trägt offenbar nicht über den Augenblick hinaus: Die Betäubung lässt nach, meine Skrupel kehren zurück, und die Greisin aus Hebels *Unverhofftem Wiedersehen* steht vor meinem inneren Auge und erteilt mir ihre Lehre. Immer wieder vergleiche ich dann meine beiden Marien, ich werde in doppelter Hinsicht untreu und weiß nicht, ob ich das Richtige oder das ganz und gar Falsche tue.

Habe ja auch keine Ahnung, ob meine Affäre mit Maria (Ist es denn mehr als eine Affäre, als eine Amour fou?) irgendeine Zukunft hat oder haben kann, oder ob die junge Dame mich alten Gockel nicht kalt abservieren wird, sobald es beruflich bei ihr weitergeht oder ihr ein junger Staranwalt über den Weg läuft. Oder ob ich ihr eines nicht allzu fernen Tages tatsächlich nicht einfach zu alt bin. Mia, meine schöne und intelligente Mia, mit der zusammen ich schon so viel erlebt habe und deren Rat mir früher so viel bedeutet hat, lasse ich derweil am langen Ast verhungern. Das ist alles andere als nett, das ist fies und gemein, aber ich weiß nicht, was ich machen soll. Doch lange werde ich meine Entscheidung nicht mehr aufschieben können.

Als Heidegger und Hannah Arendt für kurze Zeit ein Liebespaar wurden, war er fünfunddreißig und sie neunzehn. Maria ist, glaube ich, dreiundzwanzig oder vierundzwanzig, Gockel Carly hingegen ist längst kein flottes Hähnchen mehr, sondern ein Althahn und schon bald ein halber Greis. Der Zahn der Zeit, das zeigt mir nicht nur der Blick in den Spiegel, nagt von Tag zu Tag mehr an seiner Gestalt. Anders als der große H., dem die Frauen offenbar scharenweise zu Füßen lagen, ist Carly Meyers auch kein charismatischer Philosophengott, sondern nur ein ziemlich unbedeutender, kleiner Linguist aus dem fernen Berkeley.

Die Schweizer haben mir drei Tafeln Lindt-Schokolade und einen kurzen Brief (Legastheniker-Qualität) mit ihren Telefonnummern und Adressen in den Briefkasten geworfen. Keine Ahnung, weshalb. Jedenfalls wissen sie, wo ich wohne. Fürchte, dass sie mich beobachten, und kann nur hoffen, dass sie mich nicht belästigen werden.

26. November

In Titisee-Neustadt, unten im Tal, sind heute bei einem Brand in einer Werkstatt für Behinderte vierzehn Menschen ums Leben gekommen. Und ich leide unter Luxusproblemen, das gebe ich zu. Ich bin ein elendes, egozentrisches Luxusgeschöpf. Aber ich leide.

29. November

Jetzt hat der Winter endgültig zugeschlagen. Es liegt schon viel Schnee, es schneit weiter, und es ist sehr kalt geworden. Die Straßen sind schneebedeckt, die Räumfahrzeuge scheinen auf verlorenem Posten zu sein. Ich bin froh, dass Maria unbeschadet bei mir angekommen ist. Sie war lange unterwegs. Erfreulicherweise hat sie an ihre Skiausrüstung gedacht, in ein paar Tagen sollen die ersten Lifte am Feldberg laufen. Der Ozean fehlt mir nicht.

Das Kaminfeuer lodert. Und Jackie D. wärmt von innen. In meinem neuen kleinen Radio eine Mannheimer Violinsonate Mozarts vom März 1778, wie der Moderator verkündet.

30. November

Wir lagen im Bett. Ich war noch halbwegs ohnmächtig, als es an der Tür läutete. Im Schlafzimmer war es stockdunkel. Nachdem ich meinen Bademantel ertastet hatte, taumelte ich hinaus, öffnete und traute meinen Augen nicht. Martin kam hereingeschneit, Martin Speer, bereits in voller Ausrüstung. Er sah richtig gut aus mit seinem Dreitagebart: gebräunt (wahrscheinlich Studio!), schlank und athletisch wie immer und mit einem vermutlich neuen schwarzen Skidress ausstaffiert. Er stürmte in die Wohnung und sagte, er habe den Tag freigenommen, Tempo sei gefragt. Wir müssten uns beeilen, damit die Tiefschneehänge nicht schon zerfahren seien, bevor wir auf der Bildfläche erschienen: »Wer zu spät kommt, den bestraft das Leben« (Originalzitat, der Kerl hat wirklich Nerven). Jetzt sei der Schnee noch jungfräulich. Heute feiere er, Martin, die Saisoneröffnung, und er wolle sie mit mir feiern: »Ich hatte Ihnen ja versprochen, Herr Professor, ich meine: Carl, dass wir gemeinsam ..., dass ich Sie mitnehmen und Ihnen das Gelände, also: einige Touren zeigen würde, und heute sind die Bedingungen erste Sahne, wirklich erste Sahne, und ...«

Maria erschien in der Schlafzimmertür, notdürftig in eine meiner Schlafanzugjacken gewickelt, mit nackten Beinen, verwuschelten Haaren und total verschlafen. Die wieder auferstandene Marilyn Monroe in Obernü, nur ohne Locken, aber hinreißend anzusehen. Martins Augäpfel weiteten sich so sehr, dass sie im nächsten Moment zu platzen drohten. »Oh, ich wusste ja nicht ..., es tut mir außerordentlich leid ..., ich dachte ..., ich glaubte ..., ich bin davon ausgegangen, dass ..., ich müsste nicht vorher anrufen ..., ich habe mich auch erst ziemlich kurzfristig ..., ich meine ..., als ich im Radio gehört habe ..., ich ...«

So ungefähr lief diese Szene ab, und dann kugelten wir uns alle vor Lachen. Ich machte die beiden mit einander bekannt (Wenn das nur kein Fehler war! Aber was blieb mir anderes übrig?), setzte die Espressomaschine in Gang, Maria und ich zogen uns an, immer noch lachend, dann frühstückten wir im Stehen und brachen auf.

Man kann sich täuschen, keine Frage, aber ich bin ziemlich sicher, dass uns Frau Stoltenhoff, hinter einem Vorhang notdürftig versteckt, beobachtete, wie wir die Skier anschnallten. Martin schlug vor, eine kleine (!) Tour über den Feldbergpass und die Grafenmatt hinüber zum Herzogenhorn zu machen und von dort nach Bernau abzufahren. Maria, die nur Pistenskier, keine Tourenausrüstung dabei hatte (Sie besitzt auch gar nichts anderes) und daher auf ebenen Passagen und bei Aufstiegen deutlich im Nachteil sein würde, legte zwar kurz ihre Stirn in Falten, nickte dann aber, mit einem schiefen Grinsen im Gesicht, und ich hatte als notorischer Flachlandtiroler keine Ahnung, worauf ich mich einließ.

Vom Zweiseenblick aus gelangten wir rasch zur Passhöhe, aber dann mussten wir über einen mäßig ansteigenden Waldweg zum höchsten Punkt der Grafenmatt und anschließend weiter zum Horn aufsteigen. Martin zeigte mir, wie ich die Felle auf meine Skier aufziehen und die Tourenbindung lösen sollte. Das ging alles ziemlich schnell und reibungslos vonstatten, und wir begannen sofort mit dem eigentlich harmlosen Aufstieg, doch Maria tat sich sichtlich schwer. Sie setzte ihre viel zu kurzen Stöcke ein und stellte häufig ihre Latten schräg, aber trotzdem rutschte sie immer wieder zurück und geriet schnell ins Schwitzen. Sie tat mir von Herzen leid, und ich war froh, als wir den Gipfel erreicht hatten.

Dort oben tobte ein ekelhafter Sturm, der Wind heulte und verschlug einem beinahe den Atem. Es schien viel kälter zu sein als noch hundert Meter tiefer. Die Westseite des Gipfelkreuzes war mit einer dicken Eisschicht überzogen.

Die Berge und Täler rundum, soweit sie in dem Wolkengebräu und Schneegewirbel überhaupt auszumachen waren, erinnerten mich an eine Winterlandschaft von John Henry Twachtman. Ich habe nicht den Dunst einer Ahnung, weshalb gerade er mir einfiel; die Erinnerung geht oftmals seltsame Wege. Und weiß der Geier, wann und wo ich dieses Bild einmal gesehen habe (vermutlich zusammen mit Mia, der ich die allermeisten meiner Museumsbesuche zu »verdanken« habe). Die Welt erschien jedenfalls nahezu abstrakt, beinahe monochrom, wie ein äußerst karger Bühnenraum, befreit von aller Detailflut und allem Unrat, beruhigt, besänftigt und nur hie und da von einigen tiefgrauen oder schwarzen Flächen akzentuiert, dem dunklen

Pelz des Bergwaldes, soweit er noch nicht vollständig von der immer dicker und dichter werdenden Schneelast kaschiert wurde, jenem Stoff, der scheinbar in der Lage ist, unser Leben zu verzaubern und uns weiß (!) zu machen, es gebe so etwas wie Unschuld.

Viel Zeit aber, um die spröde Schönheit dieser Bilder in mich aufzunehmen und zu genießen, hatte ich nicht. Die verschwitzten Klamotten klebten mir am Körper, ich begann zu frieren, und Maria ging es ganz offensichtlich nicht besser, auch wenn sie die Zähne zusammenbiss und kein Wort der Klage über die Lippen brachte. Mia an ihrer Stelle hätte abwechselnd gejammert, geschimpft und geflucht. Davon bin ich überzeugt. Aber dass Maria sich nicht wohl fühlte, war nicht zu übersehen. So gut kenne ich sie inzwischen doch.

Für sich hatte Martin, der Superalpinist, selbstverständlich vorgesorgt, und er beeilte sich, mitten im Schneesturm, ein frisches Hemd und einen trockenen Pullover anzuziehen (An einen Kleiderwechsel hatten Maria und ich als blutige Greenhorns in Sachen Skitouren natürlich nicht gedacht; freilich hatte der gewiefte Bergführer, dieser Hallodri, uns auch keinen Tipp gegeben). Dann verstaute er unsere Felle in seinem Rucksack, und ab ging's mit Jubelgeschrei seinerseits und in weiten Schwüngen über die makellosen Pulverhänge des Herzogenhorns in Richtung Bernau. Obwohl ich erbärmlich fror, machte es mir, das muss ich sagen, einen Riesenspaß. Und Martin behielt recht: Vor uns hatte niemand eine Spur in den Neuschnee gelegt. Wir waren die einzigen am Berg, wir waren tatsächlich die ersten. Allein das verlieh mir schon ein Hochgefühl. Diese Skitour war etwas ganz Anderes als meine amerikanische Pistenrutscherei, früher mit Mia, die meist nur auf einer Sonnenterrasse sitzen und braun werden wollte, während ich allein den Clown im Skizirkus gab. Der Schwarzwälder

Schnee war zwar kein federleichter Champagne Powder wie in den Rockys, aber ich war trotzdem beschwipst. Die neuen Freerider machten ihrem Namen alle Ehre und liefen sogar mit Carly, dem alten Sack und Skideppen, ganz hervorragend und geradezu idiotensicher durch den Tiefschnee. Maria und Martin freilich stoben elegant wie zwei Skigötter, Hermes Trismegistos und Aphrodite in moderner Gestalt, als ein sportliches Traumpaar davon. Mir blieb, bei der ohnehin schlechten Sicht, wortwörtlich wieder einmal nur das Nachsehen.

Gnädigerweise warteten sie auf halber Strecke auf mich und waren, als ich mit hängender Zunge und zitternden Knien bei ihnen eintrudelte, schon beim »Du« angekommen, in das ich allerdings sofort einbezogen wurde. In meine Begeisterung über das Naturerlebnis, den wunderbaren Schnee und die Freude, dem Sturm und der Kälte oben am Gipfel getrotzt zu haben, mischte sich sofort giftige Eifersucht, die Carly, der ebenso dreckige wie kühle Rechner mit dem Argument zu bekämpfen suchte, Martin würde ihm schon nicht ernsthaft ins Gehege kommen, da er ja auf seine Unterstützung für den Kalifornientrip angewiesen sei. Kein weiterer Kommentar.

In Bernau fanden wir ein Gasthaus, in dem wir unsere Kleider an einem Kachelofen trocknen konnten und ein paar Sandwiches und Tee mit reichlich Rum bekamen. Martin, ganz Kavalier der alten Schule, schlug vor, er und ich sollten allein zurückgehen und Maria mit dem Auto in der Kneipe (»Bernauer Adler«) abholen, denn der Skilift, der uns etliche Höhenmeter Aufstieg ersparen könnte, sei noch nicht in Betrieb und die Strecke zur Grafenmatt habe es in sich. Aber die sportliche Maria lehnte kategorisch und gutgelaunt ab (Mia, an ihrer Stelle, hätte unaufhörlich gequengelt und gemotzt und hätte uns allen den Tag nach Strich und Faden verdorben).

Also machten wir uns wieder auf den Weg, doch der Aufstieg war vor allem für Maria eine schlimme Schinderei. Und auch ich, mit Tourenbindungen, Fellen und leichten Skiern ausgerüstet, hatte zu kämpfen. Das Gehen im tiefen Schnee strengte mich höllisch an (Mein sommerliches Wandertraining nützte mir so gut wie nichts, eine Skitour ist etwas ganz und gar Anderes), und ich machte mir Sorgen um meine Meerjungfrau. Doch je länger der Aufstieg dauerte, je länger ich auf unserer Route durch den verschneiten Winterwald lief, in dem nichts zu hören war als das leise Klirren von Eispartikeln, das Vorwärtsgleiten der Skier, das Rieseln des Schnees, der eigene Atem und der Wind in den Bäumen, desto mehr verinnerlichte ich meinen Rhythmus, den Takt meines Gehens. Ich geriet immer mehr in eine meditative Trance, die mich gleichgültig gegenüber meiner Erschöpfung und meiner Umwelt machte und die ich genoss, wie man als Kind das Plantschen in lauwarmem Wasser genießt.

Nach einer Stunde Aufstieg allerdings kam Maria mit ihrer schweren Alpinausrüstung endgültig nicht mehr weiter. Sie keuchte und sagte, es tue ihr leid, sie habe starke Kopfschmerzen und müsse aufgeben. Ich wollte sie trösten und nahm sie in den Arm, aber sie wehrte mich ab und schüttelte sich wie ein nasser Hund.

Martin befreite Maria von ihren Skiern und befestigte ihre Bretter, erneut ganz Gentleman, an seinem Rucksack, so dass Maria, gestützt auf ihre Stöcke, den Rest des Aufstiegs zu Fuß bewältigen konnte. Ich war Martin dankbar und hasste ihn zugleich. Wieder einmal war etwas gründlich schief gegangen. Einmal mehr war mir eine Situation entglitten, war ich nicht Herr der Lage.

Als wir in Obernü ankamen, gab mir Maria einen flüchtigen Kuss und sagte, sie würde sich wieder melden. Dann setzte sie sich ins Auto und fuhr los. Auch Martin brach auf.

Ich stand allein in meiner Wohnung und sagte mir: Das also war dein erster Skitag im Schwarzwald, der Beginn des Skiwinters. Auch dieser Tag war nicht eindeutig, auch er war voller Zwiespältigkeiten und voller Wirrsal. Nein: Er war eindeutig: Ich habe alles vermasselt. Es ist schief gegangen. Oder etwa nicht?

Die Fenster des Schuppens sahen blind aus im Abendlicht. Ein paar rote Beeren hingen noch immer an den Ästen. Wie geht es weiter mit Maria und mir?

Ich lege mich jetzt in die Badewanne und kippe ein großes Glas Whiskey. Hoffentlich leert sich mein Gehirn dann und wird ruhiger. Im Augenblick fühle ich mich wie ein untröstliches Baby.

1. Dezember

Gestern Abend muss ich in der Wanne einige Gläser zuviel genuckelt haben. Mitten in der Nacht fand ich mich frierend und nackt mit einer (allerdings harmlosen) Platzwunde am Kopf auf dem Badezimmerboden. Ansonsten fehlt mir jede Erinnerung. Ich weiß nicht, was passiert ist.

Kater. Muskelkater. Seelenkater. Mein Gehirn dröhnt. Auch das Schreiben macht Mühe. Ich hätte es nicht Martin überlassen dürfen, Maria zu helfen. Machte mir Sorgen und habe sie noch immer: Ich kann sie nicht erreichen. Sie ruft nicht an. Wahrscheinlich hält sie mich für einen alten Egozentriker. Der ich vermutlich ja auch bin.

Es schneit weiter. Gemeinsam mit Stoltenhoff gefräst und geschippt. Er verkniff sich jede Bemerkung über die Schramme an meiner Stirn, die sich aber auch ganz gut unter der Mütze verbergen lässt. Dann bin ich kurz entschlossen zu Maria gefahren. Der Allradantrieb bewährt sich. Habe Sturm geläutet. Niemand öffnete. Längere Zeit gewartet.

Dann wieder durch den Schneesturm zurück nach Obernü. Deprimiert.

Lese gerade (soweit ich in der Lage dazu bin) den schmalen Roman *Mein Hund, meine Sau, mein Leben* von Arnold Stadler, einem offenbar preisgekrönten südbadischen Autor, der, wie Heidegger, aus Messkirch stammt. Darin erzählt er unter anderem davon, dass H. in seiner Heimat einen Vetter gleichen Namens hatte, einen Viehhändler, der ihm die ältesten Wörter der Gegend auf kleinen Papierzetteln notieren musste, »das Ur-Alte, Heile-Welt-Wörter«. Als Gegenleistung erhielt der Viehhändler dafür von Zeit zu Zeit einen Sonderdruck, mit dem er selbstverständlich nichts anfangen konnte. In einen dieser Sonderdrucke schrieb H. angeblich: »Die Sprache ist als Muttersprache nicht nur die Sprache der Mutter. Sie ist als die Sprache der Mutter auch die Mutter der Sprache. Meinem lieben Vetter andenkendgrüßend.« Wenn ich James und den Dean auf die Palme bringen möchte, muss ich nur darauf einen kleinen Essay aufbauen.

Mein Bett duftet nach Maria.

2. Dezember

Meine Seejungfrau hat endlich gemailt. Sie ist stark erkältet (die verdammte Skitour!), hat Fieber, liegt (hoffentlich allein!) im Bett und kann nicht arbeiten, weil ihr Kopf dröhnt. Mache mir Vorwürfe. Hätte sie gerne besucht. Habe sie immer wieder angerufen, aber sie hat nicht abgenommen.

Dafür bekam ich ungebetene Gäste. Am Nachmittag, es muss drei gewesen sein, läutete es an der Tür, und herein kam das merkwürdige Schweizer Paar (»Sepp und Lislot Meier, Fislisbach, Kanton Aargau, Schweiz«, wie sie sich nochmals vorstellten, als ob das ein Markenzeichen wäre).

Sie hatten zwei Plastiktüten dabei, die mit einem Schweizerkreuz und der Aufschrift SVP UDC (?) bedruckt waren, und kaum hatten sie meine Wohnung betreten, als sie auch schon aus dem einen Beutel zwei Paar Hausschuhe (»Finken« (???), wie sie sich ausdrückten) und aus dem anderen eine Flasche Robert Mondavi Private Selection 2010 herausholten:

»Gopferdelli *(Verdammt noch mal*, ???), wir haben uns gesagt, wir können Sie doch am ersten Advent nicht so einsam und allein herumsitzen lassen, so ganz ohne Familie, Anschluss und Besinnlichkeit! Da muss man doch schwermütig werden. Odr? Das geht doch nicht! Gopferdelli, haben wir uns gesagt, jetzt sind wir eben die Familie, Ihre Familie, und haben Ihnen einen guten Roten aus dem Napa Valley mitgebracht. Ein Stück Heimat sozusagen. Sie stammen doch aus Kalifornien, odr? Der Wii *(Wein)* wird Ihnen, der wird uns Dreien an einem solchen Tag doch gut tun. Odr? Das ist kein billiger Fusel, das ist schon öppis *(etwas)* Besseres, Gopferdelli. Haben Sie einen Korkenzieher?«

Ohne auch nur einen Augenblick innezuhalten und zu überlegen, rannte ich Idiot in die Küche, öffnete die Flasche und schenkte ein.

»Eigentlich trinken wir nur Schweizer Wein, und zwar aus Überzeugung.«

»Aha.«

»Aber der Mondavi ist ja zur Hälfte auch schweizerisch, denn …«

»Mondavi war doch *der* amerikanische Weinpionier schlechthin und kein …«

»Gopferdelli, Ihr Mondavi hat aber Margrit Kellenberger aus St. Gallen geheiratet, unsere Margrit Kellenberger, und die beiden haben zusammen gewirtschaftet, und sie wird ihm schon beigebracht …«

»Das wusste ich nicht. Das ändert selbstverständlich alles. Das verstehe ich, auch wenn Robert Mondavi in keiner

Weise ›mein Mondavi‹ ist. Zum Wohl, Herr Meier. Wir sind ja beinahe Namensvettern!«

»Genau! Und weil wir das sind, sollten wir jetzt schnellstens »Duzis« machen, odr? Ich bin der Sepp, und das da, meine frühere Verlobte, das ist die Lislot. Zum Wohl, Carl! Auf unsere Freundschaft und viele zukünftige Begegnungen!«

Wir stießen an und tranken, und ich stellte für mich fest, dass ich jeden x-beliebigen Wein vom Oberrhein oder vom Hochrhein oder vom Bodensee lieber getrunken hätte als diesen parfümierten Rachenputzer.

»Sie ..., verdammi, du musst wissen, wir sind Patrioten. Wir sind friedlich, ganz und gar friedlich, aber wir legen großen Wert auf Patriotismus. Ich und Lislot. Wir haben unser Land immer geliebt. Wir lieben es eigentlich immer noch. Alte Liebe rostet nicht. Wie man so schön sagt. Auch wenn sich unsere Schweiz in den letzten Jahren zu einem fürchterlich sozialistischen Land entwickelt hat. Zu einem Ausländerland. Und zu einem Genossenschaftsland. Schlimm ist das, odr? Früher war die Schweiz ein schönes Land. Und auch ein gutes Land. Ein rechtschaffenes, währschaftes (???) und schönes Land, das für die Schweizer da war und die Bürgerrechte hochhielt. Ein Land, in dem man sich wohlfühlen und zu Hause sein konnte. Da, wo ich und Lislot wohnen, sind wir mittlerweile aber in der Minderheit. Wir Schweizer sind in der neuen sozialistischen Schweiz längst zu Ausländern geworden. Das ist leider so, verdammi, aber ...«

»Ich dachte immer, die Schweiz sei eine Hochburg der Marktwirtschaft, des ..., des Kapitalismus, ein Steuerparadies mit lauter Reichen und ...«

»Unsere Schwiiz besteht beinahe nur noch aus Genossenschaften und Genossenschaftsfunktionären und Genossenschaftsfilz, Gopferdelli. Da hast du keine Chance. Ich zum Beispiel mache in Immobilien ...«

»Interessant. Du bist Bauunternehmer?«

»Nein, ich vermiete nur. Vor allem an Russen. Die machen ihre Geschäfte, odr? Gute Geschäfte. Und der Mietzins stimmt. Einigermaßen zumindest. Aber gegen die Genossenschaften hast du keine Chance. Die teilen die Wohnungen unter sich auf. Also, unter ihren Funktionären. Das ist ein closed shop, wie man heute zu sagen pflegt (Sepp sprach *closed* wie *Klosett* aus). Aber du verstehst ja Englisch. Odr?«

»Ja, ich …«

»Die Schweiz wird immer sozialistischer und teurer. Das ist das Problem. Kein Wunder, wenn so viele Ausländer zu uns kommen, die uns auf der Tasche liegen. Die treiben die Preise in die Höhe. Unsere gute Schweiz ist mittlerweile unbezahlbar. Viel zu viele Ausländer sind zu uns gekommen in den letzten zehn, zwanzig Jahren und nehmen uns Schweizern die Jobs, die Bauplätze, die Straßen und das ganze Land weg. Und täglich kommen noch mehr. In unseren Trams und Zügen findest du keinen freien Platz mehr. Und die Politiker machen nichts dagegen. Nichts! Die meisten jedenfalls. Die lassen sich von den Ausländern schmieren, Gopferdelli! Die stecken das dicke Geld ein. Dabei ist das Boot längst voll! Randvoll! Und wir, ich und Lislot, wir fühlen uns nicht mehr zuhause in der Schweiz. Und nicht mehr sicher. Wir sind nicht mehr in der Mehrheit. Also, wir Schweizer … Wir haben …«

»Aber ihr beiden seid doch auch Ausländer, hier, bei uns (!), im Schwarzwald!«

»Mensch, Carl, das ist doch öppis Anderes, odr?«

Usw., usw.

Sepps runder Kopf färbte sich allmählich dunkelrot, und sein Blick wurde für Sekundenbruchteile stechend, doch gleich darauf lachte, schmunzelte und strahlte er wieder und gratulierte mir zu meiner »gediegenen« Wohnung, die viel vornehmer sei als seine »einfache Behausung«. Ich fühlte mich einigermaßen unbehaglich, musste ihm aber immer wieder nachschenken, er trank die Flasche beinahe allein. Und es dauerte fast zwei Stunden, bis ich ihn und die verschüchterte Lislot hinauskomplimentiert hatte.

5. Dezember

Bin nach Freiburg zu Maria gefahren. Wir haben ihre Wiederauferstehung aus dem Bett auf herrliche Weise im Bett gefeiert. Es scheint alles zu sein wie vor unserer Skitour. Aber an Weihnachten fährt sie nach Bad Berleburg.

Diesen entsetzlichen Satz, der eine Art Todesurteil darstellt, muss ich noch einmal hinschreiben, damit ich ihn tatsächlich glaube: An Weihnachten fährt sie nach Bad Berleburg.

Und sie hat mich nicht gefragt, ob ich mitkommen möchte. Das war überhaupt kein Thema für sie. Sie hat noch nicht einmal mit der Wimper gezuckt. Und ich habe sofort gespürt, dass es in keiner Weise auch nur in Betracht kommen könnte, zu zweit zu fahren: als Paar, das wir doch sind. Oder zumindest waren. Oder sein könnten, nach allem was war. Das ist die eigentliche Katastrophe. Vermutlich ist Professor Carly, der Sack, nicht präsentabel, eine amerikanische Witzfigur, Typ Walter Matthau in seinen schon ziemlich späten Jahren, und ihr »alter Herr«, am Weihnachtsabend mit Zweireiher, Fliege und Einstecktüchlein angetan, ist garantiert jünger als ihr Liebhaber. (Ein Rechtsanwalt, klar; und das intelligente und schöne Töchterchen ist sicherlich dazu ausersehen, in Bälde in die Kanzlei einzutreten und sie irgendwann einmal zu übernehmen, am besten mit einem blendenden Göttergatten an ihrer Seite, einem Wirtschaftsjuristen von hohen Graden, der, wie der Herr Papa, Mitglied des örtlichen Rotary Clubs ist. Was kann ein dahergelaufener Claremont-Linguist aus der zweiten oder dritten Reihe da schon ausrichten?).

Ich kann nur den Schluss ziehen, dass ich ihr nichts bedeute. Dass sie unsere »Beziehung« nicht ernst nimmt. Nie ernst genommen hat.

Freiburg hat sich mächtig in Schale geworfen, freilich nicht unbedingt zu seinem Vorteil. Die Stadt, die angeblich so ökologisch ist und die so tut, als ob Wissenschaft, Bildung und Kultur für sie einen hohen Stellenwert besäßen, hat die Hüllen weitgehend fallen lassen, hat sich allzu tief dekolletiert. Und zum Vorschein kommt das, was man landauf und landab kennt: die krummen Beine einer billigen Tänzerin, die sich mit ihren Kolleginnen ums Goldene Kalb schart, und die hässlichen Titten der Frau Welt, die rein gar nichts mit der Schönheit eines jungen Mädchens zu tun haben. Zumindest nicht auf den ersten Blick. Geld regiert auch hier die Welt. Spätestens jetzt muss ich es zur Kenntnis nehmen: Freiburg ist eine ganz gewöhnliche Stadt. Sie hat sich von oben bis unten mit Weihnachtsglitter behängt, wie eine Nutte mit Strass und Talmi.

Noch widerlicher ist der Weihnachtsmarkt. Massen wälzen sich dort durch die engen Budengassen. Hunderte, tausende Menschen schieben sich dicht gedrängt aneinander vorbei, treten sich auf die Füße. Oft werde ich angerempelt. Es duftet, riecht, stinkt nach Gebratenem und Gesottenem, Würsten, Waffeln, Crepes und Flammkuchen, Pommes frites und Mayonnaise, nach Glühwein und Gekotztem, Bier und Schnaps. Überall, einem satirischen Panorama nicht unähnlich, Gesichter, Fratzen, Masken wie ich sie von Otto Dix kenne, grölende Besoffene, schimpfende Eltern, plärrende Kinder. Und die zu rührseligen Schlagern verkitschten Weihnachtslieder meiner Kindheit dröhnen an allen Ecken und Enden aus miserablen Lautsprechern. Beinahe hätte ich mich in dieser Geisterbahn verlaufen.

Eigentlich wollte ich schon in die Falle gehen, aber dann habe ich mir ein weiteres Glas Kirschwasser eingeschenkt und den letzten Absatz noch mal durchgelesen. Vielleicht hat mich der Alkohol milde gestimmt, das kann schon sein (Meinen Vater hat er in aller Regel aggressiv und jähzornig gemacht). Ich fürchte jedenfalls, dass ich mich immer mehr zu einem nörglerischen Weltverbesserer entwickle. Wenn ich offen zu diesem Tagebuch sein soll, so muss ich zugeben, dass mir der Freiburger Weihnachtskitsch in gewisser Weise doch irgendwie auch ganz gut gefallen (und auch ganz gut getan) hat. Es mag für einen Intellektuellen (?), der sechzig Jahre auf dem Buckel hat, beschämend sein, aber irgendwie hat mir dieses ordinäre saisonale Tingeltangel trotz allem das Bewusstsein einer herausgehobenen Zeit, einer Unterbrechung des Alltags und der Normalität, also: von Festlichkeit vermittelt. Vor allem hat es mich ein wenig von meinem Gefühlsnotstand abgelenkt: Denn auf dem Weg durch die Stadt, zurück zum Parkhaus, zerfiel mein Sicherheitskokon, das Mariagift büßte rasend schnell seine Wirkung ein, und in den Vordergrund trat die mich zutiefst kränkende Bad Berleburg-Verschwörung.

Ich bin sicher: Carly ist eigentlich schon längst abgeschrieben. Er war in Wahrheit nur das possierliche Schoßhündchen (!) für anstrengende Examenszeiten. Eine naive männliche Hostess für bestimmte Stunden. Da kam mir der städtische Weihnachtsmummenschanz gerade recht: Ich konnte mich moralisch ein wenig über die Freiburger Pfeffersäcke erheben, die offensichtlich auch nicht altruistischer und nicht besser sind als ihre Kollegen in Frisco und L. A. (Geld regiert nicht nur die Welt, sondern hat, wie man weiß und wie auch Hebel andeutet,* auch sonst seine Reize. Allerdings passen in Freiburg die Temperaturen, das musste ich ohnehin konzedieren, eher zu den Kostümen der in Hundertschaften herumparadierenden Weihnachtsmänner), ich war in die Lage versetzt, nach Lust und Laune zu grollen und zu schmollen. Und mit einem Mal, ich konnte es kaum glauben, fühlte ich mich nicht mehr wie ein Prügelknabe, sondern geradezu gelassen, ja: beschwingt. Überdies wurde hinter der grellen, dick aufgetragenen Schminke der vorweihnachtlichen Kommerzhuren in homöopathisch dosierten Spuren etwas ganz Anderes sichtbar, das mich später, auf der Rückfahrt, bis zu einem gewissen Grad von mir selbst befreite: der Abglanz eines alten Märchens und des Schwarzwaldmythos, dem ich offenbar verfallen bin. (Musste aber auf der gesamten Strecke auch höllisch auf Radarfallen und Glatteis achten).

8. Dezember

Warum nur verhalte ich mich nach wie vor so defensiv? Weshalb habe ich Maria nicht einfach angeboten, sie zu begleiten? Nach dem Motto: »Wann fahren wir?«

Ich hatte Angst vor einer grandiosen Abfuhr. Und ich hätte sie bekommen. Mit Pauken und Trompeten, wie sie hier sagen. Keine Frage. Bin sehr enttäuscht.

* *Z' Friburg in der Stadt*
sufer isch's un glatt,
richi Herre, Geld un Guet,
Jumpfere wie Milch un Bluet,
z' Friburg in der Stadt.

Johann Peter Hebel, Der Schwarzwälder im Breisgau

(In Freiburg in der Stadt, / sauber ist's und glatt, / reiche Herren, Geld und Gut, / Jungfrauen wie Milch und Blut / in Freiburg in der Stadt).

Wahrscheinlich ist es ein großer Fehler. Ich weiß nicht, weshalb ich diesen Mist verzapft habe. Um Maria eins auszuwischen? Um mir selbst ein Bein zu stellen? (Es wäre nicht zum ersten Mal). Vielleicht um der alten Zeiten willen? Aus Sentimentalität? Keine Ahnung. Jedenfalls habe ich Mias letzte Mail wieder und wieder gelesen. Sie hat mir einfach leid getan, weiß der Teufel warum. Ich habe sie auf Weihnachten zu mir eingeladen. Und jetzt kann ich nicht mehr zurück. Immer wieder mache ich dieselben Fehler – und wahrscheinlich sogar aus Überzeugung. Vielleicht ist Mia aber auch meine letzte Chance. (Carl, du bist ein Ekel, findest du nicht auch? Wenn Wolch oder Fulton sich so benähmen, würdest du zu Recht explodieren).

Sehr enttäuscht von M.

Bin gestern wieder einmal mit Stoltenhoff ins Gespräch gekommen. Wir hatten beide eingekauft und luden den Kofferraum aus. Beiläufig sagte er, der Schwarzwald werde immer mehr zum Tummelplatz von Spinnern und seltsamen Käuzen. Ich fragte ihn, ob er da an mich denke. Er lachte: »Sie sollten nicht den Fehler machen, alles auf sich zu beziehen. Wir leben doch ganz friedlich miteinander, oder? Ich habe gerade auf SWR 4 gehört, dass sich wieder einmal ein Wunderheiler in der Gegend niedergelassen haben soll, der Krebs mit Hilfe von Honig- und Kräutertinkturen zu kurieren verspricht.« Freilich, bei Licht betrachtet, sei das Auftreten »solcher Typen« hier nicht ganz neu. Ein Graf Dürckheim (?) habe sich ja schon früh in Todtmoos niedergelassen, und im Schlepptau dieses Psychoanalytikers seien alle möglichen Esoteriker und Sektierer in den Südschwarzwald gefolgt. Fiat Lux (?) habe sich in Strittmatt und Ibach breit gemacht, bis in den Gemeinderat sogar, und dort, in Ibach, gebe es auch, das habe er zumindest gehört, eine Art

Psychokloster, das angeblich vor allem von Niederländern frequentiert werde. Selbst Sheela, die berühmt-berüchtigte Exgeliebte und Helfershelferin des großen Gurus Bhagwan Shree Rayneesh sei Mitte der achtziger Jahre bei ihrer Flucht aus Oregon in Häusern aufgekreuzt, sei dort allerdings in einer Pension unter Mordverdacht verhaftet und im Waldshuter Knast (Der ehemalige deutsche Ministerialbeamte Stoltenhoff sagte tatsächlich »Knast«) eingebuchtet worden. Heute lebe sie als Sheela Birnstiel (!) im Kanton Baselland und betreibe zwei Heime für Arme und Behinderte. Das habe erst neulich wieder in der BZ gestanden. Und in Glasmatt lebe schon seit Jahren ein verrücktes Ehepaar, eine Ökonomin und ein bekannter Journalist: »Die beiden sind fanatische Tierschützer und lassen sich von ihrer Katze terrorisieren. Angeblich wagen sie es kaum noch, das Haus zu verlassen. Die müssen total plemplem sein.« Im Vergleich zu »solchen Typen« sei ich doch eher unauffällig. Nettes Kompliment.

Heute haben mich Irmingard und Siegfried heimgesucht. Anders kann und will ich es nicht ausdrücken. Auch sie bilden, scheint mir, ein seltsames, ein verrücktes Paar. In ihrem Schlepptau hatten sie überdies Roger Brown, den gleichfalls merkwürdigen Engländer, der angeblich, wie Irmingard behauptete, mit John Maynard Keynes und Evelyn Waugh verwandt ist. In einem riesigen Korb brachte sie ein Service für die Teezeremonie und einige kleine Bilder von Siegfried mit. Ich bräuchte doch mit Sicherheit noch etwas Schönes für »mein neues Heim«, meinte sie (und Siegfried nickte bekräftigend), oder vielleicht auch das eine oder andere Weihnachtsgeschenk. War ziemlich verdutzt und wusste nicht, wie ich mich aus der Affäre ziehen sollte. Also lobte ich alles überschwänglich und nahm ihnen schließlich zwei kleine Schalen, eine winzige Kanne und ein gar nicht so schlecht gemaltes kleines Stillleben mit Eiern, Erdbeeren und heruntergebrannten Kerzen ab. Allerdings vollkommen überteuert. Geradezu gesponnen. Roger sagte kaum etwas und nuckelte die meiste Zeit an einem silbernen Flachmann. Doch bevor die drei wieder aufbrachen, packte er seine Geige aus, die ich zuvor überhaupt nicht bemerkt hatte, und spielte eine Sonate für Violine solo von Bach. Wirklich sehr schön. Carly, der sentimentale Sack, war zu Tränen gerührt.

10. Dezember

Irmingard rückte mir nochmals auf den Pelz. Siegfried, sagte sie, habe sich wahnsinnig über mein Bilderlob gefreut. Deshalb bringe sie mir zusätzlich noch einige »Dauerleihgaben«. Er wolle gut bei mir repräsentiert sein. Und ich solle mich auf gar keinen Fall zu irgendetwas verpflichtet fühlen. Auf keinen Fall. Jetzt habe ich den Salat.

*

Carl, mein Lieber,

Du kannst Dir nicht vorstellen, wie glücklich Du mich mit Deiner Nachricht gemacht hast. Mit Sicherheit ahnst Du auch nicht, wie sehr ich mich auf unser Wiedersehen freue. So sind wir Frauen eben, und ich will meine Scharte auswetzen – nicht zuletzt vor mir selbst und meinem Gewissen.

Ich habe meine Stendhalarbeit vorläufig abgeschlossen und schon begonnen zu packen, und in den nächsten Tagen will ich noch dies und das einkaufen gehen, denn ich stelle mich auf einen mehrwöchigen Aufenthalt ein. Das ist Dir doch hoffentlich recht? Falls wir beschließen sollten, für längere Zeit in Europa zu bleiben, müsste ich nochmals kurz rüberdüsen, um meine Angelegen-

heiten zu regeln. Aber auch das wäre kein Problem. Mach Dir keine Sorgen!

Apropos Einkaufen. Die Weihnachtsdekoration in den guten Geschäften von Berkeley und SF gefällt mir noch besser als in den Vorjahren. Sie strahlt meines Erachtens mehr Atmosphäre aus als sonst. Aber das mag vielleicht auch daran liegen, dass ich die ganze Zeit an Dich und an den verschneiten Schwarzwald denke. Der Schwarzwald im Winter: Das ist doch sicher wunderschön. Oder? Und dann noch mit Dir zusammen!

Es umarmt und küsst Dich

Deine Dich liebende Mia

PS. Das Wichtigste hätte ich beinahe vergessen! Ich komme am 21. um 10 Uhr 28 (Ortszeit) in Zürich-Kloten an. Die Flugnummer habe ich gerade nicht greifbar, aber das sollte kein Problem sein, oder? Du kommst mich doch abholen?

PS 2. Ich bin auch sehr auf Deine Forschungsergebnisse gespannt und kann es kaum abwarten, in Deinen neuen Texten zu wühlen – wie in Deinen Haaren. Du wirst bestimmt den Vogel abschießen und viel Ehre einheimsen. Ich bin stolz auf Dich! Wer von Eurer verwöhnten Abteilung nimmt das schon auf sich: Feldforschung in Europa?

*

»Dein Steak hat sehr gut geschmeckt, und die Tomaten dazu: toll.«

»Findest du?«

»Ja, ganz wunderbar. Auch der Italiener. Aber du solltest nicht soviel trinken. Das tut dir nicht gut.«

»Ich trink' doch nicht viel!«

»Da bin ich anderer Ansicht. Schau' dir doch die Flasche an. Den allergrößten Teil hast du gekippt. Du schadest dir. Und wenn du dir schadest, dann schadest du auch mir. Schließlich will ich dich noch ein schönes Weilchen haben. Aber nicht als Alkoholwrack. Also, nimm bitte Rücksicht auf mich!«

»Bist du wirklich sicher, dass du mich willst?«

»Hör bitte auf mit dem Quatsch. Fang nicht schon wieder damit an.«

»Ich finde es rührend, dass du so um mich besorgt bist, aber früher, vor dir, habe ich andere Mengen geschluckt, und das hat mir auch nicht geschadet.«

»Woher willst du das wissen?«

»Beweis' mir erst mal das Gegenteil!«

»He, was machst du denn jetzt? Was willst du mit den Gläsern?«

»Ich hol' uns noch einen kleinen Whiskey als krönenden Abschluss.«

»Jetzt reicht's mir! Du nimmst mich überhaupt nicht ernst!

»Doch, freilich ...«

»Wenn du jetzt noch mit harten Sachen kommst, stehe ich sofort auf und gehe. Du spinnst ja!«

*

Maria schläft. Habe im Netz einen Bericht über Landwirtschaft und Tierschutz gelesen. Über Fleischproduktion (als ob man Fleisch herstellen könnte wie man Medikamente, Spritzen oder Stahl produziert). Über die sogenannte Arbeit in den Schlachthäusern. Unsägliche Fotos: die vor Angst weit aufgerissenen Augen einer Kuh, kurz vor der Tötung; das Morden im Akkord; unzählige Tierhälften, an Haken hängend, dicht neben einander, sozusagen Schulter an Schulter. Ein Veterinär, der für einen Schlachthof zuständig ist, sagt, er habe jede Nacht Albträume. Ich frage mich: Was ist inzwischen wohl (!) aus »meinen« Kühen geworden? Bei welchem Schlächter sind sie gelandet?

Was erlauben wir uns?

13. Dezember

Von der Linguistik habe ich die Nase in einem Maß gestrichen voll, wie man sie nur von einer stinkenden Kloake voll haben kann. Schon die Vorstellung, gezwungen zu sein, von neuem ihre akademische Liturgie, all ihre lächerlichen und dümmlichen Rituale vollziehen zu müssen, fördert bei mir nichts anderes zutage als Brechreiz: sauren, galligen Brechreiz. Neben meinem Tagebuch und ein paar Mails habe ich hier noch keine einzige Zeile geschrieben und gedenke es auch nicht zu tun. Mein sogenanntes Sabbatical dient ausschließlich mir und einer Entziehungskur in Sachen Claremont University, Linguistics Department. Und ich darf sagen, ich war erfolgreich, sehr erfolgreich sogar, ich bin längst »trocken«. Und Professor Carly ist nicht nur abstinent, sondern vollständig geheilt. Erst jetzt beginne ich mich wieder für Sprache zu interessieren (Das ist kein Widerspruch), noch mehr aber fasziniert mich die Literatur.

Neulich, als ich Maria besucht habe, war ich endlich wieder einmal im »Wetzstein« und habe einen großen Stapel Bücher gekauft, insbesondere einen Band eines gewissen Patrick Roth (Never heard before), dessen Titel mich förmlich ansprang: *Riding with Mary. 10mal Sehnsucht.* Riding with Mary und Sehnsucht: Dass ich das haben musste, war sofort klar. Das Buch stand, zusammen mit anderen Werken des Autors, in der kleinen antiquarischen Abteilung, als Erstausgabe und von Patrik Roth handsigniert. Ich nahm den Band, fläzte mich bequem auf das weiße Le Corbusier-Sofa des »Wetzstein« und begann zu blättern und zu lesen. Schnell stieß ich auf den Text *Hebels Hollywood oder Freeway ins Tal von Balzac* und begriff, dass mich das Buch auch jenseits seines Titels anging. Roth, der in Freiburg geboren wurde, in Karlsruhe aufwuchs und viele Jahre in Los Angeles gelebt hat, als Filmer und Schriftsteller, berichtet in dieser autobiografischen Erzählung davon, wie er sich in seinen frühen Jahren (Er ist nur geringfügig jünger als ich, also inzwischen längst auch ein alter Sack) dem fremden Land Kalifornien näherte, indem er in einem 500-Dollar-VW immer wieder von neuem über die Boulevards und Freeways fuhr und dabei, in Ermangelung weiblicher Begleitung, wie der Erzähler selbstironisch verrät, seine Lieblingsschriftsteller vom Band hörte, Hebel etwa, Hölderlin, Joyce, Trakl, Nathanael West, Poe, Arno Schmidt (Never heard) und Paul Celan.

Er fuhr und fuhr und lauschte dabei seiner eigenen Stimme. So hörte er damals auch Hebels *Unverhofftes Wiedersehen*, nach eigenem Bekunden eine seiner Lieblingsgeschichten, und seit dieser Zeit, sagt der Erzähler, sei der Kuss, den der Bergmann seiner Braut gibt, bevor er hinab in die Grube fährt, für ihn mit dem Ventura Freeway, nahe dem Laurel Canyon Exit in Los Angeles, verbunden. Wichtiger aber als diese kalifornischen Reminiszenzen erscheinen mir einige Bemerkungen Roths zum Eigenen und zum Fremden. Bisweilen, schreibt Roth, werde Hebel etwas verächtlich als Heimatdichter (!) bezeichnet. Ihm aber sei er ein Heimatdichter in einem anderen Sinn: »Denn wenn ›dichten‹ vom lateinischen ›dictare‹ kommt, dann dichtete Hebel mir, ›diktierte‹ er mir die Heimat aufs Fremde. Ich stenographierte die vertrauten Wendungen der Geschichte mit, erkannte sie wieder, im Fremden einer fremden Welt. So habe ich mir Heimat geschaffen …« Noch wichtiger aber sei, schreibt Roth, die Entdeckung, »dass man das Eigene gar nicht kannte.« In Wirklichkeit finde man es erst im Fremden.

15. Dezember

Das herrliche Winterwetter dauert an. War mit Maria, die wieder bei mir übernachtet hat, zum Skilaufen an den Fahler Hängen. Steile und verhältnismäßig lange Abfahrten, wirklich alpin. Damit hätte ich im Schwarzwald nicht gerechnet. Aber um ehrlich zu sein: Für einen Menschen wie mich ist das eigentlich nichts. Auch wenn nur wenige Leute unterwegs waren und wir daher am Lift nicht warten mussten (An den Wochenenden, habe ich mir sagen lassen, muss es unerträglich sein am Feldberg, der dann offenbar regelmäßig von Blechlawinen heimgesucht wird): Das monotone und letztlich stupide Rauf-und-runter an den immergleichen Hängen ödete mich schon bald an, und wenn mich nicht eine grazile junge Frau, der das Ganze offensichtlich einen Riesenspaß bereitete, immer wieder von neuem angefeuert und angetrieben hätte, wäre ich wahrscheinlich sehr schnell ausgebüxt, hätte eine Skitour in Angriff genommen und eine einsame Spur durch den Wald gezogen, hinauf zum Herzogenhorn oder anderswohin. So aber machte ich gute Miene zu einem im Grunde langweiligen Spiel, doch ich genoss es, mit Maria zu flirten und zu knutschen. *Riding with Mary.*

Habe ich mit Mia in all den Jahren ein einziges Mal etwas Ähnliches erlebt: so federleicht, so unbeschwert und so reizvoll? Wann war ich je so glücklich wie mit Maria? Aber für sie bin ich wohl nur eine Art Zeitvertreib.

17. Dezember

Habe ich dir jemals die Heirat versprochen
Niemals
Es ist nicht notwendig wie du siehst
Die Ehe ist kein Heilmittel
Alle sind mit der Hölle verheiratet

Thomas Bernhard, Der Weltverbesserer, 2. Szene

Von Kunkel, dem armen Kerl, habe ich schon lange nichts mehr gehört. In Obernü lebt man einfach abgeschieden (und das ist gut so). Keine Ahnung, wie es ihm und seinem Restaurant geht. Und was wird wohl Thomas Thoma machen? Im Winter kann er seine junge Frau kaum auf der Terrasse ausstellen.

18. Dezember

Der Wetterbericht verheißt nichts Gutes. Wollen wir hoffen, dass sich die Regenmacher irren.

20. Dezember, spät in der Nacht

Maria war da, um sich für ihren Weihnachtsurlaub zu verabschieden. Ganz in Schwarz, in hautengen Jeans, und in Stiefeln: Sie sah so gut aus wie noch nie, es tat beinahe weh. Wie Milch und Blut (nur keine Jungfer, aber eine Seejungfrau). Und sie hat an alles gedacht, sie hat Pizza, eine Veuve Cliquot und einen sündhaft teuren Rotwein mitgebracht, aber ihre Scherze und ihre Zärtlichkeiten wirkten irgendwie aufgesetzt und überdreht, als wären sie Zitate aus einer längst abgelebten Vergangenheit, und ich wette, auch sie weiß, was die Stunde geschlagen hat. Jetzt ist sie fort, und ich, der alte Psychosomatiker, habe Durchfall. Das verlassene Männchen muss immer wieder rennen. Das ist das wahre Gesicht, hinter der Maske.

Habe seit langem wieder einmal meine abgegriffene Epikur-Ausgabe zur Hand genommen (und auf dem Clo gelesen). Der Alte hat ja so recht: Glück besteht in erster Linie aus Schmerzlosigkeit und der Beruhigung der Leidenschaften. Wie weit bin ich von diesem Zustand entfernt!

21. Dezember, am Abend

Der Wecker klingelt, aber ich bin ohnehin wach. Sechs Uhr früh. Mit einiger Mühe quäle ich mich aus dem Bett. Es ist, als ob ich mir beim Aufstehen zusähe. Als wäre ich nicht bei mir, stünde neben mir. Täusche ich mich, oder sind da wieder diese Teilchen im Raum?

Draußen ist es noch immer stockdunkel. Wir, nein: Ich befinde mich in der finstersten Zeit des Jahres. Winteranfang. Das Bett duftet nach Maria, ihrem Parfum, ihrem Schweiß, all ihren Körperflüssigkeiten, sie ist noch nicht lange weg. Ich ziehe die Bettwäsche ab, doch ich bringe es nicht fertig, sie in die Waschmaschine zu stopfen. Stattdessen lege ich sie in den Korb, wie ein wertvolles Souvenir. Ein Beweisstück. Dann beziehe ich das Bett neu. Ich suche die Wohnung nach Spuren von Maria ab. Es tut mir weh, sie zu beseitigen. Aber es hilft nichts: Ich habe mir vorgenommen, es nochmals mit Mia zu versuchen, mit ihr einen neuen Anfang zu machen. Ich muss mir Maria aus dem Kopf schlagen. Sie wird sowieso bald mit ihrem deutschen Wirtschaftswunderanwalt über alle Berge sein. Da brauchst du dir nichts vorzumachen, Carl. Maria, ach Maria. (Seltsam, wie eng unsere Namen neben einander auf dem Papier stehen. Als ob das etwas hülfe!).

Ich lasse die Spülmaschine laufen, lüfte und räume die Wohnung auf. Sauge, putze alles durch, auch das Bad. Betrachte mein übernächtigtes Gesicht im Spiegel: die geröteten Augen hinter den dicken Gläsern, die teigige Haut, die Falten. Ein kläglicher verkaterter Kater. Jetzt erst fällt mir ein, dass ich duschen muss. Ziehe mich aus und habe den Eindruck, dass ich mehr Pigmentflecken habe als noch vor ein paar Wochen. Beulenpest. Alterspest (Warum hat sich Maria überhaupt mit mir eingelassen?). Lasse abwechselnd heißes und kaltes Wasser über mich hinwegrauschen. Ich rasiere mich, parfümiere mich, lache mich aus. Fehlt nur noch Make up! (Auch die Toten werden geschminkt). Draußen beginnt es zu dämmern. Höchste Zeit! Ich ziehe mich schnell an (Kordhose, weißes Hemd, Tweedjackett, Mantel) und breche auf.

Eine dünne Wolkenwand nähert sich von Westen. Kein gutes Zeichen. Über Nacht ist es erheblich wärmer geworden: nur noch zwei Grad Celsius unter Null. Die Straße ist aber noch immer schneebedeckt. Unten in Waldshut ist aus dem Schnee schon schmutziger Matsch geworden, alles sieht hässlich und irgendwie schäbig aus. Der Golf fährt durch große Wasserlachen und pflügt Fontänen auf die Gehwege. Am Grenzübergang gibt es einen Stau. James fällt mir ein, und ich werde nervös. Aber dann komme ich doch ziemlich rasch über die Rheinbrücke, die Schweizer Zollbeamten winken mich durch, ohne mich zu kontrollieren (wahrscheinlich wegen meines FR-Kennzeichens), und ich kann weiterfahren. Am Ende bin ich viel zu früh am Flughafen.

In der Halle herrschen ein wildes Hin und Her und ein babylonisches Durcheinander unzähliger Sprachen (Heidegger hätte vermutlich von Zungen gesprochen). Ich bin müde, das Warten strengt mich an, und ich merke, wie sehr ich mich schon an die Ruhe meiner (!) Berge gewöhnt habe. Vor allem derbstes Schweizerdeutsch dringt an mein verwöhntes Ohr. Die heiseren Rachenlaute verursachen selbst einem unbeteiligten Hörer wie mir Schmerzen im Hals. Ich muss an Sepp denken.

Endlich erscheint Mias Flug auf der Anzeigentafel. Noblesse oblige: Sie hat tatsächlich Lufthansa gebucht (»Die Nazi-Linie«, hätte mein Vater früher gesagt, als er noch so gut beisammen war, dass er zumindest seine Vorurteile hätscheln konnte). Dank eines untrüglichen Ziehens und Blubberns in den Tiefen meines Bauches registriere ich, dass ich kurz davor bin, die nächste Durchfallattacke zu erleiden. Maria-Durchfall, oder ist es schon ein Mia-Ablativ? Gleichgültig, wie diese schwierige Frage zu entscheiden ist: Ich laufe los, um schleunigst eine Toilette zu suchen. Ich renne und renne, remple in meiner Bedrängnis irgendwelche Leute an, entschuldige mich hastig (und ganz sicher mit ängstlich verzerrten Gesichtszügen), stolpere über einen offenen Schnürsenkel und wäre um ein Haar der Länge nach gestürzt. Lange laufe ich wie ein dummes, blindes Huhn (ein Hahnrei!) durch die Gänge und werde nicht fündig, klar, wie könnte es auch anders sein? Immerzu rennend (und mit irrem Blick?) beginne ich mir schon einmal vorzustellen, wie es wäre, die schöne und hygienebesessene Mia mit einer total verschissenen Hose in Empfang zu nehmen und sie dann stinkend wie ein stattlicher Schwarzwälder Misthaufen nach Obernü zu kutschieren. Wäre das nicht »a very warm welcome«, wie man in den Staaten zu sagen pflegt? Ich spüre, wie mir der Schweiß ausbricht, also werde ich zumindest verschwitzt riechen, verschwitzt und schmuddelig wie ein alter Mann, der ich ja auch bin. Aber dann finde ich zu meiner Überraschung doch eine öffentliche Toilette mit einer freien Kabine. Sie starrt zwar vor Schmutz und ekelt mich an, aber ich bin, es ist kaum zu glauben, gerade noch einmal einem weiteren privaten Weltuntergang entgangen.

Als ich zurückkomme, ist Mia schon da, buchstäblich wie vom Himmel gefallen. Um sie herum hat sich scheinbar eine Lücke im Gewühl von vielleicht fünf Metern im Durchmesser gebildet (Wie bringt sie so etwas hin?), und Mia thront auf ihren hochhackigen Schuhen im Zentrum dieses freien Raums, zwar ängstlich umherblickend wie ein verletzter Vogel (Ich kenne diesen Gesichtsausdruck an ihr nur zu gut. Und ich bin mir nicht sicher, ob sie den Vogelblick nicht immer und immer wieder vor dem Spiegel einstudiert, denn wenn sie ihn »aufsetzt«, wirkt sie am attraktivsten), aber zugleich so selbstbewusst wie Audrey Hepburn in *Breakfast at Tiffany's*, der sie in ihrem schwarzen eleganten Mantel sogar ein wenig ähnelt. Sie ist nach wie vor eine strahlende Schönheit, gar keine Frage, obwohl ihre Lippen noch schmaler geworden sind und ihr Kinn noch ein wenig spitzer, was sie etwas verhärmt aussehen lässt. Und es macht sie noch mehr zu einem Vogel.

Langsam gehe ich auf sie zu. Jetzt dreht sie sich zu mir um und sagt, indem sie nachsichtig lächelt und ihren linken Mundwinkel leicht abschätzig nach unten zieht, als ob wir uns erst gestern gesehen hätten: »Why do you let me wait so long?« (Auch das wirkt wie einstudiert). Und ich: »A very warm welcome in Europe, my dear!« Dann nehme ich meine amerikanische Amsel (Oder ist es ein Specht?) in die Arme und küsse sie (und ich muss sagen, das hat sich gut angefühlt: ihre Zartheit, der Geschmack nach Zigarette, Honig und etwas anderem, das mir sehr bekannt vorkam).

Ich habe keine Ahnung, wie der Film, in dem wir beide mitspielen, weitergehen soll. Aus purer Ratlosigkeit nehme ich das viel zu kleine Wägelchen mit Mias Gepäck, und wir bewegen uns mit einiger Mühe durch das Menschengewimmel in Richtung Auto. Ich frage mich: Was hat sie wohl für das Zusatzgewicht bezahlt? Und was, um Himmels willen, will sie mit dem ganzen Plunder? Das Kleine: Sind das etwa Hutschachteln? Die Koffer passen nur mit Ach und Krach in den Golf: »Is this your car? Really? Why don't you have a bigger one? It seems to be quite old! You should have bought a nice Saab or a Volvo! I like the scandinavian style, you know. And I loved your californian car! Bill said, you sold it. Why, for God's sake? Why?«

Nicht nur Mias Nörgeleien machen mir Mühe (und das schon nach den ersten Minuten), sondern auch die amerikanische Konversation (Bin glücklich, dass ich mich mittlerweile so gut ins Deutsche hineingefunden habe, dass ich problemlos deutsch lesen, schreiben und sprechen kann, ich habe keine Lust, das alles wieder zu verlernen, und werde deshalb darauf dringen, dass Mia ihrerseits Deutsch lernt – wenn sie denn tatsächlich länger bleiben sollte. Und ich werde, wenn irgend möglich, auch mein Tagebuch weiterhin komplett deutsch führen. Ich lebe jetzt hier und will auch hier bleiben!). Aber ich bin auch dankbar, dass sie mir so bald schon das Stichwort gibt (Rumpel, Rumpel, Rumpel) und frage sie, ob sie denn nichts von einem Unfall gelesen habe, Ende Juni ungefähr. Jemand sei in mein Auto hinein gefahren, sei jedoch sofort verduftet, und ich wüsste bis heute nicht, ob es dabei Verletzte gegeben habe. »Nnnein«, sagt sie etwas zögerlich, »nnein, in der Zeitung habe nichts gestanden. Verletzte habe es dann wohl nicht gegeben, »aber schade um dein schönes Auto!« Monatelang Sorgen um Tote und Verletzte. Monatelang Verfolgungswahn, Ängste und Skrupel, gefräßige Teilchen und Projektile. Und dann löst sich alles sekundenschnell in Wohlgefallen auf. Typisch Carly!

Mia möchte auf der Bahnhofstraße in Zürich einen Kaffee trinken. Entweder hat sie in einem (schlechten) Reiseführer von der Bahnhofstraße gelesen, was nicht ganz auszuschließen ist, oder Wolch hat ihr großspurig davon vorgeschwärmt (Ich tippe auf letzteres):

»Mia, Liebling, das wäre Quatsch. Von hier aus sind wir viel schneller in Deutschland als in der Züricher Innenstadt. Kurz vor Weihnachten ist dort ohnehin die Hölle los. James ...«

»Wir könnten doch auch Einkaufen gehen. Ich würde dir so gerne ... Ich hab nämlich noch eine schöne Geschenkidee. So wunderschön! James hat nämlich ... Und zum Friseur muss ich auf jeden Fall! Der lange Flug hat mir ... Jedes Mal im Flugzeug ruiniere ich mir die Frisur. Ich sehe bestimmt fürchterlich aus.«

»Im Gegenteil! Ganz im Gegenteil! Du bist schön wie immer. Beinahe noch schöner als früher! James hat über stundenlange Staus in Zürich geklagt. Und das zu ganz normalen Zeiten. Mitten im September. Nach dem, was ich gehört habe, hast du es auf der Bahnhofstraße ohnehin nur noch mit Russen zu tun. Russenmafia der schlimmsten Sorte. Aber wenn du unbedingt einen Ausflug nach Zürich machen willst: Lass uns das ein anderes Mal machen. Du bist doch gerade erst angekommen!«

»Carly, du kennst doch den alten Spruch meines Bruders: Was du heute kannst besorgen, das verschiebe nicht auf morgen! Wenn wir nun schon mal in der ...«

»Mia, Liebling, denk doch nur an die Staus! Es ist doch schade um die schöne ...«

»Und wenn schon! Wenn wir im Stau stehen, plaudern wir einfach. Das ist doch nicht schlimm! Ich hab' dir so viel zu erzählen, und ich *muss* eben zum Coiffeur. Sonst fühle ich mich nicht wohl in meiner Haut. Und du weißt ja, was passiert, wenn ich mich nicht wohl fühle ...«

»Glaubst du im Ernst, dass es im Schwarzwald keine Fri ...«

»Nur weil ich jetzt nicht mehr zuhause bin, werde ich mich nicht einem ...«

»Aber Mia, das hat doch alles keine Eile! Du siehst wie immer blendend aus, und wir können doch später einmal nach Zürich oder Bern oder Basel fahren oder wo immer du hin möchtest. Ich freue mich so darauf, dir den Schwarzwald zu zeigen, und nach Zürich sollten wir fahren, wenn es günstiger ist.«

»Du hast dich überhaupt nicht verändert. Aber gut, okay, wie du meinst« (leicht verschnupft und mit einem resignierenden Zucken des linken Mundwinkels; aber ihre Nase kräuselt sich ein wenig, und mit ihren Sommersprossen sieht sie bezaubernd aus).

Ich fädele mich in den Verkehr Richtung Norden ein. Inzwischen hat sich der Himmel vollständig bezogen. Dunkles, einheitliches Grau lastet auf der Ebene, aus Südwesten ziehen bleierne Wolkenballen auf. Der Schnee am Straßenrand und auf den Feldern sieht trist und faulig aus. Die Gegend mit ihrer Mischung aus landwirtschaftlichen Nutzflächen und lieblosen Industriebauten macht einen deprimierenden Eindruck. In der Nähe des Bülacher Kreisels, an dem ich in Richtung Waldshut abbiegen muss, sehe ich einen einzelnen Reiher in einer Wiese stehen.

»Schau, das da unten, der Fluss, das ist der Rhein, der berühmte Rhein. Und auf der anderen Seite, das Ufer, das du dort siehst, das ist Deutschland.«

»Das Land, aus dem deine Eltern mit ihren Eltern geflohen sind.«

»Mia, die Zeiten haben sich geändert. Und außerdem waren die Menschen hier, im Schwarzwald und so dicht an der Schweizer Grenze, anders. Du darfst nicht alle Deutschen über einen Kamm scheren. Die hier waren keine Nazis oder nur die Allerwenigsten« (behaupte ich einfach. Das Thema kotzt mich an. Im Hintergrund höre ich meinen Bruder und vielleicht auch Wolch sticheln).

»Carl, mein Lieber, nimm es mir bitte nicht übel, aber ich habe den Eindruck, dein Wagen riecht seltsam. Kann das sein? In der kleinen Wohnung meines Onkels in El Cerrito riecht es ähnlich. Irgendwie schal und säuerlich. Deshalb besuche ich ihn so selten. Was ist …«

»Ja, Mia, ich fürchte, du hast Recht. Es müffelt nach altem Mann, nach dem Vorbesitzer des Wagens, einem Rentner. Ich brauchte dringend ein Fahrzeug mit Allradantrieb, und da ich nicht wusste, wie lange ich bleibe, habe ich eine möglichst günstige Kiste gekauft. Der Geruch war am Anfang noch erheblich schlimmer, wirklich unangenehm; vollständig jedoch habe ich ihn leider noch nicht rausgekriegt. Aber wenn du ein paar Mal mit deinem betörenden Parfum mitgefahren bist …«

»Charmeur!«

Ich nehme den Grenzübergang in Kaiserstuhl. Das Land wird hügelig. Wir kommen an Weinbergen vorbei, fahren durch kleine Dörfer. Mia entspannt sich und legt ihre linke Hand auf meinen rechten Oberschenkel. In Waldshut beginnt es zu regnen. Dann schüttet es. Mia schmollt wieder.

»Ich dachte, der Schwarzwald sei ein einziges Wintermärchen!«

»Das ist nur ein kleiner Wärmeeinbruch, Mia, nichts weiter. Kennst du doch auch vom Lake Tahoe. Warte nur einmal ab, bis wir in Oberneumatt sind!«

»Zuhause hatten wir die ganze Zeit über wunderbares Wetter! Ganz wunderbar, kann ich dir sagen. Und in L. A. hatten sie sogar einen neuen Hitzerekord für Dezember. Kalifornien ist einfach einzigartig. Wirklich einzigartig, finde ich.«

Ich bete, dass es bei mir zuhause nicht auch regnet, dass ein kleines meteorologisches Wunder geschieht und ich nicht schon am ersten Tag gegen Mias schlechte Laune ankämpfen muss. Zum Glück geht der Regen tatsächlich schon am Schluchsee in Schnee über, ich kann mein Glück kaum fassen. Die Wolken verbergen die Gipfel, der Schnee wird trockener und fällt immer dichter, und oben in meinem Waldtal ist die Straße schon mit einer hohen Neuschneeschicht bedeckt. Ich bin ich froh, dass mein Rentnerfahrzeug über Vierradantrieb verfügt, und Mia bestaunt die Schneewände links und rechts der schmalen Fahrbahn. Sie ist sichtlich beeindruckt.

Ich parke vor dem Haus, wir steigen aus. Mia steht in Stöckelschuhen und Seidenstrümpfen bis zu den Waden im Neuschnee. Ich nehme ihren Arm, damit sie nicht stürzt, und bringe sie zum Haus. Vor ihrem Eingang stehen meine Vermieter und streiten. Das habe ich noch nie erlebt. Sie keifen munter drauflos, die wohlsituierten Herrschaften, und die Stimme von Frau Stoltenhoff überschlägt sich. Um was es geht, bekomme ich nicht mit. Aber das Fest der Liebe wirft offenbar bereits seine vielversprechenden Schatten voraus. Als Mia und ich zu meiner Wohnungstür gehen, bemerken sie uns und erstarren. Ihre Hälse werden erkennbar länger, und im Nu sind die beiden in ihrer Entrüstung (Dass sie wegen meines Sexual- und Liebeslebens entrüstet, empört und aufgebracht sind, steht für mich außer Frage) wieder vereint und starren Mia und mich mit offenen Mündern an. Wenn die wüssten, dass sie jetzt aussehen wie zwei halb verhungerte Cretins, denke ich und überlege kurz, was ich tun soll. Wie kann ich die Situation einigermaßen retten und verhindern, dass die zwei Neidhammel sofort vor Mia über Maria und mich herziehen und meine nächste Lebenskatastrophe in Gang setzen? Jetzt wäre ich glücklich und zufrieden, wenn ich noch in meiner anonymen Absteige in Glasmatt hausen würde. Den Schlagerlärm der Rheinländerin nähme ich liebend gerne in Kauf.

Aber alles Hadern hilft nichts: Ich gebe mir einen Ruck und öffne Mia die Wohnungstür, murmle etwas Unverständliches zur Entschuldigung, dann mache ich nochmals kehrt, stapfe durch den Schnee zu den beiden hochwohlgeborenen Menschenfreunden hinüber, begrüße sie artig und teile ihnen mit, dass die bekannte kalifornische Romanistin Doktor Mia Murphy, eine gefragte Flaubertexpertin, soeben zum Christfest (Ich sagte tatsächlich »Christfest«!) eingetroffen sei (so als hätten Stoltenhoffs diese Berühmtheit schon seit langem sehnlichst erwartet, um von ihr unterm Tannenbaum endlich nähere Auskunft zum Skandal rund um *Madame Bovary* zu erhalten). Ich sei sehr froh, dass ihr Flug von San Francisco nach Zürich ohne größere Probleme verlaufen sei, und bevor meine spießigen Vermieter dumme Fragen stellen können, füge ich hinzu, dass ich trotz der glücklichen Ankunft meines Besuches naturgemäß unverzüglich mit dem Fräsen und Schippen begänne. Dann fällt mein Blick auf eine Tür in ihrer Diele, die bisher stets verschlossen war, und ich sehe eine unglaublich große Menge von Kakteen verschiedenster Größen und Arten, die auf dem Fußboden, mehreren Tischen und raumhohen Regalen stehen. Bislang hatte ich vermutet, dort befände sich eine Gästetoilette. Ich verstumme einen Augenblick lang, doch dann fasse ich mich wieder, wünsche ein schönes Wochenende und mache, dass ich fortkomme. Ich lasse Mia, die erstaunlicherweise überhaupt nichts kommentiert, ein heißes Bad einlaufen, lege ihr ein paar Frotteetücher zurecht und sage ihr, ich müsse mich kurz um den Schnee und ums Essen kümmern. Aber dann könne Weihnachten kommen! Ich sei überglücklich, dass sie hier sei, und sie solle sich ausruhen.

Es ist inzwischen noch etwas wärmer geworden, der Schnee ist recht schwer. Trotzdem komme ich mit der Fräse erstaunlich gut zurecht, und die Sache ist schnell abgetan. Doch ich fühle mich wie ein transzendental obdachloses Schwein, das, wie immer (So sind solche Schweine eben), zu Selbstmitleid neigt. Von Stoltenhoff ist Gott sei Dank weit und breit nichts zu sehen. Ich frage mich: Was sagen die Kakteen über den Charakter der beiden aus? Über ihren

Seelenzustand? Haben sie ähnliche Macken wie ich? Bin ich so beschränkt wie sie? In der Küche bemühe ich mich, meine düsteren Gedanken zu unterdrücken, und schustere (Sagt man so? Das viele Amerikanisch mit Mia verunsichert mich schon jetzt) eine Art Schwarzwälder Brunch zusammen (mit Schinken, Speck, Würsten, Bergkäse, Bauernbrot, Toast, Konfitüre von Faller, Honig aus St. Märgen, Kaffee sowie Tee in Irmingards Schalen) und fülle am Schluss den Rest des letzten Maria-Champagners in zwei Sektkelche.

Plötzlich steht Mia hinter mir und umfasst mich. Sie duftet wie ein ganzer Harem. Ich kann es kaum glauben, aber es ist so: Sie benutzt dasselbe Parfum wie Maria, nur verwendet sie es offenkundig in Hektoliterportionen. Als ich mich umdrehe, trägt sie nichts außer meinem alten Bademantel und dazu den leuchtend roten Lack an den Nägeln ihrer Finger und Zehen sowie ein prächtiges Brillanthalsband, das ich nicht kenne, das jedoch auf ihrer zart gebräunten, samtigen Haut unwahrscheinlich gut wirkt. Ich wüsste gern, von wem sie das Ding hat, aber ich sage nichts, obwohl ich mich über ihre Dreistigkeit ärgere. Dass sie sich nicht schämt, so zu protzen und mir das opulente Geschenk eines anderen gleich am ersten Tag vorzuführen! Dass ihr das nicht wenigstens unangenehm ist! Offenbar will sie mir sofort zu Beginn ihres Besuchs vermitteln, wie hoch die Messlatte liegt (Wie hat sie sich früher ausgedrückt? Den Tarif ansagen?). Doch dazu äußere ich mich nicht, ich verkneife mir jeden Kommentar zu ihrem Kollier, vielmehr sage ich, dass ich gar nicht gewusst hätte, wie viel Schönheit mein oller Frotteemantel auszustrahlen in der Lage sei. Sie lächelt sichtlich erfreut, zieht mich zum Tisch und auf ihren Schoß, wir stoßen mit Marias Witwe an, und sie überreicht mir mit feierlicher Geste ein schmales Buch. Auf dem Umschlag steht in knallroten Lettern, quer über dem bekanntesten Flaubert-Porträt (dem mit dem depressiven Seehundblick und dem dazugehörigen Schnauzer): »Mia Murphy.« Und darunter: *Gustave, Emma and the Drama of Sexual Desire. An Analytical Study.* Ich beginne zu blättern, und auf dem Schmutztitel lese ich, unter der eingedruckten Widmung »To B. F., with gratitude«, in roter Tinte und in Mias schwungvoller, runder Handschrift: »For Carl, with my deepest Love, Mia«.

Ich könnte platzen vor Wut, doch ich, der größte professionelle Feigling und Schlappschwanz östlich von San Francisco, sage mir, dass der Band wahrscheinlich in Druck ging, als die Fulton-Affaire noch im Gange war (Mit Dedikationen sollte man stets vorsichtig umgehen!). Außerdem: Habe ausgerechnet ich, der ich noch immer an Maria hänge wie ein Zwergpudel an seinem Frauchen, ein Anrecht auf Empörung und Ärger? Trotzdem wurmt es mich, dass Mia mir das Buch in unseren ersten Stunden (!) so nonchalant und mit einem ganz und gar harmlosen Lächeln überreicht – als ob die gedruckte Widmung überhaupt nicht existierte. Diese Coolness soll vermutlich ihre emanzipierte Haltung unter Beweis stellen, nach dem Motto: »Ich stehe zu meiner selbst verantworteten Vögelei. Wir leben schließlich nicht mehr im Zeitalter Flauberts!« Trotzdem küsse ich sie auf ihren schönen, samtenen, nach Maria duftenden Hals, bedanke mich brav und stammle, ich freute mich sehr auf die Lektüre. Das Buch werde sie in ihrer Karriere mit Sicherheit weit voranbringen. Dann beginnen wir zu essen, und schon geht das Theater wieder los:

»Du, Carly, Lieber«, sagt sie und fährt mir mit ihren langen Fingernägeln durch mein Haar, »Du weißt, dass ich dich unendlich liebe und dass ich dich begehre, oder?«

»Wenn du es sagst, Liebling, dann …«

»Lieber, was ich sage, das meine ich auch so. Und ich will meinen dummen Fehler ausbügeln. Das habe ich dir ja auch geschrieben, nicht wahr?«

»Ja, Liebling, das hast du ge …«

»Und das gilt auch. Das gilt zu hundert Prozent. Darauf gebe ich dir mein Wort.«

»Du kannst dir ga …«

»Gleichzeitig müssen natürlich auch, wie soll ich mich ausdrücken?, die Rahmenbedingungen stimmen, oder?«

»Klar, Liebling, die …«

»Ich muss ja zugeben, mein Lieber, dass deine Wohnung einen gewissen Chic hat. Ich hätte nicht gedacht, dass man in dieser Einöde etwas Derartiges antreffen kann. Wirklich nicht. Ich hatte, ehrlich gesagt, mit Schlimmerem gerechnet. Das gebe ich zu. Ich will nicht, dass du denkst, ich sei verwöhnt. Auf keinen Fall, das möchte ich nicht. Ich bin kein Luxusweibchen, auch wenn du mir das manchmal an den Kopf geworfen hast. Auch ich habe im übrigen begriffen, dass das hier weder Frisco noch Paris ist. Verstehst du?«

»Ich …«

»Auch die Möbel sind nicht schlecht, wirklich, du hast dir ja zum Teil richtige Klassiker zugelegt. Dein Geschmack war ja schon immer … Aber das Studio ist natürlich viel zu klein. Es ist …«

»Also, Mia, jetzt …«

»Solange du draußen im Schnee warst, und das Wasser in die Wanne lief, konnte ich mich ein wenig umsehen. Das fällt einem ja auch nicht allzu schwer, angesichts der Abmessungen deines Etablissements, höflich gesagt. Dabei habe ich …«

»Was hast du …«

»Na ja, ich habe deine Wohnung gecheckt. Sie ist einfach ein kleines Loch, Carly, nichts anderes. Ein …«

»Mia …«

»Ein Loch, ein kleines, winziges Loch! Es will mir nicht in den Kopf, wie du es hier aushalten konntest, die ganze

Zeit, bis ich zu dir kam. Im Vergleich zu dieser Schwarzwaldabsteige ist dein geräumiges Pseudoloft zuhause ja ein Palast, ein …«

»Aber Mia, schau dir doch diese Landschaft an. Von der … Wenn es heute nicht so schneien würde …«

»Soll ich dir mal was sagen? Ich vermisse beispielsweise den Blick auf die Bucht von San Francisco, mein Lieber! Ich vermisse den Blick auf die Bay Bridge, die Golden Gate Bridge, ich vermisse etwas, das …«

»Ach, Mia! Und was ist mit der Ruhe hier? Mit dieser himmlischen Ruhe und dem Winterzauber vor der Türe?«

»Mensch, Carly, lassen wir das! Ich wollte ja nur sagen, dass die Wohnung schon viel zu klein ist für dich allein, was mir allerdings wenigstens die Gewähr gibt, dass du in der Zwischenzeit aller Wahrscheinlichkeit nach keine anderen Frauen gevögelt hast, zumindest nicht hier, in diesem Loch mit dem winzigen Bad und dem genauso winzigen Schlafzimmer. Welche Frau, die auch nur einigermaßen bei Trost ist, würde sich auf einen so beschränkt lebenden Mann einlassen! Du weißt ja, dass ich Kingsize-Betten bevorzuge. Und das Wohnzimmer, das du gleichzeitig als Arbeitsraum zu benutzen scheinst, das kommt ja noch erschwerend hinzu. Du stapelst deine Bücher ja jetzt schon auf dem Fußboden, der übrigens längst erneuert werden müsste. Wo, bitte, sollte ich denn in Zukunft meine Kleider unterbringen? Und wo meinen Schreibtisch platzieren? Und meine Bücher? Aber dies nur nebenbei. Das alles …«

»Ach, Mia …«

»Ich komme zum Punkt: Für uns beide zusammen geht das auf gar keinen Fall. Darüber musst du dir im Klaren sein. Wenn wir auf so engem Raum, in diesem Loch zusammengepfercht leben müssten, würden wir uns schon nach wenigen Tagen gegenseitig die Haare raufen« (Sie krault mir wieder den Kopf) »und die Augen auskratzen.«

»Liebling, du weißt hoffentlich auch, dass ich dich unendlich liebe. Und dass ich dich begehre. Dass ich sozusagen rattenscharf auf dich bin« (Das habe ich tatsächlich, ich will es zu meiner Schande zumindest diesem Tagebuch gestehen, das habe ich tatsächlich gesagt, ich alter Esel). »Und dass ich meine Fehler der Vergangenheit (?) auf keinen Fall wiederholen will. Wir werden eine Lösung finden, Mia, bestimmt«, sage ich und bemühe mich, ihren Tonfall nachzuahmen, was mich allerdings meine letzte Kraft kostet. »Ganz bestimmt!«

Ich räume den Tisch ab, und Mia bittet mich, ihr von meinen neuesten Arbeitsergebnissen zu berichten, »von deinen europäischen Feldforschungen«, wie sie sich ausdrückt. Ich sage, jetzt sei Weihnachten, zumindest stehe der vierte Advent unmittelbar vor der Tür, sie sei erfreulicherweise sie und nicht der Dean, den ich im Bademantel nicht an meinem Frühstückstisch dulden würde, und wenn sie vom Flug nicht zu müde sei, würde ich sie lieber hinaus auf die Berge der Umgebung und zu einer kleinen Schneewanderung führen, beispielsweise hinauf zum Zweiseenblick. Anschließend könnten wir uns ja in unser provisorisches Beggarsize-Bett zurückziehen. Mia verzieht zwar die bei genauerer Betrachtung ziemlich spitzige Schnute, doch als ich ihr sage, ich sei nicht nur sehr gespannt auf ihr Buch, sondern auch auf ihren neuen Winterdress, beginnt ihr Gesichtchen zu leuchten, und sie zieht sich um. Mia sieht auch wirklich gut aus in ihren figurbetonten Klamotten, die sie sich, wie sie sagt, aus New York hat schicken lassen. Das Problem ist nur, dass sie weder Ski- noch Wandersocken dabei hat. Die hat sie entweder vergessen oder absichtlich nicht mitgenommen. Ich suche ihr also ein Paar aus meinen Beständen. Dabei finde ich ziemlich kleine Socken, Söckchen eher als Socken, zierliche Maria-Söckchen, die ich bei meiner Aufräumaktion dummerweise übersehen habe und die tatsächlich von Maria stammen, doch dieses Paar (!) gebe ich wohlweislich nicht preis.

Wir laufen also los, aber schon nach wenigen hundert Metern bleibt Mia stehen: Der Schnee ist ihr zu tief, der Schnee ist ihr zu nass, der Schnee ist ihr zu schwer, die Socken sind zu groß und scheuern die zarte Haut ihrer empfindlichen Füße wund, die Stiefel drücken da und dort, und so weiter und so fort, das ganze Mia-Programm also, das ich leider nur allzu gut kenne. Ich stelle mir vor, wie schön es jetzt wäre, mit Maria durch den Winterwald zu stapfen und unterwegs einen heißen Tee aus ihrer Thermoskanne zu trinken. Und ich stelle mir vor, wie wir dann durch den immer tiefer werdenden Schnee zurückkämen und im Bett verschwänden. Aber Madame musste ja unbedingt nach Bad Berleburg zu ihrem jugendlichen Patriarchen.

Wir kehren bald um. Mia ist erschöpft von dem langen Tag, das verstehe ich, das kann sogar ich begreifen. Sie fällt ins Bett und schläft sofort ein. Und ich setze mich an meinen provisorischen Arbeitstisch und schreibe in meine Kladde. Es ist der kürzeste Tag des Jahres: Früh schon beginnt es einzunachten, wie sie hier und in der Schweiz sagen, und die Dunkelheit verschluckt den Schuppen und den Wald gegenüber (Habe gerade noch rechtzeitig ein Foto gemacht!), alles wird jetzt zu einer großen, unförmigen schwarzen Masse. Raab fällt mir ein, der »Held« eines Romans von Thomas Strittmatter, den mir ein Freiburger Antiquar, ein heimlicher Schnapsler wie ich (zumindest vermute ich das), empfohlen hat. Am Anfang wird der Internatsschüler Raab auf einem Bauernhof Zeuge des Todeskampfs einer Kuh, die ein Kalb gebiert: »Je haltloser der Blutstrom aus ihr floß, desto mehr bemühte sich die Bäuerin, von anderen Dingen zu erzählen, damit die Kinder sich nicht ängstigten.« Von Raab heißt es, dass er den Rest der Nacht über wach blieb und »ins Dunkle« starrte. Das Kapitel trägt den

Titel *Wie arbeitet der Tod.* Strittmatter wurde, laut Waschzettel, in Sommerau bei St. Georgen im Schwarzwald geboren und starb im Alter von nur dreiunddreißig Jahren in Berlin.

22. Dezember

In der Früh schneite es kaum noch, trotzdem wurde es heute nie richtig hell. Irgendwann in der Nacht war ich zu Mia ins Bett gekrochen, und als ich im morgendlichen Halbdämmer aufwachte, fiel sie mit einer Gier und Vehemenz über mich her, die beinahe schmerzhaft war.

Beim Frühstück gelang es mir mit Mühe und Not, Mia nochmals von meinem Forschungsfreisemester abzulenken und sie dazu zu überreden, eine Tourenausrüstung zu leihen. Da ich mich mit ihr nicht in mein Sportgeschäft am Feldbergpass traute, fuhren wir zu Ski-Schäuble nach Menzenschwand. Der Andrang war groß. Dennoch könnten wir in drei Stunden alles abholen, hieß es; freilich sei das Geschäft auch am Sonntagmorgen geöffnet.

Als wir in meinem müffelnden Auto saßen, klappte Mia die Sonnenblende herunter, betrachtete sich schmallippig im Spiegel und begann wieder herumzunörgeln. Sie wolle jetzt endlich zum Friseur, sagte sie (»Ich sehe fürchterlich aus! Ganz fürchterlich! Noch schlimmer als gestern!«), aber er müsse auch etwas taugen. Wenn sie an Weihnachten mit mir ausgehe, habe sie nicht vor, wie eine Vogelscheuche aufzutreten. Dem Erstbesten, irgendeinem dahergelaufenen Provinzschnipsler liefere sie ihren Kopf nicht freiwillig aus. Ganz bestimmt nicht. Das komme für sie nicht in Frage. In Zürich gebe es bestimmt akzeptable Coiffeure und in Freiburg vielleicht auch. Das sei doch eine Stadt? Oder etwa nicht? »Ist Freiburg auch ein Dorf?« Trotz ihres Lamentos fuhr ich sie nicht nach Zürich. Und nach Freiburg schon gar nicht. Das ist Marias Stadt, und das soll sie bleiben. Kommentarlos kurvte ich hinüber nach Glasmatt. Dort fand ich einen Parkplatz unmittelbar vor dem Schaufenster des einzigen Haarkünstlers weit und breit. Er nimmt sich seit dem Sommer meiner welken Lockenpracht an, und ich bin eigentlich nicht unzufrieden mit ihm. Eine Zeitlang schauten wir stumm dem Barbier bei der Ausübung seines Handwerks zu, bis Mia leise, aber vernehmlich zischte: »Du hörst mir wohl nicht zu! Ich sagte nicht Dorf! Ich sagte Zürich oder Freiburg! Fahr mich nach Hause!«

Sichtlich beleidigt begann sie, ihre Kleider in den Schrank zu räumen, und trödelte so lange damit herum, dass es schließlich zu spät war, ihre Skisachen noch abzuholen. Muss ich das als passiven Widerstand auffassen? Jedenfalls wollte ich sie wieder versöhnlich stimmen, aber gerade als ich sie von hinten umfasste und ins Bett zu ziehen versuchte, läutete es an der Tür, und Sepp und Lislot, wie stets mit Plastiktüten bepackt, polterten herein, zogen wieselflink ihre »Finken« an und stellten drei Mondavi-Flaschen auf den Tisch, von denen Mia, oh Wunder!, sofort begeistert war (obwohl sie sich für Wein normalerweise kaum interessiert. Aber California bleibt eben California). Einmal mehr stellte ich sie als »Frau Doktor Murphy, die bekannte kalifornische Romanistin« vor, die soeben »zum Christfest« angereist sei.

»Ja Gopferdelli, Carl, ich und Lislot, ich hoffe, ich sag jetzt nichts Falsches, aber wir haben uns gesagt, also, wir hatten ein wenig darauf schpekuliert, dass deine Studentin bei dir wäre, dieses blutjunge Ding, das wir bei dir immer ein und aus gehen sehen, odr? Sie ist doch eine Studentin, odr? Und wir hatten gehofft, dieses blonde norddütsche Gift auch endlich einmal näher kennenzulernen.«

»Ja, das hatte Sepp, das hatten wir ...«

»Aber dass du jetzt eine waschechte amerikanische Professorin zu Besuch hast, gopferdelli, das …«

»Frau Doktor Murphy, die für ein renommiertes Verlagshaus tätig ist, kommt wie ich aus Kalifornien. Mia, darf ich dir Lislot und Sepp Meier vorstellen, zwei Nachbarn aus der …«

»Ja, das isch für üüs *(für uns)* eine ganz besondere Freud (!), eine gute alte Bekannte vo (sic!) üüserem Früünd *(von unserem Freund)* Carl …«

»Ich kenne Frau Murphy zwar schon viele Jahre, aber sie ist keineswegs alt, sondern, wie ihr seht, noch immer jung, eine schöne …, eine …«

»Carl, von was haben die beiden da gerade gesprochen? Ich verstehe nicht ganz, ich kann ja kaum Deutsch und mit Dialekten komme ich ohnehin nicht klar, aber es war doch die Rede von einer jungen Frau, einer Studentin, glaube ich, die bei dir … Oder nicht? Habe ich das falsch verstanden?«

»Du weißt ja, dass Freiburg eine der renommiertesten und ältesten europäischen Unis ist, na ja, und ich habe mich auf …, auf Bitten der, der Verwaltung als, wie drücken die das wieder aus?, als interdisziplinärer …«

Ein Korken knallte. Sepp hatte die erste Mondavi-Pulle geöffnet und sogar vier Gläser aus einer seiner Plastiktüten gezaubert, weshalb ich fürs erste von Mias peinlichem Verhör erlöst war. Sepp schenkte ein und sorgte auch im weiteren Verlauf dieses seltsamen Treffens dafür, dass die Gläser stets gefüllt blieben. Es wurde spät an diesem Nachmittag, es dauerte lange, bis alle drei Flaschen vollständig geleert waren, wobei Sepp sich, Glas um Glas, den Löwenanteil hinter die Binde kippte, obwohl dieses Mal Lislot recht gut mithielt. Wieder faselte Sepp von der linken Unterwanderung der Schweiz, wieder beklagte er sich darüber, dass nicht nur die Genossenschaften, sondern auch die Kommunisten das Land fest in ihrem Würgegriff hätten und dass deshalb alles »bachab« gehe. Erst nachdem sich Mia einen blickdichten Schal umgebunden hatte, war Sepp bereit zum Aufbruch. Die ganze Zeit zuvor hatte er in ihren eigentlich harmlosen Ausschnitt gestarrt. »Was hast du nur für schreckliche Bekannte? Sind das etwa deine Freunde?«, fragte mich Mia, als die beiden Nervensägen endlich in den nebligen Abend hinausgetorkelt waren.

Zum Essen fuhren wir in den »Hirschen«. »Schau nur«, sagte Mia, nachdem wir auf den harten Stühlen Platz genommen hatten, »diese wunderschönen alten Wagenräder und diese Holzleitern! Und das da, ist das nicht eine Deichsel? Oder? Ach, sieh' nur, die Frau dort drüben an dem Tisch neben der Schubkarre, sie trägt tatsächlich Tracht! Das ist doch ganz bestimmt eine alte Schwarzwälder Tracht. Oder?«

Früher hat Mia, soweit ich mich erinnern kann, niemals Selbstbestätigungsfloskeln in ihre Sprechakte eingebaut, doch inzwischen genügen ein paar Stunden mit einem dahergelaufenen schweizerischen Sepp, den sie angeblich unausstehlich findet, und sie redet wie Kreti und Pleti. Ich konnte es nicht fassen: Mia war von dem geschmacklosen Plunder im »Hirschen« vollkommen begeistert. Was mich abstößt, zieht sie magisch an. Sie fand alles »so authentisch«, auch das Wiener Schnitzel mit Pommes Frites, das sie sich bestellte. Sie sagte, jetzt sei sie wieder versöhnt. Sie beginne zu verstehen, weshalb es mir im Schwarzwald so gut gefalle, und zog meinen Kopf mit einer theatralischen Geste über den Tisch, nahm mir die Brille ab und küsste mich. Die Dame aber, die neben der schrecklichen Schubkarre mit einem Hünen von Mann in einer Nische saß, trug ein bayerisches (oder ein österreichisches?) Dirndl. Sie ließ uns nicht aus den Augen. Wenn ich mich nicht sehr täusche (Ich bin so gut wie sicher), war es die Frau, die Maria am Titisee begleitet hat. Muss ich immer direkt in das nächstbeste Messer laufen?

Es könnte sein, dass mein altes Gebrechen wieder aufblüht. Habe leichte Schmerzen.

23. Dezember (Tief in der Nacht)

Ein katastrophaler Tag. Oder ein Glückstag? Ich weiß es nicht. Offenbar habe ich immer noch keine Ahnung, was gut für mich ist und was nicht. Überhaupt: was gut ist und was schlecht. Am Morgen holten wir Mias Ausrüstung in Menzenschwand ab. Als wir nach Obernü zurückkamen, begann es zu nieseln. Erneut zog Mia ihre Schmollschnute. »Das wird bald wieder aufhören oder in Schnee übergehen. Lange kann das nicht dauern, wir sind mitten im Dezember«, sagte ich und schlug eine kleine Tour zur Farnwitte vor.

Wir schnallten an und gingen los – unter den Blicken der Stoltenhoffs, da bin ich sicher. Überwacht und bespitzelt wird man, werde ich hier immer. Inzwischen fürchte ich: rund um die Uhr. Wir waren noch nicht weit gekommen, da begann es zu stürmen, zu regnen, regelrecht zu schütten. Kleine und auch größere Äste fielen von den Tannen herab, der Schnee verlor seine Schönheit von einer Minute zur nächsten und wurde stumpf und faulig. Wir liefen sozusagen nur noch im Schnee von gestern umher. Und Mia bekam einen Heulkrampf. Sie wolle nicht mehr, jammerte sie, sie habe keine Lust, im strömenden Regen herumzustapfen und sich eine Grippe zu holen. Sie sei durchnässt und friere. Wenn sie das geahnt hätte! In Kalifornien könnte sie jetzt ein Sonnenbad nach dem anderen nehmen, könnte auf ihrer Terrasse lesen und arbeiten, ja vielleicht sogar im Ozean schwimmen (!). Vor allem aber habe sie es satt, ständig um den heißen Brei herumzureden und so zu tun, als ob alles in Butter sei. Aber nichts, nichts, nichts, rein gar nichts sei in Butter und in Ordnung. Ich weiche ihr permanent aus, ich halte sie hin, aber sie bestehe jetzt darauf, augenblicklich umzukehren, ein heißes Bad zu nehmen und dann über unsere Zukunftsperspektiven zu sprechen: »Worüber man nicht schweigen kann, darüber muss man sprechen! Das solltest du eigentlich besser wissen als ich.«

Mia ließ es nicht zu, dass ich zu ihr ins Bad kam, während sie in der Wanne lag. Später, im Wohnzimmer, sagte ich ihr, es tue mir leid (!), aber meine aktuellen Arbeiten seien komplex und längst noch nicht veröffentlichungsreif. Ich wolle nichts Halbgares preisgeben, ich hätte, aus guten Gründen, auch James keinen Einblick gewährt. Mit Misstrauen habe das nichts zu tun. »Und was ist mit mir?«, warf sie mir mit ihrer schrillen Stimme an den Kopf. »Was ist mit mir? Sag schon! Was für Pläne hast du für mich? Wann sind die reif für eine Veröffentlichung? Oder sind die auch so komplex?«

Da verlor ich die Kontenance, oder sagen wir besser: Ich war zu ehrlich, es fuhr, es platzte aus mir heraus. Dass ich zur Zeit Möglichkeiten prüfen würde, sagte ich, das sei jedoch streng vertraulich und gehe niemanden außer ihr etwas an, weder James noch sonst irgendjemanden, dass ich Möglichkeiten prüfe, auf Dauer im Schwarzwald zu bleiben – auf welcher Basis auch immer, ob mit irgendeiner Verbindung zur Uni in Freiburg oder den Hochschulen in Zürich und Basel sei vorläufig vollkommen offen. Jedenfalls würde ich ein Leben hier der Rückkehr in die Staaten auf jeden Fall vorziehen. Ich bat sie um Verzeihung und Verständnis, aber das könne auch bedeuten, da wolle ich ihr reinen Wein einschenken, dass ich mich in Zukunft finanziell einschränken müsse. Sie sei also gut beraten, wenn sie weiterhin wirtschaftlich auf eigenen Beinen stehe. Wenn sie unabhängig bleibe. Aber das sei sie ja auch gewöhnt.

Mia klappte den Mund ein paar Mal auf und zu, ohne ein einziges Wort zu sagen: ein Goldfisch in meinem Schwarzwälder Aquarium. Sie rang sichtlich um Haltung und Fassung. Nach einiger Zeit fragte sie mich, ob das mein Ernst sei. Als ich nickte, sagte sie, ziemlich tonlos, sie danke mir dafür, dass ich sie jetzt endlich ins Bild gesetzt hätte. Ich wisse so gut wie sie, dass ihr Deutsch viel zu schlecht sei, als dass sie sich hier beruflich über Wasser halten könne (behauptete ausgerechnet der Goldfisch!). Ich hätte sie in bösartiger Weise getäuscht, hätte sie die weite und teure Reise ausschließlich machen lassen, um, als alter Womanizer, der ich eben sei, über Weihnachten oder, wie es mir neuerdings belieben würde, mich auszudrücken, über »das Christfest« ein wenig Spaß und Unterhaltung zu haben, nachdem meine bevorzugte Studentin für Santa-Claus-Spiele aus welchen Gründen auch immer ausgefallen sei. Zum Schluss wurde sie lauter und heftiger: »Du bist ein alter, abgetakelter, widerlicher Lüstling und Lügner! Du widerst mich an! Ich werde den nächsten möglichen Flug nehmen. Und ich bin jetzt schon gespannt, was dein Bruder sagen wird! Schämst du dich eigentlich gar nicht?«

Ich kann es noch nicht abschätzen, welche Folgen die »Aussprache« mit Mia für mich haben wird. Sie hat sich in meinem Schlafzimmer eingeschlossen und ist nicht bereit, mir zu öffnen. Von Zeit zu Zeit höre ich sie wimmern und flennen.

In einem Marbacher *Spuren*-Heft über Thomas Strittmatter bin ich auf folgende Sätze dieses Schriftstellers gestoßen: »Überhaupt muss unsere Gegend in vielen Menschen den schlafenden Selbstmordgedanken wecken. Möglicherweise sind es die dunklen Wälder, die engen Täler, der tiefe Himmel, oft von Wolken verhangen.« Bin ich wirklich gut beraten, hier zu bleiben? War ich ein Vollidiot, dass ich überhaupt hierher gekommen bin? Wie kommt es, dass ich mich immer wieder so schnell verunsichern lasse?

Bei einem gewissen August Vetter, in einem Buch über

die Gemeinde Feldberg aus dem Jahr 1968 (!), das mir mein Vormieter hinterlassen hat, lese ich, dass der Dengelegeist der mächtigste unter den Feldberggeistern sei: ein böser, schwarzer Unhold und Vorbote des Todes. Und ich sehe diesen unheimlichen Kerl mit seinen Würgehänden schon herüber tappen durch den dunklen Wald nach Obernü und um mein (!) Haus herumtapern, in Bewegung gesetzt und angestachelt von Mia und vor allem von Wolch, Fulton und all den anderen Unholden. Von meiner Hebel-Lektüre weiß ich jedoch, dass der den Dengelegeist ganz anders und zwar positiv gesehen hat, als Engel nämlich, »mit wiißem Gwand und rosefarbigem Gürtel schön und lieblich«. Alles scheint ambivalent, uneindeutig, mehrdeutig. Und wer erlangt am Ende die Deutungshoheit? Und wie? Wer behält Recht?

Die Nacht verbringe ich im Wohnzimmersessel. Draußen gießt es in Strömen, ohne Unterlass. Ich höre nichts außer dem Sturm in den Bäumen und dem Gurgeln des Wassers in den Fallrohren. So bin ich zumindest gegen meinen Tinnitus abgeschirmt. Die Schmerzen etwas stärker.

24. Dezember

Liebster Carl,

ich habe wenig Zeit, weil meine bescheuerte Familie trotz dieses scheußlichen Wetters unbedingt noch auf den Weihnachtsmarkt nach Siegen will. Aber ich möchte, ich muss dir einfach kurz sagen, wie leid es mir tut, dass ich dich allein in Obernü zurückgelassen habe. Auch ich könnte mir etwas Schöneres für Weihnachten vorstellen. Dass Dosi Rotzler mit Sicherheit längst verbreitet hat, der amerikanische Professor sei von seiner Geliebten verlassen worden, ist mir allerdings piepegal (ich hoffe, Dir auch). Ich werde sie bald eines Besseren belehren.

Weihnachtsfest und Sylvester bei den Schulte-Westhoffs sind Institutionen. Alle meine Geschwister sind da. Nicht zu erscheinen, wäre, so würde sich mein geliebter Professor C. wahrscheinlich ausdrücken, ein Sakrileg. Und mein Paps ist zwar eigentlich ein liebenswerter Knacker, aber so entsetzlich konservativ, dass ich mich nicht getraut habe, zusammen mit Dir anzuschwirren (wenn Du überhaupt dazu bereit gewesen wärst). Das ändert nichts daran, dass ich todunglücklich bin und es nicht erwarten kann, Dich sobald als möglich wiederzusehen (und zu spüren). Wann ich mich hier abseilen kann, weiß ich noch nicht.

In Liebe, wie immer,

Deine Maria

*

Maria, Liebste,

offenbar hast Du geahnt, wie es mir geht. Ja, ich fühle mich total verlassen und allein ohne Dich, Du fehlst mir.

Habe ziemlich überraschend Besuch von einer alten Bekannten aus Kalifornien, einer Romanistin, bekommen. Die Situation ist ziemlich schwierig. Unangenehm.

Bitte benachrichtige mich, wann Du kommst, denn eventuell bin auch ich gezwungen zu verreisen.

Herzlichst

Dein Dich liebender Carl

Lieber Carl,

schöne Weihnachten und alles Gute zum Neuen Jahr! Alles, alles Gute! Seit unserer Tour habe ich nichts mehr von Dir gehört. Ich hoffe, Du bist nicht krank geworden und es geht Dir gut. Sobald das Wetter wieder besser wird, melde ich mich bei Dir, dann können wir wieder etwas unternehmen.

Herzliche Grüße, auch an Maria,

Dein Martin

PS. Meine Reisepläne konkretisieren sich allmählich.

*

Wie blöd ich war (wieder einmal)! Möchte nicht wissen, was die Rotzler bereits in Umlauf gebracht hat. Informationen wurden ihr mit Sicherheit von unterschiedlichen Seiten zugetragen. Es wird wohl nicht mehr viel zu retten sein. Und was droht mir vom Dean, von Wolch & Co., wenn es mir nicht gelingt, Mias Mund zu versiegeln (was schon immer höchst schwierig war)? Auf einen Rest von Solidarität auf ihrer Seite werde ich kaum bauen können.

Nach wie vor Schmerzen. Ein Unglück kommt selten allein. Es ist immer noch mild, ein grauer Landregen verhängt Berge und Wald. Im TV spricht man vom »Weihnachtstauwetter«. Das sei im Schwarzwald nicht unüblich, es falle in diesem Jahr jedoch besonders »markant« aus.

25. Dezember

Von Mia nichts Neues. Sie ist nicht ansprechbar, alles gute Zureden hilft nichts. Ab und zu huscht sie kurz ins Bad, dann schließt sie sich wieder ein. Meine Schmerzen nehmen weiter zu. Kurzatmig. Es ist zum Kotzen. *O du fröhliche, o du selige!*

26. Dezember

Ging, mit Mühe, zu Stoltenhoffs hinüber, wünschte ein schönes Fest und bat sie, mich zum diensthabenden Arzt zu bringen. Ich sei krank. Er sagte (sie stand daneben), es täte ihnen leid (!), aber sie hätten Verwandtenbesuch und keine freie Minute. Weshalb denn Frau Doktor Murphy mir nicht helfen könne, auch wenn sie keinen internationalen Führerschein besitze? Das sei doch ein Notfall. Ansonsten solle ich Aspirin nehmen und einen Arzt rufen. Aspirin helfe, fürs erste, fast immer.

Wieder stand die Tür zu dem kleinen Zimmer mit den unzähligen Kakteen offen. Als sei das ein Teil ihres Weihnachtsfestes. Was habe ich nur gegen diese Pflanzen? Warum empfinde ich sie (oder ihre Besitzer) als unangenehm? Auf dem Boden stand nun auch noch eine große Plastikschüssel mit Wasser, einer verschlossenen Flasche Dickmilch (?) und einem Päckchen Butter (?).

Heute gab Roger ein kleines Konzert in der Feldbergkirche. Wäre gerne hingefahren. Ich frage mich: Was tut Roger, wenn er nicht gerade konzertiert oder auf seinem Balkon rezitiert? Übt und liest er ständig, allein? Kann man so leben?

Habe ein kleines Martyrium hinter mir. Und möglicherweise ein viel größeres vor mir. Bin jetzt wieder zuhause, und es geht für den Augenblick einigermaßen. Inzwischen habe ich im Netz gelesen, dass der sechsundzwanzigste Dezember der sogenannte Stephanstag ist. Der heilige Stephan gehörte zu den frühesten Christen und wurde wegen seiner Predigten gesteinigt.

Eben am sechsundzwanzigsten nahmen die Schmerzen erheblich zu. Ich musste mich hinlegen, soweit mir das mit Sessel und Tisch gelingen wollte. Gegen Mittag läutete es. Ich schleppte mich zur Haustür und öffnete.

»Gopferdelli, Carl, was ist denn mit dir los?«

»Mir geht's nicht so besonders.«

»Ja, das seh' ich, gopferdelli, das seh' ich. Zeig mal.«

Er fasste mir an die Stirn.

»Carl, du glühsch ja wie en Oofe! Was isch denn das, hä?«

»Wahrscheinlich eine alte Sache, die wieder aufblüht.«

»Und segg amol, was isch denn mit de Frau Professer, mit de Frau Murphy?«

»Die hat Migräne. Wo ist denn die nächste Arztpraxis oder das nächste Krankenhaus?«

»Von wegen Arzt! Hier, mitten im düüfschde *(tiefsten)* Schwarzwald gibt's doch kaum no *(noch)* Ärzt (sic!). Wir machen keine halben Sachen! Das ist mir zu gefährlich, odr? Ich bring dich ins Unischpital *(Universitätsklinik)* uf Friburg, gopferdelli.«

Der brave Sepp (Das hätte ich ihm niemals zugetraut) opferte seinen Feiertag (Ich glaube, er war richtig glücklich, dass er etwas zu tun hatte und ein gutes Werk vollbringen konnte) und wollte nur das Beste für mich, aber jeder niedergelassene Arzt wäre mit Sicherheit besser für mich gewesen als die Freiburger Vorhölle. So aber stolperte ich mit seiner Hilfe in die nächste und in die übernächste Scheiße hinein. Ich kann es nicht anders ausdrücken.

Nachdem ich ein paar Sachen in meinen Rucksack (!) gepackt und für Mia eine kurze Information auf einen Zettel gekritzelt hatte, brachen wir auf. Es regnete noch immer ein wenig, aber die Temperatur schien wieder zu fallen. Die Landschaft sah grau aus und fahl, der Schnee stumpf wie schmutziger Frotteestoff.

In der Notaufnahme herrschte das Gedränge eines Bazars. Kann man sich denken, am zweiten Weihnachtsfeiertag: Mehrere Großfamilien aus dem Maghreb und aus dem ehemaligen Jugoslawien, Italiener, Spanier, natürlich auch viele Deutsche warteten dort oder begleiteten einen Kranken; das Krankenhauspersonal aber befand sich deutlich in Unterzahl. Sepp machte ein Riesenspektakel von wegen amerikanischem Professor, Kalifornien, Berkeley, unerträglichen Schmerzen, Fieber und so weiter, doch als er zugeben musste, dass ich kein Mediziner sei, hatte er (und ich mit ihm) verspielt. Ich bat ihn, zurück zu seiner Lislot zu fahren.

Meine Schmerzen wurden unterdessen immer stärker; trotzdem musste ich das Theater um meine amerikanische Privatversicherung fünf Akte lang mitspielen. Ich hatte sogar alle Unterlagen dabei, aber die junge und ausnehmend hübsche Krankenschwester (Das bekam ich noch mit) war des Englischen anscheinend nicht mächtig. Also blieb mir nichts anderes übrig, als dem schönen Mädchen den überaus erotischen Assekuranztext ins Deutsche zu buchstabieren. Bis der erste Arzt mich sah (Assistent, jung, schnöselig, pseudopreußisch, unpromoviert, unmotiviert, wahrscheinlich mit nicht allzu guten Karriereperspektiven gesegnet und deshalb neidisch auf meinen beschissenen Professorentitel), dauerte es mehr als drei Stunden. Und als ich sagte, ich wisse was los sei, die Sache trete nicht zum ersten Mal auf, ich müsse schnellstmöglich an ein Breitbandantibiotikum gehängt werden, kanzelte er mich sofort ab: Das müsse ich schon ihm überlassen. Wenn ich alles besser wisse, könne ich gerne wieder gehen. Er hätte genug zu tun. Ein Antibiotikum werde er nur dann verordnen, wenn die Blutanalyse dies angezeigt erscheinen lasse.

Ich durfte mich in einem stickigen Zweibettzimmer installieren, das die Abmessungen eines Schrankes besaß und von einem freundlichen Dreizentnermann bewohnt wurde, aus dessen Bauch etliche Kanülen hingen. Nach zehn Minuten wurde ich in ein Vierbettzimmer umquartiert, in dem es nach einem Sud verschiedener menschlicher Ausdünstungen, Essen, Desinfektionsmittel und Urin roch. Ein Oberarzt kam in Begleitung des jungen Assistenten, grüßte kurz und sagte:

»Also, auf jeden Fall sofort ein Breitbandantibiotikum und später Biopsie!«

»Das sehe ich genauso!«

»Die Biopsie mache ich selbst.«

Im Vergleich zu den kalifornischen Kliniken, die ich kenne, ging es in Freiburg zu wie in einer alten Kaserne. Die drei anderen Zimmerinsassen (so muss man wohl sagen) niesten, husteten, rülpsten und furzten unentwegt. Zwei hatten Besuch, es wurde lauthals gebrüllt. Der Dritte hing permanent am Telefon und berichtete seinen diversen Gesprächspartnern in immergleichen Formulierungen, dass man ihn in der Notaufnahme trotz seiner höllischen Schmerzen vier Stunden lang vergessen habe. Die Toilette war von oben bis unten verdreckt und mit Blut verspritzt. Eine großflächig tätowierte Krankenschwester hängte mich an die Infusion mit dem Antibiotikum und nahm die Biopsie vor. Sie musste zweimal ansetzen. Weiß der Teufel, ob sie das vorher schon einmal gemacht hat (war jedenfalls ein tolles Erlebnis). In der Nacht ging es mit den Zahnschmerzen los – wie ich inzwischen weiß: von dem deutschen Antibiotikum verursacht. Im Zimmer war es beständig unruhig (Mein Bett stand direkt neben der Toilettentür, einer meiner Leidensgenossen hatte, gut hörbar, Durchfall und musste mehrfach kotzen), ich konnte nicht schlafen. Wunderschön jedoch war das vielstimmige, laute und rauhe Krächzen der Raben vor den Fenstern: ein polyphoner Klangteppich, dessen Textur beständig changierte und letztlich doch immer gleich blieb. Das war, in meiner Situation zumindest, besser als jede noch so gute Komposition. Es müssen hunderte Tiere gewesen sein, die vielleicht vom Küchenabfall angelockt werden. Sie vermittelten mir das Gefühl, mitten im Schwarzwald auf einem Berggipfel zu liegen. Und sie gaben mir Kraft und die Lust am Leben zurück. Auch ich wollte mich wieder aufschwingen und sah schon das strahlende Sonnenlicht zwischen Tannen blitzen.

Am nächsten Morgen jedoch rauschte ein hell leuchtender Komet mit einem großen Schweif in unser Krankenzimmer: der Chefarzt, ein soignierter Herr mit Hornbrille, ein Professor XYZ, nicht unsympathisch, der mit seinem überdimensionierten Wurmfortsatz aus Oberärzten, Assistenzärzten, Pflegepersonal und Famulanten zur Visite kam. Er nickte freundlich, begrüßte mich in ganz passablem Englisch als »Herr Kollege«, versprach in Kürze wiederzukommen, um mit mir das weitere Vorgehen »in aller Ruhe« zu besprechen und ward nie wieder gesehen.

Dann stand plötzlich Mia an meinem Bett, ziemlich verdattert, ziemlich bleich, und stammelte, es sei ihr schrecklich peinlich, so furchtbar peinlich, dass sie sich wie ein kleines Kind benommen habe, es tue ihr entsetzlich leid. Nichts, gar nichts habe sie von meiner Erkrankung mitbekommen in ihrem Selbstmitleid, in das sie sich von Stunde zu Stunde mehr hineingesteigert habe. Einige Male habe jemand minutenlang Sturm geläutet, aber erst vorhin, also nach Tagen, auch das tue ihr schrecklich leid, habe sie geöffnet. »Der Schweizer« sei vor der Tür gestanden, und nach einiger Zeit habe sie verstanden und realisiert, was passiert sei. Erst danach habe sie meine Nachricht gefunden. Jetzt sei sie mit dem Zug nach Freiburg gefahren, um sich schon wieder zu entschuldigen und mich zu fragen, was sie für mich tun könne.

Am nächsten Tag kam Mia wieder, und ich wurde »auf eigene Verantwortung« und versehen mit mehreren Rezepten sowie mit der Maßgabe, zur weiteren Behandlung möglichst bald einen niedergelassenen Arzt aufzusuchen, aus der Freiburger Vorhölle entlassen: *Die Armen, die zum Leben nie erweckt, sie sind ganz nackt auf diesem Weg gegangen, von Fliegen und von Wespen sehr gesteckt. Es träufte Blut herab von ihren Wangen; vermischt mit Tränen, ward es auf dem Grunde von ekelhaften Würmern aufgefangen.* Dante hat in der Tat kein schlechtes Gemälde von der Szenerie angefertigt, in die ich geraten war.

Nun liege ich wieder im Bett, in meinem Gebirgsbett in Obernü: Mein Gebrechen scheint ganz allmählich abzuklingen. Als Ersatz habe ich jetzt freilich eine rechtschaffene Influenza, die ich mir in der Klinik eingefangen haben muss. Mia bereitet mir Lindenblütentee zu, Sepp und Lislot verschonen mich dankenswerterweise weitgehend mit Besuchen, und ich möchte mich liebend gerne in mein Fieberdelirium zurückziehen, denn ich habe keine Ahnung, wie es weitergehen soll. Eine Sache habe ich nämlich noch nicht notiert, und sie stellt vermutlich mein größtes Problem dar (und ist angeblich viel gravierender als mein altes, akutes Gebrechen): Bei der Eingangsuntersuchung haben die Weißkittel festgestellt, dass »mein« Cholesterin entsetzlich hoch sei, dasselbe gelte für meine Leberwerte (»Darf ich indiskret sein: Trinken Sie?«) und für den Blutdruck. Auch mit meinem Blutzucker könne ich, zurückhaltend formuliert, keinen Blumentopf gewinnen. Kurz gesagt: Wenn ich so weiter mache, laufe ich, nach Maßgabe des korpulenten Oberarztes, direkt dem sogenannten tödlichen Quartett aus hohem Blutdruck, hohen Lipid-, Leber- und Zuckerwerten in die Arme: »Dieses häufig auftretende Ensemble spielt munter zum Totentanz auf. Ex und hopp, von heute auf morgen, heißt die Devise. Und wenn Sie sich noch ein paar Fettpölsterchen anfressen, bekommen Sie es direkten Weges mit dem sogenannten Metabolischen Syndrom zu tun. Herzinfarkt, Schlaganfall, Nierenversagen: Sie können es sich ohnehin aussuchen!« Am liebsten hätten sie mich ein paar Tage lang durch die medizinische Mangel gedreht. Das konnte ich gerade noch verhindern, aber zum Kardiologen muss ich. Keine Frage, leider.

Hut ab vor Sepp, der mich mit Mia abgeholt hat. Alle Achtung!

31. Dezember

So geht das alte Jahr also zu Ende, mit allerlei Krankheiten, allerhand Verdrießlichkeiten und, was mein Leben betrifft, ohne gute Aussichten. Zwar habe ich meine Galeere und das pseudointellektuelle Uniblabla weit hinter mir gelassen, zwar konnte ich Wolchs neuerliche Attacken abwehren, und ich habe mich im Schwarzwald auch nicht ganz schlecht etabliert, sogar an einem Ort, der mir von allen der liebste ist. Ich hause inmitten der Berge, ziemlich weit oben sogar, am Rand eines wunderbaren Waldtals, nahezu auf dem Dach des Schwarzwalds, weitab von Lärm und allen großen Städten und Straßen, umtost von Wind und Wetter, dazu in einer schönen Wohnung, und ich bin beinah ein Naturmensch geworden. Skier und Bergstiefel sind neben meinem Allradgolf, wenn ich nicht gerade gesundheitlich angeschlagen bin wie im Augenblick, meine wichtigsten Fortbewegungsmittel. Zum ersten Mal in meinem Dasein tauche ich wirklich in die Literatur ein, ich bin zu einem begeisterten Leser geworden, und die Droge TV kann ich oft entbehren (freilich trinke ich weiterhin viel zu viel, trotz meiner miserablen Untersuchungsergebnisse), weil die gefräßigen roten Teilchen weitgehend Ruhe geben. Ich vermag sie in Schach zu halten. Mein Blick hat sich wesentlich erweitert, und ich habe vor allem eine wunderbare junge Frau kennengelernt. Aber das Verhältnis zu meinen Vermietern ist zumindest beschädigt, Mia und ein seltsamer, hilfsbereiter Schweizer sitzen mir auf der Pelle, ob die Beziehung zu meiner Seejungfrau noch eine echte Chance hat, kann ich nicht sagen, und wie es in anderer Hinsicht mit meinem Herzen, also mit meiner Gesundheit, weitergehen wird, steht noch auf einem ganz anderen Blatt. Summa summarum sieht es zappenduster aus (Dieses Wort habe ich neulich in Freiburg auf der Straße aufgeschnappt; »Zappen« kommt noch aus einer anderen Zeit, hängt, wie ich inzwischen nachgeschlagen habe, mit »Zapfen« zusammen, das auch in »Zapfenstreich« begegnet, und hat nichts mit »to zap« zu tun: »Schluss, Ende!«).

Ich sehe Mia an meinem Bett sitzen, ich vermag, dank der erhöhten Körpertemperatur (?), mit meinem Blick ihre Hirnschale zu durchdringen, und ich sehe, wie sie an SF denkt, an New Year's Eve in Frisco. Sie beobachtet sich (selbstkritisch oder verliebt?), wie sie sich vor ihrem großen Art-Deco-Spiegel zurecht macht, in ein schwarzes, tief ausgeschnittenes Cocktailkleid schlüpft, das Schlafzimmerfenster ist offen, sie friert nicht, denn es ist mild, beinahe warm sogar, ein Sonnenstrahl fällt auf ihren schönen, wohlgeformten Hals, der noch vor kurzer Zeit so makellos war, so ganz und gar glatt und makellos, und jetzt allmählich doch ein paar Falten bekommt, erste Fältchen und Scharten, trotz der täglichen Pflege, auf die sie mehr Sorgfalt verwendet als auf ihre Lektüre, ärgerliche, hässliche Falten, das sind ihre Jahresringe, denkt sie, die Zeit nagt auch an ihr, und hat längst damit begonnen, ihrem schönen Kinn eine ungewohnte Schärfe zu verleihen, aber das Meisengepiepse aus dem Garten lenkt sie ein wenig ab, es klingt wie die Meisen ihrer Kindheit, in den Bäumen beim kleinen Holzhaus der Eltern, dieses ganz und gar sorgenfreie, fröhliche, jugendfrische Zwitschern, wenn sie auf dem Gehweg »Himmel und Hölle« spielte oder auf einer Decke, im Gras, in ihren Büchern blätterte. Sie hat es eigentlich weit gebracht, angesichts ihrer Herkunft aus »einfachen Verhältnissen«, niemand konnte oder wollte ihr helfen in der Schulzeit, weder Vater noch Mutter, im Grunde hat sie alles sich selbst zu verdanken, ihr Studium, ihren Aufstieg, ihren Beruf.

Sie holt ihr Brillanthalsband aus der Samtschatulle und legt es an, und es blitzt und blinkt nur so in der Sonne. In einer Schachtel sucht sie ihre Larve, die schwarze mit den schmalen Augenschlitzen, sie denkt an den Abend und glaubt bereits die Musik zu hören, zuerst eine angesagte Jazzband, vielleicht die Martini Brothers, später irgendetwas von Strauß, »An der schönen blauen Donau« oder so, und schon ist sie tatsächlich beim Maskenball im Opera House am Arm eines schwarzhaarigen Herrn, Pete, der attraktiver und kultivierter ist als alle Bens und Carls dieser Welt zusammen. Sie denkt kurz daran, wie sie ihn im Café der Bibliothek kennengelernt hat, als sie mit der Recherche für ihr neues Buch über Stendhal begann, sie hat ihn einfach gefragt, ob noch ein Platz an seinem Tisch frei sei, ja, so war es, ein Anfang kommt selten allein, sagt man nicht so? Später haben sie die Kontaktdaten ausgetauscht und sind in den Lesesaal zurückgegangen, jeder zu seinem Platz, jeder zu seinen Büchern, und haben weitergearbeitet, wie Erwachsene das eben machen. Sie sieht sich mit ihm bei der New Year's Ceremony im Asia Museum und, um Mitternacht, beim Feuerwerk. Wie immer wird sie ein wenig weinen, wenn die Raketen über der Bay zerplatzen und ihre schillernd bunten Lichtgarben den Himmel für kurze Zeit in ein Märchen des American Dream verwandeln. Und vor allem, wenn alle die Hymne singen und summen. *Sie* bilden doch die Nation, sie gehören zusammen und sie stehen auch zusammen, oder etwa nicht? Aber alles ist so vergänglich, alles ist brüchig und vergeht, doch Pete nimmt sie fest in den Arm, er gibt ihr Halt, sie schmiegt ihren Kopf an seine Schulter, und die Traurigkeit, ein bisschen Rührung war es eigentlich nur, gleitet von ihr ab wie die hauchdünne Seidenstola, die sie zu ihrem Cocktailkleid trägt. Später in der Nacht werden sie durch die Clubzone der Fisherman's Wharf ziehen, und dann …

Der Regen ist wieder in Schnee übergegangen. Von irgendwoher dringt Glockenläuten zu mir.

1. Januar 2013

Lieber Carly,

alles Gute zum Neuen Jahr: Gesundheit, Schaffenskraft, Erfolg und viel Glück für Deine neuen »europäischen« Arbeiten! Ich möchte Mia und Dich nicht in Eurem Honigmond stören, aber ich wollte Euch beiden doch meine herzlichsten »seasonal greetings« zukommen lassen, Glück wünschen und Dich außerdem wissen lassen, dass ich aller Wahrscheinlichkeit nach schon in absehbarer Zeit wieder in die fabelhafte Autostadt Zürich kommen werde. Anscheinend ist mein Typ dort gefragt. Ist das nicht supersupersuper? Schlag bitte schon mal ein paar Schneisen.

Aus dem sonnigen und warmen Westen der USA grüßt Dich und Mia

Dein Freund James

PS. Nicht vergessen: Es regnet niemals im südlichen Kalifornien!

*

Ein weiter Sandstrand mit einer Düne. Gleißendes Licht. In einiger Entfernung schüttere Tannen. Und ich bin ungeschützt, ohne Sonnenbrille, ganz oben auf der Düne, der einzige Sonnenschirm ist geschlossen und nicht in meiner Reichweite. Jetzt, wieder in wachem Zustand, kommt es mir so vor, ja, ich weiß es bestimmt, dass ich ein ähnliches Bild einmal gesehen habe, vor langer Zeit, ja, tatsächlich, jetzt erinnere ich mich genau daran. Das Hirn funktioniert noch. Es war ein Bühnenbild, es war eine Beckett-Inszenierung, die in Berkeley lief, als der Ire noch in Mode war und ziemlich häufig gespielt wurde. Ich war mit einer jungen Frau dort, einer flüchtigen Bekannten vom Institut, und ich glaube sogar, mehrmals. Möglicherweise war sie eine kurze Zeitlang meine Bettpartnerin. Doch weiter im Traum. Ich also auf der Düne, bis zum Bauchnabel im Sand. Wie bei Beckett, exakt wie bei Beckett. Mir ist unsäglich heiß, mein Herz pumpt wie wild, ich schwitze und bekomme kaum Luft, habe überdies nichts zu trinken bei mir, mein Mund ist so trocken wie das Death Valley und schmeckt nach Metall. Ich brülle: »Himmlisches Licht, höllische Hitze!« Daraufhin kommt eine Frau langsam über die Düne gekrochen, mit einem Strohhut auf dem Kopf. Ich kann sie nicht erkennen, ich sehe schlecht ohne Brille, und die Luft flimmert in der Hitze. Aber es könnte meine damalige Freundin oder Mia sein. Ja, warum nicht?, es könnte in der Tat

Mia sein, denke ich. Oder ist es Maria? Meine Maria? Die Frau nimmt ihren Hut ab, und zum Vorschein kommt ein kahler blutiger Schädel. Er glänzt gelb, beinahe weiß im grellen Mittagslicht. Blut rinnt aus dem Schädel, ein dünner Faden, und auf der nackten Kopfhaut beginnt es zu gerinnen. Die Frau, die Mia oder Maria sein könnte, kriecht nahe an mich heran. Sie schweigt lange, dann richtet sie sich mit erkennbarer Mühe auf und flüstert: »Ich würde dich gerne trösten, ich würde dich gerne rösten, mein Lieber, bis kein Tropfen mehr in dir ist, kein Tropfen Leben mehr und kein Tropfen Gift.« Und ich, wie aus der Pistole geschossen: »Dies ist ein glücklicher Tag. Dies wird wieder ein glücklicher Tag gewesen sein. Trotz allem. Bislang.« Dann wache ich auf.

3. Januar

Bankrott. Fiasko. Tabula rasa. Und immer noch Fieber.

Es läutet an der Wohnungstür. Ich denke: Aha, Sepp, die treue Nervensäge. Schon wieder Sepp. Der hilfsbereite Sepp. Der besorgte Sepp. Dann Stimmen, zunächst ziemlich leise, gleich darauf lauter. Frauenstimmen, gedämpft durch die geschlossene Tür meines Schlafzimmers. Kein Sepp, allenfalls Lislot. Ist aber unwahrscheinlich. Lislot erscheint stets nur im Doppelpack mit Sepp, und sie macht sowieso kaum den Mund auf. Plötzlich kommt Maria ins Zimmer gestürmt, in dem ich liege wie ein debiler Greis, kurz vor dem finalen Abgang. Sie ist heute eine Mänade, bleich, ganz in Schwarz, wieder in hautengen Jeans, Pullover, Stiefeln und mit offenen Haaren. Seltsamerweise vermag ich inzwischen auch *ihre* Schädeldecke zu durchdringen. Aha, da liegt er also, wie ein alter Sack, geschieht ihm recht, denkt sie. Aber ist er tatsächlich ein alter Sack? Oder ein mieses Schwein? Nein, eher ein kleines Häuflein Elend. So würde sich Mamuschka ausdrücken, Mamuschka, die ich viel zu früh wieder im Wittgensteiner Nebel zurückgelassen, mit dem ewig nörgelnden Paps im Mausoleum ihrer kaputten Ehe allein gelassen habe. Nur wegen ihm, diesem Häufchen Elend, meinem großen Professor, weil ich … Ach, ich weiß auch nicht, was ich die ganze Zeit von ihm wollte.

Was will eine wie ich von einem Kerl wie ihm? Klar: Er hat mir gefallen, ja, sicher. Es hat mir sehr gefallen mit ihm, ich kam mir irgendwie reifer vor und erwachsener. Plötzlich, endlich Frau, und keine Studentin, kein Mädchen mehr. Denn er war, er ist ein charmanter, kluger Mann, kein halbgarer Milchbubi, kein Kerl, nein, er war, er ist ein Herr, der mir sich und seine Welt zu Füßen gelegt hat. Mir! Ein kluger, gebildeter Kopf, ein richtiger Professor! Eine starke Schulter, an die ich mich in meiner Prüfungspanik anlehnen konnte. Und ich dummes Huhn bin prompt auf das falsche Spiel des großen Kaliforniers hereingefallen, klar, bin wieder einmal einem Bock aufgesessen. Er sah aber auch, zu allem Übrigen, das kann ich nicht leugnen, nicht übel aus für sein Alter – obwohl es ihm immer gefallen hat, sich selbst und vor allem sein Äußeres schlecht zu machen. Vielleicht gehört das ja sogar zu seinem Charme. War das ein Trick? Aber Charme hat er wirklich. Und ich dachte immer, er hätte auch einen anständigen Charakter. Eine alte Bekannte, eine Romanistin, Frau Doktor Murphy! Dass ich nicht lache! Nur gut, dass meine Tante und die Rotzler Augen und Ohren haben. Trotzdem möchte ich heulen, heulen, heulen wie ein kleines Kind. Heulen, heulen, heulen. Etcetera, etcetera.

Ich weiß nicht, wie lange sie bei mir am Bett stand und wir uns angeschaut haben. Mein Mund war zugenäht. Dann rannte sie wieder aus dem Zimmer, schlug die Tür hinter sich zu, und weg war sie. *Keinem so verdrießlich wie mir.* Bankrott.

4. Januar

Sepp hat Mia in meinem Golf (Es schneit wieder stark. Der Winter radiert erneut die schwarzen Straßenbänder aus) zum Flughafen gebracht. Unser Abschied war kurz: Zwei ehemalige Kumpel, die beide ein schlechtes Gewissen, aber sich nichts mehr mitzuteilen haben. Das Schloss meiner Wohnungstür rastete mit dem immergleichen trockenen Schnappen ein. Ich hörte noch das Klopfen des Dieselmotors. Und dann nur noch Stille. Sepp und Mia fuhren viel zu früh (Mir war es recht), und als mein treuer Eidgenosse zurückkam, erzählte er, dass sie noch eine kleine Stadtrundfahrt durch Zürich gemacht hätten: »Du hättsch sie sähe solle, sie isch richtig glücklich gsi, gopferdelli!«

Immer noch ein wenig fiebrig.

6. Januar

Day of the Holy Three Kings. Physisch und psychisch desolat. Aber immerhin: Ich konnte zum ersten Mal wieder aufstehen. Drei jugendliche Gestalten, eigentlich noch Kinder, kamen, verkleidet als Caspar, Melchior und Balthasar, an die Tür. Ihr Gesang, mit dem sie um eine »milde Gabe« für was weiß ich baten, klang wie eine uralte, wummernde Tonbandkassette. Ich gab ihnen zwanzig Euro. Dann schmierten sie irgendeinen Spruch oder so was ans Haus und taperten weiter zu Stoltenhoffs. Es schneit.

*

Lieber James,

vielen Dank für Deine guten Wünsche zum Jahreswechsel, die ich ebenso gerne erwidere wie ich Dir zu Deinem neuerlichen

Engagement in Deiner Lieblingsstadt gratuliere. Die Aussicht, in Bälde wieder mit Dir plaudern und dinieren zu können, lässt mein Herz höher schlagen. Solltest Du allerdings noch im Winter kommen, empfehle ich, dass wir uns unbedingt in Zürich treffen. Ich bin inzwischen umgezogen, wohne jetzt viel schöner, freilich auch exponierter, und die Schneemassen türmen sich von Tag zu Tag höher. Die Fahrt zu mir auf den Berg würde Dir keinen Spaß machen.

Ja, Mia ist leider schon wieder abgereist. Sie kam wohl mit falschen Vorstellungen oder Erwartungen, ich weiß es nicht. Doch werde ich das Gefühl nicht los, dass bei ihr letztlich finanzielle Überlegungen den Ausschlag gaben. Vielleicht hat ihr auch das rauhe Gebirgsklima nicht zugesagt. Es schneit und stürmt ohne Unterlass im südlichen Schwarzwald, musst Du wissen.

Sei nun herzlich gegrüßt von

Deinem Carl

7. Januar

Bei Wittgenstein lese ich: *Unter was für Umständen würden wir jemand fragen: »Was ist da eigentlich in dir vorgegangen, wie du dir dies vorgestellt hast?« – Und was für eine Antwort erwarten wir uns da?* Immer dann, wenn ich mich sehr glücklich mit ihr gefühlt habe, dachte ich tatsächlich daran, wie es wäre, wenn Maria mich verließe. Und als ich mich nach Mia sehnte, malte ich mir aus, wie ich mich fühlen würde, wenn sie käme, aber bald wieder abreisen würde. Und immer war es, als stünde ich vor einem finsteren, kalten Loch, aus dem es keine Wiederkehr gäbe.

Ich befrage mich unausgesetzt selbst, weil ich mich permanent in Gefahr sehe. Mein Scheitern vorausahne. Mich vor mir selbst ekle. Doch: Es nützt nichts. Es ändert nichts.

Erster kleiner Spaziergang. Erschöpft. Noch immer Schmerzen. Sorgen (Gesundheit).

8. Januar

War zum Einkaufen in Glasmatt.

10. Januar

Das Leben kehrt langsam zurück. Sehr langsam. Freilich mechanisch. Wie eine Pflichtübung. Wozu das alles?

Sepp war schon wieder da. Mit Lislot, seinem Rotwein und den immergleichen Schweiztiraden. Er mag es ja gut meinen mit mir, aber er ist entsetzlich unangenehm. Ich meinerseits freunde mich, Leber hin, Leber her, immer mehr mit dem Schwarzwälder Kirsch an. Vor allem mit den billigen Sorten. Die kratzen im Hals. Setzen mir richtig zu. Haben mehr Charakter als der Whiskey, den ich hier kaufen kann.

13. Januar

Erste kleine Skitour nach langer Zeit. Vollkommen schlapp. Steigungen bereiten Schwierigkeiten. Fange wieder am Punkt Null an. In Glasmatt kam ich an einer prächtigen alten Villa vorbei, die mir bisher noch nicht aufgefallen war (seltsam). Ein Mann lief, obwohl es erneut bitterkalt geworden ist, in Hemd und Hose im tief verschneiten Garten umher und rief minutenlang nach einer Carla und einem Carlo. Er schien mich nicht zu bemerken, obwohl ich keine zehn Meter von ihm entfernt am Zaun stehengeblieben war und sein merkwürdiges Treiben beobachtete. Macht einen leicht irren Eindruck. Also nicht unsympathisch. Jetzt ergebe ich mich wieder den Kirschen.

15. Januar

Kalifornien. Immer wieder Kalifornien. Es ist zum Kotzen. Bei einem Schriftsteller namens Heinrich Ernst Kromer bin ich auf eine Auswanderergeschichte gestoßen, die von Riedern am Wald (?), dem Heimatort des Autors, nach Texas und San Francisco und von Kalifornien wieder zurück in den Südschwarzwald führt: eine Goldgräberstory und Räuberpistole und zugleich ein Liebes- und Eheroman mit Happy End. Warum immer nur die anderen?, kann ich da nur sagen. Das Buch, im Grunde ein einziger Lobpreis des südbadischen Berglandes, ist gut geschrieben und wunderbar komponiert und erzählt von einer Zeit um die Mitte des neunzehnten Jahrhunderts, als San Francisco nichts anderes war als das aufgelassene Jesuitenkloster und die nach ihm benannte Stadt beinahe noch eine Blockhaussiedlung von kaum achthundert Einwohnern. Der strahlende Held kommt am Ende buchstäblich wie der reiche Onkel aus Amerika zurück in die Heimat und macht opulente Geschenke und heiratet seine treu auf ihn wartende Braut und ist fortan glücklich und zufrieden. Und was bin ich, verdammt noch mal? Ein Auswanderer ohne Fortune, ein kläglicher Versager, der die Frauen fortjagt oder dem sie davonlaufen. Scheiße, kann ich da nur sagen. Scheiße, Scheiße, Scheiße. Kirsch. Mehr Kirsch, bitte.

19. Januar

Martin war da. Er fliegt in ein paar Tagen. Ich habe ihm meinen Wohnungsschlüssel ausgehändigt. Ist mir seltsam schwer gefallen.

20. Januar

Ich muss dreimal läuten, bis sich etwas regt. Bis ich Schritte höre und Fetzen klassischer Musik. Dann öffnet sie die Tür einen Spalt breit (nicht mehr): blass, barfüßig, aber mit leuchtend rot lackierten Nägeln und nassen Haaren, den Bademantel (Am hellen Nachmittag! Ich weiß, ich klinge wie ein Spießer, wie mein lieber Bruder Bill oder wie Stoltenhoff), soweit ich das erkennen kann, nur nachlässig geschlossen.

»Was willst du? ... Wie siehst du denn aus? Wann hast du dich zum letzten ...«

»Kann ... Kann ich reinkommen? Ich ...«

»Du riechst, du stinkst ja nach Alkohol!«

»Ich würde gern ... Kann ich ...?

»Nein, ich habe Besuch, ich bin nicht ...«

»Ach ja, Besuch! Na prima, ich bin auch ...«

»Du bist betrunken, Carl! Du hast sie ... Ich möchte auf keinen Fall, dass du in diesem ...«

»Ich möchte aber! Was glaubst denn du?«, schreie ich, drücke mit aller Kraft die Wohnungstür auf, dränge die vermutlich fassungslose Maria (So genau bekomme ich das nicht mit in meiner Wut) energisch (also brutal) zur Seite und stürme wie ein verwundeter Stier in ihr Zimmer.

Dort sitzt am Tisch, vor einer Tasse dampfenden Tees und einem Stück Schwarzwälder Kirschtorte (Ich sehe noch jetzt, während ich das schreibe, den Tee, die Torte und, daneben, eine aufgeschlagene Partitur), eine nicht mehr ganz junge, aber schöne, distinguierte Dame in dunkelblauem Kostüm und weißer Bluse, eine ältere Ausgabe Marias, vermutlich ihre Mutter. Ich war auf einen pomadisierten Torero gefasst gewesen, auf ein geschniegeltes Juristenjüngelchen, das meiner Geliebten auf der Matratze die Leviten liest, es hätte mich wahrscheinlich noch nicht einmal gewundert, wenn ich Wolch oder Fulton hier angetroffen hätte, ich war tatsächlich auf alles gefasst, auf eine Sexorgie mit all ihren Kommilitonen, Kommilitoninnen und Professoren, ja vielleicht sogar mit dem Rektor der Uni, nur nicht darauf, dass ich in ein Familienidyll hineinplatzen würde – mit Mutti, Tee, Kuchen und guter Musik.

Aus den Boxen von Marias Stereoanlage strömt Mendelssohns zweites Streichquartett, eine Aufnahme mit dem Emerson String Quartet, die ich ihr, zusammen mit ein paar Platten von den Beach Boys, von Scott McKenzie und den Boards, vor nicht allzu langer Zeit verehrt habe. Doch »Strömen«, das merke ich in diesem Zimmer, in dieser ganz und gar fürchterlichen Situation, als ich für Sekunden oder wahrscheinlich nur für Bruchteile von Sekunden in den zweiten Satz dieses Quartetts, *Adagio non lento*, hineinhöre, eintauche, »Strömen« ist ein vollkommen falsches Wort für das, was ich da höre: Die Musik strömt nicht, sie zieht, sie begehrt auf, sie scheint sich gegen das Unabänderliche mit Händen und Füßen zu wehren und zu stemmen, melancholisch zwar, aber auch mit einer Art Gleichmut und Gefasstheit, mit einem vornehmen, adeligen Trotz, denn sie weiß, dass die Regeln feststehen und dass es keine andere Möglichkeit gibt, als ihnen zu folgen. *Finito, ma non troppo.* Einen kurzen Augenblick lang packt mich ein flammender, wilder Stolz, dass vier Amerikaner etwas derart Delikates wie diesen Streichquartettsatz so elegant und so unamerikanisch gut hinbekommen, doch dann erfasse ich wieder die Lage, in die ich mich ohne alle Not gebracht habe, eine Lage, die so aussichtslos ist, dass ich es kaum fassen und verkraften kann.

»Ich will, ich möchte auf gar keinen Fall stören, meine …, meine Damen …«, stottere ich noch. Doch dann entfährt mir, vermutlich aus lauter Verzweiflung und Aufregung (Etwas Vergleichbares ist mir, glaube ich zumindest, niemals zuvor in meinem Leben passiert, auf jeden Fall kann ich mich nicht an einen ähnlich furchtbaren Vorfall erinnern), es entfährt mir ein ohrenbetäubender …, a very loud fart, ein wirkliches Ungetüm von einem Darmwind (Sagt man nicht so auf Deutsch?). Ich erstarre augenblicklich, sehe nochmals in die entsetzten (überraschten?, wütenden?, empörten?, angewiderten?) Gesichter der beiden Frauen, drehe mich auf der Stelle um, rase hinaus, stürze, vermutlich brüllend vor Scham, die Treppe hinunter, die Stufen beginnen vor meinen Augen zu tanzen, abwärts und aufwärts, als führe ich auf zwei Rolltreppen gleichzeitig, ich nehme nichts mehr wahr, stolpere (Wieder einmal), glaube tatsächlich zu stürzen und hätte mir tatsächlich um ein Haar das Genick gebrochen. Wie ich schließlich zurück nach Oberneumatt gekommen bin, ist mir schleierhaft. Kompletter Filmriss (Wieder einmal!). Jetzt ist der Stier klinisch tot, hat ausgedient. Die Corrida ist vorüber. Und alles vermasselt.

Mehr Kirsch. Viel mehr Kirsch, bitte.

22. Januar

In der Bäckerei musterte mich Dosi von oben bis unten, mit bösem Blick, und sagte dann schnippisch: »Von Ihne *(Ihnen)* heert *(hört)* mer *(man)* au nix Guts meh *(mehr)* (???).«

Obama gestern für seine zweite Amtszeit vereidigt. Der Friedensnobelpreisträger. Na ja.

23. Januar

Das graue Haar ist ungepflegt, struppig und ekelhaft lang, auch die Tränensäcke sind prächtig gewachsen, die Augen auf wundersame Weise entzündet. Die Nase groß, großporig und bordeauxbläulich, die Gesichtshaut aus zerknülltem und flüchtig wieder glatt gestrichenem Papier, die Lippen von der Farbe vertrockneter Oliven und der Hals aus brüchigem Leder. Blitzlichtschnell, für den Bruchteil einer Sekunde, konnte ich mein alterndes Gesicht durchleuchten und erblickte hinter meiner aktuellen Maske eine Art Schatten, schärfer, härter konturiert: mein Ego als gebrechlicher Greis, als Moribunder. So werde ich einmal aussehen. Wann? Wie lange wird es noch dauern? Den Spiegel werde ich verhängen müssen, so wie man es früher machte in einem Haus, in dem einer gestorben war.

24. Januar

Schon weit mehr als die Hälfte meiner Gnadenfrist verbraucht. – Kirsch, Kirsch, Kirsch.

25. Januar

Herr Ministerialrat a. D. Heribert Stoltenhoff stattet seinem Mieter Carly Meyers, einem abgetakelten und nichtsnutzigen Claremont-Prof, einen Besuch ab. Die Szene: Meyers' verwahrloste Wohnung in Oberneumatt. Seit Wochen ist nicht mehr geputzt worden. Voluminöse Staubflusen treiben nach Belieben über den Boden und sammeln sich in den Zimmerecken zu schmutziggrauen Belägen, Immobilienkaries. Überall stehen leere und halbvolle Schnaps-,

Bier- und Weinflaschen herum. Schmutzige Hemden, Hosen, Unterhosen und Socken liegen auf Stühlen, Esstisch, Schreibtisch und Sessel, auf dem Teppich, im Badezimmer. In der Küche stapelt sich dreckiges Geschirr, da und dort bildet sich Schimmel. Lange ist nicht mehr gelüftet worden, die Luft ist muffig und abgestanden: Es riecht, es stinkt nach altem Mann. Die Zeit: Nachmittag, die Dämmerung bricht an.

Stoltenhoff (zunächst süßlich, schleimig): »Lieber Herr Professor (sieht sich um), ich mache mir Sorgen um Sie! Große Sorgen (Schlucken, Adamsapfel in Aktion). Und meine Frau auch. Sie vielleicht sogar noch mehr als ich. Sie wissen ja selbst, wie Frauen sind. Die personifizierte Fürsorge. Was ist denn in Sie gefahren? Was ist nur los mit Ihnen? Sie waren doch sonst so, wie soll ich mich ausdrücken?, so ... so aufgestellt, wie die Schweizer sagen, so lebenslustig. Sie schienen so solide im Leben zu stehen. Mit beiden Beinen. Und sind mir doch immer auch zuverlässig beim Schneefräsen zur Seite gegangen. Und jetzt? Äh, Sie gestatten doch?! (Öffnet zwei Fenster). Ah, frische Luft! Das tut gut, finden Sie nicht auch? Aber jetzt nichts mehr, rein gar nichts, keinerlei Hilfe. Nichts! Jetzt, im Hochwinter, jede Nacht fällt Neuschnee, Nacht für Nacht, und in nicht unbeträchtlichen Mengen. Doch Sie sieht man überhaupt nicht mehr. Als Sie zum letzten Mal einkaufen waren, ich weiß schon gar nicht mehr, wann das war, sagte meine Frau, sie wolle nun doch einmal nach dem Rechten schauen (Kräftiges Schlucken, Adamsapfel). Dazu sind wir ja berechtigt, das wissen Sie. Das steht im Vertrag, den auch Sie unterschrieben haben. Ja, ich möchte sogar sagen: Wir sind nicht nur berechtigt, wir sind sogar verpflichtet dazu, ja verpflichtet sind wir. Na ja, kurz und gut: Was Dorothea mir berichtet hat, berichten musste, war nicht gerade dazu angetan, unsere Sorgen, unsere Bedenken, ja, wie soll ich sagen …?, unsere Zweifel zu beschwichtigen. Und was ich heute hier bei Ihnen sehe, lieber Herr Meyers, was ich zu meinem großen Bedauern leider zur Kenntnis zu nehmen habe, was ich sehen muss, was ich hier vorfinde, Sie nehmen mir das bitte nicht übel, das ist …, das ist schon …, ich weiß gar nicht, wie ich mich ausdrücken soll … Also, jetzt sagen Sie doch endlich was!«

C. M. schweigt.

Stoltenhoff: »Herr Meyers, Sie machen es mir nicht gerade leicht. Ich kann es nicht anders ausdrücken. Sie machen es sich und mir nicht einfach (Schlucken)! Erst ihre diversen Frauengeschichten, es ging ja bisweilen zu hier, das wissen Sie selbst am besten, wie im Taubenschlag. Wie in einem Bienenstock. Und ich weiß noch nicht einmal, ob wir auch wirklich alles mitbekommen haben, denn wir haben durchaus noch etwas anderes zu tun, als nach Ihnen zu sehen, das können Sie mir glauben. Sie sind in keinster Weise unser Lebensmittelpunkt, verehrter Herr, wir haben ja auch noch unser eigenes Leben. Und dann diese Verwahrlosung, dieses Chaos, dieser Gestank, dieser Dreck, der in Tat und Wahrheit noch schlimmer ist, als Dorothea ihn mir geschildert hat. Und die gröbliche Vernachlässigung der Kehrwoche! Himmel, Herrgott noch mal: Was sagen Sie denn dazu? Sie waren doch sonst nicht so auf den Mund gefallen!«

C. M. schweigt, schaut zu Boden und kratzt sich an der Nase.

Stoltenhoff: »Also, Meyers …, Herr Meyers (mit deutlicher, geradezu ›militärischer‹ Betonung von ›Herr‹), ich mach's jetzt kurz: Wenn Sie nicht ab sofort wieder allen Ihren Pflichten als Mieter getreulich nachkommen, wenn Sie diese wunderhübsche Wohnung, und Sie haben selbst immer gesagt, dass sie wunderhübsch ist, wenn Sie sie nicht ab sofort wieder peinlich sauber halten, müssen sich unsere Wege umgehend trennen. Wir werden Ihnen dann fristgerecht kündigen, und das war's dann. Haben Sie mich verstanden?«

C. M. schweigt, Stoltenhoff wartet kurz, dann zuckt er die Achseln und verlässt grußlos die Wohnung.

Als er weg ist, höre ich wieder einmal den offenbar angetrunkenen Roger auf seinem Balkon rezitieren: *Die Tür geht auf. Die Tür geht immer wieder auf. Jetzt denke ich, wenn sie das nächste Mal aufgeht, wird mein ganzes Leben verändert sein. Wer tritt ein? Es ist aber nur ein Diener, der Gläser bringt …*

27. Januar

Mein lieber Freund Carl,

was lange währt (Du kennst selbst das bewundernswert gelassene Zeitgefühl, das jede Alma Mater auszeichnet), wird endlich super! Alea jacta est: Zürich hat sich entschieden: Ab dem kommenden Sommersemester wird Dein alter Chef einen Lehrstuhl der Excellence Foundation an der Universität Zürich innehaben, und um die Details abzuklären und alles vorzubereiten (Haus/Wohnung, Konditionen etc.), bin ich ab dem 30.1. erneut am Ufer des Lama-Baches, oder wie heißt doch gleich wieder das kleine Flüsschen dort? Ich kann mir diesen possierlichen Schweizer Kram einfach nicht merken. Erwarte Dich jedenfalls am 1. Februar um 19 Uhr (pünktlich!) an der Bar des »Baur au Lac«. Freue mich sehr auf unseren großen europäischen Forscher!

Herzlichst, und Dir immer gewogen,

Dein J. W.

PS. Aber was hast Du nur mit der armen Mia gemacht? Wie kann man nur mit einer schönen und klugen Frau so umgehen?

Sie ist, nach meiner unmaßgeblichen Einschätzung, vollkommen verstört. Neulich hatten wir sie zum Lunch da. Sie sah bemerkenswert schlecht aus, war nervös, fingerte immer wieder an den Knöpfen ihres Kostüms herum und machte seltsame Andeutungen, als ob Du einen universitären Harem hättest oder so eine Art Swingerclub betreiben würdest. Bin gespannt auf Deinen Bericht, aber ich kann Dir nur raten: Lass' Dir Mia nicht entgleiten. Sie ist pures Gold!

28. Januar

War beim Internisten in Freiburg. Desaströs. Beinahe wünschte ich, meine Lage wäre im Dunkeln geblieben, und eines Tages hätte es mich eben geputzt.

Zuerst bei einer Assistentin (»Inge kümmert sich zuerst einmal um Ihr wichtigstes Organ, das Herz!«), Typ kalte Preußin, aber schwarzhaarig, gelackt, jung, arroganter Blick): Blutabnahme und Labor, Blutdruck unter Belastung (Ergometer). Pause im überfüllten Wartezimmer. Dann EKG und Belastungs-EKG. Erneut längere Zeit im Wartezimmer. Der Mediziner (grauhaarig, ruhig, zurückhaltend, eigentlich sympathisch) brummte, als er meine Blutwerte und die anderen Untersuchungsergebnisse überflog. Er trug ein durchsichtiges Gel auf meinen Brustkorb und am Hals auf und machte, wie er sich ausdrückte, ein »Herzecho« sowie anschließend ein Arterienscreening. Bewegte eine Art dicken Schreibstift auf mir herum und fixierte mehrfach Aufnahmen des Bilderstroms, der unablässig über seinen Computerschirm rauschte. Das Ergebnis war niederschmetternd. Beginnende Verkalkung der Aortenklappe und großflächige Ablagerungen in den beiden Halsschlagadern: »Eigentlich müssten Sie längst etwas gespürt haben, verminderte Leistungsfähigkeit beispielsweise, Atemnot beim Treppensteigen oder Ähnliches. Ein Glück, dass Sie sich dazu entschlossen haben, zu uns zu kommen. Vermutlich sind Sie dem Tod gerade noch einmal von der Schippe gesprungen. Was Sie jetzt brauchen, ist eine grundsätzliche und konsequente Umstellung Ihres Lebensstilmanagements (!) und darüber hinaus einige Medikamente. Meine Ernährungsassistentin erklärt Ihnen die Details. In einem Vierteljahr sehen wir uns wieder. Und noch eines: Vermeiden Sie in der nächsten Zeit unbedingt körperliche Anstrengungen!«

Soll unbedingt abnehmen. Darf nur noch fettarm essen. Wenig Fleisch. Mehr Fisch (im Schwarzwald!). Viel frisches Gemüse und Obst. Keinen Alkohol (!!!). Wenig Süßigkeiten. Möglichst wenig Aufregung, auf keinen Fall Stress. Viel Bewegung an der frischen Luft (aber kontrolliert, langsam steigern, »keine Eskapaden«). Muss einen Lipidsenker und einen Betablocker einnehmen. Wahrscheinlich auch ein Mittel zur Senkung meines Blutzuckerspiegels (»Das sehen wir noch!«). Schöne Scheiße. Bin zutiefst deprimiert. Wird Maria einen kranken Greis wollen?

29. Januar

Hallo Carl,

ich habe eine sehr traurige Nachricht für Dich! Vater ist heute Nacht gestorben! Patricia und ich waren bei ihm und hielten in der Todesstunde seine Hand, worüber wir, bei aller Trauer, sehr froh sind. Er musste nicht allein und einsam gehen.

Verlass' bitte unverzüglich das Nazi-Land und komm' herüber! Ich bin nicht in der Lage, mehr zu schreiben.

Mit stillem Gruß

Bill

Selbstverständlich konnte mir mein reizender Bruder nicht schreiben, *bevor* Vater gestorben ist, klar. Da hätte er ja womöglich einen Trumpf aus der Hand gegeben. Selbst in dieser Situation muss er mir noch eins auswischen, der Dreckskerl: »Patricia und ich waren bei ihm und hielten seine Hand…« Elender Pharisäer!

Komme erst ganz allmählich zur Besinnung und begreife, was geschehen ist. Vater ist tot. Mein Vater tot. Nach Mutter, nach Mama, jetzt also auch er. Eine weitere Wurzel ausgerissen. Eine weitere Verbindung zur Vergangenheit, zum Leben, zu meinem Leben gekappt. Ein weiterer Lebensabschnitt jäh beendet. Und Bill und ich befinden uns schon an der Kante. Wir sind die nächsten. Und ich stehe bereits auf der Abschussliste.

Der Alte mag gewesen sein, wie er wollte: selbstgerecht, ungerecht, autoritär, despotisch, jähzornig, sadistisch, bisweilen sogar gewalttätig, bösartig und brutal, wenn er betrunken (!) war und wütend. Einmal raste er, daran kann ich mich gut erinnern, obwohl ich noch ein kleines Kind war, wie nicht bei Sinnen, wie ein Wahnsinniger, von Zimmer zu Zimmer, riss in einer Art Tobsuchtsanfall sämtliche Schränke auf und warf alle Kleidungsstücke heraus, deren er habhaft wurde, Hosen, Hemden, Unterwäsche, Pullover, Mäntel, die Kleider meiner Mutter, selbst seine eigenen Klamotten, Stück um Stück, schleppte sie zum Kamin, machte Feuer, verbrannte alles und brüllte dabei wie … ja, wie eigentlich? Wie am Spieß, als würde er gefoltert. Wie ein Verzweifelter, der Hilfe erfleht, sich aber nicht helfen lassen kann und will. Es qualmte und stank, und er schrie unaufhörlich, der tobsüchtige Stier. Letztlich war wahrscheinlich auch er ein Opfer, ein Opfer seiner selbst. Oder seines Vaters, des angeblich so entschiedenen Nazigegners, der vielleicht mehr von seinen Feinden in sich trug, als er selbst ahnte? Ein Opfer seiner Gene, einer Geisteskrankheit oder eines anderen Gebrechens? Seine zahlreichen größeren und kleineren Leiden sprachen jedenfalls Bände. Und wenn Mutter ihm beizubringen versuchte, dass er sich in die Behandlung eines Arztes oder zumindest eines Psychotherapeuten begeben müsse, lachte er nur verächtlich und giftelte, er habe bereits einen Physiotherapeuten, zwei brauche er nicht. Ich glaube, man muss sich selbst hassen, und zwar abgrundtief hassen, um so aggressiv und bösartig sein zu können, wie er es bisweilen war. Mutter hat ja auch behauptet, er habe häufig mit den Zähnen geknirscht, nachts.

Aber er mag gewesen sein, wie er wollte: Er war trotz allem mein Vater. Er war mein Vater. Wie wäre mein Leben verlaufen, wie wäre unser Leben verlaufen, wenn er anders gewesen wäre?

Ich habe meinen Vater gehasst. Oft zumindest. Und ich habe ihn geliebt. Manchmal, zu verschiedenen Zeiten. Oder sagen wir so (Die Sprache ist vielleicht allzu leicht korrumpierbar!): Ich hätte ihn gerne geliebt, wenn er sich hätte lieben lassen. Wenn er dazu in der Lage gewesen wäre. Wenn er mir nicht immer wieder Knüppel zwischen die Beine geworfen hätte. Wenn wir, wenn ich mit ihm hätte sprechen können. Wenn ich mich mehr um ihn bemüht und gekümmert hätte. Wenn. Wenn. Wenn. Als er immer gebrechlicher wurde, auch daran erinnere ich mich jetzt wieder, wollte ich gar nicht mehr hinsehen auf diesen zunächst schleichenden, dann galoppierenden Verfall. Ich wollte auch nicht bei ihm sein. Aber ich habe ihm inständig ein langes und möglichst gesundes Leben gewünscht. Doch ich wollte so wenig wie möglich mit ihm zu tun haben. Auch wenn ich oft Sehnsucht nach ihm hatte. Ich bin sicher: Lange noch werde ich nicht mit ihm »fertig« sein.

Nimmermehr. Nimmermehr. Nimmermehr.

Längere Zeit machte sich Gevatter (!) Tinnitus nur wie ein sanftes Grillenzirpen bemerkbar. Jetzt wird er wieder zur Sirene. Hör auf mit deiner Larmoyanz, du Hornochse!

Und trotz allen Weißkitteln dieser Welt: Kirsch, Kirsch, Kirsch.

*

Hallo Bill,

komme. Ankunftszeit folgt.

C.

30. Januar

Tag der Machtergreifung. War längst noch nicht geboren. Und dennoch haben diese Verbrecher meine Biografie entscheidend geprägt.

Ging zu Stoltenhoff (Der Raum mit den Kakteen war wieder verschlossen) und teilte ihm mit, dass ich für unbestimmte Zeit verreisen müsse. Mein Vater sei gestorben. Darauf er, vollkommen verdattert: »Oh, lieber Herr Professor Meyers (Schlucken, Adamsapfel), das tut mir aber leid. Das tut mir sehr, sehr, leid für Sie. Herzliches Beileid, Herr Professor! Ihr Herr Vater war bestimmt ein ganz fabelhafter Mensch. Ich habe mir ja gleich gedacht, dass etwas nicht in Ordnung sein könne, dass etwas im Argen liegt, als ich sie so schrecklich leiden sah. Das habe ich auch gleich zu Doro, zu meiner Frau, gesagt. Doro, habe ich gesagt, dem Herrn Professor geht es nicht gut. Da stimmt etwas nicht. Der Herr Professor hat Sorgen. Denn, das müssen Sie zugeben, besonders gepflegt war die Wohnung in der letzten Zeit wirklich nicht. Aber das hatte ja auch Gründe, wie wir jetzt gehört haben. Wie wir jetzt erfahren haben. Auf jeden Fall sollen Sie wissen, dass zwischen uns, also zwischen Ihnen und uns wieder alles in Ordnung ist. In der allerbesten Ordnung! Und wenn Sie zurückkehren von Ihrer traurigen Reise, wollen wir Ihnen nach Kräften helfen, über das Schlimmste hinwegzukommen. Da dürfen Sie sicher sein, lieber Herr Professor Meyers!« Als ich mich verabschiedete, verzog Stoltenhoff das Gesicht zu einem innigen Lächeln.

*

Lieber James,

ich kann nicht zu Dir nach Zürich kommen. Tut mir leid. Muss nach SF, mein armer alter Vater ist gestorben. Wir holen alles nach!

Mit Bitte um Verständnis und herzlichen Grüßen

Dein Freund C.

*

Mein lieber, hochgeschätzter Carly,

bin bereits in Zürich. Ich habe es schon gehört: von Mia, die mich über alles, was mit Dir und Deiner Familie zu tun hat, auf dem Laufenden hält. Daher hatte ich auch mit Deiner Nachricht gerechnet.

Ich will Dir jetzt nur eines sagen: Nimm Dir Zeit für den Abschied. Vergiss alles, was vielleicht nicht so gut, nicht so schön war (Das gibt es immer und überall, Kummer kommt in den besten Familien vor), und bewahre Dir die Bilder der glücklichen Monate und Jahre, die Du gemeinsam mit Deinem Vater verbringen durftest. Und sei dankbar!

Ich weiß noch sehr gut, wie stolz Dein alter Herr war, als wir Deine Anstellung gefeiert haben. Er bedankte sich bei mir für mein Wohlwollen, für meine Unterstützung und sagte: »Jetzt ist er tatsächlich Professor. Er wird es einmal besser haben als ich. Aber es ist auch seine verdammte Pflicht, etwas daraus zu machen!« Vor allem diesen letzten Satz solltest Du als das eigentliche Vermächtnis Deines Vaters betrachten.

In Gedanken bin ich bei Dir und trauere mit Dir. Trotz allem aber hoffe ich, dass wir uns bald sehen.

Herzliche Grüße,

stets Dein James

von meinem iPad gesendet

*

Carly, mein Lieber,

Du wirst es schon wissen. Ich will Dir nur sagen, wie leid es mir tut und dass ich stets für Dich da bin, wann immer Du Trost brauchst. Und ich weiß: Du wirst ihn nun bitterlich nötig haben.

Wie heißt es doch so schön: Alte Liebe rostet nicht, und bei mir (und wahrscheinlich, hoffentlich auch bei Dir) handelt es sich um weit mehr als um eine »alte Liebe«.

Ich will es kurz machen. Du hast jetzt anderes zu tun, als Emails zu lesen. Bitte melde Dich, sobald Du hier bist. Und pass' auf Dich auf!

Immer

Deine Mia

Der so furchtbar lästige und doch so hilfsbereite Sepp hat mich zum Flughafen gebracht. Wollte zunächst kein Geld annehmen, hat sich dann aber doch nicht lange bitten lassen. Abflug pünktlich dreizehn Uhr fünf.

Keinem so verdrießlich wie mir. Die Toten behalten, sie haben immer Recht. Und sie setzen die Lebenden mit Hilfe ihres Totseins auf alle Zeit ins Unrecht. Zumindest manche, zumindest mich. Jetzt kann ich nichts mehr für den alten Mann tun. Jetzt ist es zu spät.

Was hätte ich anders machen können? Machen müssen? Hätte ich auf meine eigenen Entwürfe und Pläne, mein missratenes?, extravagantes?, aus aller Konvention herausfallendes? Ausbüxsen verzichten, meine eigene »Glückseligkeit« (Haha!), die vielbeschworene »Selbstverwirklichung«, meine Flucht aus dem Hamsterrad hintanstellen sollen? Hätte ich, verdammt noch mal, nicht warten können? Mich mit Mia irgendwie »arrangieren«, ihr vergeben, alles vergeben und vergessen und zuhause bleiben sollen – als vernünftiger (!) Mensch und Sohn, der sich nicht wichtiger nimmt, als ihm gebührt? Hat Bill doch recht, wenn er sagt, dass ich ein Dreckskerl bin, ein undankbares, fieses, mieses, egozentrisches Subjekt? Wo endet die Sohnespflicht und wo beginnt das Recht auf das eigene Dasein? Und gibt es keinen Zwischenweg? Und was ist, wenn die Liebe fehlt? Wenn das Tischtuch zerschnitten ist? Wenn die Vergangenheit alle Gegenwart belastet und verschattet? Aber wie soll ich jetzt dem angeblich so treusorgenden Bill und seiner geschäftstüchtigen Frau gegenübertreten?

Wenn ich an meine lächerlichen Frauengeschichten denke, möchte ich mir vor Scham am liebsten ein Erdloch graben und darin verschwinden. Aber: War es nicht jedes Mal so, freilich stets erst im Rückblick? Pseudo-Aristoteles: *Post coitum omnis animal triste.*

Habe mir zur Ablenkung (Haha!) ein paar Bücher mitgenommen, werde beim Blättern und Lesen aber immer wieder auf mich selbst zurückgeworfen, auf meinen miserablen Gesundheitszustand, auf meine Eskapaden, auf den Südschwarzwald, auf Kalifornien und vor allem auf das, was ich manchmal (und nicht erst seit gestern) die »späten Zuckungen eines alten Womanizers« nenne. Weiß der Teufel, weshalb ich gerade diese Bücher eingesteckt habe. In dem Roman *Das dreizehnte Kapitel* von Martin Walser, einem hochbetagten Autor, der am Bodensee lebt (Da war ich auch noch nicht), freunden sich zwei Rennradfahrer im Brauereigasthof von Rothaus an (Das lese ich mitten auf der Polroute!): Einer der beiden *bestellt saure Kutteln (?), dazu das Bier, das im Haus dort gebraut wird. Hat gerade angefangen, diese seinem Vater geweihte Gedächtnisspeise (!) zu löffeln, da hört er von der Tür her den Ruf: Saure Kutteln! Ich bin dabei. Und schon sitzt der Rufer an Korbinians Tisch. Am nächsten Tag trennen sich zwei Freunde. Ludwig muss hinunter nach Waldshut, Korbinian hinüber nach Inzigkofen. Beider Ziel: Gräber der Eltern (!).* In *Brandung*, einem früheren Buch von Walser, verfällt ein ältlicher Stuttgarter Gymnasiallehrer, der sich an seiner Schule in ähnlicher Weise im Abseits befindet wie ich an der Uni und daher einen befristeten Lehrauftrag in Berkeley übernimmt (Eigentlich ist es mehr ein Sabbatical), auf denkbar unglückliche und tödliche Weise einer jungen, blonden Schönheit. Und in Kirchhoffs *Die Liebe in groben Zügen* zerbricht offenbar ein altes Ehepaar nach dem »Bäumchen-wechsel-dich-Prinzip« (Entsetzlich dicke Schwarte, habe bisher nur geblättert). Das Drama spielt am Gardasee, aber auch rund um Freiburg, Zartenbach, Feldberg und Schauinsland. Dieser ganze Liebes-, Ehe-und-Sex-Mist kotzt mich an. Als ob es nichts Anderes gäbe auf der Welt.

Jetzt erst fällt mir ein, dass ich vergessen habe, Martin zu benachrichtigen.

31. Januar, SF spätabends

Übernächtigt und zerschlagen, anfällig für meine gefräßigen Teilchen, die in Schwärmen durch den Raum stieben. Am Airport wartete selbstverständlich niemand, um mich abzuholen, weder der liebe Bill noch seine tüchtige Patricia. Immerhin gab es ein Wetter, sogar ein angenehmes: mild noch am fortgeschrittenen Nachmittag. Die Luft, süß-salzig wie ein chinesisches Gericht, schmeckte nach Meer und Spuren von Frühling, und über mir war, meiner Lage zum Trotz, ein blauer und heller Himmel aufgespannt. Es ist falsch, sich wichtig zu nehmen, denke ich mir. Man sollte es dennoch tun.

Lieh mir einen kleinen Wagen und manövrierte ihn hinüber nach Berkeley durch einen Verkehr, der mir, gemessen am Hochschwarzwald, ja selbst im Vergleich mit Freiburg und der Gegend um Zürich, halsbrecherisch vorkam. Mein Apartmenthaus schien unverändert. Schon an der Tür zu meiner Wohnung jedoch war Lärm zu hören. Laute Musik und ausgelassenes Gekreische. Allerdings kein Bee Gees-Gesülze. Ich läutete: Einmal, zweimal, aber da niemand öffnete, schloss ich selbst auf. Musik, die mit Leichtigkeit meinen Tinnitus auszuknipsen in der Lage war, brandete mir entgegen, unverkennbar irgendeine uralte Vinyl-Scheibe der Boards, die sich anscheinend noch immer in meiner Plattensammlung befand, obwohl ich sie garantiert seit Jahrhunderten nicht mehr inhaliert habe. Ein nur allzu bekannter Sound dissonant gestimmter Gitarren waberte in der Luft, und meine Jugend kam mir für einen Augenblick entgegen wie ein kurzer Film, ein Bild eher, in dem viel zusammenschoss: Mein Zimmer an einem beliebigen Tag, Ende der sechziger, Anfang der siebziger Jahre, in unserem Haus. Ich wusste es überhaupt nicht zu schätzen, damals, das ist mir heute, auf der Rückreise nach SF, erst klar geworden, dass wir ein ganzes Haus bewohnen konnten und dass ich den Luxus eines Zimmers für mich allein genießen durfte (und dort Ruhe vor Bill hatte), ganz anders als viele meiner Schulfreunde. Mein schönes kleines Zimmer mit dem alten Secondhand-Ledersofa, einem großen Bücherregal, dem Schreibtisch und dem Sideboard mit dem tollen Röhrenverstärker, dem Radio und einem Plattenspieler, den ich gemeinsam mit einem Kumpel zusammengeschraubt hatte: Es war sommerlich und hell, ein leuchtender Tag, die Sonne schnitt einen gleißend spiegelnden Rhombus aus dem ohnehin glänzenden Parkett heraus, dass es nur so blitzte und blendete.

So weit ich mich zurückerinnern kann, begann jeder Morgen schon im Bett mit dem Anschalten des Radios und dem Sender der deutschsprachigen Emigranten in Kalifornien. Ich bin sicher, dass ich diese Station gehört habe, immer diese Station, solange ich bei meinen Eltern wohnte; später war das anders, keine Ahnung weshalb, vielleicht hatte der Sender den Betrieb aufgegeben. Mehrmals, das fällt mir erst jetzt wieder ein, in einem Hotelzimmer am Pazifik, hörte ich damals auf dieser Wellenlänge Berichte über den Schwarzwald, die von irgendwelchen vertriebenen Landjuden, wie sie sich selbst nannten, handelten. Trotz aller Naschweinereien, unter denen sie gelitten hatten, erzählten sie in einer seltsam melodiösen, singenden Sprache voller Heimweh von den Bergen und Tälern und den kleinen Dörfern des Südschwarzwalds, vom Duft der Himbeeren, der Kräuter, der Viehställe und des Honigs. Ich sah die lappigen, staubigen Wedel einer Palme im Wind vor meinem Fenster, hatte zugleich diese Schwarzwaldschwärmereien im Ohr und fasste damals zum zweiten Mal (nach Mutters Erzählungen während meiner frühen Kindheit) eine Sehnsucht, ein Heimweh fast nach dem ganz und gar Anderen, dem auf eigentümliche Weise Fremdvertrauten, diesem Mythos Schwarzwald, wie er mir da aus dem Radio entgegenkam – obwohl oder gerade weil SF in diesen Jahren der Hippiebewegung und der Vietnamproteste als Zentrum der besten aller Welten erschien. Als Mittelpunkt des Fortschritts. Der Aussteiger. Irgendwann schenkte mir meine Großmutter einen sogenannten »Weltempfänger«: Ich »empfing« mit ihm tatsächlich die Welt, vor allem deutsche Sender, und wenn sie, im Winter, unter lautem Knistern und Rauschen, von heftigen Schneestürmen, Schneeverwehungen, blockierten Straßen oder gar von Lawinenabgängen berichteten, träumte ich mich vor der matt glimmenden Skala meines Radios in das hochwinterliche Schwarzwaldgebirge hinein, während draußen ein milder Seewind die Palme vor dem Fenster erzittern ließ.

Damals, als ich noch die Highschool besuchte, gingen die Tage auch für mich, wie für meine Freunde, Abend für Abend vor dem Plattenspieler zu Ende, mit Scott McKenzie, den Stones, den Doors – und eben mit den Boards. Immer wieder dieselben Platten, dieselben Titel, dasselbe Aufbegehren gegen das Mittrotten, das brave Mitmachen, die Vaterwelt. Und gleichzeitig war da die Sehnsucht, einfach abzuhauen und abzutauchen in die Wälder (Klar, Thoreau ließ freundlich grüßen!), in den Schwarzwald, den ich mir als eine Art Urwald vorstellte, von wilden Tieren und kaum von Menschen bevölkert. Welche Bilder mir damals durch den Kopf gingen, weiß ich allerdings nicht mehr. Aber etwas Anderes ist sicher: Mein Vater verteufelte alles, was mit Deutschland und den Deutschen auch nur zusammenhing, und sehr wahrscheinlich war es nicht zuletzt meine Aversion gegen sein despotisches Gebaren, die mich schon früh zu einem Möchtegerndeutschen, zu einem Wunschschwarzwälder werden ließ. Letztlich machte ich aber dennoch die Faust nur in der Tasche, trottete ich mit, protestierte ich nur mit meinen Haaren (oder versuchte es zumindest), mit Hermann Hesse (einem gebürtigen Schwarzwälder!), mit Klamotten, Alkohol und Joints, vor dem Plattenspieler und bei ein paar harmlosen Demos gegen den Vietnamkrieg und ging später doch brav zur Uni, wie man es von einem Sohn aus gutem Haus erwartete.

Es roch nach Staub und Gras in der Wohnung, auf meinem alten Sofa saß, breitbeinig, in kanariengelben Jeans und grünem T-Shirt und, als ob Sommer wäre, mit Flip-Flops an den nackten Füßen, Martin Speer, links und rechts flankiert von zwei beinahe klassischen Exemplaren kalifornischer Strandschönheiten: Die beiden besaßen alles, was man zwischen SF und L.A. als Strandblondine braucht: Frisur, Bräune, sportliche Anmut, bis auf das weltberühmte unaufrichtige Lächeln, was wahrscheinlich an den bei einem Gebissklempner gekauften Beißerchen liegen mochte, die zwar streng genommen »falsch« waren, aber diejenigen, die damit ab und zu angelächelt wurden, aufforderten zu überlegen, welcher realen und wenig lustigen Geschichte sie sich wohl verdankten. Doc Sportello ließ grüßen.

Als Martin endlich aufschreckte, allmählich zurückfand ins Hier und Jetzt und mich erkannte, riss er die Augen auf und verzog sein Gesicht, als befände er sich gerade auf dem besten Weg zu einem Horrortrip. Ich entschuldigte mich für den Überfall, erklärte ihm kurz die Lage, fragte, ob in der Wohnung alles funktioniere, und versicherte ihm, der sich mit Sicherheit kurz zuvor schon am Ziel all seiner Hoffnungen gewähnt hatte, dass ich vorhabe, ein Hotelzimmer zu nehmen (was eigentlich nicht stimmte). Ich grinste (wahrscheinlich blöd), wünschte, unter Martins gestammelten Entschuldigungen, einen vergnüglichen Abend und machte mich auf die Socken.

Wie es kam, dass ich nur wenige Minuten später vor Mias Condominium stand, vermag ich nicht zu sagen. Filmriss. Teilchengestöber. Projektilhagel.

Ich muss Mia beim Arbeiten gestört haben. Als ich den Wohnraum ihrer kleinen, schicken Wohnung betrat, die mich augenblicklich an mein Studio im tief verschneiten Obernü erinnerte, war ihr Notebook auf dem großen (nachgemachten) Hepplewhite-Tisch, der mit Bücherstapeln beladen war, aufgeklappt: kein übles Symbol. Mia war mir schlank, blass und mit ganz kurzen Haaren entgegengeschwebt (was ihr ausgezeichnet steht), in flachen schwarzen Schuhen, schwarzen Jeans und schwarzem T-Shirt. Ich weiß, dass sie die Nichtfarbe der Existenzialisten mag, aber ich war dennoch gerührt, weil ich glaubte, sie wolle meiner Trauer Rechnung tragen. Doch dann erfuhr ich, als wir uns zum Tee an ihren gläsernen Couchtisch setzten, dass Fulton gestern völlig überraschend gestorben ist, an einem Herzinfarkt, sechsundfünfzigjährig (und ohne jede Einwirkung meinerseits). Sie habe es heute morgen zufällig erfahren, sagte sie mit belegter Stimme. Ben habe nach dem Mittagessen über starke Bauchschmerzen geklagt, habe sich auf dem Bett gewunden, sein Atem sei nur noch ein Keuchen gewesen, ein langgezogenes rasselndes Geräusch. Seine neue Freundin habe zwar noch den Rettungswagen gerufen, doch Ben sei bereits während der Fahrt in die Klinik gestorben. Mia sagte, die Sache mit Fulton (Sie sagte jetzt tatsächlich Fulton und nicht Ben) sei lange vorüber, sowohl faktisch als auch emotional (Wörtliches Zitat!), sie habe ihn nie wirklich geliebt, aber sein Tod gehe ihr an die Nieren: »Weißt du, wir essen miteinander und steigen hinterher zusammen ins Bett, wir streiten, wir versöhnen uns, wir streiten wieder, wir trennen uns, wir gehen ins Büro, wir schreiben unsere Bücher, wir gehen einkaufen, wir gehen in die Bibliothek und zum Strand, wir fahren für ein paar Tage in

Urlaub, wir sind erholt, dann sind wir bald erneut müde, wir schlafen, wir stehen wieder auf und dann sterben wir plötzlich oder wir verrecken in Etappen, nach einem langen qualvollen Leiden, und alles ist ausgelöscht, als hätte es nie existiert, alles ist vorbei. Und alle anderen machen weiter, als ob nichts geschehen wäre, sie essen und trinken miteinander und steigen hinterher zusammen ins Bett, sie lieben, sie streiten, sie trennen sich, sie gehen ins Büro, in die Bibliothek und zum Strand, und alles geht seinen gewohnten Gang, alles geht so dahin, immer so weiter und immer so fort, und niemand zieht die einzig mögliche Konsequenz.«
»Welche Konsequenz?«, frage ich. Mia antwortet nicht.

Lange sitzen wir im schnell schwindenden Licht einander gegenüber, halten uns bei den Händen und schweigen. Dann stehe ich auf und ziehe leise die Tür hinter mir zu.

Für kurze Zeit glühte noch eine schmale Schicht Lava über dem Pazifik. Dann wurde es rasch dunkel. Die Nacht kommt hier viel schneller als in Obernü. Von meinem Parkplatz aus schaute ich hinüber nach San Francisco. Die vertrauten Markierungen an der Golden Gate flammten hell auf, die Stadt hatte schon ihren betörend glitzernden Schmuck angelegt, Lichterkette neben Lichterkette, wie eine Diva, und prunkte mit irdischen Sternhaufen. Kann man da allen Ernstes von Umweltverschmutzung durch Licht sprechen? Der Bodensee-Walser schreibt in seinem Roman *Brandung* angesichts der nächtlichen San Francisco Bay von *Geschmeide* und von grüngolden gleißenden *Lichtpatzen*, das kommt mir jetzt, beim Tagebuch-Kritzeln, wieder in den Sinn. Nicht schlecht.

Ich fädelte mich in den Verkehr ein und folgte der Spur aus roten Heckleuchten. Gemächlich schaukelte ich mit meinem kleinen Honda über die Claremont Avenue. Patrick Roth fiel mir ein und wie er davon erzählt, auf dem Ventura Freeway in Los Angeles unterwegs gewesen zu sein. Ich steuerte die Ashby entlang, bog dann in die San Pablo Ave ab, überquerte die University Avenue, fuhr zurück in Richtung SF und dachte währenddessen an Hebels *Unverhofftes Wiedersehen* und fragte mich ein ums andere Mal, warum in aller Teufels Namen ich diese privilegierte Ecke der Welt verlassen habe. So weltoffen, so liberal und satt, wie sie ist.

Auf der Suche nach einem Hotel stieß ich auf das Marina Inn, das unmittelbar an der Bucht liegt. Ganz passabel und zahlbar. Man hört und riecht den Pazifik dort. Zumindest den Jachthafen. Ich deponierte mein Gepäck und machte mich auf zum Gang der Gänge. Das Haus meines Bruders (also eigentlich das meines Vaters, meiner Eltern, letztlich, wenn man es mit dem korrekten Possessivpronomen bezeichnen will, *unser* Haus) war nur spärlich beleuchtet. Die Lampen, an die ich mich nicht erinnern konnte, gaben ein seltsames, dunkelgelbes Licht. Es schien, als ob die Trauer in allen Ecken der Diele und der gänzlich finsteren Treppe nisten würde. Der Tag war warm gewesen, aber hier begann ich zu frösteln. Es roch billig in diesem Haus, es roch nach einem billigen Parfum.

Bill begrüßte mich mit gewohnter Geschäftsmäßigkeit (und seinem verkniffenen Gesichtsausdruck), als hätten wir uns vor zwanzig Minuten zuletzt gesehen. Dann schloss er mich, durchaus theatralisch, in seine Arme und stöhnte kurz auf, bevor er mich wieder aus seiner Umklammerung entließ. Pat und ihm, nuschelte er kaum hörbar, sei es leider (wörtliches Zitat) nicht möglich gewesen, zum Flughafen zu kommen, sie hätten alle Hände voll zu tun mit Bestattungsformalitäten, Behördenschlamassel, Rechtsfragen (Als Mutter gestorben war, das weiß ich noch gut, hat der Bestattungsunternehmer fast alle Behördengänge übernommen). Die Trauerfeier sei übermorgen, bis dahin bleibe noch viel zu tun, außerdem gehe das Leben bekanntermaßen ja weiter. Seine Firma brumme. Ich wisse ja: Kaum eine Branche entwickle sich besser als die Biotechnologie, und sein Unternehmen gehöre eben zu den Besten der Besten. Übergangslos fuhr Bill fort: Vater werde übrigens eingeäschert und zu einem späteren Zeitpunkt im Neptune Memorial Reef vor der Küste Floridas bestattet. Denn Vater habe immer, wie ich hoffentlich noch wisse, eine besondere Nähe zum Meer gehabt, zum Meer und zu den Fischen, nichts sei ihm lieber gewesen, als an der Küste zu leben. Und Unterwasserbestattungen seien sehr »im Kommen«, außerdem sei das NMR ökologisch sinnvoll, da es Korallen und Meerestieren wertvollen Lebensraum biete und für ihn, Bill, sei es, das gebe er offen zu, praktisch, da er demnächst ohnehin beruflich in Florida unterwegs sei. Das Ganze habe selbstverständlich seinen Preis, klar, Ökologie koste eben, aber er gehe davon aus, dass ich mich zu fünfzig Prozent an allen Aufwendungen »in Zusammenhang mit Vaters Heimgang« beteiligen werde. Vater sei schließlich auch mein Vater gewesen. Oder etwa nicht?

Überall an den Wänden der Diele und des Wohnzimmers, das fiel mir trotz der schlechten Beleuchtung sofort auf, hingen Bilder, die ich noch aus den früheren Beständen von Vaters Galerie kannte und die sich vor einem Jahr noch nicht in Bills und Pats Wohnung befunden hatten. Arbeiten von Carl Caspar, wenn ich mich nicht sehr täusche, von Maria Caspar-Filser, Richard Ziegler, Karl Völker, Wilhelm Geyer, aber auch Werke bekannterer Künstler wie George Grosz, Erich Heckel und Max Pechstein. Grafiken zumeist, aber auch ein paar Ölbilder. Es würgte mich, doch ich sagte nichts. Ob ich Lust auf einen Happen zu essen habe, fragte Bill. Viel könne er mir nicht bieten. Er habe ja von Mia gehört, wie verwöhnt ich von der deutschen Naziküche sei. Solcher Luxus sei ihm fremd. Aber einen Qualitäts-Hotdog spucke seine Tiefkühltruhe immer aus. Good old America eben: einfach, aber ehrlich und anständig. Ich dankte ihm und fuhr zurück ins Hotel.

Vor dem Badezimmerspiegel hatte ich den Eindruck, mein Kopf sei teilweise schwarz verfärbt. Die trüben, wässrigen Augen blicken nur noch verschreckt in die Welt. Habe jedoch nichts getrunken. Carls Konterfei widert mich in Kalifornien ebenso an wie im Schwarzwald. In seinem zweiten Sonett sagt Shakespeare zwar, des Alters Hässlichkeit werde durch die Anmut des Kindes ausgeglichen. Ich aber habe keinen, der nach mir kommt.

1. Februar

Vor meinem neuerlichen Pflichtbesuch beim Bruder kurzer Ausflug an den leeren Strand von Santa Cruz. Der immergleiche Anblick. Das Rauschen in den Ohren. Der vertraute Geruch in der Nase. Mein kleines Leben aber scheint vollkommen im Umbruch zu sein. Und Vater schon bald bei den Fischen. Freilich in einem anderen, ihm ganz und gar fremden Teich. Nimmermehr.

*

»Ja, mein lieber Carl, so ist es eben, ich kann es auch nicht ändern. Aber, wenn du mich fragst: Du bist selbst schuld an deiner Situation. Du hast sie dir selbst eingebrockt. Wärst du hier geblieben und hättest auf deinen kindischen Ausflug in den Naziwald verzichtet, hätte sich am Status quo nichts geändert. Und ...«

»Status quo! Also, nun ...«

»Vielleicht lässt du mich meinen Gedanken kurz zu Ende bringen, ja? Was hältst du davon, hmm? Das wäre überaus freundlich, mein Lieber. Du versuchst mich noch immer als deinen kleinen Bruder zu behandeln, den du nach Belieben herumschikanieren kannst! Merkst du das?«

»Herrgott noch mal! Nun sei doch nicht so ...«

»Lass' bitte Gott aus dem Spiel! Du hast wohl dort drüben, bei den Braunen, auch die demokratische Grundtugend verlernt, in Ruhe die Argumente der anderen anzuhören. Also, noch einmal: Ich kann unseren alten Herrn vollkommen verstehen. Er hat sehr viel Geld in dich investiert. Er hat dich Semester um Se ...«

»Jetzt reicht ...«

»Er hat dich viel länger als mich studieren lassen. Dann hat er dir auch noch die Doktorarbeit bezahlt. Was bei mir überhaupt nicht zur Debatte stand.«

»Wohl wahr!«

»Und jetzt hat er sich eben verraten gefühlt von dir. Du hast ihn nicht nur im Stich gelassen, du bist auch zu seinen Feinden übergelaufen. Zu den Verbrechern, die seine Eltern und ihn aus dem Land gejagt haben, als seien sie tollwütige Ratten. Wie tollwütige Ratten, das hat er bis zum Schluss immer wieder gesagt. Wie tollwütige Ratten auf einem Schiff hat man uns behandelt.«

»Sag' ...«

»Wusstest du eigentlich, dass die Nazis seinen Onkel enteignet haben, dass sie ihm seine Zeitung weggenommen haben, weil er mit ihr schon vor Dreiunddreißig Position gegen den braunen Mob bezogen hatte?«

»Nein, das ist ...«

»Wusstest du, dass sie seinen Onkel in ein KZ verschleppt und dort umgebracht haben? Wusstest du das?«

»Ja, das wusste ich, aber niemand hat wirklich mit mir darüber gesprochen. Nie. Aber sag' mal, in welchem Jahrhundert lebst du eigentlich? Hast du bei deinen Geschäften nie mit Deutschen Kontakt? Hast du nie mit ihnen zu tun? Hast du immer noch nicht begriffen, dass sich die Zeiten längst geändert haben?«

»Darauf kommt es doch überhaupt nicht an! Vater hat sich von dir verraten und im Stich gelassen gefühlt. Du bist übergelaufen. Du hast ihn verlassen. Du hast ihn zutiefst enttäuscht. Deshalb hat er dich enterbt. Punktum! So einfach ist das.«

»Du spinnst ja wohl! Du weißt doch so gut wie ich, dass Vater seit Jahren nicht mehr zurechnungsfähig, dass er nicht mehr geschäftsfähig war! Hochgradig dement: Das war er! Was würdest du sagen: Wann hat er dich oder Patricia zum letzten Mal erkannt?«

»Darum geht es doch nicht! Hier hast du alles Schwarz auf Weiß. Hier, schau her! Da ist seine Unterschrift und dort die des Notars. Punktum! Du glaubst doch nicht im Ernst, dass der Notar mitgespielt hätte, wenn er auch nur den geringsten Zweifel an Vaters Geschäftsfähigkeit gehabt hätte.«

»Mitgespielt: Das ist der passende Ausdruck! Ein böses, ein abgekartetes Spiel, Betrug ist das, nichts Anderes!«

»Du hast doch keine Ahnung! Es war Vaters Wille. Es war sein letzter Wille! Er war so überaus dankbar, dass wir, dass Pat und ich uns Tag für Tag aufopferungsvoll um ihn gekümmert haben. Deshalb, als Dank für unseren Beistand, für unsere tägliche Unterstützung wollte er sein Testament ändern. Außerdem war er stolz auf mich, weil ich beruflich erfolgreich bin. Ein alter Mensch braucht etwas, auf das er stolz sein kann. Und du … Na ja, das weißt du ja selbst am besten! Und er war vor allem auch stolz auf meine Familie, auf seine Enkel, die er so sehr mochte.«

»Aufopferungsvoll! Dass ich nicht lache! Sag mal, Bill: Um welche Beträge geht es da eigentlich? Über welche Summen reden wir?«

»Geld, Geld, Geld. Dir geht es immer nur um Geld. Um ›Beträge‹! Um ›Summen‹! Weil du selbst nur kleines Geld verdienst mit deinen Sprachklaubereien. Immer ist es dir nur um den Mammon gegangen. Ehrlich gesagt, ich habe genug Geld. Ich benötige den Schotter meines Vaters nicht. Und deshalb fehlt mir da vorläufig jeder Überblick. Ich will jetzt auch überhaupt nicht über Geld reden. Kannst du das nicht begreifen? Ich habe meinen Vater verloren! Du bist raffgierig, pietätlos und herzlos, punktum.«

»Aber hör mal, fandest …, findest du das alles fair? Dass ihr mich mit einem Handstreich enterbt habt? Als Vater krank wurde und auf der Suche nach Ärzten von Stadt zu Stadt pilgerte, da war nichts von Pat und Bill zu hören. Keiner von euch beiden war bereit, den alten Mann zu begleiten. Nur der böse, blöde Carl, den man nie gemocht hat, war zur Stelle. Und als Vater mit seiner Krebserkrankung wochenlang im Hospital lag, da waren der liebe Bill und die großartige Pat auch viel zu beschäftigt, um nur einen Finger zu rühren. Viel zu sehr beschäftigt waren sie da. Und der geliebte Sohn Bill konnte sich ganz entspannt zurücklehnen, weil der böse Nazi-Carl täglich zwischen Uni und Krankenbett hin und her gependelt ist. Hab' ich recht?«

»Du weißt ganz genau, was damals beruflich bei uns, bei mir los war. Und die Kinder …«

»Also: Findest du es fair, dass ihr mich enterbt habt?«

»*Wir* haben dich ganz und gar nicht enterbt. Aber wir können das Testament gerne gerichtlich überprüfen lassen, wenn du so geldgierig bist, mein Lieber. Und wenn es dir nicht peinlich ist, deine Raffsucht zu Markte zu tragen. Kein Problem! Gar kein Problem! Ich sehe dem gelassen entgegen. Aber ich finde, du benimmst dich schändlich. Schändlich und widerlich! Das muss ich schon sagen. Ich hätte nicht gedacht, dass du dich derart aufführen würdest. Die Trauerfeier hat noch nicht stattgefunden, Vater ist noch nicht eingeäschert, er liegt noch nicht unter Wasser, und dir geht es um nichts als um schnöden Kies. Kommt schnell über den großen Teich gejettet, der Herr, und will Geld sehen! Ein feiner Sohn und Bruder bist du, das muss ich schon sagen! Ganz große Klasse! Aber wenn es dich beruhigt:

Den Pflichtteil erhältst du selbstverständlich, auch wenn du dich wie ein Schwein benimmst.«

»Und was ist eigentlich mit all den Bildern, die hier an den Wänden hängen?«

»Die ..., die hat er mir ..., die hat Vater mir geschenkt, immer mal wieder eines, zum Teil schon vor langer Zeit. Weil er ... Er mochte mich, weißt du, und die Kinder auch, und er dachte ... Ich hab' mich so gefreut!«

»Dir, Pat, seiner Schwiegertochter, hat er sie geschenkt? Alle? Seit wann interessierst du dich denn für Kunst? Du hast dich doch immer über die teuren Schmierereien, wie du dich ausgedrückt hast, lustig gemacht.«

»Ja, Pat hat vollkommen Recht. Die wenigen Bilder, die aus der Galeriezeit übrig geblieben sind, hat er meiner Frau geschenkt. Willst du jetzt vielleicht auch noch Schenkungsurkunden für jedes einzelne Werk sehen? Das wird ja immer schöner! Aber wenn du möchtest, kannst du dir eine Grafik aussuchen – als Erinnerungsstück und als Zeichen unseres Großmuts. Da hat Patricia sicher nichts dagegen. Stimmt's, mein Liebes?«

3. Februar (im Flugzeug SF–Zürich)

Es waren viele Leute gekommen. Ich war überrascht. Die meisten von Vaters noch lebenden alten Kunden und Freunden habe ich allerdings nur mit Mühe erkannt: Sie traten als triefäugige, von etlichen Herbst- und Winterstürmen zerrupfte Krähen oder, eher noch, als allmählich verrottende Ruinen einstmals respektabler Behausungen auf, aus denen die Bewohner längst ausgezogen sind und deren schiefe Fassaden und blinde Fenster nur noch von Schmutz und Spinnweben zusammengehalten werden. Allein ein kleinerer Herr, der sich ein wenig abseits hielt, schien äußerlich unverändert: Vaters alter Hausarzt. Nur seine Haare waren jetzt nicht mehr grau, sondern von einem strahlenden Weiß. Bill ging umher, von Grüppchen zu Grüppchen, schüttelte Hände und machte die Honneurs beinahe so, als ginge es um ein geschäftliches Meeting. Ich setzte mich in die erste Reihe, und plötzlich war Mia neben mir, zierlich, schmal und zart, und hielt meine Hand. Bin ihr noch jetzt dankbar dafür.

Der methodistische Geistliche war ein großer Rhetoriker mit weit ausholenden Gesten und gewaltiger Stimme, aber seltsamerweise drang er nur bis an mein Ohr, nicht weiter. Ich ging meiner eigenen Wege und sank rasch zurück in die früheste Kindheit, während der Generalbass des Predigers allmählich zu einem Murmeln verebbte.

Wahrscheinlich war ich vier, fünf Jahre alt. Mein Vater lag in einer Klinik, keine Ahnung wo, keine Ahnung warum, Magengeschwür oder Gallenoperation, irgend so etwas. Wenn man ein Kind ist, interessiert man sich nicht für Krankheiten; sie werden erst viel später, wenn es allmählich zu Ende geht, zum alles beherrschenden Thema. Es war Frühling und schon recht warm, vermutlich gegen Ende März, denn Vater hatte Geburtstag, und es war Ostern. Das weiß ich ganz genau, denn auf dem geräumigen Balkon des Einzelzimmers hatte man mir (vermutlich meine Mutter oder meine Großmutter) ein paar Osternester versteckt – soweit das überhaupt ging, denn die Veranda war nahezu klinisch sauber und, von ein paar Stühlen, einem Tisch und einem Sonnenschirm abgesehen, kahl und leer. Noch heute sehe ich die weiß gestrichenen Möbel, die bräunlichgelben Fliesen und ihr gesprenkeltes feines Muster vor mir, auch die kleinen Spatzen, die von Balkon zu Balkon umherflatterten und herumpickten, wenn man ihnen ein paar Krümel hinwarf, und ich erinnere wieder das helle, morgendliche Sonnenlicht, das auf den Bäumen des Krankenhausparks lag und das Staniolpapier der Schokoladeneier und Osterhasen zum Funkeln brachte. Von irgendwoher läutete eine Kirchenglocke.

Viel wichtiger als all das jedoch, viel wichtiger vor allem als die Süßigkeiten und die kleinen Geschenke war etwas Anderes: Zum allerersten (und zum letzten) Mal in meinem Leben durfte ich mich zu meinem Vater aufs Bett legen. Unmittelbar neben ihn. Das Kopfkissen und die Bezüge waren ganz weiß und frisch und dufteten nach Waschmittel. Auf dem Tisch neben dem Bett standen die Vase mit meinem Geburtstagsstrauß und eine leere Tasse, daneben lag ein gebrauchter Teebeutel, aus dem eine gelbliche Flüssigkeit heraussickerte. Mein Vater trug einen seiner blauweißgestreiften Pyjamas, sein aschfahles, schlecht rasiertes Gesicht lächelte. Er nahm mich in den Arm und hielt mich lange Zeit eng umschlungen. Das fühlte sich gut an, warm und weich und zärtlich. Mutter und Großmutter waren plötzlich verschwunden. Es schien, als ob sie Vater und mich nicht stören wollten. Oder ich nahm sie einfach nicht mehr wahr, denn das Gefühl, von Vater umarmt zu werden, war überwältigend. Das stellte alles Andere in den Schatten.

Eine tiefe Trauer beginnt mich zu überschwemmen. Dieser Mensch, der mein Vater war, ist tot, ein wichtiger Abschnitt meines Lebens unwiederbringlich vorbei. Und Vaters Überreste werden seltsamerweise bald zu einem Teil eines künstlichen Riffs vor der Küste Floridas. Glitschige, fremdartige Fische und Kleinstlebewesen, die nichts, aber auch gar nichts von ihm wissen können, werden um ihn herumschwimmen. Sie bilden seine neue Familie. Ich aber kann ihn niemals mehr umarmen. Und ich frage mich: Warum sind wir so schlecht miteinander umgegangen? Weshalb hat er mich nach diesem einen Ostertag im Krankenhaus nie mehr in den Arm genommen, kein einziges Mal? Und ich ihn auch nicht – selbst in jenen Wochen nicht, als die Krankheit begann, ihn mit ihren grausamen Klauen zu packen und es mehr als fraglich schien, ob er den Krebs würde besiegen können. Weshalb habe ich ihn nie umarmt?

Es ist kaum zu glauben: Niemals auch haben wir zeit seines Lebens ein ernsthaftes Gespräch geführt, in dem es um uns, um unser Leben, um ihn und mich gegangen wäre. Nie, kein einziges Mal. Immer nur über Äußerlichkeiten haben wir gesprochen, über Nichtigkeiten, Oberflächliches, Lappalien. Um den heißen Brei herum haben wir geredet, damit wir nicht gezwungen waren, an den Brei selbst, an uns, unsere Gefühle und unsere Verletzungen zu rühren. Nicht darüber haben wir gesprochen, wie es für ihn gewesen war, als Kind mit den Eltern die Heimatstadt in Norddeutschland zu verlassen und in Kalifornien neu Fuß zu fassen, später zu studieren, zu heiraten, zwei Söhne zu haben, in einer großen Firma zu arbeiten, dann alles hinzuwerfen und als blutiger Laie eine Galerie zu eröffnen. Nicht darüber haben wir geredet, wie es war, als sein ältester Sohn aufzuwachsen und seine Despotie, seinen Alkoholismus, seine Tobsuchtsanfälle und, später, seine Ablehnung und seine Ungerechtigkeiten erdulden zu müssen, als sich abzuzeichnen begann, dass dieser Sohn nicht in seine Fußstapfen treten, nicht in seiner Galerie mitarbeiten (Das hätte Mord und Totschlag zur Folge gehabt), kein Geschäftsmann werden würde, überhaupt aus der Art schlug (wie er sich auszudrücken pflegte) – und Vater mich abwechselnd als Hippie, Gammler, Faulpelz oder Vietnamverweigerer beschimpfte, während er Bill, der nichts Anderes tat, als tagtäglich zu pauken und zu allem Ja und Amen zu sagen, als geliebten Sohn und Musterschüler in den Himmel pries.

Überhaupt der Vietnamkrieg: Kein gemeinsames Essen ohne seine Hasstiraden gegen »diese Kommunistenschweine«, ohne seine böse hervorgestoßene Forderung, Hanoi endlich mit Hilfe einer Atombombe in Schutt und Asche zu legen, und kein Essen ohne hasserfüllte Streitereien zwischen ihm und mir, wenn ich widersprach und ihn, meinen stets kränklichen Vater, als brutalen Kriegstreiber und Imperialisten schalt. Ich kann es nicht beweisen, aber ich bin ziemlich sicher, dass diese Auseinandersetzungen meiner ängstlich zuschauenden Mutter Jahre ihres viel zu kurzen Lebens gekostet haben. Und sicher bin ich heute auch, dass Vater verzweifelt wäre, wenn auch nur einer seiner beiden kurzsichtigen Söhne tatsächlich nach Vietnam hätte gehen müssen. Aber gesagt oder gezeigt hat er das nie.

Die alte Heimat hat mir gut gefallen: das Klima, die Vegetation, SF, die Minuten, die Stunden mit Mia, mein (!) idyllisches Berkeley. Aber mit jeder Meile, die ich zwischen mich und meine Familie lege, geht es mir besser. Ich freue mich auf den Schwarzwald, auf Obernü. Angesichts der Diagnose meiner Weißkittel bleibt mir keine andere sinnvolle Perspektive als der Abgang von der schmierigen Akademikerbühne von Claremont. Freilich muss ich meinen Ausstieg jetzt gründlich durchkalkulieren, denn dank Bills Schweinereien werde ich die Zeit bis zur Erreichung der Pensionsgrenze mit meinen nicht allzu üppigen Rücklagen und zusätzlichen Einnahmen (?) bestreiten müssen. Keine rosigen Aussichten.

Zum ersten Mal seit langer Zeit nahm ich wieder Zuflucht zu meinen Gewaltphantasien.

4. Februar, Obernü

Als ich hier eintraf, war die Liquidation (!) des Freiburger Internisten da. Astronomisch hoch. Diesen Schaden wird hoffentlich meine Versicherung zum größten Teil übernehmen. Insgesamt aber scheine ich multilateral geschädigt zu sein.

Es schneit ununterbrochen. Seitdem ich zurück bin aus Kalifornien, hüllt mich ein unausgesetztes grauweißes Gestöber ein. Sepp, der mich abholte, hatte größte Mühe, Obernü überhaupt zu erreichen. Jetzt ist nichts zu hören außer dem Rieseln, dem Fallen, dem Niederschütten des Schnees (Ja, es ist ein Schütten!). Alles verschwimmt mir vor den Augen, ich kann nichts erkennen draußen, vor den Fenstern. Der Schuppen ist hinter einem dichten weißen Schleier verschwunden und nicht zu sehen. Das ist der stärkste Schneefall, den ich je erlebt habe. Der Schnee deckt alles zu. Er entfernt mich noch weiter von … Ja, von was denn?

*

Lieber Carl,

ich kann nur hoffen, dass Du nicht sauer bist. Wenn ich gewusst hätte, dass Du kommst, wäre alles anders gelaufen. Komplett anders. Das mit Deinem Vater tut mir sehr leid!

Kalifornien ist wunderbar. Ich genieße die Zeit hier sehr und kann nicht verstehen, weshalb Du im Schwarzwald leben willst.

Sobald ich zurück bin, melde ich mich bei Dir. Um Deine Wohnung musst Du Dir keine Sorgen machen!

Herzliche Grüße

Martin

6. Februar

Wir versinken inzwischen buchstäblich im Schnee. Die Schneemassen türmen sich immer höher auf. Wenn man ein Gebäude betreten will, muss man mehrere Schneestufen hinuntergehen, wie in einen Keller. Der Neuschnee reicht fast bis ins erste Obergeschoss hinauf. Meine Wohnung ist dadurch auch tagsüber von einem tiefen Dämmer erfüllt. In den Ecken nistet die Finsternis, beinahe nachtdunkel. Den ganzen Tag komme ich nicht ohne elektrisches

Licht aus. Und die Schneewände links und rechts der Dorfstraße sind bestimmt schon vier Meter hoch. Meist ist nichts zu hören als der Wind, das Knacken, bisweilen auch das Splittern und Brechen vereister Bäume und, wenn der Sturm einmal abflaut, das leise, sanfte Rieseln der Flocken. Das Dorf hat sein Aussehen vollkommen verändert. Alles ist nun dick gepolstert und kaum wiederzuerkennen. Selbst manche stattlichen Tannen ragen nur noch mit ihren Spitzen aus dem Schnee. Das Leben friert ein.

Nach dem Frühstück bin ich zum Luftschnappen kurz vor die Haustür gegangen, in das grauweiß stiebende Einerlei aus Schneefall und Nebel, das alles verschlucken will. Links und rechts des Weges, der hinaus aus dem Dorf und hinauf in Richtung Zweiseenblick führt, vermochte ich ab und zu nicht mehr zu unterscheiden, was noch Schneefläche oder nur Schneedunst und waberndes Gewölk war. Die Landschaft ist auf schimmernde, manchmal auch blendende Weiß- und Grautöne reduziert. Der Schnee ist pulvrig-puderig leicht, er knirscht kaum hörbar. Nach ein paar Minuten mühsamen Stapfens kam mir eine seltsame, unförmige Gestalt entgegen, doch erst als sie schon fast auf meiner Höhe war, sah ich, dass es ein hagerer Mann in einem hellblauen Skianzug und quittengelben Stiefeln war. Er trug einen großen Teddybär auf dem Arm, dessen Fell aus Schnee und Eis zu bestehen schien. Roger taperte wortlos an mir vorbei.

Im Grunde war Fulton auch nur ein armer, kleiner Schlucker: ein Farmersohn aus irgendeinem Kaff im Mittleren Westen. Bildungsfern und (im Wortsinn) exzentrisch, am Rand einer winzigen Häuser- und Hüttenherde, aufgewachsen – wenn es denn stimmt, was man über ihn erzählte. Kühe und Hühner waren seine ersten Freunde (Hatte er jemals andere?). Neben Kunstdünger und Agrikultur gab es in seiner Jugend sicher nicht viel. Zumindest nicht Kunst, Kultur oder Literatur. Und vermutlich keine hübschen Mädchen. Keine Strandnixen, keine Meerjungfrauen. Hat ja auch sehr lange und viele Umwege gebraucht, bis er an die Uni kam. Ein kleines Wunder, dass er es überhaupt geschafft hat. Wolch erzählte mir einmal, dass Fultons Eltern keinen blassen Schimmer davon hatten, was ihr Sohn trieb, als er die Reifeprüfung ablegte. War ihnen wohl vollkommen egal. Auch später haben sie ihn angeblich nie unterstützt. Fulton hat sich, das muss man ihm lassen, buchstäblich an den eigenen blässlich-blonden Haaren aus dem Mist gezogen. Weshalb es ihn, der kaum den Mund für einen korrekten Satz aufbekam und auch zeitlebens seltsam linkisch schrieb, ausgerechnet zu den Geisteswissenschaftlern verschlug, ist mir noch immer ein Rätsel. Er hat gerackert wie ein Ochse. Aber obwohl er, vermute ich, als eine Art Naturbursche aufwuchs, war er, solange ich ihn kannte, fast immer kränklich und stopfte ständig Medikamente in sich hinein. Mit der Klimaanlage im Institut stand er permanent auf Kriegsfuß und war fast immer erkältet. Seine Erkennungszeichen waren jahrein, jahraus seine Triefnase und die entzündeten Augen. Seine Klagen über die diversen Gebrechen, mit denen er sich herumschlug, über eine Sehnenscheidenentzündung im rechten Arm, schlechte Zähne, Schmerzen im Rücken und anderes mehr nahmen kein Ende. Wenn andere über die Reize ihrer Freundinnen redeten, lange Beine, schöne Brüste oder Augen, dozierte er in seinem ländlichen Slang allenfalls über seinen Reizdarm. Aber weder seine zyklisch auftretenden Stirnhöhlenvereiterungen noch seine Bauchkrämpfe hinderten ihn daran, verbissen an seiner Karriere zu arbeiten. Wie ich wäre er lieber Literaturwissenschaftler geworden, das weiß ich, aber ebenso wie ich ist er schon während des Studiums von einem Linguisten gefördert worden und dann in dessen Abteilung hängen geblieben. Und als Ben schließlich einen Lehrstuhl ergatterte, begannen sich auch Frauen für ihn zu interessieren – trotz seiner eitrig-gelben Herpesbläschen.

Bin dankbar, dass ich eine schöne Wohnung habe. Genieße es, am Tisch zu sitzen, zu schreiben und zu lesen, mir Notizen zu machen. Kann auch stundenlang in der Küche hocken und Äpfel (!) vertilgen. Es duftet nach Holz und Holzfeuer, derweil draußen unablässig Schnee fällt, in dicht gewobenen Schleiern. Ich könnte es noch lange so aushalten, vollkommen zurückgezogen leben, in meiner Winterwildnis, und zusehen, wie die Schneedecke wächst und wächst. Fast fühle ich mich in die Winterfiktionen meiner Mutter zurückversetzt. Und es kommt mir so vor, als wäre es mir mit meinem Sprung über den großen Teich tatsächlich gelungen, mich in Sicherheit zu bringen. Aber von Maria höre ich nichts. Gar nichts.

7. FEBRUAR

Carl Meyers
Oberneumatt 1a
79868 Feldberg
Deutschland

Herrn
Prof. Dr. Christopher Horn
Claremont University School of Law
110 Jenkins Hall
Berkeley, CA 94720-3600
USA

Lieber Chris,

ich hoffe, es geht Dir gut. Bitte verzeih, dass ich Dich mit einer persönlichen Angelegenheit belästige. Wie Du weißt, bin ich gegenwärtig für ein Sabbatical in Europa. Vor kurzem ist mein

Vater, den du ja gekannt hast, gestorben, und ich war zur Trauerfeier zuhause. Mein Bruder Bill hat mir eröffnet, dass unser Vater mich während meines Deutschland-Aufenthaltes enterbt habe, und er hat mir auch die Urkunde gezeigt. Das Schriftstück datiert vom 29. Oktober 2012, der Notar heißt (glaube ich) John Gall (habe das Papier nur kurz gesehen). Auch die Restbestände der Galerie sind offenbar stillschweigend in den Besitz meines Bruders und seiner Frau Patricia übergegangen (angebliche Schenkung an sie).

Ich halte das Ganze für eine bösartige Betrügerei meines Bruders, denn mein Vater war seit Jahren dement und längst nicht mehr geschäftsfähig. Er hat mich schon seit langem nicht mehr erkannt, und so erging es allen, die ihn besucht haben, auch meinem Bruder. Mich von hier aus zu wehren, ist schwierig. Es wäre daher nett von Dir, wenn Du Dich zunächst mit dem langjährigen Hausarzt meines Vaters, Herrn Dr. Allen Roth (SF), in Verbindung setzen würdest. Er wird Dir, wenn Du ihm diesen Brief zeigst, sicherlich eine erste Auskunft erteilen.

Ich weiß, lieber Chris, wie beschäftigt Du sowohl als Anwalt als auch in Deiner Funktion als Hochschullehrer bist. Umso verbundener bin ich Dir, wenn Du Dich meiner Sache annimmst. Du brauchst auch keinerlei familiäre Rücksichten zu nehmen, denn Bill ist mir in der denkbar brutalsten Art und Weise gegenübergetreten. Das Tischtuch ist ohnehin zerschnitten, und ich bin nicht mehr gewillt, seine pharisäerhaften Unverschämtheiten wegzustecken.

Mit herzlichem Dank und den besten Grüßen

Dein Carl

PS. Du kannst mir jederzeit mailen.

*

In Obernü und Umgebung herrscht Ausnahmezustand, allerdings nicht nur wegen des Wetters, das die Leute als »Schneechaos« bezeichnen: Heute ist überdies Fasnetsdunschdig, offenbar eine Art Mardi gras, der Beginn der sogenannten Straßenfasnacht, einer alemannischen Variante des Karnevals, wie mir die Rotzler erläutert hat, zu der ich mich, weil sie ja auch die Poststelle betreut, mit Hilfe meiner Tourenskier durchgekämpft habe. Auf dem Dorfplatz, auf dem sich die Schneemassen immer höher türmen, torkelten mir etliche Maskierte entgegen, und man hatte den Eindruck, dass viele Leute schon seit dem frühen Morgen besoffen waren.

Dosi wusste bereits, dass mein Vater gestorben ist (Ganz sicher hat die Stoltenhoff geplaudert), dass ich in San Francisco war und dass Maria sehr betroffen auf diese Nachrichten reagiert habe. Ich glaubte, meinen Ohren nicht trauen zu dürfen, und wollte gerade die Rotzler fragen, wie sie das mit Maria meine, als die Tür aufgerissen wurde und eine Gruppe Maskierter hereinstürmte, braunzottelige Bären, die ein Riesengeschrei machten und von der Rotzler in Windeseile mit Schnaps abgefüllt wurden. Sie hakten mich unter und schleppten mich in den »Bären«, offenbar ihr Stammlokal und Hauptstützpunkt. Bier und Kirschwasser wurden gebracht und im Nu gekippt, eine Combo polterte ins Lokal und spielte pausenlos und gekonnt unglaublich laute und schräge Stücke, eine Mischung aus ordinärer Blasmusik und schnellem Big-Band-Jazz. Die Bären tanzten wie wild, es wurden bunte Papierrollen und Konfettischnipsel geworfen, es wurde geschrien und gelacht. Einer von den Zottelbären kam an meinen Tisch, zog mich vom Stuhl, und es begann eine ausgelassene Hopserei, obwohl ich überhaupt nicht in der Stimmung für so etwas war, aber ich ließ mich mitreißen und vergaß meine Sorgen und meine Kurzatmigkeit. Als die Band eine Pause machte, drückte mich der Bär, der nach Mottenkugeln und Schweiß roch, für einen kurzen Augenblick an sich. Er fühlte sich weich an, der Bär, und ich glaube, er war eine Frau. Dann brachen die Bären zu einem neuen Streifzug auf, und ich stapfte durch meinen Alkoholnebel und den dichten Schneefall langsam und mit einiger Mühe wieder hinauf nach Obernü.

Am Nachmittag kam Irmingard zum Kondolieren und überbrachte auch Grüße von Siegfried. Mir ist, als sei meine Wohnung verwanzt.

Auch am Nachmittag hat es noch stark geschneit. Irmingard behauptete, es werde bis weit in den Mai hinein weiß bleiben.

8. Februar

Gestern Abend fiel mir, wie man so schön sagt, die Decke auf den Kopf, meine Schläfen pochten, und so bin ich, eigentlich gegen meinen Willen, hinunter in die »Bergsonne« gegangen. Der Schnee fiel nicht mehr so dicht, die Dorfstraße war gut begehbar, aber nun war es klirrend kalt. Der Wirt sagte, streng genommen dürfe er mich nicht ins Lokal lassen, denn am schmotzigen Dunschdig sei Frauenfasnacht, doch bei einem Amerikaner, der gewissermaßen von einem anderen Stern komme, könne er eine Ausnahme machen. Es war dann freilich ein ziemlich normaler Kneipenabend mit schrecklichen Schlagern aus dem Radio und mit Frauen und Männern am Tresen, nur dass viel mehr gebechert wurde als sonst und dass ein paar Frauen tatsächlich kostümiert waren; weiß geschminkt und in weiße Tücher gehüllt, standen und saßen sie herum und tranken.

Es war noch recht früh, und ich hatte den Eindruck, es herrsche eine erwartungsvolle Stimmung. Irgendetwas würde passieren. Aber je weiter die Zeit voranschritt, desto schaler schien allen das Bier zu schmecken. Die mit einem weißen Nachthemd verkleidete attraktive Frau, die neben mir an der Theke stand, kam mir seltsam bekannt vor. Doch zunächst wusste ich nicht, wo ich sie einordnen sollte. Aber schließlich fiel der Groschen. Es war Carmen Schlager, die junge Beamtin aus dem Rathaus von Glasmatt, die mich im Herbst ziemlich ruppig darauf hingewiesen hatte, dass ich keine Aufenthaltsgenehmigung hätte. Letztlich erkannte ich sie an ihren hellblau lackierten Fingernägeln und an ihrem ziemlich penetranten Knoblauchgeruch, obwohl dieser derbe Duft von einem schweren Parfum überlagert wurde. Auch vermeintlich flüchtige Erscheinungen können von verblüffender Langlebigkeit sein. Das seltsame Zusammenspiel von scharfer Lebensmittelausdünstung und leicht erotisierendem Wohlgeruch erinnerte mich an eine Serie, die eine Zeitlang durch die deutschen Medien geisterte: »Bauer sucht Frau«. Bäurisch jedoch wirkte die schöne Beamtin trotz ihrer fasnächtlichen Verkleidung nicht. Sie sprach auch nicht Dialekt, was mich sogar ein wenig störte. Unter dem ziemlich eng gegürteten Nachthemd war eine zierliche Gestalt zu erahnen, und vor allem ihr Gesicht besitzt, neben hellen, graublauen Augen, gute Proportionen. Ihre Zähne allerdings, das war mir damals im Rathaus nicht aufgefallen, sind allzu klein und spitz und haben etwas Rattenhaftes.

Als ich ihren Blick auffing, prostete ich ihr zu. »Sie sind ja tatsächlich noch da! Dann hat also alles in Freiburg für sie geklappt«, sagte sie und setzte ein freundliches Lächeln auf ihre weiße Maske, das jedoch ziemlich rasch wieder verschwand, so schnell, wie man eine Lampe an- und ausknipst. »Die Rotzler hat ein-, zweimal so eine Andeutung gemacht. Aber, wissen Sie, die Rotzler erzählt viel, wenn der Tag lang ist. Ein paar Mal hatte ich auch das Gefühl, Sie seien mit einem blauen Golf an mir vorbeigefahren. Sicher war ich mir aber nicht. Ich kenn' Sie ja nicht wirklich. Wir haben uns doch nur ein einziges Mal gesehen, im Herbst. Wissen Sie, mir bereitet es auch keinen Spaß, die Leute zu gängeln. Überhaupt nicht. Aber was soll ich machen? Wir sind eine öffentliche Verwaltung. Bier ist Bier, und Schnaps ist Schnaps. Übrigens, darf ich Sie zu einem Wodka einladen? Auf Wodka steh' ich. Im Ernst: Weil ich auf der Gemeinde einen Job habe, bin ich immer gut drauf. Ja, wirklich, ich bin gut drauf, denn die Stelle ist wenigstens einigermaßen sicher. Ich sage mir immer: Besser den Spatz in der Hand als die Taube auf dem Dach. Außerdem verdient mein Freund seine Brötchen auch im Rathaus. Ich hab' ihn bei der Arbeit kennengelernt.«

Sofort ging mir einer unserer alten Claremont-Sprüche durch den Kopf: »Don't shit where you eat!« Ich schluckte ihn brav hinunter, wäre aber sowieso nicht zu Wort gekommen, denn Carmen Schlager plapperte munter weiter.

»Wissen Sie, im Dorf tut sich immer weniger. Die guten Zeiten sind vorbei. Jobs sind Mangelware. Das ist so, wirklich wahr. Ein Laden nach dem anderen hat zugemacht. Bald gibt es nur noch die Rotzler. Und in letzter Zeit haben mehrere Betriebe ihre Produktionsstandorte verlagert. Meist werden dann logistische Probleme ins Feld geführt. Ich weiß nicht, ob das wirklich stimmt. Keine Ahnung. Vielleicht kriegen sie woanders nur mehr Subventionen. Im Elsass zum Beispiel. Oder sonst wo. Keine Ahnung. Viele meiner Schulfreunde sind auf jeden Fall weggegangen, weil sie keine Ausbildungsplätze und keine Jobs gefunden haben. Von der schönen Landschaft kann man halt auch nicht herunterbeißen. Viele, die meisten meiner Generation im Dorf, wandern in die Städte ab. Oder sie sind schon längst weg. Wenn das so weiter geht, wird die ganze Gegend tatsächlich noch zum Altenheim. Und dann sterben wir hier aus. Wirklich wahr.«

Als ich spöttisch grinste und das Gesicht verzog, reagierte sie sofort: »Nein, nein, das dürfen Sie jetzt nicht auf sich beziehen. Sie habe ich selbstverständlich nicht gemeint! Aber es ist schon so, wie ich sage. Junge Leute treffen Sie hier immer weniger an. Und deshalb geht es auch mit dem Brauchtum bachab. Wissen Sie, es sind nur wenige, die sich wirklich noch engagieren. Die können Sie an zwei Händen abzählen. Und die haben dann auch irgendwann die Schnauze voll. Vor ein paar Jahren noch war in der ›Bergsonne‹ an einem Abend wie diesem der Teufel los. Aber jetzt ist selbst der Bärenzunft der Weg zu weit zu uns herauf nach Obernü. Wer ist denn heute noch bereit, sich in einen Verein einzubringen? Das will doch kaum einer mehr. Wirklich wahr!«

Bin heute mit Skiern zum Feldbergpass hinübergelaufen und war eine Zeitlang auf den Pisten unterwegs, vor allem an den Fahler Hängen, wo der Schnee wie Schlagsahne war. Mit der Fasnet wollten die Menschen ursprünglich den Winter vertreiben, habe ich mir in den letzten Tagen sagen lassen, aber hier, bei uns (!), hat er gerade erst richtig begonnen: Selbst die Liftmasten versinken tief im Schnee, und für die Schlepplifte wird es allmählich eng. Die Kälte hat den Schwarzwald fest im Griff.

Der Skitag hat mir gut getan, die blutroten Gallertteilchen und die Pfeile sind wieder verschwunden, die Pumpe sendet keine negativen Signale. Aber ich weiß nicht, ob mein Geld reichen wird, um auf Dauer hier zu bleiben. Vor allem aber: Was will ich eigentlich im Schwarzwald? Wie will ich hier leben? Als (mehr oder weniger) kranker Frühpensionär? Genügt es, nicht mehr den Hamster im Rad zu spielen? Meine Verwandten in größtmöglicher Distanz zu wissen? Aus meiner aktuellen Situation heraus hätte ich an einer Uni in der Umgebung nicht die geringste Chance.

Ich habe das Gefühl, noch nicht tot zu sein. Was also mache ich mit der Zeit, die mir bleibt? Wie kann ich meinem kleinen Leben wenigstens noch ein bisschen Bedeutung verleihen? Und meine Lebensmaschine in Gang halten?

*

Mein lieber Freund James,

ich danke Dir herzlich für Deine Anteilnahme. Und ich bitte Dich herzlich um Nachsicht dafür, dass ich mich so lange nicht bei Dir gemeldet habe. Der Tod meines Vaters hat mich sehr mitgenommen. Ich bin angeschlagen, auch physisch, und muss mich auf ärztliches Geheiß schonen. Daher verschiebe ich meinen Besuch bei Dir auf den Frühling. Hoffe sehr, dass Du Verständnis dafür hast.

In alter freundschaftlicher Verbundenheit

Dein Carl

PS. Von Mia soll ich Dir herzliche Grüße übermitteln. In SF war sie an meiner Seite. Das hat mir sehr geholfen.

10. FEBRUAR

Gestern sind die Touristen eingefallen. Sie wollen sich ein paar Tage lang von ihrer Arbeit, Müh' und Plage, von *ihren* Hamsterrädern erholen und sich wieder »fit« machen für den täglichen Berufskampf. Die offiziellen Pisten kann man jetzt vergessen, an den Liften bilden sich grotesk lange Warteschlangen.

Bin die Hinterwaldabfahrt vom Herzogenhorn nach Todtnau hinuntergebrettert, dann mit dem Bus wieder zur Passhöhe gefahren. Anschließend durch das Ameisengewimmel an der Grafenmatt erneut zum Horn und hinunter nach Bernau. Heute mit den Langlaufskiern von Hinterzarten nach Schluchsee. Habe meine Kräfte überschätzt. Bin hundemüde. Hatte unterwegs eine kleine Herzattacke. Oder bilde ich mir das nur ein? Angst. Wahrscheinlich sollte ich mehr auf die Weißkittel hören.

Rede mir trotzdem, mit einem Grinsen im Gesicht, ein, wie ein Trapper, wie ein Abenteurer zu leben. Der Blick vom Horn durch den Schneedunst auf die anderen Schwarzwaldgipfel zeigt ein Land jenseits des einundzwanzigsten Jahrhunderts, Berge, Täler und blaurauchige Wälder, die wie ursprüngliche Natur aussehen, auch wenn sie es nicht sind (von den Bannwäldern abgesehen). Der Wind jault und zerrt wie ein Halbstarker an allem herum, was ihm in die Quere kommt. Es ist klirrend kalt, und am Nachmittag, wenn es aufhellt, färbt sich der Horizont im Süden jadegrün, dort, wo die Alpen aufragen müssen. Man darf sich nur nicht umdrehen und zum Feldberg hinüber schauen, zu den unzähligen Touristen, den Flachlandtirolern (wie man hier sagt), denen es offenbar den größten Spaß macht, sich zusammen mit Tausenden ihresgleichen auszutoben (oder einander in dem dichten Gewühl über den Haufen zu fahren). Sonst büßt man seine romantischen Flausen ein. Auch die Windräder, die ich in der Ferne erkennen kann, erinnern daran, in welcher Zeit ich lebe. Und dennoch (oder gerade deshalb) habe ich das Gefühl, als einer der letzten Abenteurer, als ein zweiter Nat Bumppo durch den wilden Schwarzwald zu streifen, der am Abend in seine hoch gelegene Behausung zurückkehrt. Bin ein unheilbarer Träumer. Vielleicht auch sonst nicht mehr zu kurieren.

Für mich ist der Hochschwarzwald eine Wildnis. The Last Frontier. Ich lebe in einer Outstation.

*

Lieber Carly,

gar keine Frage. Ist doch klar. Mir ginge es nicht anders als Dir. Ich weiß noch gut, wie ich mich gefühlt habe, als mein Vater starb. Das war ein kleiner Weltuntergang für mich, denn mein alter Herr ist mir stets ein guter Freund gewesen, der beste vielleicht, den ich je hatte. Immer bin ich bei ihm mit meinen Wünschen, Sorgen und Anliegen auf offene Ohren gestoßen. Auf ein großes, ein liebendes Herz. Mit einem Wort: Ich habe volles Verständnis für Deine Situation. Pass bitte auf Dich auf!

Wenn Du dann in ein paar Wochen kommst, bin ich hier auch akklimatisiert, habe hoffentlich einen etwas größeren zeitlichen Spielraum und kann Dir meine neue Schweizer Welt vorführen.

Bitte verzeih' die Kürze. Ich muss an einer Sitzung teilnehmen.

Beste Grüße, auch an Mia,

stets Dein James

12. Februar, Fasnachtsdienstag

Ich bin zur Fasnachtsverbrennung auf den Dorfplatz von Glasmatt gegangen. Das hätte ich besser nicht getan. Aber hinterher ist man immer schlauer (wie die Schwarzwälder sagen). Viele sind gekommen, Einheimische und Touristen. Bestimmt mehr als hundert Leute. Das Feuer lodert schon, der Zeremonienmeister oder Obernarr stimmt ein lautes Wehklagen an, als mich eine Bärentatze aus der Menge heraus nach hinten zieht. Der Bär, der wieder nach Mottenkugeln riecht, umarmt mich und sagt: »Hast du mich nicht erkannt, am Donnerstag?«

Maria nimmt ihre Maske ab. Ihre Haare sehen verklebt aus und nass, und ich gebe ihr meine Mütze, damit sie sich nicht erkältet. Wir gehen die Dorfstraße hinunter und dann weiter den Waldweg, der für Fußgänger gewalzt ist, in Richtung Windfellsee, wo ich sie an einem heißen Sommertag zum ersten Mal gesehen habe. Ich will ihr erzählen: von Mias Besuch, von meinem Krankenhausaufenthalt in Freiburg, von meiner Diagnose, von Vaters Tod und der Reise nach SF, doch sie weiß seltsamerweise schon alles, zumindest das meiste, in groben Zügen. Vermutlich von der Dosi, die mir immer unheimlicher wird. Ich habe den Eindruck, dass Maria sogar etwas von meiner Enterbung ahnt, aber als ich vorsichtig nachhake, weicht sie mir aus.

Dann stehen wir nah beieinander am Ufer des Sees, der jetzt, im Februar, nichts ist als eine weiße, tief verschneite Fläche. Ein riesiges Leintuch. Nur beim Strandbad hat man den Schnee für die Schlittschuhläufer geräumt (vermutlich der Bauhof der Gemeinde oder wie auch immer diese Arbeitstruppe heißt, die häufig auf dem Dorfplatz herumbosselt; ist das eigentlich deutsch: »herumbosselt«? Seltsames Wort), und das Eis ist schwarz wie ein bodenloses Loch. Das Weiße in Marias Augen leuchtet in der Dunkelheit. Vielleicht täusche ich mich ja, aber ich glaube, ein Zucken läuft über ihr Gesicht, als sie sagt, der Besuch von »Frau Murphy« und mein Überfall in Freiburg hätten sie sehr getroffen. Ja, getroffen, das sei das richtige Wort. Aber sie wisse auch, sagt sie, und dabei schaut sie zu Boden, streckt ihr rechtes Bein aus und tastet mit der Spitze ihres Schuhs umher, als wolle sie von dem ablenken, was sie gerade sagt, oder habe vor, mit ihrem Fuß eine zusätzliche Botschaft oder einen Kommentar in den Schnee zu schreiben, jedenfalls sagt sie, dass sie selbst Fehler gemacht habe, das sei auch ihr bewusst. Jetzt brauche sie einfach Zeit und sie bitte mich um Geduld. Ohnehin wisse sie nicht, was sie mit ihrem Leben anfangen solle. Rein äußerlich gehe jetzt, nach dem Examen, alles weiter. Sie sei dabei, sich beruflich zu orientieren, sie treffe Freunde und Bekannte, aber sie habe das mulmige Gefühl, alles sei auf eine merkwürdige Art und Weise unsicher und brüchig und könne ganz schnell wegkippen (Ich weiß nicht, was sie damit gemeint hat). Auch machen ihr, sagt sie, bei diesem Wetter häufig ihre Migräneanfälle zu schaffen.

Sie zieht sich meine Mütze tief ins Gesicht, als ob sie damit etwas bekräftigen wollte. Einen Augenblick lang steht sie so vor mir, wie ein ganz junges Mädchen, ein Kind fast noch, dann dreht sie sich um und rennt weg. Ich rufe ihr nach, aber sie läuft immer weiter.

Auf dem Rückweg vom See bin ich schon einmal gestürzt. Dennoch sprinte ich in der dunklen, mondlosen Nacht hinter Maria her, ich will sie unbedingt einholen, aber das Laufen auf der Schneepiste strengt mich ungeheuer an, schon bald gerate ich außer Puste und muss aufgeben. Wieder einmal verliert alt gegen jung. Langsam gehe ich zurück, keuchend, Atem schöpfend und Schritt für Schritt. Kurz vor dem Ortsschild von Glasmatt, ich bin längst wieder auf der Straße und kann schon, in einiger Entfernung, die ersten Häuser sehen, höre ich hinter mir plötzlich Geräusche, etwas wie ein leises Räuspern, dann Schritte, das Knirschen von Schnee und Eis, gleich darauf ein Sausen, und im nächsten Moment trifft mich auch schon ein harter Gegenstand am Kopf, und ich verliere das Bewusstsein.

Lange kann ich nicht auf der Fahrbahn gelegen haben, denn die Fasnachtsverbrennung ist noch immer im Gang, als ich wieder zu mir komme. Ich höre eine Lautsprecherstimme, die die Puppe, das arme Opfer, bemitleidet, und Brandgeruch liegt nach wie vor in der Luft. Am Schädel habe ich eine dicke Beule, aus der Blut sickert. Es gelingt mir, mich aufzurappeln und zu meinem Golf zu tapern. Zuhause wasche ich die Wunde unter der Dusche aus, desinfiziere sie mit Kirsch, verbinde meinen Kopf mit einem Unterhemd, das ich zuvor in Streifen geschnitten habe, leere die Schnapsflasche und lege mich dann vorsichtig ins Bett. Nat Bumppo und der wilde Schwarzwald. Verleiht man so seinem Leben Bedeutung?

13. Februar

Mein Kopf dröhnt noch immer. Die Sache wird aber nicht so schlimm sein. Hoffe ich zumindest.

14. Februar

Valentinstag. Nichts für ältere Herren. Meinem Schädel geht es besser. Soll ich Anzeige erstatten? Und wenn ja, gegen wen? Wer glaubt hier schon einem dahergelaufenen Amerikaner?

15. Februar

War heute in der Bäckerei, also bei Dosi, und habe einen Testballon gestartet. Erzählte ihr, dass mich jemand niedergeschlagen hat. Sie hat nichts dazu gesagt. Nicht mit der Wimper gezuckt; keinerlei Kommentar (Wahrscheinlich gehört eine kleine körperliche Attacke hier zum Alltag).

Doch als ich den Laden verlassen wollte, hat Dosi mir nachgerufen, dass ich ihr wegen meiner widerlichen Vermieter aufrichtig (!) leid tue. Man dürfe sich nicht alles gefallen lassen. Dosi ist besser informiert als die CIA. Und ähnlich parteiisch.

16. Februar

Lieber Carl,

vielen Dank für Dein Schreiben und vor allem mein herzliches Beileid zum Tod Deines Vaters. Ich habe ihn gemocht, und ich habe ihn geschätzt als einen Herrn (im emphatischen Sinn des Wortes), der noch aus einer anderen Zeit in unsere hereinragte – auch wenn mir seine Ausfälle, von denen ich ja auch den einen oder anderen mitbekommen habe, manchmal sehr auf die Nerven gegangen sind. Das will ich nicht verschweigen.

Selbstverständlich nehme ich mich Deiner Sache an. Ich habe auch bereits mit Herrn Roth gesprochen, und er hat Deine Aussage im Wesentlichen bestätigt.

Im Anhang schicke ich Dir eine Vollmacht. Bitte drucke sie aus, unterschreibe sie und schicke sie mir auf dem Postweg zurück. Dann kann ich tätig werden und auch dem windigen Notar auf den Pelz rücken.

Dass unser Freund Ben gestorben ist, hast Du sicherlich gehört. Er war schon eine beeindruckende Persönlichkeit: klug, gebildet, bescheiden. Wieder einer weniger von den Aufrechten. Immer war er fair, ja mehr als das: Jedem, der ihn kannte, war er ein Partner, der alles für ihn tat, was in seiner Macht stand. Immer hat er seine eigenen Interessen zugunsten anderer zurückgestellt. Ein durch und durch lauterer Charakter. Und überdies war er nachgewiesenermaßen ein Wissenschaftler von hohen Graden. Entsprechend groß fiel die Anteilnahme aus. Ben hinterlässt eine riesige Lücke. Jetzt musst Du die Fahne Eurer Abteilung vorantragen. Aber da mache ich mir keinerlei Sorgen.

Alles Gute für Deine Arbeit und beste Grüße

Chris

18. Februar

Habe gestern, am Sonntag (Die Pisten wurden von Heerscharen von Frischluftschnappern heimgesucht), eine kleine Skitour unternommen. Der Schnee leuchtete blau, als ob es schon bald wieder zu schneien begänne, die Luft schmeckte nach Ozon und stach mir in die Nase wie flüssiges Eis. Noch immer herrscht klirrende Kälte. Zog ganz allein meine Spur, bin niemandem begegnet. Einsamkeit kann beflügelnd wirken, das weiß ich jetzt. Nat Bumppo, allein in der Wildnis.

War heute in Freiburg. Habe die Vollmacht für Chris zur Post gebracht und dabei Marias Wohnung weiträumig umschifft. Einige Bücher gerafft. Und erstmals das Augustinermuseum beschnuppert: Die sogenannten »Feldbergmaler«, die dort, neben vielem anderen, zu sehen sind, gehören wahrscheinlich, soweit ich das als Laie beurteilen kann, nicht in die erste Reihe, aber manches spricht mich doch an, vielleicht, weil es meine Sehnsucht nach einer intakten (Gebirgs-) Welt befriedigt, vor allem Hermann Dischler, von dem ich schon einige Bilder in Hinterzarten (Skimuseum) gesehen habe. Die Schneeflächen seiner Winterbilder, deren Weiß er offenbar nicht selten Rosa beimischte, haben etwas Magisches. Auch in den nebensächlichsten Details strahlen sie den Glanz einer (Ich weiß nicht, wie Dischler das hinkriegt) potenzierten Wirklichkeit aus. Karl Hauptmann dagegen wirkt meist wie ein Kitschier, der mit der Brennschere arbeitet. Man hat das Gefühl, gleich komme Schneewittchen um die Ecke. Umgekehrt macht das »Hotzenwaldmädchen« (War noch nie im Hotzenwald!) von Joseph Henri Francois van Lerius (Never heard; bestimmt kein eigentlicher Schwarzwaldmaler. Niederländer? Belgier?) einen geradezu authentischen Eindruck.

Auf dem Rückweg Abstecher nach Glasmatt und Spaziergang bei scharfer Kälte zum sogenannten »Katzenhaus«

am Sommerberg, einer stattlichen alten Villa. Der Besitzer fräste gerade schmale Pfade durch die Schneemassen seines Gartens. Wir kamen ins Gespräch, und er erklärte mir, dass er ein Wegesystem anlege, das es seiner Katze erlaube, trotz Eis und Schnee bequem an verschiedenen Stellen des Grundstücks ihre Notdurft zu verrichten: »Wir haben für Carlo zwar in jedem Raum eine Toilette aufgestellt, aber er bevorzugt doch ganz entschieden die Natur.«

Als es ihm zu kalt wurde, lud mich der Hausherr umstandslos zum Tee in sein prächtiges Haus ein, das auch mir gefallen würde. Mit seinen intelligenten, unruhigen Augen ähnelt der Mann einem zersausten, kampferprobten Vogel, am ehesten vielleicht einem Raben. Ja, ich glaube, er ist nicht nur verschroben, sondern auch klug und lebenserfahren. Und er hat, da bin ich sicher, auf welche Weise auch immer, den Tod kennengelernt.

Lediglich der massive Esstisch aus dunklem Holz, die dazugehörigen Stühle und die vielen Bücherregale schienen in diesem Haus den Menschen vorbehalten zu sein. Alles Andere, vor allem die Sessel und Sofas, die ich heute Nachmittag dort gesehen habe, war mit Wolldecken und Leintüchern verhüllt und anscheinend für die Katze namens Carlo bestimmt. Überall auch standen künstliche Kratzbäume und gut gefüllte Fressnäpfe herum; es roch muffig, wie in einer Zoohandlung. Sowohl der Mann, der von sich sagte, er engagiere sich als freier Journalist im Kampf für die Rechte der Tiere, als auch seine ursprünglich wahrscheinlich hübsche Frau machten einen ziemlich verkommenen, verlotterten Eindruck (und zwar in weit stärkerem Maß als ich während meiner intensivsten Alkoholphasen). Beide hatten sie auffallend unsaubere Hände und schwarze Fingernägel, und ihre Hosen starrten vor Schmutz. Welches Gesprächsthema ich auch anschnitt, die beiden kamen stets schon nach zwei, drei Sätzen auf ihre Katze zurück, die ihre freundlichen, intelligenten Augen von einem raumhohen Kratzbaum aus auf mich richtete, und deren Wohlergehen sie offensichtlich alles andere unterordnen. Urlaubsfahrten zum Beispiel, sagte die Krähe, kämen für sie nicht in Betracht, da Reisen nur Stress für das arme Tier bedeuteten. Sie hätten sich vor einiger Zeit dafür entschieden, ihr Leben ganz dem Wohl der Vierbeiner und vor allem dem ihrer geliebten Katze zu widmen. Auf Verständnis für ihre Haltung würden sie in Glasmatt freilich nicht stoßen: »Wir werden als Verrückte angesehen, denn ein Katzenleben gilt hier nichts. Immer wieder wirft man uns tote Tiere vor die Haustür. Aber wenn Sie mich fragen: Auch mit Menschen geht man im Schwarzwald eigentlich nicht besser um als mit Tieren. Hier sind die Leute schon immer über Leichen gegangen, wenn es opportun erschien. Ich übertreibe jetzt natürlich ein wenig, doch früher haben die Bauern überzählige Neugeborene einfach im Bett erstickt, und heute erschlagen oder ertränken sie eben kleine Kätzchen. Oder sie überfahren sie auf der Bundesstraße. Erst neulich stand in der Zeitung, dass ein unbekannter Täter in einen Zartenbacher Stall eingedrungen sei und einem Pferd bei lebendigem Leib die Zunge herausgeschnitten habe. Ein Veterinär sagte, dem Schnitt zufolge müsse es ein Bauer, ein Metzger oder ein Tierarzt gewesen sein.«

Als ich bemerkte, dass in meiner Teetasse ein großes Büschel Haare, vermutlich Katzenhaare, schwamm, ergriff ich die Flucht.

19. Februar

In der Nacht ein schrecklicher Alptraum. Wieder das bekannte Engegefühl in der Brust. Nein, ich muss es mir selbst eingestehen: Dieses Mal ging es um viel mehr. Das war kein harmloses Engegefühl, das war ein echter Anfall. Eine Attacke. Habe mich immer mehr hineingesteigert (Das kann ich ja sehr gut). Atemnot. Krämpfe. Stechende Schmerzen. Der nächste Arzt meilenweit entfernt.

Todesangst.

Ich will noch nicht verscharrt werden. Rede mir ein, dass mein selbstbestimmtes Leben, ein Leben, das diesen Namen verdient, gerade erst begonnen hat.

Nur nicht jammern! Nur nicht larmoyant werden, mein Lieber!

22. Februar

Jetzt ist Schluss. Endgültig Schluss. Es hat keinen Sinn. Habe alle harten Alkoholika weggekippt. Gurgelnd und glucksend verschwand mein altes Leben im Ausguss. Vorbei. Aus. Muss mich am Trinken hindern. (Kann nur hoffen, dass ich es schaffe). Das Feuerwasser ist weg. Und den Speck bekommt Sepp.

Medikamente und »gesunde« Lebensmittel gekauft. Massenhaft Obst und Gemüse (Werde noch zum Kaninchen). Schwöre mir, ab sofort die Maßgaben des Arztes ernst zu nehmen. Diese Herzensangelegenheit hat jetzt Vorrang vor allen anderen Affären. Sie sollte zumindest Vorrang haben.

Wieder einmal Epikur: Wenn's nach ihm geht, sollte man weder heiraten noch Kinder zeugen – sofern man klug ist.

25. Februar

Kein neuer Anfall mehr.

Strahlende, kalte Wintertage. Der Schwarzwald macht seinem Mythos alle Ehre: In den Nächten schneit es, tagsüber scheint die Sonne. Wir (!) versinken im Schnee, er knirscht vor Kälte, wenn ich spät abends einen Spaziergang mache. Vereinzelte Rauchsäulen unten, über dem Dorf.

Meine Hände waren
Zwei Klumpen Eis
Fünf Zapfen an jeder
Die klirrten.

(Marie Luise Kaschnitz, 1957)

Martin hat angerufen. Hat sich tausendmal bedankt. Mit der Wohnung alles in Ordnung, offenbar. Habe ihm gesagt, mein Herz sei angeschlagen (!). Müsse kürzer treten. Touren mit ihm seien zu anstrengend für mich. Zumindest momentan. Er hat mir einen Kardiologen empfohlen. Mal sehen. *Ein* Beutelschneider reicht mir eigentlich.

27. Februar

Jeden Tag mit den Skiern unterwegs, meistens jenseits der Pisten. Wenn auch langsam und gemächlich. Habe hier, im alten Europa, eher ein amerikanisches Lebensgefühl entwickelt als in den letzten Jahren und Jahrzehnten in Kalifornien. Bewege mich wie ein Trapper durch die Landschaft, ziehe meine Spur durch den pulverigen Tiefschnee, mache meine Mittagspause auf irgendeinem Gipfel mit Trockenfleisch, Brot und einem Schluck Tee aus der Thermoskanne (Bis vor kurzem hätte ich Schnaps getrunken). An der rauchigen Ferne, der gezackten Alpenmauer im Süden, dem Auf-und-ab der Berge rings um mich her, den tief verschneiten Tannen und den winterblauen Schatten, die sie auf die Schneewehen in ihrer Umgebung werfen, kann ich mich kaum satt sehen. Aber bald schon beginne ich zu frösteln, ich breche wieder auf, und dann kommt die Abfahrt, mir scheinen plötzlich Flügel zu wachsen, momentweise werde ich übermütig, als sei ich ein junger Kerl, als lägen mir die Welt und die Mädchen noch zu Füßen, doch in Wahrheit steht mir schon der nächste Aufstieg bevor, und er holt mich auf den Boden der Wirklichkeit zurück, denn er kostet mich meine ganze Kraft. Der Schweiß läuft mir ins Gesicht, ich schmecke das Salz wie manchmal früher bei einem Tennismatch oder wenn ich am Strand zu lange in der Sonne lag. Inzwischen lerne ich auf mein Herz zu achten, aber auch auf die Natur, auf die Schreie der Raben, den Wind in den Bäumen, das Knistern und Knirschen des Schnees, und ich erkenne mittlerweile schon ziemlich früh und zuverlässig, wenn das Wetter umschlägt, ob der Föhn zusammenbricht und ob Neuschnee kommt.

Mein Aussehen verändert sich. »Du siehst aus, wie von Wind und Wetter gegerbt«, würde Vater sagen, wenn er mich noch sehen könnte. »Bist wohl kein Versager mehr. Machst jedenfalls nicht den Eindruck.« Vater, tief unten in seinem nassen Grab, seinem künstlichen Riff. Dort ist er nun wohl. Vater: Zwei Fische zu seinen Häupten, zwei zu seinen Füßen. Keine Nachricht von Bill.

Meine Visage in der Tat jetzt noch älter, noch zerfurchter, aber prima vista gesünder. Wahrscheinlich mehr Schein als Sein. Eines aber steht fest: Das Trapperleben tut mir gut. Will noch eine Zeitlang ein Schwarzwaldbumppo sein, bevor auch ich zum Riff werde. Oder zu süddeutschem Humus.

Maria fehlt mir. Aber ich muss lernen, damit umzugehen. Jetzt mit aller Gewalt nach ihrem Rockzipfel zu greifen, wäre ein großer Fehler.

1. März

Bin bei Melville *(Pierre)* auf ein Lob des Landlebens gestoßen: … *Das Land ist nicht nur der poetischste und philosophischste, sondern auch der aristokratischste Teil dieser Erde, weil es der ehrenwerteste ist, und unzählige Barden haben ihn mit vielen schönen Liedern geadelt.* Kräftig angestaubt. Hiesige Journalisten würden wahrscheinlich schreiben: verzopft (Obwohl auch Zöpfe gut aussehen können. Je nachdem, wer sie wie trägt).

4. März

Lieber Carl,

bitte verzeih, dass ich mich erst heute bei Dir melde. Du weißt ja, wie dicht mein Terminkalender gefüllt ist. Überdies hatte ich Schwierigkeiten, Deinen Bruder zu erreichen. Entweder ist er tatsächlich so häufig auf Dienstreise, wie er behauptet, oder er versucht sich vor mir wegzuducken. Immerhin konnte ich vorhin erstmals mit ihm telefonieren. Er machte auf mich einen recht nervösen, fahrigen Eindruck. Ich hoffe, ich täusche mich nicht, denn eine außergerichtliche Einigung wäre nach meiner Einschätzung das Beste. Bruderzwiste sind, wie Du weißt, nachgewiesenermaßen niemals besonders ersprießlich. Immerhin hat er zugesagt, übernächste Woche zu mir in die Kanzlei zu kommen.

Ich informiere Dich unverzüglich, sobald ich Neuigkeiten habe.

Herzliche Grüße

Stets Dein Chris

*

Mein lieber Chris,

ganz herzlichen Dank für Deine freundliche Nachricht! Ich weiß es sehr zu schätzen, dass Du Dich meiner Sache widmest. Denn mir ist sehr wohl bewusst, dass Du ansonsten viel, viel größere Räder zu drehen hast. Umso dankbarer bin ich Dir.

Herzlichst

Dein Freund Carl

*

Lieber Carl,

lange konnte ich mich nicht entscheiden, ob ich Dir schreiben soll. Aber die Nachrichten, dass Du überfallen wurdest und außerdem Probleme mit Deinem Herzen hast, haben mir zugesetzt. Es tut mir sehr leid, dass es Dir nicht gut geht, und ich wünsche Dir in jeder Hinsicht gute Besserung.

Dass ich mich Dir in einem Fasnetsüberschwang so schnell wieder angenähert habe, war vielleicht ein großer Fehler. Jedenfalls brauche ich zur Zeit Abstand und Ruhe. Das verstehst Du, oder?

Nochmals alles Gute!

Maria

*

Woher weiß sie das alles? Dosi? Martin? Die soziale Kontrolle in dieser dörflichen Welt ist mir unheimlich. Als ob es einen Blockwart gäbe. Aber ich will nicht dem Jargon meines widerlichen Bruders verfallen.

9. März

Immer noch hochwinterlich. Viel Schnee und starker Frost, insbesondere nachts. Die Einheimischen sagen, sie hätten endgültig die Schnauze voll vom Winter *(Mir länget's!)*, merkwürdigerweise auch diejenigen, die von ihm leben, die Hoteliers und Restaurantbetreiber. Nur die (wenigen) Kinder haben offenbar ihren Spaß (Ohnehin scheint für die allermeisten Schwarzwälder »Lebensfreude« ein Fremdwort zu sein, dieser Eindruck drängt sich mir leider auf).Nachmittag für Nachmittag sind sie am Skihang. Manche kommen mit dem Fahrrad und haben ihre Bretter seitlich am Rad festgezurrt. Auch Touristen sind noch da, vor allem Rentner. Wie ich vielleicht bald einer sein werde.

In der *Badischen Zeitung* gelesen: Ein Tourengeher (65) ist unterhalb des Feldbergs, im Zastler Loch, erfroren aufgefunden worden.

12. März

Setze mein Gesundheitsprogramm fort. Auch die recht gemächlichen Skitouren, deren Tempo ich auf ärztliches Geheiß nur vorsichtig steigere. Gehe kaum noch ins Restaurant. Das Schwarzwälder Essen schmeckt zwar ausgezeichnet, ist aber offenbar nichts mehr für mich. Viel zu schwer. Zuviel Fett, zuviel Cholesterin, zuviel Kohlehydrate. Von allem zuviel. Jetzt soll ich »mediterran« leben, sagt der Freiburger Weißkittel. Wie war das Dasein früher doch einfach, unkompliziert und lebenswert, und ich Idiot habe es gar nicht bemerkt, weil es auf eine vertrackte Weise selbstverständlich und zudem meist hinter der nächsten akademischen Hürde verborgen war. Immer wieder streift mich die Schwinge der Verzweiflung.

Nur keine Larmoyanz, geschätzter Depp!

14. März

Martin war da. Hat mir nochmals dringend geraten, »seinen« Arzt aufzusuchen. Soll ein toller Hecht sein. Von Kalifornien war er hellauf begeistert. Von Berkeley. Von den Frauen. Vom Pazifik. Vom Klima. »Vom Lebensgefühl«, wie er sich ausgedrückt hat. Am liebsten würde er stehenden Fußes auswandern. Sieht jedoch für sich keine berufliche Chance. Kann immer weniger verstehen, dass ich freiwillig hierher gekommen bin.

War ich in seinem Alter in ähnlicher Weise naiv? Oder bin ich es immer noch? Wir tranken so lange Espresso, bis mir schummerig wurde. Die letzte mir verbliebene Sucht.

16. März

Bin auf einen interessanten deutschen Barockautor gestoßen, der am Dreißigjährigen Krieg teilgenommen hat und seine mittleren und späten Jahre (nach dem Westfälischen Frieden) am Rand des Schwarzwalds, in der sogenannten Ortenau, die irgendwo nördlich von hier liegen muss, als Burgverwalter, Burgvogt, Gastwirt und Schultheiß verbracht hat: Hans Jacob Christoffel von Grimmelshausen. Von ihm stammt *Der abentheuerliche Simplicissimus Teutsch*, ein riesengroßer Roman über Krieg und Nachkriegszeit, voller Lebenserfahrung (?), Allegorien, Symbole und Lesefrüchte, die frech ins Buch hinein kollagiert werden (Copy and Paste!?). Seine alte Sprache ist für mich keine ganz leichte Angelegenheit, aber die Mühe lohnt sich. Mir gefällt vor allem, dass der Icherzähler auch in den Schwarzwald vordringt, zum sogenannten Mummelsee. Er interessiert sich sowohl für die Etymologie des Namens als auch für die Sagen, die über das Gewässer im Umlauf sind: *Der teutsche Nahm Mum-*

mel – See gebe genugsam zu verstehen / daß es umb ihn / wie um eine Mascarade, ein verkapptes Wesen seye ...

Als Simplicius nach einer anstrengenden, sechsstündigen Wanderung am See ankommt, erkennt er, dass die Gerüchte, die über ihn kursieren, zutreffen. Er beginnt, große Steine in den See zu werfen: *Da fieng die Lufft an den Himmel mit schwartzen Wolcken zu bedecken / in welchen ein grausames Donnern gehoeret wurde.* Im Wasser kommen dem Helden seltsame »Creaturen« entgegen, die ihn zunächst an Frösche gemahnen, die jedoch immer größer werden und ihn schließlich an Menschen erinnern. Ein Wassermännlein schenkt ihm einen grünen Edelstein, Simplicius stürzt in den See und fährt mit seinem Begleiter hinab in die Tiefe, wo er über den Sinn und Zweck solcher Seen im Schöpfungsplan aufgeklärt wird.

Mich rührt das alles an. Ich muss an den Titisee und den Windfellsee, an meine Seeladies denken. Und Grimmelshausens Roman erinnert mich auch an die Geschichten, an die Märchen und Sagen, die mir Mutter in meiner Kindheit erzählt hat. Sobald der Schnee geschmolzen ist, will ich zum Mummelsee fahren.

18. März

In der Rubrik »Vermischtes« der hiesigen Lokalzeitung, in der nicht selten die interessantesten Nachrichten stehen, habe ich gelesen, eine Forschergruppe an der University of Illinois in Chicago habe angeblich herausgefunden, dass der Klangteppich einer Café-Bar (Gerede, Lachen, Geschirrgeklapper, das Zischen der Espressomaschine etc.) die beste Voraussetzung dafür sei, die Schienen des festgefahrenen Denkens zu verlassen und Weichen neu zu stellen. Gerade Menschen, die mit dem Kopf arbeiten, bräuchten eine gewisse Unordnung.

Mich interessiert an dieser Geschichte vor allem das Thema »Soundscaping«. Ich hätte diese Beschäftigung mit Klängen, der ich mich als junger Kerl zeitweise gewidmet, doch die ich leider nie als ernstzunehmende Arbeit verstanden habe, konsequent weiterverfolgen sollen.

20. März

Immer noch Winter. Immer noch viel Schnee. Immer noch kalt. Aber die Waldvögel singen schon aus vollem Hals. Im reinsten Dur. Eigentlich seltsam angesichts der Witterung. Bei mir ist alles auf Moll gestimmt. Überall scheint die Kurve in Richtung Süden zu verlaufen: Meine Beziehung mit Maria steht wahrscheinlich vor dem Aus. Meine Gesundheit ist desolat. Mein ganzes Leben habe ich gründlich vergeigt, und viel Zeit wird mir wahrscheinlich nicht mehr bleiben. Gefräßige Teilchen an allen Ecken und Enden. Tolle Bilanz.

21. März

Lieber Carl,

heute muss ich Dir leider mitteilen, dass Dein Bruder wider Erwarten nicht zum verabredeten Termin erschienen ist, den ich mir mit einigem Aufwand freigeschaufelt hatte, eigens um die Sache rasch zu einem für Dich günstigen Abschluss zu bringen. Überdies hat der Herr noch nicht einmal abgesagt. Du bist selbstverständlich der Letzte, dem ich deshalb einen Vorwurf machen würde, aber ich finde, es ist schon ein starkes Stück, wie er sich benimmt, denn meine Zeit ist knapp.

Ich habe Deinen Herrn Bruder daraufhin nochmals unverzüglich angerufen. Er ging sogar ans Telefon, und ich habe ihm in jeder Hinsicht die Daumenschrauben angezogen. Er war ziemlich verdattert, stammelte irgendwelche haltlosen Entschuldigungen in den Hörer und hat mir am Ende hoch und heilig versprochen, in der nächsten Woche definitiv bei mir zu erscheinen. Wir werden sehen.

Herzliche Grüße aus dem angenehm temperierten Kalifornien

Dein Chris

22. März

Lieber Chris,

es tut mir außerordentlich leid, dass Du wegen mir solche Unannehmlichkeiten hast. Bitte entschuldige, dass ich Dich überhaupt mit meiner Angelegenheit belästigt habe. Aber für mich steht im Hinblick auf mein weiteres Leben und meine Altersabsicherung einiges auf dem Spiel. Außerdem möchte ich die Unverschämtheiten und Betrügereien meines Bruders schon aus Prinzip nicht länger hinnehmen. Umso dankbarer bin ich Dir für Deinen großen freundschaftlichen Einsatz.

Du musst mir allerdings versprechen, dass Du für Deine Bemühungen das normale Honorar berechnest und mir keinen »Freundschaftspreis« machst. Das könnte ich nicht akzeptieren.

Mit nochmaligem Dank und den besten Grüßen

stets Dein Carl

25. März

Woher rührt wohl der offenbar tief sitzende Minderwertigkeitskomplex der Deutschen, der Schwarzwälder? Aus der braunen Vergangenheit? Oder geht es, andersherum, vielmehr um den Siegeszug der anglophonen Kultur? Sonst treten die Leute hier doch häufig wie der sprichwörtliche selbstbewusste Hansdampf in allen Gassen auf, vor allem in Gruppen oder am Stammtisch. Ein wenig derb, ein wenig laut und, unter Alkohol, bisweilen auch aggressiv. Vorhin habe ich im Radio jedoch einen Werbespot für ein stilles Mineralwasser gehört, der mich aufhorchen ließ. Das Produkt heißt nicht Schwarzwaldwasser oder so ähnlich, sondern schlicht und einfach »Black Forest«. Ich lebe inzwischen ja so gut wie hundertprozentig abstinent (in mehrfacher Hinsicht) und würde liebend gern ein Mineralwasser trinken, das meine neue Heimat (?) im Namen führt. Weshalb nur schämen sich die Schwarzwälder ihrer Sprache? Warum sagen sie nicht Schwarzwald, sondern Black Forest? Grimmelshausen und Hebel würden sich im Grab umdrehen.

Gestern habe ich wieder einmal eine Skitour über das Herzogenhorn hinüber nach Bernau gemacht. Das Wetter war grandios, der Schnee immer noch pulverig, der Blick auf den blau in der Ferne dämmernden Wald und auf die Schweizer Alpen hinreißend. Ein paar leicht zerzauste Wattebauschwolken, die nur zu Dekorationszwecken da zu sein schienen, taten der Frühlingssonne keinerlei Abbruch. Die Bedingungen hätten nicht besser sein können. Aber alle fünf oder zehn Minuten schaute ich auf meine Armbanduhr, wie um mir selbst vor Augen zu führen, dass ich schon ein ordentliches Trainingsprogramm hinter mich gebracht hatte; in ähnlicher Weise registrierte ich bestimmte Wegmarken, einen einzeln stehenden Baum, eine Hütte, einen steilen Aufstieg. Die Schönheit, die mich umgab, erreichte mich nicht. Ich nahm sie kaum noch wahr. Mit einem Wort: Eigentlich habe ich diesen herrlichen Tag gar nicht genossen, ich habe seine Bestandteile vielmehr nacheinander abgehakt, wie ein Pflichtpensum. Wie eine Aufgabe, die zu bewältigen war. Ich diagnostiziere Überdruss bei mir, Überdruss, der möglicherweise aus der Wiederholung des Immergleichen oder zumindest Ähnlichen stammt. Ist das letztlich Lebensüberdruss? Bin ich lebensmüde?

Oder werde ich vollends verrückt? Bin ich nicht gerade erst hier angekommen? Hat mein neues Leben nicht erst vor kurzem begonnen?

Jetzt, bei einsetzender Dunkelheit, beginnt es wieder zu schneien, und der Wind pfeift ums Haus. Man könnte meinen, es sei noch tiefster Winter, und Weihnachten stünde vor der Tür. Die Schneeflocken fallen dicht, sie wogen in immer neuen Wellen heran, als wollten sie meine Wohnung, als wollten sie das Haus und ganz Obernü bis morgen vollends unter sich begraben und verschwinden lassen. Das ist eigentlich ein günstiger Zeitpunkt für die gefräßigen Teilchen, zumal kein Alkohol im Schrank ist. Aber seltsamerweise scheint meine Energie gerade jetzt, während ich diese Sätze schreibe, zurückzukehren.

26. März

Der Blick von meinem Wohnungseingang aus, heute morgen: ein Vexierbild. Der Ozean brandet aus allen möglichen Richtungen mit seinen Wogen und Wellen heran. Doch er ist gefroren, eine weiße Wüste. Schneewehen haben den Vorgarten, haben die Straße und das Dorf wie Wanderdünen ausradiert. Es ist frappant: Ich stehe einer Wüstenei gegenüber, die an der Horizontlinie in den weißgrauen Himmel übergeht. Meterhohe Neuschneemassen. Kaum zu bewältigen. Und es schneit, stöbert und stürmt unaufhörlich weiter. Der Wind treibt die kristallinen Dünen, wohin er will.

Habe stundenlang, zusammen mit Stoltenhoff, gefräst und geschippt. Sisyphosarbeit: Wenn man glaubt, alles geschafft zu haben, beginnt es von vorne. So ist das Leben. Aber es scheint ein Ruck durchs Dorf zu gehen: In Gruppen und Grüppchen bespricht man die Lage, man hilft sich gegenseitig, und viele Menschen stehen auf den Dächern, um sie von der Schneelast zu befreien, weil sie Angst haben, ihre Behausungen könnten zusammenbrechen. Autos fahren keine, noch nicht einmal der Linienbus ist unterwegs. Selbst der Skilift steht still. Wir haben einen echten Ausnahmezustand. Und die Menschen genießen die Pause, die Unterbrechung des Alltags, das »Schneechaos«, von dem sie unentwegt palavern. Überall sieht man Leute, die sich gegenseitig auf die Schulter klopfen, man hört sie rufen und lachen, Frauen versorgen die Schneeschipper mit belegten Broten, Schnaps und heißem Tee. Sogar Stoltenhoff ist in der vorösterlichen Kälte ein wenig aus sich heraus gegangen, hat mir tausendmal für mein »großes Engagement« gedankt, hat mir Komplimente gemacht und mich zu einer überdimensionierten Portion Schwarzwälder Speck eingeladen.

Gegen Abend ließ der Blizzard nach.

*

Lieber James,

bitte verzeih, dass ich längere Zeit nichts von mir hören ließ. Aber wie Du bin auch ich sehr beschäftigt. Ich hatte eigentlich vor, Dich noch vor Ostern in Zürich zu besuchen, doch wie Du vielleicht den Medien entnommen hast, ist der Hochschwarzwald von einem der heftigsten Winterstürme der letzten Jahre heimgesucht worden, und wir sind eingeschneit. Schau Dir bei Gelegenheit einmal die Webcams vom Feldberg an. Wie dort sieht es auch bei mir aus.

Aufgeschoben ist nicht aufgehoben, wie man hier sagt. Sobald der Frühling Strom und Bäche vom Eise befreit und sich der Winter in die noch rauheren Berge zurückgezogen hat, was hier freilich noch eine Zeitlang dauern mag, holen wir alles nach.

Ich wünsche Dir schöne Feiertage und grüße Dich herzlich,

stets Dein Carl

27. März

Mein lieber Freund,

habe volles Verständnis. Menschen, die arbeiten, soll man niemals aufhalten. Sitze im Augenblick ohnehin schon auf gepackten Koffern, da ich über Ostern für einige Tage nach Hause fliege, um ein paar dienstliche Angelegenheiten zu regeln, die keinen Aufschub dulden. Die Schweizer zahlen brav.

Wir machen es, wie Du sagst: Alles wird nachgeholt. In Berkeley ist das Wetter übrigens, wie immer, sehr angenehm. Wünsche viele bunte Eier!

Herzlich

Dein James

*

Maria, Liebste,

oft steht die Liebe am Pfahl gebunden und flieht endlich arm und unbeschuht. Oder mit Flip-Flops. Muss das sein? Hat sie, habe ich, haben wir keine Chance mehr? Wie lange hast Du nichts mehr von Dir hören lassen?

Bitte schick mir ein kurzes Signal. Wenigstens das.

In Liebe

Dein Carl

(Nicht abgeschickt)

*

Lieber Carl,

nun war Dein Bruder tatsächlich in meiner Kanzlei. Das Gespräch dauerte keine fünfzehn Minuten. Nach meinem letzten Telefonat mit Deinem Verwandten hatte ich fest damit gerechnet, dass er klein beigeben würde, aber leider habe ich erneut keine gute Nachricht. Er bleibt stur, er spielt den moralisch Entrüsteten und behauptet, alles sei selbstverständlich mit rechten Dingen zugegangen, und Du seiest ein schlechter Sohn und Bruder, überdies ein übler Leichenfledderer, dem es ausschließlich um den persönlichen Vorteil gehe. Weitere Details möchte ich Dir ersparen.

Bitte ärgere Dich nicht. Wir wissen, mit wem wir es zu tun haben. Noch vor Ostern werde ich ein Gutachten in Auftrag geben, bei dem die Aussage des Hausarztes keine geringe Rolle spielen wird. Ich bin sicher, dass wir reüssieren. Freilich wird die Sache einige Zeit in Anspruch nehmen.

Ein schönes Fest und herzliche Grüße

Dein Chris

Lieber Chris,

vielen Dank für Deine Informationen. Wenn ich bei Eurem Gespräch anwesend gewesen wäre, hätte ich spaßeshalber den Essay zur »Linguistik der Lüge« meines deutschen Kollegen Harald Weinrich ins Spiel bringen können, aber das hätte bei einem Menschen wie meinem Bruder auch nicht gefruchtet. Ich vertraue ganz auf Deine Unterstützung und Deine Kompetenz. Nochmals vielen Dank!

Ein schönes Osterfest wünscht Dir und Deiner Familie

Dein Carl
Wie wird es weitergehen mit mir?

31. März

Ostersonntag. Beginn der Mitteleuropäischen Sommerzeit. Vorfreude auf Sonne, Wärme, Kräuterduft. Doch nach ein paar hell leuchtenden Tagen, die tiefblauen Mittelmeerhimmel, Tauwetter und, um die Mittagszeit, die ersten Espressi (freilich ohne Grappa oder Kirsch) auf meine kleine Terrasse brachten, bekommen wir nun wieder finstere Eiseskälte und Schnee und zwar einen so dicht und anhaltend fallenden, trocken rieselnden Pulverschnee, als werde er von Dr. No, Mephisto, Beelzebub oder von irgendeiner anderen bösartigen Macht gelenkt und gesteuert, die jeden Gedanken an Frühling und Sommer schon im Ansatz als blanke Illusion zunichte machen will. Der Wind wirft die Flocken sogar wieder aus dem Glasmatter Tal herauf, so dass sie gleichzeitig von oben, unten und horizontal in kompakten Wolken herangewirbelt und getrieben, ja geradezu geschleudert werden. Der Schneesturm wütet und tost, er faucht mit brachialer Gewalt um das Haus und durch das Hochtal, er schüttelt und malträtiert die Bäume, dass es einem angst und bange wird, und lässt hohe Schneewehen wie Dünen selbst auf der Dorfstraße wachsen. Wetter und Klima scheinen, Sommerzeit hin, Sommerzeit her, eingefroren. Alles stagniert, alles kommt erneut zum Erliegen, und selbst die alte Kuckucksuhr, die in Stoltenhoffs Entree hängt, hat offenbar aus Verzweiflung den Geist aufgegeben, denn sie will nicht mehr, wie der Patron mir vorhin beim abendlichen Fräsen und Schippen berichtet hat, das eigentlich vollkommen sinnlos war, denn schon nach kurzem hat der Sturm die ohnehin dürftigen Spuren unseres Tuns wieder getilgt: mit einem weißen Gummi wegradiert. Wie mit leichter Hand weggewischt, als hätten S. und ich nie geschuftet.

Auch Stoltenhoff selbst macht einen auffällig demoralisierten Eindruck. Er hadert mit dem nun schon etliche Jahre zurückliegenden Entschluss, die offenbar prächtige Stadtwohnung im Norden aufzugeben und das komfortable, kulturgesättigte Leben in einer Großstadt, in der alles Lebensnotwendige und das Leben Verschönernde bequem und einfach erreichbar gewesen sei, wie er sagt, mit der trübseligen Existenz in einer menschenfeindlichen Einöde zu vertauschen. »Wenn ich an die großzügig bemessenen, hohen Räume meiner (!) Wohnung mit den stuckverzierten Decken und dem spiegelnden Parkett zurückdenke«, klagte er, »an die häufigen Besuche von Freunden und Bekannten, an die Bibliotheken, die Museen, das Theater, die Oper und die Konzerthäuser, an das ganze gesellschaftliche Leben, das wir alle Zeit so sehr genossen haben, werde ich entweder melancholisch oder zornig.« Denn das Haus hier oben, kurz unterhalb der Baumgrenze, sei letztlich der Herzenswunsch seiner Frau gewesen, die, wie ich ja wisse, vom Oberrhein stamme, und er habe in Verkennung der Folgen idiotischerweise nachgegeben – zuerst beim Bau des Feriendomizils und dann vor allem beim endgültigen Umzug ein paar Jahre nach seiner Pensionierung: »Doro hat aber auch nicht locker gelassen. Sie hat gebohrt und gebohrt. Und sie hat ihre stählernen Ellenbogen ausgefahren. Bis ich Idiot nachgegeben habe.«

Das Pendeln, am Anfang, zwischen dem Norden und dem Süden, zwischen Stadt und Gebirge, sei ja noch schön gewesen, habe ihm sogar Spaß gemacht. Das habe einen Wechsel, einen Ausgleich zwischen Geselligkeit, Kultur und Natur ergeben. Nun aber seien die Würfel schon lange gefallen. Es habe keinen Sinn gehabt, die Stadtwohnung länger zu behalten, die Distanz sei einfach zu groß und zu beschwerlich geworden. Der Unterhalt der beiden Immobilien sei auch ins Geld gelaufen, und so hätten sie die Stadtwohnung an einen schrecklich neureichen Banker verkauft. Die Verbindungen zur Heimat seien inzwischen weitgehend abgebrochen, ein Zurück gebe es nicht mehr. Eine bezahlbare Wohnung wie die alte könne man so schnell nicht wieder finden, und er sei zu Kompromissen immer weniger bereit. Hier in Oberneumatt lebten sie jedoch weitgehend isoliert; weit und breit finde sich niemand, mit dem sie sich befreunden könnten. Überall, an allen Ecken und Enden, begegne er nur Stumpfsinn. Brown sei eine Ausnahme: »Aber zwischen ihm und uns steht eine gläserne Wand. Das ist eine andere Liga.« Mit den Leuten im Dorf spreche man das eine oder andere Wort, doch das sei auch alles. Vor allem jedoch wisse er nicht, wie lange sie noch das harte Leben in Kälte und Schnee ertragen würden. Seine Frau sage zwar nichts, dennoch merke er an unzähligen Kleinigkeiten, dass auch sie ihre Einödenexistenz gründlich satt habe. Er jedenfalls spüre das Alter von Tag zu Tag mehr. Meinem Vormieter, Herrn Doktor Rabus, sei es, wie ich wahrscheinlich noch wisse, auch nicht anders ergangen, er habe die Höhe, das raue Klima und die weiten Wege nicht länger ausgehalten.

Schon kurze Zeit nach der Ankunft auf dem Land, das sei jedenfalls seine Meinung, sagte Stoltenhoff mit einem angewidert heruntergezogenen Mundwinkel (soweit ich das im frühabendlichen Schneesturm erkennen konnte), müsse man sich als halbwegs kultivierter »Zeitgenosse« doch wie erschlagen fühlen, wie eine zerdatschte Fliege an der Fen sterscheibe, sofern man nicht die Gewissheit habe, schon bald wieder abreisen zu dürfen. Und Oberneumatt sei eine grausame Potenzierung und Radikalisierung von Ländlichkeit. Anders könne man es nicht sehen. Er habe keine Ahnung, was sie machen sollten, wenn sie eines Tages gebrechlich würden. Philemon und Baucis in dem gottverdammten Oberneumatt: Das werde nicht funktionieren. Ausgeschlossen.

2. April

Gestern hat es den gesamten Tag über weiter geschneit, und auch heute tobt der Schneesturm mit ungebremster Wucht. Das Außenthermometer zeigt Minus zehn Grad Celsius. Das dürfte vierzehn Grad Fahrenheit entsprechen.

Sitze im Schneedämmer. Dunkle Schatten hängen in meiner Wohnung. Es wird nicht hell, es kann gar nicht hell werden, denn über den Himmel rasen in dichter Folge schwarzgraue Wolkenflundern. Vor allem aber reichen die Schneemassen vor dem Haus inzwischen hinauf bis zum zweiten Stockwerk, Tageslicht vermag kaum hereinzudringen. Beim Blick aus dem Fenster habe ich nichts als eine diffuse weiße Fläche vor mir. Frau Stoltenhoff sagt auch, sie müsse den ganzen Tag über das elektrische Licht »brennen lassen«. Und im Vorgarten und auf der Straße bewegt man sich zwischen hohen Schneewänden. Es ist beängstigend. Wie immer wollte ich heute den Schuppen photographieren; es ging nicht. Ich bekam ihn nicht vor das Objektiv. Weder vom Haus aus noch von draußen: Der Schnee hat ihn verschluckt.

Eigentlich nur um mich abzulenken, habe ich ein Buch des kalifornischen (!) Musikers, Komponisten und Soundscape-Spezialisten Bernie Krause in die Hand genommen. Er hat kurz vor mir mit Klangexperimenten und Soundscaping begonnen. Allerdings, anders als ich Idiot, konsequent und professionell. War unter anderem an Filmen wie *Apocalypse now* und *Rosemary's Baby* beteiligt. Hat auch für die Doors gearbeitet. Eine vielfältige und bunte Welt öffnet sich vor meinen Augen. Das tut mir gut in dieser weißen Wüste, in der ich lebe und in der man kaum noch etwas Anderes wahrnimmt als das Heulen des Sturms und, wenn man ganz genau hinhört, das Knistern und Wispern des Schnees.

Bin froh, dass ich noch ganz gut mit Lebensmitteln ausgestattet bin. Genieße sehr meine komfortable Wohnung.

3. April

Stoltenhoffs laden mich nun öfter zu einem kleinen Imbiss ein. Leiden, nach meinem Eindruck, unter Lagerkoller. Brauchen »Ansprache«. Er hat, scheint mir, zu trinken begonnen. Ich muss aufpassen. Komme immer wieder in Erklärungsnot, wenn ich Bier, Wein oder Schnaps ablehne. Will aber auch nicht unhöflich oder unfreundlich erscheinen. Es bereitet ihm ganz offensichtlich Probleme, allein zu süffeln. Er braucht einen zweiten Trinker, um sich selbst Normalität vortäuschen zu können (Die Menschen ertragen es nicht, von der Norm abzuweichen. Lieber ändern sie die Norm). Und seine gestrenge Frau ist noch nicht einmal dazu bereit, an einem Schnapsglas auch nur zu riechen. Sepp und Lislot scheinen nicht in Obernü zu sein; sonst hätten sie mich längst heimgesucht.

Habe ich mich ins Abseits manövriert?

Die Lebensmittelvorräte werden jetzt doch allmählich knapp.

*

Mein lieber Carl,

am Ostersamstag kam James mit seiner lieben Frau auf einen Sprung zu mir zum Kaffee. Wir saßen auf meiner Terrasse, genossen Espresso, Grappa, die wohlige Wärme und den Blick auf das flirrende Licht über der Bay. James berichtete mir von Dir und dass Du in Obernü (So heißt doch Dein Dorf, oder?) eingeschneit bist. Eingeschneit! Um diese Jahreszeit! Ich erinnere mich noch gut an ein paar Ortsnamen, und so konnte ich mir, nachdem die beiden wieder gegangen waren, schnell einige Webcam-Bilder anschauen, soweit die Kameras überhaupt funktionierten. Einige scheinen im Schnee untergegangen zu sein. Doch das, was ich zu Gesicht bekommen habe, hat mir gereicht. Wirklich entsetzlich! Wie kann man nur in solch einer Schneewüste leben? Ich würde das nicht ertragen. Funktioniert wenigstens Deine Heizung? Ich mache mir Sorgen!

In den zurückliegenden Wochen habe ich nochmals intensiv über Dich und mich nachgedacht. Über uns. Die Stimmungslage hat sich nicht geändert. Mein Basso continuo ist nach wie vor: Alles geht so dahin. Wir verplempern unsere Zeit, unser Dasein. Und werden rasend schnell alt. Tempus fugit! Andererseits habe ich mich in meiner Situation ganz gut eingerichtet. Ich lese, wieder einmal, Virginia Woolf, arbeite weiter an meinem Stendhal-Buch, treffe von Zeit zu Zeit ein paar Leute (Nicht, was Du jetzt denken magst!) und lebe gern in Berkeley und in meiner Wohnung, in der ich auf niemanden Rücksicht nehmen muss und in der ich tun und lassen kann, was ich will. Mein Brotjob ist erträglich und macht meistens sogar Spaß, aber was mich tatsäch-

lich aufrecht erhält, ist meine Beschäftigung mit Stendhal – so albern das vielleicht auch sein mag. Denn wer wird sich in zehn Jahren noch für meine »neuen« Forschungsergebnisse interessieren, die vielleicht gar keine sind? Doch das ist mir egal. Ein Umzug nach Europa, gar in Deine Schneeeinsamkeit, kommt für mich jedenfalls nicht mehr in Frage. Überhaupt denke ich, dass wir zu verschieden sind. Und beide, jeder für sich, sind wir zu egozentrisch. Ich denke, wir sollten einfach gute Freunde sein und bleiben. Gleichgültig, ob Du es weiter vorziehen wirst, in der Arktis zu hausen, oder eines Tages doch zurückkehrst. Gernhaben aber werde ich Dich immer.

Herzliche Grüße

Mia

PS. Solltest Du mal wieder hier hereinschneien, würde ich Dich niemals von der Bettkante stoßen. Das weißt Du hoffentlich. Freundin bleibt Freundin.

PS2. Das Wetter war heute so wunderbar: warm, strahlend, blütenduftig bis in mein Büro hinein. Da konnte ich nicht anders und habe mir ein feuerrotes Sommerkleid aus bestem Leinen und dazu passende rote, hohe Schuhe gekauft. Italienische, versteht sich. Sündhaft teuer. Aber ein wenig Luxus brauche ich zur Zeit, um wenigstens einigermaßen in der Balance zu bleiben. Das große Vergnügen am Geld ist, es auszugeben, ohne dafür Rechenschaft ablegen zu müssen, wie VW gesagt hätte. Aber jetzt merke ich, beim An-Dich-Denken, dass ich eben doch am liebsten Deinen Segen dazu gehabt hätte. Und Deine Meinung, Dein Urteil etc. Du denkst vermutlich, weshalb belästigt mich die dumme Kuh mit solchem Kinderkram, das ist doch nicht ihr Niveau. Einem anderen Mann als Dir hätte ich das ohnehin nicht gebeichtet. Nehmen Sie es also bitte als Kompliment, Hochwürden Carl.

Die getreue Betschwester Mia ersucht Sie demütig um Ihre Absolution. Eine andere Sache hingegen sollte sich Hochwürden seinerseits klarmachen: Bisweilen ist auch ein Flaubert-Experte eine Frau.

PS3. Geschichten von Deiner Superstudentin oder was immer sie sein mag, will ich nicht hören. Ein unmittelbares Signal von Dir hingegen, das nicht über JW kommt, hätte ich gerne wieder einmal. Also lass mich nicht ganz verhungern und verdursten.

*

Und was erhält mich aufrecht?

On the other hand: Hingegen. Wann benutze ich dieses Wort jemals? Eigentlich nur, wenn ich übersetze. Ich bekomme es hier nicht zu lesen, in keiner Zeitung, in kaum einem Buch. Ich höre es nicht, weder im Dorf noch in der Stadt. Wie verändert sich die deutsche Sprache? Von den Anglizismen (Black Forest etc.) und von der Jugendsprache einmal ganz abgesehen.

4. April

Liebe Mia,

über Deine ehrlichen und freundlichen Zeilen habe ich mich sehr gefreut. Du hast sicher recht, wenn Du sagst, wir seien grundverschiedene Egozentriker. Auf Dauer ginge es mit uns garantiert nicht gut. Das ändert jedoch nichts daran, dass Du für mich nach wie vor eine attraktive Frau bist, und Dein charmantes Angebot werde ich nicht ausschlagen. Darauf kannst Du Dich verlassen.

Ich freue mich, dass Dich Deine Stendhal-Forschungen ausfüllen. Und ich gratuliere Dir zu Deinem kleinen Luxus-Kauf. Möchte Dich gerne einmal in dem neuen Outfit sehen. Kannst Du kein Foto schicken?

Heute habe ich ein echtes Anliegen an Dich. Mein reizender Bruder hat kurz vor dem Tod meines dementen Vaters dafür gesorgt, dass ich enterbt wurde. Das will ich nicht hinnehmen, und mein Freund Christopher Horn unterstützt mich juristisch. Er hat ein Gutachten in Auftrag gegeben und könnte, da Du meinen Vater ja auch gekannt hast, Deine Aussage gut gebrauchen. Ich wäre sehr froh und dankbar, wenn er oder der Gutachter sich an Dich wenden dürfte.

Herzliche Grüße und alles Gute

Dein Freund Carl

5. April

Habe eine kleine Rucksackskitour zum Einkaufen nach Glasmatt gemacht. Bin, wie ferngesteuert, den weiten, umständlichen, anstrengenden Weg über die Winterseite gegangen und dann vom Schwarzenbachkopf abgefahren, so dass ich zwangsläufig an dem imposanten Holzhaus von Marias Tante auf dem Hexenbühl vorbeikam. Und da bin ich der Dame prompt begegnet. Sie war überraschend freundlich und erwähnte meine Maria-Affäre mit keiner Silbe: »Sie waren schon lange nicht mehr in meinem Geschäft, Professor. Kommen Sie doch einmal vorbei! Das würde mich freuen. Ich habe schon den größten Teil der Sommerkollektion da. Auch schöne Sachen aus den Staaten.« Seltsam.

Bei Dosi nichts Neues von der Buschtrommel. Nur dass man dem Pfarrer von Düllenbach schon zum zweiten Mal den Führerschein entzogen hat. Wegen Alkohols am Steuer. Das kann mir gegenwärtig nicht passieren. Der arme Sünder muss sich jetzt von Frau Geng, seiner Haushälterin, von Kirche zu Kirche, von Gottesdienst zu Gottesdienst und von Amtsbruder zu Amtsbruder kutschieren lassen. Ärger mit seinem Bischof, der sicher über einen Chauffeur verfüge (Dosi sagte *Schafför*) und entprechend trinken *(suufe)* könne, bekomme er wohl auch. Aber das geschehe ihm ganz recht, dem *»hoffärtige Siech«* (dem hochmütigen Kerl), sagt Dosi, denn er sei so geizig *(gitzig)*, dass er seiner Fahrerin noch nie einen heißen Tee oder einen Kaffee spendiert habe. Obwohl Frau Geng früher, in jüngeren Jahren, weit mehr gewesen sei als nur seine Haushälterin. Aber sie wolle sich nicht den Mund *(es Muul)* verbrennen. Stundenlang müsse die arme Frau bei Eiseskälte im Auto oder in einer ungeheizten Kirche auf ihren Herrn und Meister warten und hole sich dabei noch den Tod. Zumindest eine Erkältung. Ausbeutung sei das, allerschlimmste Ausbeutung. Doch der Pfaffe kenne keinen Anstand, und christliche Nächstenliebe sei ihm fremd.

Die unregulierten Spielräume werden immer kleiner. Sie *müssen* kleiner werden. Das ist der Zug der Zeit.

*

Lieber Carl,

geht in Ordnung. Keine Frage. Es tut mir auch leid, dass Du solchen Ärger hast. Allerdings ist mir sofort einer der berühmtesten Sätze von Montaigne in den Sinn gekommen: »Mein Leben war voll von schrecklichem Unglück, das meistens gar nicht passiert ist.« Also mach Dir nicht allzu viele Sorgen.

Ich frage mich nur, ob Du mir so schnell geantwortet hättest, wenn ich Dir nicht gerade von Nutzen sein könnte. Aber das ist nicht so bitter gemeint, wie es vielleicht klingt.

In alter, unverbrüchlicher Freundschaft

Mia

PS. Im Anhang findest Du einen Schnappschuss, den ich mit Hilfe des Selbstauslösers gemacht habe.

Liebe Mia,

angesichts unserer langen gemeinsamen Geschichte und meines Verhaltens in der jüngsten Vergangenheit, kann ich Deine Skepsis nachvollziehen. Aber ich versichere Dir: Deine Nachricht hat mich angerührt, und ich stehe zu jedem Wort, das ich geschrieben habe.

Dein Kleid, nein: Du siehst hinreißend aus, und ich bin sicher: Nicht nur auf dem Foto. Liebend gerne säße ich jetzt auf Deiner Bettkante. Oder zumindest in Deiner schönen Wohnung auf dem Sofa.

Vielen Dank für Deine Unterstützung und beste Grüße

Dein Carl

*

Lieber Chris,

mir ist noch ein Gedanke gekommen: Dass mein Vater in seinen letzten Jahren dement und auf keinen Fall mehr geschäftsfähig war, sondern intensiver Betreuung bedurfte, kann auch Dr. Mia

Murphy bezeugen, meine langjährige Lebensgefährtin und Freundin. Ich glaube, Du kennst sie. Mia steht dem Gutachter gerne zur Verfügung und wohnt in Berkeley, Tanglewood Road 44.

Vielen Dank für Deine Mühe!

Herzlichst

Dein Carl

7. April

Kein Schneefall mehr, aber noch immer recht kalt. War am Äulemer Kreuz zum Langlaufen. Die offizielle Wintersportsaison endet heute, dennoch war die Loipe in hervorragendem Zustand, die Spur schnell und makellos. In der Sonne taut der Schnee von den Bäumen, die Tannen an den Schattenhängen hingegen, auf denen sich die dicken weißen Polster halten, stehen als erstarrte Figuren in Büßergewändern, als Sagengestalten, Verkörperungen des Dengelegeists und der umgehenden St. Blasier Mönche oder als alte Gelehrte, Professoren mit langen, weißen Bärten, in der Landschaft. Sofern sie überhaupt aus den Schneemassen herausragen, die mit ihrem glitzernden, funkelnden Diamantenschmuck protzen und prunken. Und darüber ein frühreifer, allzu übermütiger Sommerhimmel. Oder täusche ich mich?

Lange bin ich gelaufen, sehr lange, in einem mittleren Tempo, ohne wirklich auf die Uhrzeit, auf den Weg oder auf Abzweigungen zu achten. Ich sah die Doppelspur der Loipe vor mir, ich sah die schon tief stehende Sonne zwischen den Bäumen aufblitzen, hörte und sah, wie meine Skier über den Schnee glitten, registrierte das metallische Klacken der Stöcke, wenn sie beim Abstoßen auf Eis trafen, und ihr dumpfes Eintauchen in den Pulverschnee, nahm das rhythmische Reibegeräusch wahr, das ich beim Laufen mit meinem Anorak erzeugte, hörte das ferne Rieseln eines Bachs und das Zwitschern der Vögel, doch die Außenwelt erreichte mich immer weniger. Nach und nach gelangte ich in eine Art meditativer Trance. Mein Kopf wurde leerer und freier. Was mich kurz zuvor noch beschäftigt hatte (Ich kann mich noch nicht einmal mehr daran erinnern, was es war), verschwand aus meinem Bewusstsein, und meine Zeit im Schwarzwald begann als Film vor meinem inneren Auge abzulaufen: Meine Ankunft in Glasmatt wurde herangezoomt, die ersten tastenden Schritte, der Sommer am See und auf dem Balkon, die Wanderungen, Maria, Freiburg, James, mein Umzug nach Obernü, Mia, Vaters Tod, meine Krankheiten. Und plötzlich sah ich mich in meiner kleinen Wohnung herumlaufen, in einem immer enger werdenden Kreis, der am Ende zu einer Pirouette wurde. Dann blieb ich stehen und stellte mir die Frage, die ich endlich beantworten sollte: Was mache ich mit meinem Leben? Mit dem Leben, das mir noch bleibt?

Verantwortung hat sehr viel mit dem Begriff der Antwort zu tun. Diese Feststellung mag für einen Sprachwissenschaftler banal sein, aber deshalb ist sie nicht unbedingt falsch (Heidegger hat, glaube ich, einmal gesagt, Hebel habe die Sprache in das Einfache hinein gesteigert, und nur weil der allseits verteufelte Heidegger das gesagt hat, wird es noch lange nicht unwahr). Ich muss mir diesen Gedanken nur wieder ins Bewusstsein rufen: Wenn ich für mich und mein Dasein Verantwortung übernehmen will, habe ich mir eine Antwort auf die Frage zu geben: Was will, was soll ich tun?

Tatsächlich weiß ich nicht, wie es weitergehen könnte. Oder sollte. Habe keine Perspektive. Stehe, wenn ich ehrlich bin, vor dem Nichts.

Jetzt wäre es Zeit für einen doppelten Whiskey. Aber auch er brächte nicht die Lösung. Es wäre. Er brächte. Mein

Leben scheint derzeit vor allem aus Konjunktiven zu bestehen. Darf ich für mich in Anspruch nehmen, klug zu sein?

10. April

Die Straßen sind wieder frei.

12. April

Es hat mich große Überwindung gekostet, denn ich hatte heillose Angst und habe ein paar Tage lang äußerst karg gegessen (um den Arzt und mich selbst auszutricksen): Nachdem ich mir vorgestern bereits Blut habe abzapfen lassen, war ich heute bei Martins Arzt in der Sprechstunde. Meine Aufregung erwies sich als vollkommen überflüssig. Der Weißkittel, kein Großschwätzer wie der, bei dem ich zunächst gelandet war, sondern ein offenbar intelligenter, freundlicher Herr mit einem schmalen Fuchsgesicht, wie es nicht selten bei Männern vorgerückten Alters begegnet, die einmal recht korpulent waren und dann, im Zuge irgendeiner Erkrankung, rasch abgemagert sind, hat meine Befunde in aller Ruhe durchgesehen und mein Herz und meine Gefäße nochmals unter die Lupe genommen. Um es kurz zu machen: Er hat ein Stück weit Entwarnung gegeben. Sicher, das sagt auch er, ich muss mich besser ernähren als früher. Alkohol bleibt tabu. Aber meine Fettwerte hätten sich erheblich verbessert, und die aktuellen Glucosewerte seien »halb so wild«. Dennoch solle ich bei Speck, Schwarzwälder Kirschtorte, Zucker und solchen Sachen Zurückhaltung üben. Ich habe angeblich durchaus Chancen, auf gute Art und Weise alt zu werden, und könne ein »recht normales Leben« führen (Was immer das heißen mag).

Dieser an für sich zufriedenstellende Befund macht die Frage umso bedrängender: Was fange ich mit der Lebensspanne an, die mir noch bleibt?

13. April

Wollte eigentlich das kleine Hebel-Museum in Hausen im Wiesental besuchen, aber das Wetter ist ganz abscheulich. Es gießt in Strömen, der Schnee ist schon zu Matsch geworden, alles schwimmt jetzt im Wasser, die Wege sind nahezu unbegehbar, und unten, in den Tallagen, drohen sogar Überflutungen. Nahm Hebels Erzählungen zur Hand und stieß zufällig auf die Kalendergeschichte *Der geheilte Patient.* Musste immer lauter lachen. Es gibt nichts Neues unter der Sonne. Zumindest nicht viel.

Der Regen schlägt, prasselt und klatscht gegen die Fensterscheiben. Wenn ich die Haustüre öffne, kann ich hören, wie sich das Wasser seinen Weg sucht, wie es den Schnee langsam wegschwemmt und wegtaut, wie es fließt, rinnt, rieselt, murmelt, sickert und sintert. In den Fallrohren sprudelt, plätschert, zischt, rauscht, gurgelt, gluckst und gluckert es unablässig. Und die Eiszapfen lösen sich in schwere Tropfen auf, die mit einem dumpfen Plopp auf den Fliesen vor dem Haus zerplatzen. Als ich heute Morgen aufstand, ärgerte ich mich noch über das Wetter, doch jetzt fasziniert und beglückt mich diese Klanglandschaft wie ein Streichquartett von Beethoven. Wenn der Ozean eine große Sinfonie ist, dann lausche ich hier filigraner Kammermusik.

15. April

Und so geht's dahin. Einundsechzig. Mein einundsechzigster Geburtstag! Ein Tag wie jeder andere. Ich feiere nicht.

Mit wem auch? Mit Sepp und Lislot vielleicht? Mir ist, als beginne mein Leben erst jetzt. Aber wie weiter? Wie weiter?

*

Sehr geehrter, lieber Carl,

es gehört zu den angenehmsten Pflichten eines Deans, verdienten Kollegen zu ihrem Geburtstag zu gratulieren. Bei Ihnen, lieber Carl, tue ich das besonders gern, da ich weiß, wie eng sie unserer Alma Mater verbunden sind, wie sehr sie sich mit unserer Universität identifizieren. Ich schätze es sehr, dass Sie auch in vorgerücktem Alter Ihre Forschungen weiter vorantreiben und dafür sogar ein Jahr im Ausland auf sich nehmen und auf die Annehmlichkeiten unseres Campus' verzichten. Dafür und für all Ihre vielfältigen Leistungen im Dienste unserer Hochschule und unseres schönen Landes danke ich Ihnen aufrichtig. Wir alle hier sind sehr stolz auf Sie, und so darf ich Ihnen im Namen aller Kolleginnen und Kollegen, aber auch ganz persönlich von Herzen gratulieren und Ihnen alles Gute für Ihr neues Lebensjahr wünschen: Gesundheit, Glück, Lebensfreude und vor allem viel Erfolg bei Ihrer Arbeit!

Auf weiterhin gute Zusammenarbeit und beste Grüße

John Fallows

*

Hat er doch tatsächlich seinen Schimmel leicht variiert. Respekt!

*

Lieber Carl, altes Haus,

selbstverständlich möchte ich in der Schar derer, die Dir heute zu Deinem Wiegenfest gratulieren, nicht fehlen, und so kommen meine herzlichsten Glückwünsche über den Rhein geflattert: Alles, alles Gute für Dein neues Lebensjahr! Und ich habe das Gefühl, das wird schon werden.

Wenn ich bei den Eidgenossen nicht so eingespannt wäre als Ackergaul und Ideengeber, hätte ich Dich heute überfallen. Ich hoffe, Du verzeihst mir mein Schwänzen. Wir holen alles nach! Und trink' einen guten Schluck auf unser gemeinsames Wohl! Wünsche ein schönes Fest.

Herzlichst

Dein alter Freund James

*

Lieber James,

vielen Dank, dass Du an mich gedacht hast. Hat mich sehr gefreut. Ich freue mich auch darauf, Dich bald wiederzusehen. Muss mich jetzt kurz fassen. Meine Gäste kommen gleich.

Beste Grüße

Dein Carl

16. April

Das Wetter immer noch miserabel. Dauerregen, knapp über dem Gefrierpunkt. Wir leben hier wie eine Population von

Amphibien und krabbeln, nicht allzu weit von der Kältestarre entfernt, Tag für Tag in der Nässe umher. Pitschpatsch. Befürchte, dass mir bald Schwimmhäute wachsen. Jedenfalls ist es unmöglich, sich draußen ohne Gummistiefel fortzubewegen. Sehr mühsam. Eine Undine oder Melusine aber lässt sich nicht blicken. Schon lange nicht mehr. Ich wünschte, ich könnte den Stöpsel ziehen und aus der gesamten Gegend das Wasser herauslassen – wie aus meiner Badewanne.

Lislot und Sepp, die hier sind, um kleinere Schäden in ihrem Weinkeller zu beseitigen, in dem das Wasser angeblich vier Inches hoch stand, kamen wieder vorbei, bewaffnet mit ihren Finken und zwei sicherlich teuren Flaschen. Konnte ihnen jedoch glaubhaft machen, dass ich wegfahren müsste, um ein paar wichtige Dinge zu erledigen, und bat die beiden mit einem Augenzwinkern, den Stoltenhoffs einen Besuch abzustatten. Was sie dann wohl auch getan haben. Ich setzte mich ins Auto und düste los, ohne zu wissen wohin. Hauptsache weg. Der Golf wusste es besser (oder schlechter, je nachdem) und brachte mich auf direktem Weg zum Sportgeschäft von Marias Tante.

Mein Auftritt misslang formvollendet: Dank der plumpen Gummistiefel und meiner angeborenen Ungeschicklichkeit, auf die ich mich in jeder Situation blind verlassen kann, stolperte ich gleich am Eingang über einen dieser widerlichen Schuhabstreifer, wie sie hierzulande überall herumliegen, und schlug der Länge nach hin, wobei ich mir dieses Mal nicht das Sprunggelenk, sondern zur Abwechslung, bei dem ebenfalls täppischen Versuch, den Sturz noch abzufangen oder zumindest abzumildern, die rechte Hand verletzt habe (die mir jetzt, beim Schreiben, nicht unerhebliche Schmerzen und Schwierigkeiten bereitet). Die Chefin kam im Nu hinter ihrem Verkaufstresen hervor, wo sie gerade, wie ich noch unmittelbar vor meinem Sturz registrierte, irgendwelche Badeanzüge sortiert hatte. Sie musste unwillkürlich lachen, setzte aber schnell eine besorgte Miene auf. Ob denn alle Professoren so tapsig und solche Pechvögel seien wie ich, fragte sie und half mir beim Aufstehen. Einmal sei ich mit Flip-Flops im finsteren Gewitterwald zu Boden gegangen, sagte sie (nun wieder lächelnd), dann sei ich bekanntlich von einem eifersüchtigen Bauerntölpel mit einem Knüppel niedergestreckt worden, und dieses Mal sehe sie sich geradezu selbst in der Verantwortung, da sie mich doch mit einem gewissen Nachdruck zum Besuch ihres Geschäftes aufgefordert habe. Aber dass ich mich ihr gleich zu Füßen werfen würde, damit habe sie beim besten Willen nicht rechnen können. Und fügte, nun noch breiter lächelnd hinzu, ein Mitglied ihrer Familie, das von mir angebetet und verfolgt werde, sei ja schließlich auch genug.

Die Dame, die mit Sicherheit täglich norddeutsche oder gar ausländische Touristen zu bedienen und zu beraten hat, sprach, wie meist auch Maria, lupenreines Schriftdeutsch. Allenfalls der Melodie, der Klangfarbe, mit der ihre Sätze an mein Ohr drangen, war zu entnehmen, dass sie auch das Alemannische beherrscht. Und nicht nur akustisch, auch optisch hätte sie als (wenn auch ländlich geprägte) Schönheit in jeder Stadt der Welt Aufmerksamkeit und Geltung beanspruchen dürfen. Allenfalls das Forcierte in ihrem Auftreten, der allzu ausgiebige Griff in den Schminkkoffer und das großzügige Dekolleté, das sie vermutlich mangels anderer, passender Gelegenheiten an einem verregneten Dienstagnachmittag in ihrem menschenleeren Sportgeschäft zur Schau stellte, ließen ihre rustikalen Wurzeln und Lebensverhältnisse ahnen. Ich war gerade dabei, mich in ihre erstaunlich symmetrischen Gesichtszüge zu verlieren und sie mit jenen Marias zu vergleichen, da fiel mir ihre Nichte auch schon ins Auge: Sie schaute mir von allen Wänden entgegen. In Trekkinghosen und karierter Bluse, im Skidress und in diversen knappen Bikinis. Als Frau Mutter, Marias Tante (Hier heißen die Leute entweder Mutter oder Mutterer (kein Komparativ!), Maier (!), Bauer und Baur, Bockstaller, Böhler oder Bücheler, Fürderer, Gäng oder Geng, Kaiser, Thoma, Schlager oder Schlageter), bemerkte, dass ich an ihren Maria-Fotos hing wie ein Junkie an der Nadel, lachte sie hell auf; ein strahlendes, selbstbewusstes Maria-Lachen, das bei ihr lediglich ein wenig rauher und dunkler aus der Kehle kommt, als trinke sie zu oft Kirschwasser oder sei eine Raucherin: »Ich hätte es mir ja denken können, dass Sie darauf abfahren.« Sie habe Maria im letzten Spätsommer für ein Shooting mit einem Schweizer Werbefotografen gewinnen können, und das seien einige der Bilder, die er damals in seinem Studio gemacht habe. Es seien nämlich nicht nur amerikanische Professoren in ihre Nichte vernarrt, sondern sie selbst auch. Und möglicherweise in noch stärkerem Maße. Schließlich kenne sie Maria bereits ein halbes Leben lang. Dennoch sei ihre Aufforderung, wieder einmal ihr Geschäft zu besuchen, mit einem Hintergedanken verknüpft gewesen, der in erster Linie mein Wohl anvisiere. Wenn auch nicht ausschließlich. Ob sie mir einen Kaffee anbieten dürfe?

Wir setzten uns an ein kleines Bistro-Tischchen, und während der Espresso durch die Maschine zischte und blubberte, fragte sie mich allen Ernstes, ob ich es mir vorstellen könne, sie zu unterstützen und in ihrem Sportgeschäft zu arbeiten. Ich war frappiert und muss auch so aus der Wäsche gekuckt haben, denn Frau Mutter fügte schnell hinzu, sie dächte selbstverständlich nicht nur an einen Freundschaftsdienst, ganz und gar nicht, vielmehr an eine reguläre und im übrigen recht gut bezahlte Stelle »mit allem Drum und Dran«. Sie brauche dringend Entlastung. Den jungen Kerl, der ihr eine Zeitlang »zur Hand gegangen« sei, habe sie mitten im Weihnachtsgeschäft fristlos entlassen müssen.

Er sei ein Idiot und habe sich überdies mehrfach an der Kasse bedient. Außerdem müsse sie recht häufig Messen und Hersteller besuchen. Ihr Betrieb sei größer, als er scheine; der Internethandel nehme beständig zu. Und sie habe ihre »Beziehung zu pflegen«. Ihr Partner lebe in Hamburg, sei dort als Geschäftsführer eines großen Unternehmens bis auf weiteres unabkömmlich, und bei ihm »öffne sich nur selten ein Zeitfenster«, das es ihm ermögliche, in den Schwarzwald zu kommen, und sei es auch nur für ein paar Tage. Im übrigen glaube sie von ihrer Nichte gehört zu haben, dass ich noch nicht wisse, wie ich einen dauerhaften Europaaufenthalt finanzieren könne. Und sie würde mir gerne einen Einstieg in das »deutsche Erwerbsleben« ermöglichen. Später könne man ja weiter sehen. Auf Dauer gebe es ganz sicher etwas Lukrativeres für mich, bessere Perspektiven, vielleicht sogar im Rahmen der Kanzlei, die ihre Nichte mit Sicherheit über kurz oder lang eröffnen werde, denn mit einem Leben als Beamtin oder als angestellte Juristin habe sie nichts »am Hut«. Ein Professorentitel schmücke immer, auch wenn er aus einer anderen Fa…, Fak… stamme, »na, Sie wissen schon«.

Als ich noch immer nicht reagierte, legte sie ihre rechte Hand mit den gepflegten, dunkelrot lackierten Fingernägeln auf meinen linken Unterarm und drückte ihn sanft. Sie führe außerdem, nahm sie das einseitige Gespräch wieder auf, das habe sie ja bereits angedeutet, noch einen Hintergedanken im Schilde. Der sei eigentlich am wichtigsten und habe unmittelbar mit mir und »meinen ureigensten Interessen« zu tun. Wenn Maria aus dem Oberrheintal herauf komme, steuere sie als erste Adresse meist ihren Laden an: um Hallo zu sagen, um kurz zu tratschen und um zu sehen, was es an neuen Klamotten gebe. Sie wisse, dass die Affäre zwischen ihrer Nichte und mir einen unglücklichen Verlauf genommen habe. Das pfiffen rund um den Feldberg ohnehin alle Spatzen von den Dächern, aber sie wolle mir gerne dabei helfen, die Angelegenheit zu reparieren. Wenn ich bei ihr arbeite, sei das die eleganteste Art und Weise, um die Beziehung zu ihrer Nichte zu kitten und den Gesprächsfaden wieder aufzunehmen: »Sie betritt das Geschäft, sie beginnen eine Plauderei mit ihr, bald darauf schneit sie erneut herein, und irgendwann sei es so, als wäre nichts gewesen. Tempi … tempi …, na Sie wissen schon.« Ich sei ihr einfach sympathisch: »Aber abgesehen davon, Professore, geht es mir auch ums Prinzip. Mein Freund ist nämlich um etliche Jahre jünger als ich. Es kränkt mich, wenn ich mit ansehen muss, dass Beziehungen an etwas so Banalem wie dem Altersunterschied scheitern. Denn darauf läuft es meistens ja hinaus. Und noch eins, bitte nennen Sie mich Maja. Ich heiße zwar gleichfalls Maria, wie Ihre Herzallerliebste, aber alle Welt nennt mich Maja.«

Ich weiß nicht, wie lange ich auf die Metallplatte des kleinen Tischchens gestarrt und den Zucker in meinem Espresso umgerührt habe, auf den ich eigentlich verzichten sollte. Waren es nur Sekunden oder Minuten? Habe nicht die geringste Ahnung. Ich war einigermaßen verwirrt. Hatte es mich in eine Seifenoper verschlagen? Was wollte diese Frau von mir? Was hatte sie mir soeben vorgeschlagen? Auch jetzt bin ich noch immer nicht sicher, ob ich nicht einer Sinnestäuschung erlegen bin: Habe ich mich verhört, oder denkt sie im Ernst, ich würde als Ersatzmann für einen halbkriminellen Ladenschwengel und später als professoraler Frühstücksdirektor einer Anwaltskanzlei auftreten? Was bildet sich diese Schönheit vom Lande eigentlich ein?

Glücklicherweise wurde mir dann doch noch klar, dass es ausgesprochen dumm gewesen wäre, der Dame Maja, ohne weiter über ihr Angebot (wenn es denn überhaupt ernst gemeint war) nachzudenken, jetzt sofort einen Korb zu geben. Ich legte meine mit zahlreichen Pigmentflecken verzierte Pranke auf ihre schöne schmale Hand, die ihrerseits noch immer auf meinem Arm ruhte, strahlte mein Gegenüber nach Kräften an und sagte: »Maja, ich weiß ihr ebenso großherziges wie freundliches Angebot sehr zu schätzen und danke Ihnen aufrichtig. Sie beschämen mich mit ihrer Hilfsbereitschaft. Allerdings habe ich es mir zur Angewohnheit gemacht, wichtige Entscheidungen grundsätzlich einige Nächte zu überschlafen. Ich hoffe, Sie können das akzeptieren.« Darauf sie, ohne zu zögern: »Von einem Mann wie Ihnen habe ich nichts Anderes erwartet.«

*

Lieber Carl,

bitte verzeih', dass ich mich erst heute melde und Dir zu Deinem Geburtstag gratuliere. Ich kann nur hoffen, Du denkst nicht, ich hätte Deinen Ehrentag vergessen. Gestern war hier einfach die Hölle los, und ich habe nicht die nötige Ruhe gefunden, um Dir rechtzeitig zu schreiben. Ihr Europäer seid uns Kaliforniern ja überdies auch um einiges voraus – zumindest zeitlich. Aber trotz aller Hektik habe ich den ganzen Tag an Dich gedacht, oder zumindest fast den ganzen Tag, denn Du bist mir nahe, und wenn ich ehrlich bin, muss ich sagen, Du fehlst mir. Doch ich will jetzt nicht sentimental werden, sondern möchte Dir ganz einfach Glück wünschen, dort in Deiner Bergeseinsamkeit, alles Glück der Welt, Gesundheit und einen klaren Blick.

Zum Schluss will ich noch einen Satz von Stendhal aus »De l'Amour« hierher setzen: »Ein sehr geringes Maß von Hoffnung genügt zur Entstehung der Liebe.« Und ich füge hinzu: Das gilt auch für ihre Wiederbelebung. Man muss sie nur haben. Die Hoffnung.

Herzliche Grüße

stets Deine Mia

Seit ein paar Tagen höre ich abends, ganz in meiner Nähe, eine Eule schreien. Kein gutes Omen für meine neue »Tätigkeit«. Werde ich allmählich verrückt? Oder bin ich nur abergläubisch?

17. April

Bin ich ein Ladenhüter? Wie in einer undurchdringlichen, dichten Wolke sitze ich am Schreibtisch, eingesponnen in mich selbst, ich grüble und grüble, bekomme keine klare Perspektive auf meine »Verhältnisse«, auf das, was ich will, und draußen hüllt der Nebel alles ein. Die Stimmung könnte kaum besser sein. Reim dich oder ich fress dich, wie Maria manchmal sagt.

Nach wie vor kein Signal von ihr.

18. April

Liebe Mia,

zunächst vielen Dank für Deine freundlichen Zeilen zu meinem Geburtstag. Dein Email hat mich sehr gefreut!

Ich möchte nicht, dass Du denkst, ich würde mich nur dann bei Dir melden, wenn ich ein Problem habe und Dich um einen Gefallen bitten will. Das trifft nicht zu. Großartige Neuigkeiten habe ich heute nicht, allenfalls dass ich zu einer alten Beschäftigung zurückkehre.

Durch ein Buch von Bernie Krause, dem kalifornischen Klangmeister, von dem Du vielleicht schon gehört hast, und durch eine kleine Internetrecherche stieß ich wieder auf das Soundscaping, R. Murray Schafers »World Soundscape Project« und somit auf eine Beschäftigung, der ich bereits als junger Mann eine Zeitlang nachgegangen bin – damals leider ohne den notwendigen Biss. Ein gewisser Volker Widmann aus Konstanz hat nach Auskunft der Internetseite WildSanctuary.com das Album »Dawn in the Black Forest« aufgenommen, das für 9,99 Dollar heruntergeladen werden kann. Klingt nicht schlecht. Aber wenn man sich das Produktionsprotokoll etwas genauer ansieht, stellt man rasch fest, dass diese Arbeit herzlich wenig mit dem Schwarzwald zu tun hat, denn sie entstand bei Tengen, nicht weit vom Bodensee entfernt. Nun habe ich Blut geleckt und bei einem Hi-Fi-Händler ein exzellentes portables Aufnahmegerät erstanden. Ich konnte es bereits testen und bin sehr zufrieden. Plane, mich in das »World Forum for Acoustic Ecology« einzuklinken, und bin gespannt, was daraus wird. Soviel für heute.

Herzliche Grüße

Dein alter Freund Carl

*

Bin ich ein Ladenhüter?

Im Radio Schuberts späte Klaviersonate D 960: dieses herzzerreißende, in Musik gesetzte Gewebe aus Wehmut, Optimismus und Überschwang, das in schiere Trauer mündet. Und anschließend etwas (vermeintlich?) vollkommen Anderes: ein Konzert mit Keith Jarrett und Charlie Haden. Umwerfend. Schön und, ich gebe es zu, ein wenig sentimental, diese Standards. *One Day I'll Fly Away.* Man hat den Eindruck, Haden und Jarrett denken über jeden Ton nach, den sie spielen. Als würde alles Weitere von diesem einen Ton abhängen (was ja auch zutrifft). So sollte ich mir über jeden Schritt Rechenschaft ablegen, den ich jetzt gehe. Einen weiteren Fehltritt kann ich mir nicht leisten.

19. April

Mein lieber Carl,

so sehr ich mich über Deine neue Nachricht gefreut habe, so irritiert mich doch zugleich, das will ich Dir nicht verhehlen, was Du mir über das Soundscaping und Deine Pläne mitteilst. Ich glaube, Du befindest Dich auf einem Holzweg. Du darfst Deine Zeit nicht mit Kinderkram vertun und solltest Dich stattdessen auf Deine Forschungsarbeiten konzentrieren. Sieh Dich vor und verzettele Dich nicht. Versprich mir das!

Dein Anwalt hat bereits Kontakt mit mir aufgenommen. Ich habe ihm die gewünschten Angaben gemacht.

Vergiss mich nicht ganz und denke vor allem an Deine Arbeit!

Herzliche Grüße

Deine M.

*

Grüble noch immer über den Job nach. Bin ich ein Ladenhüter? Bin ich in den Schwarzwald gekommen, um Klamotten zu verhökern? Den einundsechzigjährigen Kaufmannslehrling zu geben? Kann ich einen solchen Schritt vor mir selbst verantworten? Vor Professor Carly, dem eitlen Pfau? Ich glaube kaum, dass ich in Berkeley oder in SF jemals auf die Idee gekommen wäre, als Verkäufer in einem Sportgeschäft anzuheuern.

Spät in der Nacht.

Nach langem Hin und Her habe ich mich endgültig entschieden. Ich wäre verrückt, wenn ich es nicht machen würde. Maria ist es allemal wert. Ich möchte meinen Fehler wiedergutmachen. Ohne Maria – nein, das ergäbe keinen Sinn. Und warum soll ich ihrer Tante nicht helfen? Ein Claremont-Professor als Ladenschwengel. Das hat doch was! Stoltenhoff wird staunen. Feldforschung!

Es gießt noch immer in Strömen. Guter Dinge.

20. April

Habe meinen Entschluss nochmals infragegestellt und revidiert. Kann es mir nicht ernstlich vorstellen, in einem Geschäft zu stehen, Dirndl, Wanderhosen und Socken feilzubieten und dabei Beobachtungen zur Sprache des Kaufens und Verkaufens zu machen (Schlechtes Alibi, mein Lieber, sehr schlechtes Alibi!).

Bin durch das scheußlichste Novemberwetter hinüber zu Maja gefahren, um nochmals mit ihr über ihr Stellenangebot zu sprechen. Ich weiß bislang viel zu wenig, um eine Entscheidung treffen zu können (Oder veranstalte ich nur einen Eiertanz, weil ich das »Ja« noch ein wenig hinauszögern möchte?). Traf M. jedoch nicht an. An der Tür hing ein Zettel mit einer ungelenken handschriftlichen Nachricht des Inhalts, dass das Geschäft »wegen einem (!) Trauerfall in der Familie« geschlossen bleibe. Arme M.

Badewanne. Jackie D. Ratlos. Zu nichts imstande.

21. April

Eigentlich eine komplett deprimierende Wetterlage, aber mich stimmte sie zunächst eher gelassen: Dauerregen. Graue Schleier verhängen das Tal. Das Weltgeschehen muss sich irgendwo anders abspielen. Nicht bei mir. Weit weg. Wassermusik in den Fallrohren, an den Fenstern: Gurgeln, Glucksen, Plätschern, Rauschen, Prasseln, Zischen. Manchmal auch nur ein sanftes Wispern oder Lispeln. Verlasse die Wohnung nicht, gehe keinen Schritt vor die Tür. Mache mein Foto vom Schuppen. Beschäftige mich mit dem Soundrecorder. Mia hat nicht recht: Das ist kein Kinderkram. Auch wenn ich nicht weiß, auf was es hinausläuft.

Dieses Wetter spricht ganz klar gegen den Job. Ich genieße es sehr, mich in meiner Wohnung einzuigeln, wann immer ich will, vollkommen unabhängig zu sein, frei zu sein, zu lesen, ein wenig in der Kladde zu schreiben, am Kamin zu sitzen, nichts tun zu müssen, überhaupt: nichts zu müssen und mich allenfalls mit meinem Kinderkram zu beschäftigen. Von wegen »verzetteln«!

Auf der anderen Seite frage ich mich natürlich: Befinde ich mich bereits in meiner finalen Phase, im Bereich einer immer abschüssiger werdenden Ebene, die hinab führt in den schwarzen Orkus, so dass ich überhaupt keinen Finger mehr krumm machen und nur noch vor mich hin dämmern möchte? Bin ich, vielleicht auch infolge meiner beruflichen Vakanz (Sabbatical nenne ich das!), inzwischen endgültig zu einem alten, trägen Sack geworden, der zu nichts mehr Lust (!) hat? Denn auf der anderen Seite täte mir ein kleiner, harmloser und mich nicht über Gebühr fordernder Job auch recht gut, denn er könnte in der Tat (!) die finanzielle Grundlage dafür bieten, dass ich nicht mehr an mein akademisches Fließband zurückkehren müsste. Vielleicht, das käme auf die Konditionen an, würde er mir wirklich eine realistische Möglichkeit eröffnen, für immer im Hochschwarzwald zu bleiben. Hoch oben, am Rand meines Waldtals. Und Maria: Ist sie etwa nicht der Zentralstern meines kleinen Kosmos? Auch wenn meine »Chancen« denkbar schlecht stehen mögen? Ist sie denn nicht mehr die bestimmende Größe mit der stärksten Anziehungskraft? Hätte ich überhaupt Lust, mich in meinen vier Wänden einzuigeln, wenn nicht zumindest eine gewisse Aussicht bestünde, dass sich zwischen uns wieder alles einrenken wird? Dass sie wieder ein Teil, der wichtigste Teil meiner Existenz wird? Ein Leben ohne Maria kann ich mir nicht vorstellen.

*

Lieber Carl,

ich möchte das miese Wetter nützen, um Dir eine Nachricht zukommen zu lassen. Ein Freund hat mir ein schönes, gebrauchtes Rennrad zum Kauf angeboten. Es ist wirklich tadellos und gut gepflegt und dürfte auch vom Rahmen her stimmen. Ich brauche es nicht. Aber wäre das nichts für Dich? Es ist noch einmal etwas ganz Anderes, den Schwarzwald mit dem Rad zu erkunden als zu Fuß oder mit den Skiern. Die Reichweite ist einfach viel größer, und man hat einen anderen Blick. Wir könnten dann gemeinsame Touren unternehmen, und vielleicht hätte ja auch Maria Lust dazu. Also, überlege es Dir! Aber ich sollte möglichst bald Nachricht von Dir haben, sonst ist der schöne Renner weg. Du weißt ja: Wer zu spät kommt …

Beste Grüße

Martin

*

Fand am Nachmittag keine Ruhe. Meine wirren Gedankenfetzen plagten und piesackten mich wie früher die Sandflöhe, wenn ich für ein, zwei Stunden an den Strand geflohen war und ein paar Meerjungfrauen anhimmelte. Sie zwickten und zwackten mich, trieben mich, kaum hatte ich mich niedergelassen, wieder aus dem Sessel, machten mich fuchsig und immer nervöser. Habe ein Buch nach dem anderen in die Hand genommen, ohne dass mich eines wirklich gefesselt hätte. Es begann schon dunkel zu werden, als ich einen spätmittelalterlichen Roman aus dem Regal nahm, den ich im vergangenen Jahr in irgendeinem Freiburger Antiquariat um wenig Geld erstanden hatte. Er stammt von Heinrich Wittenwiler, einem Autor, der als Jurist am Bischofshof von Konstanz tätig war, und handelt in einem spätmittelalterlichen Deutsch, teils burlesk, teils didaktisch, von einer Brautwerbung, einem Hochzeitsfest und einem sich daraus entwickelnden »dörflichen Weltkrieg«. Nach der Katastrophe zieht sich der negative Held mit dem sprechenden Namen Bertschi Triefnas als Eremit *enmitten in den Swartzwald* zurück, wo er sich, wie es am Ende heißt, *das ewig leben* verdient.

Bin ich ein B. T.?

Spät am Abend.

Als ich ein Fenster öffnete, um zu lüften, wehte durch den Regen eine dünne, aber dennoch pathetisch wirkende Melodie zu mir herein: *God save the King.* Heute ist der Geburtstag Elisabeths II. (Habe bei Wikipedia nachgeschaut: Ihr dritter Vorname ist »Mary«!). Offenbar stand Roger wieder einmal, trotz Kälte, auf seinem Balkon und fiedelte unverdrossen vor sich hin.

*

Der Entschluss ist gefasst. Für Maria! Bin aber seltsamerweise noch immer vollkommen ruhelos. Tigere wie ein verwundetes Tier in meinem kleinen Wohnzimmer hin und her, als ob es ein Käfig wäre.

22. April

Das Wetter unverändert. Wie passend! Bin zu Maja gefahren. Ich stieg aus dem Auto und war sofort klatschnass. Der Himmel hatte alle Schleusen geöffnet. Das Geschäft hingegen war noch immer geschlossen, doch durch die Tür konnte ich sehen, dass die Chefin da war und mit irgendwelchen Sachen auf dem Ladentisch herumhantierte. Ich klopfte. Maja öffnete mir und starrte mich mit großen, schwarz verschmierten Augen an. Eine zerstörte Halloween-Maske. Sie fiel mir um den Hals und heulte und schluchzte wie ein kleines Kind. Das könne doch nicht sein! Ob ich es noch nicht wisse?, flüsterte sie. Ob ich es wirklich noch nicht wisse?

Maria ist tot.

Ich konnte nichts sagen, ich brachte kein Wort heraus, schaute nur auf die kleine Pfütze am Boden, die sich unter meinen Schuhen bildete: Regenwasser vermischte sich mit Schmutz. Als ob ausgerechnet diese kleine Wasserlache mir etwas zu sagen hätte.

Man hat Maria an dem Tag, an dem ich bei Maja war und mit ihr über das Jobangebot sprach, am Ufer der Dreisam tot aufgefunden. Irgendein Rentner. Er ging nach Hause und rief die Polizei. Die Obduktion in der Freiburger Gerichtsmedizin ergab Schlaganfall. Schlaganfall infolge eines Aneurysma. Und sie war keine vierundzwanzig Jahre alt. Mehr weiß ich nicht. Wie hat es Roger ausgedrückt, nachdem er vor Weihnachten bei mir die Bach-Sonate gespielt hatte? *Windhauch, Windhauch, alles ist nur ein Windhauch.*

Ich trinke in aller Ruhe mit Maja einen Espresso, und ein Rentner findet meine Maria!

Maria ist tot.

Maria ist tot.

Maria ist tot.

Noch immer habe ich die kleine Pfütze vor Augen.

23. April

Oft, sehr oft hat sie über starke Kopfschmerzen geklagt. Wir haben diese Attacken nie ernst genommen, haben sie stets auf ihre Büffelei, das Wetter und vor allem auf den Föhn geschoben. Weshalb war ich nicht achtsamer? Sehe ich noch immer nur mich und meine Wehwehchen? Meine Bedürfnisse?

Meine kindische Eifersucht. Mein wüster Auftritt.

24. April

Sie schweben herunter ins Mummelseetal –
Sie haben den See schon betreten –
Sie rühren und netzen den Fuß nicht einmal –
Sie schwirren in leisen Gebeten –
Oh schau,
Am Sarge die glänzende Frau!

(Aus: Eduard Mörike, Die Geister am Mummelsee)

26. April

Bin mit Maja zur Beerdigung nach Bad Berleburg gefahren. Der so klein wirkende, mit weißen Rosen geschmückte (!) Sarg. Der Gang über den Friedhof. Der bleiche Geistliche in seinem schwarzen Habit. Die Eltern, die Familie, Freundinnen und Freunde (?), die Notablen der kleinen Stadt (?), einige Gesichter aus Glasmatt: eine zerzauste, zerschmetterte Schar verzweifelter Vögel: Krähen und Raben. Es goss in Strömen. Der nasse Sarg mit meiner zarten, kleinen Seejungfrau. Hielt mich ganz am Rand.

Nach dem Kaffee in einem angestaubten Talmirestaurant (Kam mir vor wie ein Fremdkörper) bald mit Maja zurückgefahren. Heute war zynischerweise Wittgensteins Geburtstag. Über W. sind wir ins Gespräch gekommen.

1. Mai

Versinke langsam in einem Meer aus Kirschwasser.

2. Mai

Lieber Carl,

ich hoffe, Dir und Deiner Arbeit geht es gut. Allmählich nähert sich wohl das Ende Deines Sabbaticals, und so wirst Du in diesen Tagen sicher die verdiente Ernte der vergangenen Wochen und Monate einfahren. Ich wünsche Dir viel Freude und Erfolg dabei.

Frau Dr. Murphy hat mir bereits erste Angaben gemacht, und auch mit Herrn Dr. Roth stehe ich in Kontakt. Wir werden die Unterstützung beider und ihre Aussagen dringend benötigen, denn auch der Anwalt Deines Bruders wartet mit einem Gutachten und mit Zeugen auf, die angeblich die Geschäftsfähigkeit Deines Vaters beteuern. Nun, wir werden sehen. Selbstverständlich wiegen die Einlassungen und die damaligen Untersuchungsprotokolle von Dr. Roth schwer, da er nachgewiesenermaßen der langjährige Hausarzt Deines Vaters war. Überdies bin ich kein ganz naives Häschen. Aber wenn nicht ein kleines Wunder geschieht, müssen wir uns gleichwohl auf eine längere Auseinandersetzung gefasst machen.

Mit freundschaftlichen Grüßen

Dein Chris

4. Mai

Lieber Chris,

vielen Dank für Deine Nachricht. Die Entwicklung, die Du schilderst, war zu befürchten. Ich kenne meinen Bruder nur zu gut. Zugleich weiß ich mich bei Dir in den allerbesten Händen. Wenn ich irgendetwas zum Gelingen beitragen kann, lass' es mich bitte wissen. Vielen Dank für Deine Mühe und

herzliche Grüße

Dein Carl

7. Mai

Das Wappentier des Todes und das der Weisheit. Gibt es, genau genommen, einen Unterschied?

Immer wieder, Nacht für Nacht, höre ich seit einigen Tagen, wenn ich ins Bett gehe, erneut meine Eule rufen. Ich nenne sie »meine« Eule, dabei weiß ich noch nicht einmal, ob es immer dieselbe ist. Nicht weit entfernt von meiner Wohnung schreit sie, ruft sie nach mir. Sie begleitet mich ins Meer, in meinen trunkenen Schlaf.

Sehe immer wieder die kleine, schmutzige Pfütze vor mir.

18. Mai

Dachte, ich müsse weg von hier. Glaubte, es ginge nicht anders. Es könne eine Art Ausweg sein. Woanders wäre es zumindest ein wenig erträglicher. Kompletter Quatsch. Man kann der Dunkelheit, man kann seinem Nachtmar nicht entfliehen. Schon gar nicht in den Zimmern, in die ich mich abends vergeblich flüchtete. Der angeschmutzte grüne oder braune Teppichboden und die klapprigen, von kleinen Brandflecken verunzierten Nachttischchen der vorigen Pension waren längst in meiner nächsten Behausung eingetroffen, bevor ich auch nur dem traurig auf seine zernagten Fingernägel starrenden Portier gegenübertrat, der sie verwaltete. Und überall ging ich im Meer unter. Drehte mich um mich selbst. Der Kopf taub, die Augen wie zugenäht.

Wahrnehmungsprobleme. Immer wieder Schwindelgefühle. Musste mehrfach kotzen. Bisweilen auch wieder das Engegefühl in der Brust. Angst. Trinke zuviel.

War zunächst in Zürich (Die Universität habe ich tunlichst gemieden. James wollte ich auf gar keinen Fall begegnen), Bad Säckingen (Scheffel, *Trompeter*) und Basel (Wenn es mir besser gegangen wäre und unter anderen Umständen hätte ich dort vielleicht bleiben mögen. Auf den ersten Blick zumindest keine schlechte Stadt; man trägt das Geld dort nicht ganz so offen zur Schau wie in ZH. Doch ich war zu nervös, zu unruhig, zu krank; auch BS verfügte nicht über genug Licht).

Dann ein paar Orte entlang des Oberrheins abgeklappert: Badenweiler, Staufen, Bollschweil, Renchen, den Mummelsee und wie sie alle heißen. Weshalb bin ich nur auf diese aberwitzige Idee verfallen? Wie es so ist mit den Dörfern und Städten, in denen Autorinnen und Autoren gelebt, geschrieben und gelitten haben: Man ist gut beraten, die Werke zu lesen. Das genügt. Die Aufenthaltsorte der Schriftsteller sollte man meiden. Am besten hat mir noch Badenweiler gefallen, aber nicht um Tschechows willen, sondern wegen des erstaunlich südlichen Klimas (selbst in diesem ansonsten novembergrauen Mai). Saß beim Hotel Römerbad unter den wunderbaren großherzigen Mammutbäumen in der matten Sonne und trank unzählige doppelte Espressi.

Nach Pforzheim bin ich wegen des Ausgangspunkts der drei großen Schwarzwaldwege nach Basel, Waldshut und Schaffhausen gefahren.

Ich hatte das Reisebuch eines Johannes Schweikle über den Westweg dabei. Das schlug ich in einem finsteren Hotelzimmer mit einem beigefarbenen Teppichboden voller verdächtiger dunkler Flecken auf. Unter der Überschrift *Pforzheim* ist dort zu lesen: »So hässlich kann Deutschland sein. Wo das Bahnhofsvordach endet, zerschneidet eine fünfspurige Straße die Stadt. Signal kommt, verspricht die Ampel. Gegenüber steht ein stattlicher Bau. Der breite Giebel mit den steinernen Säulen tut klassisch, im Erdgeschoss befindet sich der ›Biertempel‹. Rechts blinkt das ›Grand Casino‹, in der Mitte das ›Casino Gamble Inn‹. Links kommt das ›Handyland‹ ...« Ein hartes Urteil. Minderwertigkeitskomplexe und Ignoranz also auch in dieser Goldstadt, von deren früherem Reichtum ich gelesen habe. Ursache für die Zerstörung der Stadt war offenbar nicht nur der vernichtende Angriff der Royal Air Force am Ende des Zweiten Weltkriegs, sondern auch der Umstand, dass der Wiederaufbau schief lief: »Das Geld kam schneller als Ideen für eine neue Stadt« (Schweikle). Was mich (auch in Pforzheim) getröstet und über Wasser gehalten hat, war die Aufnahme mit der Stimme meiner Eule. Mit ihren Schreien im Ohr konnte ich einschlafen. Und das Soundscaping selbst hat mir geholfen: Von jedem Dorf, von jeder Stadt habe ich ein akustisches Porträt angefertigt.

Beim Thema Porträt fällt mir ein, dass der in der Nazizeit nach England emigrierte Maler Richard Ziegler, von dem Vater etliche Gemälde und Zeichnungen besaß, wohl aus Pforzheim stammte.

Gut getan hat es mir dann doch, die ersten Kilometer auf dem Westweg in den Nordschwarzwald hineinzulaufen, obwohl das Tal eng war und dunkel. Dann aber begann es zu schütten, es düsterte immer mehr, und ich kehrte um. Nass wie ein begossener Pudel flüchtete ich in eine graubraune Pension.

Jetzt bin ich wieder in Obernü bei meiner Eule und stelle Aufnahmen vom Wald zu ganz unterschiedlichen Zeiten und an verschiedenen räumlichen Situationen her. Ich vermute, dass der Schwarzwald noch nie so intensiv akustisch dokumentiert worden ist. Beim Abhören sind kaum Störgeräusche auszumachen, allenfalls einmal das Pfeifen eines weit entfernten Flugzeugs. Ich befinde mich im Zentrum einer der letzten Schutzzonen. Aber was nützt es mir? Meine Aufnahmen sind es, die mich aufrecht erhalten.

Maria fehlt mir.

Nimmermehr.

21. Mai

Helfe Maja ein paar Tage lang aus, die eine Textilmesse in Italien besucht. Mache es selbstverständlich kostenlos. Tue es für und im Namen von Maria, die ihre Tante oft unterstützt hat.

23. Mai

Lieber Carl,

heute wende ich mich mit einem offiziellen Auftrag an Dich. Der Dean hat mich gebeten, Dich nicht nur zu ermuntern, sondern Dich dringend aufzufordern, eine Bewerbung für die Lehrstuhlvertretung Fulton einzureichen, und Dir darüber hinaus mitzuteilen, dass es sich um weit mehr als um eine normale Vertretung handelt, auch wenn das im Text der Ausschreibung nicht erkennbar ist.

Bei der kursorischen Durchsicht des schriftlichen universitären Nachlasses von Ben, die ich im Auftrag des Deans während meines Oster-»Urlaubs« für die Verwaltung vorgenommen habe, wurde mir schnell deutlich, wie übel B. F. Dir seit langem mitgespielt hat. Du weißt ohnehin, um was es geht; ich muss Dir diese unappetitlichen Dinge nicht weiter auseinandersetzen. Der Dean möchte der Sachlage unbedingt Rechnung tragen und Dir, soweit dies in seiner Macht steht, Wiedergutmachung widerfahren lassen. Eine Hausberufung kommt, wie Du Dir denken kannst, nicht in Frage. Aber er will die Angelegenheit so gestalten, dass du den Fulton-Lehrstuhl bis zu Deiner Emeritierung vertrittst, mit der entsprechenden Dotierung und der vollen Personalausstattung.

Na, was sagst Du? Mich freut das ungemein, denn es eröffnet Dir ganz neue Perspektiven. Du musst lediglich einen einigermaßen rasanten, innovativen und (wenn Du mich fragst) möglichst abgedrehten Bewerbungsvortrag halten. Jetzt, nach Deinem Sabbatical, dürfte das ja ein Leichtes für Dich sein. Dass die Angelegenheit streng vertraulich ist, versteht sich von selbst. Ich hätte Dir gerne schon an Deinem Geburtstag ein deutliches Signal gegeben, aber damals war ich noch nicht autorisiert.

Die Stellenausschreibung findest Du im Anhang. Bitte melde Dich umgehend bei mir!

Mit herzlichen Grüßen, auch vom Dean,
und in freundschaftlicher Verbundenheit

Dein James

*

Bin verblüfft. Wie reagiere ich? Was soll ich jetzt machen? Selbst wenn ich wollte: Wie könnte ich in meinem gegenwärtigen Zustand und vor allem in kurzer Zeit einen präsentablen Vortrag zusammenzimmern? Mir fehlt jegliche Idee.

25. Mai

Habe James immer noch nicht geantwortet. Bin ratlos.

Wollte meinen Gedanken Beine machen und ging spazieren. In Schopfloch wurde ich Zeuge eines kleinen Spektakels. Die Glitzerwelt machte eine Stippvisite im Schwarzwald. Mitten auf dem Dorfplatz landete mit großem Getöse ein Helikopter, dem ein weißhaariger Herr und ein paar Models entstiegen: ein Düsseldorfer Modezar, wie ich gehört habe, und seine Entourage. Der Klamottengott stammt offenbar aus Schopfloch und ließ sich einfliegen, um zusammen mit dem Bürgermeister einen Brunnen einzuweihen, den er finanziert hat. Er hielt eine Rede über die Heimat und trank ein Glas Bier. Dann rauschte er wieder ab. Das ganze Dorf stand Spalier (Reim dich oder ich fress dich).

27. Mai

Wollte gestern Abend in der »Bergsonne« essen. Unterwegs begegnete mir ein junger Kerl, torkelnd, grölend, und blaffte mich an: »Na, du Arsch, gibt's dii au no? *So öpper wii dii bruuchet mir doo itt* (So einen wie dich brauchen wir hier nicht). Merk dir des!« Dann schlug er mit der Faust auf mich ein, ich ging zu Boden und wurde auch noch mit Füßen getreten. Keine Ahnung, wie die Sache ausgegangen wäre ohne Sepps und Lislots Hilfe. Die beiden tauchten plötzlich wie aus dem Nichts auf, der Dengelegeist ließ ab von mir und verschwand in der Dämmerung.

28. Mai

Habe ich mich ins Abseits manövriert? Wo und wie lebe ich hier? Tief im Kirschwassermeer? Unter illiteraten Schlägern im finsteren Wald? Weit entfernt von Meinesgleichen? Was hilft es mir, dass ich, wenn ich will, in meiner Einöde nicht erreichbar bin für die Welt und ihre Zumutungen? Für das, was bisher meine Welt war? Ist das etwa genug? Oder nicht doch viel zu wenig? Woraus besteht heutzutage ein gutes Leben? Mein Leben? Und welche Belästigungen habe ich hier noch zu gewärtigen?

*

Lieber James,

vielen Dank für Dein ebenso freundliches wie erfreuliches Schreiben! Bitte verzeih meine späte Reaktion; ich befand mich für einige Tage auf Exkursion (Feldforschung) und war nicht erreichbar.

Der Aufforderung des Deans komme ich sehr gerne nach, und ich verspreche Dir: Dein alter Schüler und Freund wird Dich nicht enttäuschen. Zum Vorsingen werde ich rechtzeitig an Ort und Stelle sein. Ich hoffe, Du bist dann auch da.

Mit den besten Grüßen, auch an den Dean,

Dein Carl

Das Mail habe ich soeben abgeschickt. Und was mache ich jetzt? Habe keinen blassen Schimmer.

29. Mai

Weiß nicht, worüber ich schreiben könnte.

30. Mai

War wieder mit dem Recorder draußen. Im Morgengrauen und spät am Abend gelingen die Aufnahmen am besten. Bin mir ziemlich sicher, dass ich heute einen Luchs auf meiner Festplatte gespeichert habe. In guten Momenten fühle ich mich wie ein (friedlicher) Jäger.

Fulton steht überlebensgroß vor mir am Katheder. Er sieht kerngesund und blendend aus und blickt auf den Zwerg herab, der vor ihm in demütiger Haltung verharrt. Er schüttelt sich vor Lachen. Ich will ihm ein Schulheft hinauf reichen, doch mein dünnes Ärmchen ist viel zu kurz. Plötzlich tauchen Maria, Mia und James auf und beobachten die Szene. Maria gibt mir Zeichen, die ich nicht zu deuten vermag. Fultons dröhnendes Lachen wird immer lauter. Er holt mit seiner Rechten aus, schlägt mir das Heft aus der Hand und verabreicht mir ein paar Ohrfeigen. Wimmernd stürze ich zu Boden. Jetzt erst bemerke ich, dass das Heft in Wahrheit eine Pistole ist. Dann wache ich mit klopfendem Herzen und dem bekannten Engegefühl auf. Kann nicht mehr einschlafen. Panik.

31. Mai

Es fällt mir nichts ein. So oft ich auch mein Hirn zermartere. Angst vor der größten Blamage meines Lebens. Die Strafgaleere ist im Hochschwarzwald vor Anker gegangen.

1. JUNI

Zugfahrt nach Freiburg. In der Wohnung und vor allem am Schreibtisch war es nicht mehr auszuhalten. Am Hauptbahnhof packe ich sofort meinen Recorder und die Mikrofone aus. Will mich ablenken. Muss mich irgendwie beschäftigen. Das Wetter wunderbar, sommerlich warm. Der Himmel von einem samtenen Dunkelblau. Die Leute leben auf, sie wirken wie befreit, reden laut, rufen, lachen. Dazu die Geräusche der eintreffenden und der abfahrenden Züge, die Lautsprecherdurchsagen. Es herrscht eine Atmosphäre wie an jenem schon so fernen Tag, als ich, aus Berlin kommend, am Freiburger Hauptbahnhof ausstieg. Meine Stimmung hellt sich ein wenig auf. Mache mehrere Stunden lang an verschiedenen Stellen des Bahnhofs Aufnahmen. Gehe in ein studentisches Café und höre meinen »Fang« ab. Da fällt es mir wie Schuppen von den Ohren. Das könnte es sein.

2. JUNI

Ja, das ist es tatsächlich. Das ist es. Ich schreibe einen Vortrag über das Thema *Am Beispiel des Hauptbahnhofs Freiburg: Linguistic Soundscaping. Mehrsprachigkeit, Immigration und Integration.* Es geht um die Nutzung des Soundscaping für die Erforschung sprachlichen Handelns im öffentlichen und halböffentlichen Raum sowie, und das ist das Entscheidende, um künftige Beiträge des Linguistic Soundscaping und der Linguistik ganz allgemein zur Erforschung der sprachlichen Bedingungen von Immigration und Integration. Sehe erstmals seit langem wieder Land. Die Wogen glätten sich, der Seegang scheint sich allmählich zu beruhigen. Zu glauben, meine Soundscapes bedürften nicht der Übersetzung, wäre freilich mehr als naiv. Das perfekte Medium gibt es ohnehin nicht. Und ich vertraue nur derjenigen Aufnahme, die ich selbst gefälscht habe.

6. Juni

Arbeite wie ein Pferd. Esse wenig. Trinke viel Mineralwasser; bekommt mir gut. Gönne mir allerdings kaum Schlaf.

10. Juni

Musste meine Datenbasis verbreitern. War nochmals in Freiburg, um Aufnahmen zu machen. Benötigte auch Bücher aus der Universitätsbibliothek. Maria immer neben mir.

20. Juni

Jetzt beginnt es auch in Obernü Sommer zu werden. Bekomme aber kaum etwas davon mit. Am Feldberg und am Herzogenhorn soll es noch immer Schneereste geben.

24. Juni

Fertig. Erschöpft. Müde, aber zufrieden. *Die Zunge gerettet.* In ein paar Tagen geht mein Flug. Werde zusammen mit James reisen.

Habe Stoltenhoff mitgeteilt, dass ich einen wichtigen Vortrag an meiner Universität zu halten hätte und künftig möglicherweise zwischen dem Schwarzwald und Kalifornien hin und her pendeln würde; dass ich die Wohnung aber auf jeden Fall behielte und meinen Sommerurlaub wieder in

Oberneumatt verbrächte, auch wenn ich meine Lehrverpflichtungen in Berkeley wieder aufnähme. Er war sichtlich beeindruckt. Seltsam.

29. Juni

Ein weiter Sandstrand mit einer Düne. Gleißendes Licht. In einiger Entfernung schüttere Tannen. Und ich stecke bis zum Hals im Sand. Ansonsten bin ich ungeschützt, ohne Sonnenbrille, ohne Mütze: ganz oben auf der Düne, auf ihrem Gipfel. Der einzige Sonnenschirm ist geschlossen. Die Tannen sind viel zu weit entfernt, als dass sie mir Schatten spenden könnten. Ich kann meinen Kopf nicht drehen. Ein Revolver liegt in greifbarer Nähe, aber ich habe keine Chance, an ihn heranzukommen, da ich mich keinen Millimeter bewegen kann. Ich kneife die Augen zu und brülle: »Heil, heilig Licht!« Ich öffne die Augen. Die Helligkeit schmerzt. Da kommt ein Wesen auf mich zu gekrochen, die Düne herauf, ein Wesen mit einem Strohhut auf dem Kopf. Ist es ein Mann oder eine Frau? Maria? Mia? Oder James? Das Wesen nimmt den Hut ab, und darunter wird ein weißer Totenkopf sichtbar, ein Totenschädel, aus dem ein dünner Faden Blut heraussickert, der im Sonnenglast glänzt. Hellrot. Das Wesen nähert sich meinem rechten Ohr und flüstert: »Das ist eine Chance für einen fixen Jungen!« Ich würde gern nicken, aber ich kann nicht mehr, und so erwidere ich, ebenfalls flüsternd: »Oh, dies ist ein glücklicher Tag, dies wird wieder ein glücklicher Tag gewesen sein! Trotz allem. Bislang.« Dann erst höre und sehe ich das Wasser, die riesige, haushohe Welle, die sich aufbaut und grollend auf den Strand zu rast, um mich endgültig zu zerschmettern. Und darüber die Möwen mit ihrem höhnischen Geschrei. Ich denke noch: »Die Woge wird nicht nur mich, sie wird uns alle zermalmen, alle, mit Kind und Kegel.«

Dann erwache ich schweißgebadet. Es ist mitten in der Nacht, aber mein Bewusstsein ist sofort präsent. Ich weiß: Morgen erwartet mich James im »Baur au Lac«. Und übermorgen geht unser Flieger.

Jürgen Glocker, geb. 1954 in Pforzheim. Er studierte Germanistik und Geschichte und promovierte mit einer Dissertation über einen spätmittelalterlichen Erzähler. Er hat an mehreren Universitäten unterrichtet und lebt heute als Kulturvermittler, Pressesprecher und Autor in Südbaden. Seit seiner Jugend durchwandert Glocker, mit Kamera und Notizbuch im Gepäck, Landschaften und Städte. Er hat, neben theoretischen Texten, vor allem Hörspiele (SWR) und Prosa publiziert, u. a. in den Literaturzeitschriften *Allmende* und *Konzepte*. Zusammen mit dem Schweizer Fotografen Rolf Frei veröffentlichte Glocker 2012 den Band »So ist es gewesen«. In der Edition Isele erschienen zuletzt Jürgen Glockers Romane »Carlo oder über den Umgang mit Katzen, Menschen und Büchern« (2005), »Madame Bovary und ihre Wiener Affäre« (2010) sowie »Q«, ein Bildband mit Fotos und Haiku (2011).